조선 최후의 지성 면우 곽종석

조홍근 지음

조선 최후의 지성 면우 곽종석

발행일   2019년 09월 27일

지은이   조홍근
펴낸이   변지숙
펴낸곳   도서출판 아우룸
주소   서울특별시 마포구 동교로 156-13 동보빌딩
이메일   aurumbook@naver.com
전화   02-383-9997
팩스   02-383-9996

홈페이지   www.aurumbook.com
블로그   blog.naver.com/aurumstory
ISBN   979-11-90048-42-2

이 도서의 국립중앙도서관 출판예정도서목록(CIP)은 서지정보유통지원시스템 홈페이지 (http://seoji.nl.go.kr)와 국가자료종합목록 구축시스템(http://kolis-net.nl.go.kr) 에서 이용하실 수 있습니다. (CIP제어번호 : CIP2019032780)

· 이 책은 저작권법에 의해 보호를 받는 저작물이므로 무단 전재와 복제를 금합니다.

· 잘못된 도서는 구입한 곳에서 교환해드립니다.

조선 최후의 지성 면우 곽종석

조홍근 지음

입석산 주변 전경

면우선생 구묘

사월 마을 입구 회화나무(학자나무)

사월마을 사수

거창군 가북면 중촌리 다전 (면우가 기거한 유허)

남사마을 연혁비

다천서원경내

중국 남경 중산릉

글을 펼치며

저자는 이천삼년 면우 곽종석이란 인물을 외가의 사랑채에서 외숙으로부터 어렴풋하게나마 들을 수 있었다. 한동안 면우라는 인물에 매료되어 수년 동안 면우를 그리며 면우가 생장한 산청군 단성면 남사마을을 자주 기웃거렸다.

면우와의 시절 인연이 있었는지 저자는 대학 강의를 마치고 외숙의 사랑채를 매일같이 방문했다. 팔순의 외숙은 흥분되어 구강 건조를 일으킬 정도로 전해져 오는 면우에 관한 이모저모를 어린 생질에게 매거 일러 주었으니 상기하건대 면우는 유학계의 마에스트로였다.

한층 면우에게 쏠린 저자는 아세아출판사에서 영인된 「면우문집」을 구입했으나 방대한 문집에 질겁하지 않을 수 없었으니 방대함은 물론 저자의 비약한 문력 때문이었다.

외숙 사후 이천육년 저자는 거창을 밟아 보고자 아침 일찍 자동차에 시동을 걸었다. 미끄러지듯 내달리는 자동차 사이로 언뜻언뜻 거창과 대구가 한눈에 들어왔다.

거창에 무사히 도착할 수 있었던 저자는 자동차에서 내려 행인에게 면우가 정착한 가북면 중촌리 다전 마을을 묻게 되었음이니 바로 멀지 않은 지척지로 석축 밑 헐벗은 빈처였다. 풀들만이 무성한 유허 이곳저곳엔 서석거리는 청죽만이 길손을 맞이하려는 듯 휘청거렸고 휘청거리는 그 지점이 교사校舍 여재였으리란 한 생각에 여재에서 후학들을 길렀을 선생님을 떠올려 보았다.

유허를 실사實寫 한 후 자동차로 약 15분 거리를 달려 내려오니 가조면 다천 서원에 도착할 수 있었다. 한참을 다천 경내를 맴돌며 이런저런 생각 끝에 일순간 선생님이 누워 계신 구묘가 떠올랐으니 저자가 다천 서원을 나와 이웃 주민에게 율리 모덕산 선생의 안장을 물어보자 바로 다천 서원 앞 오른편 산이라는 것이었다.

한 주민이 손짓한 지점을 향해 개울을 건너서 보니 높지도 낮지도 않은 율리 모덕산에 이를 수 있었다. 산발치에는 철판의 안내판이 서 있었다. 안내판에는 선생의 약력과 치적을 소개하고 있었으니 분명 선생의 구묘라는 것을 확인할 수 있었다.

저자는 준비해 온 소주와 건포를 돌상에 진설하고선 헌작과 배례를 한 후 그때 다음과 같이 주문했다.

평소 선생님의 훌륭한 인품을 사모해 왔던 후생은 마치 선생님께서 한주 선생에게 배움을 묻고자 한달음에 성주로 달려갔듯, 후생 또한 이곳 모덕산으로 달려왔고 선생님처럼 그 많은 지식을 가지고서 한주와의 대좌를 청하고자 했던 그런 용기는 전혀 없으나 마음만은 대좌만치 가슴 설레었고 그 설렘을 오래도록 이어 가게 해 줄 것을 사뢰었다.

이때의 고백 또한 장근 십여 년의 성상이 지났지만 이때의 주문은 헛되지 않았는지 그럭저럭 선생의 일모를 그릴 수 있었다.

선생의 전모를 알기 위해 저자는 일상생활은 물론 걷거나 드라이브를 하거나 남들과 어울려 담론을 할 때도 선생은 저자의 뇌리에서 떠나지 않았다. 심지어 꿈속에서 몽중 대화를 하고 싶었고 그런 환영으로 돌아올 것이란 한 줄기 믿음에 밥을 먹고 차를 마시고 조발調髮을 하거나 세구를 할 때도 선생을 응집하였으니. 마치 선생께서 리기를 담론하면 앵무새처럼 따라 읊조렸고 시를 지으면 저자도 따라 지었고 나라를 근심하면 저자도 따라 근심했고 도회의 길로 나아가면 외딴집에서 빗장을 걸고 심학을 보면서 사유했으니 그동안의 난 선생의 그림자였다.

이젠 그림자에서 한층 더 나아가 실체를 놓치지 않기 위해 선생의 생장을 알고 싶었고 가계를 알고 싶었다.

선생이 성리학자의 길을 걷게 된 이유를 알고 싶었고, 천인으로 일컫게 된 사실과 천인을 잉태하고 천인의 기량을 유감없이 발휘케 해 주었던 부모님을 알고 싶었다.

게다가 그 총명한 기량의 선생에게 학문의 금자탑을 세우는 데 결정적 계기를 마련해 준 스승을 알고 싶었고 벗 대계도 알고 싶었다.

그뿐만 아니라 당세 유림계의 마에스트로에 비견될 수 있었던 선생을 고종이 소명했던 일과, 척사 의식으로 무장된 선생이 돌연 서양을 우호적으로 바라보았음은 물론 의병 운동보다는 서양의 만국공법으로 국난의 계책을 삼았던 이유와 파리장서를 보내게 된 사연을 알고 싶었다.

저자는 모덕산을 참배한 이후 그 이유와 사연을 부분적이나마 살펴볼 수 있었으니 이젠 더 이상 꿈을 꾸려 애써 잠을 청하지 않아도 될 것 같다.

2019년 어버이날 다음 날.
산천이 잘려 나간 외딴 폐옥에서.
저자, 謹識.

차례

글을 펼치며　　　　　　　6

석대산이 빚어낸 철인　　　　　　　13
애착과 꿈　　　　　　　36
벼랑 끝에 선 선택의 기로　　　　　　　44
천인　　　　　　　53
지절의 노블레스 창계공　　　　　　　68
도는 눈앞에 놓인 실체라네　　　　　　　82
모부인 정씨　　　　　　　98
그해 가을의 고회　　　　　　　135
예정된 길　　　　　　　141
도학적 포부를 펼치며　　　　　　　161
성리학의 거장 한주와의 만남　　　　　　　198

심학의 에센스를 찾아서	262
인시제의	326
소명	360
십일월의 분노	414
비가	427
거룩한 본능	455
석대산으로 돌아간 철인	490
후기	500
추록	502

석대산이 빚어낸 철인

헌종 12년. 그해 여름은 후덥지근했다.

물씬물씬 피어오르는 성염은 컹컹 짖는 개 혓바닥을 죄여들었다.

헐떡이는 혓바닥과 벌렁거리는 코에서 내뿜는 희뿌연 증염은 이 땅을 자글자글 덮었다. 증염은 다시 삼색의 불꽃이 되어 만민의 피를 들끓게 했다.

흉흉한 소문은 만민을 되볶았고 되튄 불꽃은 뭉개 쳐 오르는 세도의 불꽃을 되꺾진 못했다.

백절불굴의 세도의 만장기염은 종묘를 날름거렸고 묘당을 바싹바싹 부수었다.

제왕의 심장은 절인 배추처럼 지쳐 갔고 정국은 화염에 휩싸였다.

국고는 진회되었고 번갈아 드는 구 년의 수마와 한발, 전염병의 창궐과 소출 없는 농민들에겐 킬링필드를 연상케 했다.

농가는 환상에 골머리를 앓았으니 학정에 맞서 핏대 올린 농민은 유랑민이 되고 도적이 되었다.

그 와중에 조선 최초의 신부 김대건이 새남터에서 효수당하고 이양선이 출몰했다는 해괴망측한 사건은 또다시 민심을 바글바글 들끓게 했다.

그러나.

백사장 위의 달.

사월沙月은 오붓하고 평화로웠다.

사월의 여름은 한줄기 소나기가 퍼붓고 지나간 듯 상쾌하기만 했다.

강바람 맞받고 서 있는 저 정자는 의구하고 툇마루에 누워 쥘부채 부치며 수창하는 저 어르신들 시흥 마를까 된시름하고. 느티나무 그늘에 옹기종기 모여 앉은 저 주민들 혼담이며 자식 자랑이며 남편 험담만 늘어놓을 뿐 급변하는 세상사 관심조차 내보이지 않았다.

부덕한 세상사 시름 잊고 산다는 동천의 여름이 바로 사월이었다.

사월은 추운 겨울보다 더운 여름이 더욱 진가를 발휘했다.

마을 어귀에 듬직한 고령의 느티나무는 욱일승천하는 따가운 햇볕 꺾어 된서리 같은 찬바람 보내 주고, 오들오들 닭살 돋은 주민들은 냉기 털어 가며 질펀한 수다 늘어놓고 한 주민의 익살스러운 얘기에 배를 잡고 웃을 만큼 뭉친 가슴 쓸어내리며 한여름을 유유자적하게 보낼 수 있었으니, 유유자적한 자유를 만끽할 수 있었음은 더 잃을 것도 더 얻을 것도 없다는 무욕의 선량한 마음이 따가운 여름을 더욱 청량하게 했다.

하얀 모래밭에 붉은 노을이 내리쬐는, 빛나는 산하 사월.

간간이 불어오는 강바람은 한여름의 훈풍이었다.

말 등줄기 같은 번지르르한 산맥은 불덩이 같은 한낮 정오의 태양을 막아 주었고 무덤으로 턱 지진 싱거운 야산들은 주산, 이구산으로 모여들었다.

다소곳하게 꿇어앉은 야산들은 꾀죄죄하기보다는 터부룩했고 날렵하기보다는 중후했다.

번지르르한 능선 아래 즐비하게 늘어선 터부룩한 산발의 야산들은 개울에 미끄러지듯 석대산에 와 닿았다.

소쿠리 형국의 사월마을 하늘은 청명했으나 해는 늦게 나와 빨리 들어갔다.

마을을 가로지르는 사수泗水는 사납지 않았다.

순했다.

순한 사수는 여름에도 마을을 범하지 않았다.

가뭄에도 쉽사리 좁아들지 않았다.

쉼 없이 농경지로 흘러들어 메마른 땅을 적셔 주었다.

재 너머 덕산 장시와, 소남 나루 건너 수곡 장시는 인파로 넘쳐났다.

곡식을 실은 소달구지의 털거덕거리는 소리와 물건을 나르는 마바리꾼의 끙끙대는 신음 소리는 새벽을 알리는 소리였다.

새벽을 여는 장사치는 북적거렸다.

봇짐장수는 질빵에 온갖 약초와 제기 등을 걸머지고 장시를 누볐다.

등짐장수는 질그릇, 소금, 미역, 필묵, 생선, 따위를 땅바닥에 질펀하게 늘어놓고 외지에서 흘러들어 온 장사치는 한쪽 모퉁이에서 잡화를 진열했다.

촌민들이 몰아온 살집 있는 도야지와 근력 없는 황소에 흥정이 오갔다.

소달구지에 실린 곡식은 피륙으로, 지게에 지고 온 땔감은 생필품으로 교역하는 만물 장시였다.

장시 옆으로 객주며, 대장간이며, 도살장이며, 술도가며, 푸줏간이며, 세상 물건은 덕산·수곡 장시에 다 모였으니 사월 주민들은 순박하게도 국가와의 교류 없이 자급자족으로 삶을 영위할 수 있다고 여겼다.

『동국여지승람』에는 단성현을 다음과 같이 소개하고 있다.

'단성현은 동쪽으로 진주 경계까지 십이 리, 북쪽으로 산음현 경계까지 이십일 리, 서울과의 거리는 팔백팔 십 리로, 이곳 단성현의 풍속은 부지런하고 검소함을 숭상한다고 하였고, 신념을 굽히지 않는 꿋꿋한 태도와 사람으로서 마땅히 지켜야 할 도리를 높인다崇節義'라고 기록하였다.

단성현의 표치標致에 부합하듯

고려 전기의 문신이자 초계 정씨 시조 정배걸鄭倍傑의 칠 세 손으로 고려 후기 밀직제학을 역임하고 도순문사의 보직을 맡은 정윤의鄭允宜는 단성현을 순찰하고서 다음과 같은 시 한 수를 지어 영송하였다.

이른 새벽 말을 달려 고립무원의 성으로 들어가니

울타리엔 사람 없고 살구만 맺었네.

뻐꾸기 공무 급한 줄 모르고

숲 건너편에서 온종일 봄갈이만 권하네.

凌晨走馬入孤城　籬落無人杏子成

布穀不知王事急　隔林終日勸春耕

어느 봄날.

정윤의가 영송했던 시문에 의하면, 단성현은 나만한 농민도 없었고 황폐한 농촌도 아니었다.

여명이 동트는 새벽이면 숲속 새벽이슬에 몸을 비벼 대고, 해거름이면 붉은 낙조를 길동무해서 집으로 돌아오는 부지런한 전부의 삶을 묘사하였으니 그럴듯한 묘사였다.

이처럼 사월 촌민들은 뻐꾸기 울어 대는 숲속 전원 속에서 잠시도 일손을 놓지 않았다. 근검을 미덕으로 삼았을 뿐. 해양을 넘나드는 이양선도 김대건 신부도 몰랐다.

더욱이 문명의 수혜 또한 아쉬워하지 않았다.

오직 자급자족으로 우러러 부모를 섬기고〔앙사부모仰事父母〕, 아래로 아내와 자식을 기르며〔하육처자下育妻子〕, 상사喪事에 임해서는 예절을 정중히 갖추고 제사에는 정성을 다하는〔신종추원愼終追遠〕삶이 사월인의 전통이고 특색이었다.

거기다 역사와 특색을 잘 보여 주는 사월마을 이곳저곳엔 세월의 이끼로 더뎅이 진 삼백 년 학자나무 회화나무와, 늘 따라다니며 마을을 보호하고 지키는 사수泗水와, 사월의 전통을 견지해 왔던 명가. 성주 이씨 서른한 가구와, 진양 하씨 여덟 가구와, 밀양 박씨 열두 가구와, 사월과 애환을 함께한 감나무와, 음욕을 누르는 고색창연한 고택과, 이단이 비껴가는 재각과, 불후의 고전풍은 전통문화의 요람으로 영속하는 전통의 흐름을 막을 순 없었다.

무엇보다 사월의 전통문화가 외래문화에 유린되지 않을 수 있었음은 실용보다 이념을 뛰어넘은 명분에 가치 우위를 두었기 때문이었으리.

명분은 도덕상 반드시 지켜야 할 사람 된 행위라 정의 내리지만 명분에는 관혼상제의 사례四禮가 자리하고 있었다.

성인이 되면 관례를, 혼기가 차면 혼례를, 상을 당하면 상례를, 사후엔 제례를 받드는 관혼상제는 사월 사람들에게 일생의 지요한 일로 여겨 왔다.

사례는 사월인만의 특색은 아니었다.

유교 사회에서 빠질 수 없는 통과의례로 허들 레이스 하듯 은근슬쩍 뛰어넘을 수 있는 것은 아니었다.

인간이면 살아 있는 한 거쳐 가는 과정이니.

사례 가운데 제례는 전통을 부정하는 니힐리스트는 모르겠으나, 유교 이념에 흠뻑 젖은 사월 선조들의 머릿속엔 효는 인륜의 근본이자 사후까지 지속 가능해야 한다는 관념은 사념 전달되어져 적세의 전통으로 인식되었다.

절일제사엔 외래문화에 침유된 퓨전 복식, 퓨전 제수보다는 전통의 소복과 오첩반상의 무축단헌으로 사대 제사에 임했고, 기제 땐 신위를 응신해서 선조를 맞이했으며 선조 전에 상서하듯 구슬픈 축문의 구송은 고인과 자손 간의 정을 영속게 하는 사월의 전통문화로 자리매김하게 되었다.

제사의 정성이 영원히 뻗어 나가기 위해선 무엇보다 이어지는 후손이었다.

일찍이 유학의 아성으로 일컫는 맹자 또한 세 가지 불효를 거론하였으니 후손이 없는 것이 가장 큰 불효라 했다.

혼례에 따른 생명이란 씨앗의 배태는 마치 발전소에 터빈을 돌려 전기를 일으키듯, 혼례는 터빈처럼 사례를 일으키는 원천으로 생명의 싹을 틔우고, 새로운 생명은 사례의 카테고리에서 순환되며, 그 생명은 다시 생·로·병·사란 네 가지 큰 고통을 겪어야 함이니, 순환되는 사례의 바운더리에서 절손을 막기 위해 혼례에 따른 후손을 계승하는 것이 사월 선조들의 지대한 관심사였다.

사례.

즉 가례와 관련해서 공자의 언행 및 공자와 제자들과 나눈 문답을 수록한 『공자가어孔子家語』에서는 부유칠출婦有七出, 즉 부인의 칠거지악七去之惡을 다음과 같이 거론하였다.

시부모에게 순종하지 않는 불순부모출.

대를 끊는 무자출.

방탕함과 음탕함으로 일족을 어지럽게 하는 음벽출.

시기와 질투로 가정을 어지럽게 하는 질투출.

고치기 어려운 병으로 제사를 받들 수 없는 악질출.

말다툼이 많아 친속 사이를 이간질하는 다구설출.

훔치거나 빼앗음으로 의리에 반하는 절도출이었다.

不順父母出, 無子出, 淫僻出 嫉妬出, 惡疾出, 多口說出, 竊盜出. -『孔子家語』卷第, 六,「本命解第二十六」

그러나 칠거지악이 있는 아내라도 버리지 못하는 삼불거三不去가 엄연히 존재하였으니 보내도 갈 곳이 없거나, 부모의 삼년상을 함께 났거나, 장가들 때 가난하였다가 뒤에 부귀하였을 경우라며 『공자가어』에서는 완충의 후속 조치를 마련하였으나.

三不去者 謂有所取 無所歸 一也 與共更三年之喪 二也 先貧賤 後富貴 三也.
-『上揭書』

오늘의 시각에서 본다면 참으로 제도의 아이러니라 하지 않을 수 없을 것이다.

칠거지악은 부인을 옥죄는 구속으로 당시의 부인들에게 그 많은 윤리를 강요했을 뿐 아니라, 심지어 불치의 악질을 죄악시하고 터부시했으며, 인력으로 미칠 수 없는 출산에 따른 불임마저 부인에게 떠밀었으니 성차별 성 평등이란 페미니즘 운동이 확산되는 오늘, 페미니즘의 시각에서 본다면 그때 그 부인들에게 그 많은 윤리를 강요했던 칠거지악이란 미명은 한 인간의 인권을 봉건적 관습이란 오랏줄로 결박하기 위한 야만적 논리라 분개했으리.

허나 악습과도 같은 칠거지악은 유교 의식의 일단으로 손질되어 왔고 패속되다시피 한 오늘이지만, 그때 그 시속, 칠거지악은 본래 상풍패속 傷風敗俗, 즉 부패하고 문란한 풍속을 바로잡으려 했던 기본적인 틀로써 한 치의 오차 없이 타이트하게 짜인 것은 아니었다.

그렇다고 변통할 수 없는 것도 아니었다.

칠거지악이란 굴레 너머엔 인간을 어엿비 여기고 인간을 구제하려는 사랑, 제중활인 濟衆活人의 인간애가 스며 있는 비장의 카드 삼불거가 엄연히 존재하고 있었다.

그러나 삼불거만으로 인간을 재량할 수 없을뿐더러 칠거지악과의 대항력도, 완충 역할도 할 수 없었다.

이 때문에 지각 있는 진유들은 칠거지악이란 도식적 사고와 삼불거란 근시안적 태도보다는 한발 앞선 다각적이고 근원적인 본질을 추궁해서 부인들에게 멍에를 씌우기보다는 인간이 짐승이 될 수 없는 이유와, 짐승이 인간이 될 수 없는 까닭과, 이성적인 행동을 인간이라 부르는 이유와, 본능적인 행동을 짐승이라 부르는 까닭과, 조신한 행동을 요조숙녀라 부르고 완전한 품격을 갖춘 여성을 현모양처라 부르게 된 이유에 대한 해답을 제시하고 그에 따른 교화로써 재활해 주고자 했지.

성급하게 칠거지악으로 되몰아 낙인찍으려 하진 않았을 터이다.

오로지 인간 사랑.

즉 애인**愛人**이란 폭넓은 아량으로 재기의 기회를 주어야 함이 인간을 위한 학문, 참다운 인문학이라는 것을 현시했을 것이되, 이 같은 사유는 퇴계 이황 같은 선학 또한 공감하고 추종하였으니, 유학의 정수가 흥건하게 내밴 사월의 선조들 역시 칠거지악과의 각축에서 삼불거에 힘을 실어 주었겠지만 무엇보다 가문의 명예 못지않은 대를 이을 자식이 있어야만 최소한의 명분은 설 수 있다고 여겼을 것이다.

이처럼 사월의 선조들은 부유칠출의 무자출에 있어서만은 그다지 후우하지 못한 듯한데, 그런 원유에서 오백 년 사월의 전통을 계승했는지는 모르겠으나 최소한의 명분은 사월인만의 특색은 아니었다.

이는 조선 후기 전통 사회의 전형으로 곽씨 집안 또한 유수의 전통을 뒤집을 순 없었음이니.

시조 경鏡으로부터 개문한 현풍 곽씨는 자손의 번성은 자랑할 수 없으나 불절여루不絕如縷한 자손은 마치 가랑비가 모여 큰 내를 이루듯 잇대어 꿰맨 자손은 어느새 무성한 일족이 되었다.

일족은 분파되어 칠십여 파가 되었고 면우 가계는 겸趫을 중시조로 한 정랑공파正郎公派로 파계되었다.

조부 창계공은 중시조 겸으로부터 먼 후손 칠대 잉손仍孫이 되시며, 부군 도암공은 구름과 같이 멀어진 자손 팔대 운손雲孫이 되신다.

정랑공파로 파계된 면우 가계는 인류의 지성 공자께서 『논어論語』·「태백泰伯」에서

'천하에 도가 있으면 나타나 벼슬하고 도가 없으면 숨어야 한다.'라고 일러 말했던 것처럼.

　　　　……天下有道則見 無道則隱.

때를 만나면 세상에 나와서 벼슬을 하고 때를 만나지 못하면 초야에 묻혀 여생을 보내는 것이 선비 된 자의 떳떳한 도리라 여겼던 것이다.

때문.

면우 가계는 권세와 부귀 따위의 물질적 성공보다는 전통의 배태, 가계의 수호와 이어지는 혈육에 따른 전통의 계승이라는 두 가지 정신적 양상에 더 높은 가치를 두었던 것이다.

그래서 자손들에게 어서 출세하라고 말하기보다는 가계를 이을 혈연의식, 즉 절손의 염려가 앞섰으니 후사가 없다면 입후立後를 해서라도 봉사해야 한다는 기운이 팽배했던 면우 가계에 봉사에 따른 입후는 현

실이 되었다.

면우 선생 연보에 의하면 동촌에 사는 도암공의 재당숙께서는 무연의 혈윤에 구사求嗣의 욕망을 떨치지 못한 듯했는데, 박기후인薄己厚人의 충성맨이었던 도암공은 재당숙에게 별고의 근심을 덜어 주고자 장근 예순에 만득으로 본 십세충년 면우를 속골續骨하듯 입후入後고저 하였던 것이다.

부군 도암공의 명에 아연실색했던 면우는 도암공 곁에서 울먹이면서 다음과 같이 고하였다.

"내 아버지와 내 어머니가 구존俱存하신데, 내 어찌 재종 아저씨를 아버지라 부르겠사옵니까!"라며 빠득빠득 조르는 바람에 도암공은 결국 면우를 당해 낼 재간이 없었다. 라고 한. 이 같은 비화 한 토막을 문하생 중재 김황(1896~1978)이 연보에 추록하였던 바, 비화를 통해 면우 가계의 의식 패턴을 엿볼 수 있었으니 정랑공파로 파계된 면우 가계는 여느 가정처럼 장자 중심의 유교적 전통 사회의 종법이 철저히 지켜지고 있었고 전통 사회의 종법을 확고히 확신하고 따랐던 것이다.

기실 면우 가내는 조부 창계공을 잇댄 부군 도암공과, 아래로 순조淳兆, 철조喆兆 두 숙부가 구존具存했다.

순조 숙부에게 동석東錫, 공석公錫, 우석宇錫, 기석畿錫, 인석麟錫, 희석羲錫 여섯 아들과, 철조 숙부에게 필석弼錫 등 일곱 종형제가 있었으나 장자 도암공에게만 후사가 늦었다.

도암공의 만득의 후사 정석마저 부인 손씨의 갑작스러운 죽음에 고분지통鼓盆之痛의 참혹함을 겪어야 했으니 그 슬픔 뒤엔 후사에 대한 심각한 고민이 따르지 않을 수 없었다.

> 鍾錫春間遭家兄之喪...... 身後無嗣 宗祀未定. -『俛宇集』卷34, 答李養和」

장자 중심의 가통을 잇는 것은 물론이거니와 유풍에 따른 혈연 의식이 무엇보다 강렬했던 면우 가계에서는 선대에서 후대로 이어지는 핏줄을 만세토록 잇고자 하였으니 그 핏줄은 단순히 파르스름한 표면적 핏줄만은 아니었다.

곽씨 가계의 핏줄임을 자랑스레 드러낼 수 있는 순혈의 핏줄이었다.

핏줄의 정을 잇기 위해 면우 가내는 가계를 계승해야 했다.

절손을 막기 위해 입후해서라도 사자嗣子를 세워 계보에 공백을 메워야 했으니 사자는 후사였고 후사는 이음이었다.

중국 최고의 지리서이자 중국의 대표적 신화집 『산해경山海經』에 주註를 내고 당 현종이 비단 주머니에 넣고 어느 누구에게도 보이지 않도록 하였음에 붙여진 장서葬書 『금낭경錦囊經』.

『금낭경』은 바람을 잠재우고 물을 찾고 무덤을 상지相地하고 집터를 상택相宅하는 풍수서로, 청오靑烏의 『청오경靑烏經』과 더불어 풍수지리가의 양대 기서로 꼽히고 있다.

『금낭경』의 저자 곽박郭璞은 풍수가들 사이에 풍수의 명사로 가장 뿌리 깊게 박혔고 가장 닮고 싶어 했던 인물이었다.

전하는 문헌에 의하면 이상야릇하게도 곽박의 풍수는 여느 풍수가와는 달랐다.

풍수의 명사로 풍수가들로부터 존경과 흠모의 대상이었던 곽박은 단지 풍수를 길흉화복의 수단으로 이용하지 않았다.

그래서 이러한 행위 자체가 곽박의 메리트가 될 수 있었다.

흔히 말하는 반풍수처럼 길지와 구산求山으로 더한 권세와 더한 부를 일시에 거머쥘 수 있다는 것을 운운하며 호들갑을 떠는 허황된 지관은 아니었다.

탐욕적 술법보다 무욕의 술법으로 땅을 이해하려 했던 곽박은 난세에 가계를 잇기 위해 고육책으로 자신이 묻힐 묘의 좌향을 바꾸어 놓는 것이었다.

변향變向했던 곽박은 자신이 예측했던 대로 자신 사후 삼대는 새옹지마의 고사에서처럼 말에서 떨어져 불구가 되어 군사로 징집을 면할 수 있었던 변방의 노인, 불구 아들과 다름 아닌 삶을 살게 되었음은 물론 그것도 모자라 삼대를 폐옥을 만들고 중년이 넘은 삼대 후손과 병들어 누운 그의 노모가 내일을 보장할 수 없게 되었던 것이다.

일이 이쯤 되자 곽박의 묘는 후세 풍수 이론가들로부터 의혹이 제기되었고 재조사가 불가피하게 되었으니, 조사 결과 치명적인 오류가 확인되었고 풍수 이론가들은 곽박의 풍수 이론을 불신하기에 이르렀다.

그러나 곽박의 풍수는 부귀빈천을 뒤바꿔 놓겠다는 구복求福의 술수에 있었던 것은 아니었다.

이 또한 욕심이라면 욕심이라 할 수 있을 것이나, 곽박은 단지 격전의 난세에 더한 귀와, 더한 부보다는 후손들의 목숨을 지켜 주는 것이 술사의 역할이라 여겼으니, 이 같은 한 생각에 피흉의 카드를 들었던 것이

좌향을 돌려놓는 것이었다.

이는 바로 마음속 깊이 묻었던 후사, 즉 이음이 곽박을 사로잡았기 때문이었으리.

후사와 관련해서 『공자가어』에서는 다음과 같이 언급하였다.

'나라를 통치하는 도가 있으니 이음은 근본이 되므로 제왕의 후계자를 세우지 않는다면 혼란의 싹이 된다.'

居國有道矣 而嗣爲本 繼嗣不立 則亂之萌. - 『孔子家語』卷四「六本第十五」

'공자가어'에서 밝혀 말하였듯 후사는 이음이었다.

이음은 왕가에서의 왕위 계승이고 한 나라의 국맥에 비의되는 이음은 사가私家에서 종으로 내려가는 봉사奉祀의 사자嗣子임에 곽박은 만대에 걸쳐 대물림되는 새순 같은 후손을 부육하고자 했던 것이다.

전해 오는 곽박의 일화처럼 면우 가내는 곽박의 이음이란 정신을 답습하고자 했겠으나, 후사는 유수有數하여 인력으로 어쩔 수 없다고 하였으니, 도암공 대에 이르러서는 절손을 우려해야 했다.

후사는 운명이고 운명으로 받아들이면 될 터이지만 면우 가내는 산안 밝은 지관을 불러다 선영을 비보裨補해서라도 오매불망하던 후사를 얻고자 했을 것이다.

계보의 공란을 메울 수 없었던 도암공은 선대에 씻을 수 없는 죄를 짓기라도 하듯 초조하고 조급하기만 했다.

마치 숙량흘과 안징재가 공자를 얻기 위해 허구한 날 이구산에 올라 그토록 염력을 드리며 애태웠던 것처럼, 초조와 조급증이란 이중고에서 헤어나기 위해 최소한의 명분은 세워야 했다.

명분은 다름 아닌 '이음'의 후사였다.

도암공(道菴公, 1795~1857)은 진양 강씨 사이에서 두 딸을 얻었지만 이내 고분지통을 겪었다.

강씨와의 사별로부터 얼마의 시간이 지난 후 속현續絃했으니 해주 정씨 사이에서 아들 넷과 딸 셋을 두었으나 장자는 포대기에 싸였을 때 잃었고 차자는 아장아장 걸어 다닐 때 잃었다.

아래로 정석과 종석 두 형제만이 간신히 계절繼絶할 수 있었으니.

부전자전이라 해야 함인가.

형 정석 또한 전 부인 손씨와의 실리로 재취에서 아들 윤재䆖을 어렵사리 얻었고, 면우 역시 삭녕 최씨와의 실리로 이십 년 만에 진보 이씨 사이에서 쉰둘에 장자 전瀍을, 쉰아홉에 차자 정灗을 얻었으니, 돌아보면 부군 도암공과 그들 형제는 대를 이을 자식, 사속지망嗣續之望을 얼마나 고대하였음인가……!

면우는 이미 1885년 서른아홉 을유 세, 스승 한주에게 봉사할 후사를 얻지 못한 아쉬운 심정에 점잖은 스승에게 상신하였으니.

　　兄弟靡室 并無嗣續 祖내禰烝嘗 擧將誰托. - 『俛宇集』卷11, 「上寒洲
　　先生」

상신이라 하지만 마치 지구 대하듯 흉금을 터놓고 의논한 자신이 경솔한 짓인지도 몰랐을 정도로 후사를 상망하였던 것이다.

그런데 도암공의 운명을 밟았는지 스승 한주에게 상신한 날로부터 십삼 년의 시간이 지난 후에야 비로소 계보의 공백을 메울 수 있었으니 생남례라도 해야 했음이다.

도암공 역시 면우를 쉰둘에 두었으니 쉰둘에 자식을 두는 것이 면우 가계의 내림일까.

면우는 삼대가 대물림되듯 반복되는 의구심에 동문 이승희에게 사주팔자를 선천수로 계산해서 오십이가 마음에 들어 장자 전을 오이五二로 작명했다고 하였으니, 오이는 오십이를 일백오십육 년의 완물完物로 나누어 삼대로 대물림된 것이라 추리하였던 것이다.

주역에 일가견을 가졌던 면우의 이학적 수리 능력에 비추어 본다면 오십이 세에 얻은 자식은 결코 우연이라 할 수 없으며 필연이라 해야 할 것이나, 이는 자신의 사견일 뿐 그의 역학 이론은 운명을 관측한다는 의미는 아니었다.

단지 자손이 귀한 집안에서 아들을 얻고자 비상한 관심을 가졌던 사소한 에피소드에 불과하지만 설레는 마음을 가눌 수 없었던 면우는 우연이라 하기엔 그 시점이 너무나 절묘해서 동문 이승희에게 말했을 뿐 헹가래를 바라서 치기했던 것은 아니었다.

이처럼 자손이 귀한 집안에서 배태와 탄생은 더할 나위 없이 기쁜 일이었지만 도암공과 가족들을 더욱 애태우게 한 것은 태중 태아의 성별, 아들이냐 딸이냐가 초미의 관심사였다.

극도의 긴장으로 기력이 쇠진했던 도암공은 산달이 다가올 무렵 혼곤히 낮잠에 빠져들었다. 곤하게 잠든 도암공은 꿈에서 마을 뒤 석대산石臺山을 보았다.

석대산이 방 한가운데로 비집고 들어오는 광경이 신기롭기만 했던 도암공은 감았던 눈을 똥그랗게 떠 보았지만 방 안 어디에도 석대산은 보이지 않았다.

막 보았던 신비롭고 황홀한 광경은 꿈이었다.

한낱 꿈이라 압모하기에는 너무나 대몽이었다.

도암공은 중얼거렸다.

"예사로운 꿈이 아니야……!"

"암, 그렇고말고……!"

"태몽에서 산은 대학자의 출현을 예시해 준다고 하지 않았던가……!"

"염력이 헛되지는 않았구나! 않았어……!"

"필시 신불이 석대산의 정기로 아들을 점지해 주었어……!"

"이 계시는 위대한 정신적 지도자가 되어서 세상 모든 인류를 구원하라는 신불의 메시지에 다름 아닐 거야……!"

도암공은 마을 뒤 석대산을 바라보며 한동안 깊은 생각에 젖어 보고자 했다.

방금 꾼 꿈이 도암공의 마음을 사로잡았으니 야릇한 꿈을 깡그리 잊을 수 없었던 도암공은 다시 중얼거렸다.

"방금 꾼 꿈이 태몽이 맞을까……!"

"왜 내게 이런 태몽을 주었을까……!!"

"그렇지……!"

"삼국을 통일한 명장 김유신의 태몽을 아버지 서현**舒玄**이 꾸었고, 호학의 군주 정조의 태몽을 아버지 사도세자가 꾸지 않았음인가!"

"이는 태몽이 분명해!"

"태어날 아이도 김유신처럼 정조처럼 위인이 될 거야……!"

"암, 그렇고말고……!"

도암공은 놀란 가슴을 쓸어내리며 안도의 한숨을 길게 내쉴 수 있었다.

태몽에 관한 기록은 위인전기에 산발적으로 대거 수록되었다.

그 가운데 걸출한 역사적 인물 중심으로 살펴본다면 그 인물의 출생담에는 태몽에 관한 일화가 반드시 소개되었으니 이들 인물들은 대개가 비상한 태몽을 가지고 한 시대를 풍미한 주역이라는 공통점을 가지고 있으나, 인터넷상이나 대중 매체에선 태몽을 잠재하고 있는 의식의 해프닝으로 시대착오적 사고방식이며 반과학적이라 치부하고 있지만, 옛 선조들은 명리나 태몽으로 태아의 장래 운명을 예측하고 그에 걸맞은 교육으로 진로를 고려했던 것이다.

김서현과 사도세자가 꾸었던 태몽에 적잖이 위안과 희망을 가졌던 도암공은 마침 해산했다는 소리를 듣자 배냇냄새 풍기는 안채로 황급히 들어갔다.

공의 예상은 빗나가지 않았다.

그토록 바랐던 아들이었다.

막 탯줄을 끊은 아이의 울음소리는 고요한 마을의 적막을 깨듯 쩌렁쩌렁했고 쓸개를 뒤집어 놓은 듯한 수려한 이마와 말똥거리는 눈빛은 마치 상대를 쏘아보는 듯 번쩍거렸으니, 이 아이가 훗날 한 많은 나라 대한의 독립을 보장받기 위해 헤이그에서 개최되는 만국평화회의에 밀사를 보내는 데 주도적 역할을 했고, 프랑스 파리에서 개최되는 파리강화회의에 장서를 보냈던 발두인이며, 한국 유학 오백 년을 총합했던 면우 곽종석1846~1919 선생이시다.

칠흑 같은 시대 밤하늘의 혜성처럼 헌종 12년 6월 24일 자시에 지리산과 경호강을 아우르는 풍광 좋은 경상남도 산청군 단성면 사월마을에서 아버지 곽원조郭源兆와, 어머니 정씨 부인 사이에서 둘째 아들로 태어났다.

도암공은 꿈의 징조를 따서 아이 이름을 돌-뫼〔石山〕라 작명했다.

돌-뫼는 하루가 다르게 자라서 이젠 토닥거리며 재롱까지 부렸다.

기쁨도 잠시, 늦둥이의 앞날을 생각하니 왠지 코끝이 시큰거리고 눈시울이 뜨거워졌으니 눈물이 날 정도로 도암공의 가슴을 찡하게 했음은 한 생명의 탄생에 대한 감사의 기쁨이었고 내 핏줄 그 자체에 대한 형언할 수 없는 애련의 정 때문이었으리.

돌-뫼를 바라보는 도암공은 우수와 안도의 긴 한숨을 오갔다.

"이 아이는 이미 태몽에서 예견하지 않았던가……!"

"위대한 학자가 될 거야!"

"암, 그렇고말고……!"

가슴을 쓸어내리는 도암공의 염원은 마치 자문자답이나 하듯 중얼거렸다.

그런 의미에서 18세기 프랑스 철학자 엘베시우스1715~1771는 『잠언과 고찰』에서 다음과 같이 직서하였다.

그가 "부모의 사랑은 내려갈 뿐 올라가는 법이 없다. 그러므로 사랑이란 내리사랑이다."라고 설파하였듯, 돌-뫼에 대한 도암공의 사랑은 잔잔하게 일렁이는 파랑과도 같았다.

하루는 도암공이 학동들을 훈도하는 글방에 돌-뫼를 불러다가 자신의 무릎에 앉혔다. 여태 낯가림이 없는 돌-뫼였으나 옹기종기 앉아 있는 학동들과 시선을 마주하기엔 아직 낯설기만 했는지 돌-뫼는 한참 동안 고개를 떨구고 두 손만 만지작거렸다.

도암공은 무릎에서 다소곳이 놀고 있는 돌-뫼를 의식하였는지 오늘따라 몸을 좌우로 흔들지 않았다.

헛기침으로 목청을 쓸어내리지도 않았다.

한 장 한 장 넘어가는 책갈피는 기름 먹인 여닫이 열듯 살포시 넘어갔다.

학동들 앞에서 목청껏 선창도 하지 않았다.

물 흐르듯 미끄러지는 곡조로 한 자 한 자 뜯어 가며 경전에 담긴 성인의 가르침을 오롯이 전해 주었다.

그러나 학동들의 여풍과이한 학습 태도에 도암공은 여태껏 느껴 보지 못한 무력감을 느꼈다.

꾸뻑꾸뻑 졸고 있는 학동을 바라보고서 도암공은 말했다.

"잠시 쉬었다 하자꾸나!"

"오늘 배운 것이 쉬운 것은 아닐 테지……!"

"그렇겠어……! 그러하되, 오늘 배운 것은 꼭 익혀야 하고 한 자, 한 구절도 지나쳐 보아서는 아니 될 것이다……!"

잠깐의 휴식을 끝낸 도암공은 말했다.

"다들 책을 펴 보거라……!"

도암공은 마치 인자한 아버지가 악동을 달래듯 깨우쳐 주었을 뿐, 회초리나 호통으로 학동들에게 다가서지 않았다.

도암공의 열성적인 가르침이 무색하리만큼 학동들의 암송은 구름 속에 가려진 산처럼 한 보의 진전이 없었다.

오늘 중으로 끝날 것 같지는 않았다.

도암공은 한 학동을 지명했다.

"오늘 배운 것을 암송해 보거라……!"

학동은 한동안 머리를 긁적거리며 부끄러운 듯 시선을 떨구었다.

학동을 내려다보는 도암공은 핀잔을 주기보다는 다정한 말로 다음과 같이 훈계하였다.

"오늘 배운 것은 돌아가서 꼭 익혀야 하느니라……!"

고개조차 들지 못한 학동은 모깃소리만 한 목소리로,

"말씀 받자와 꼭 익히겠사옵니다……!"라고 대답했지만.

일순간 학동의 두 뺨은 홍시처럼 불그스름하게 달아올랐고 두 눈에 눈물까지 고였다.

오랜 시간 무릎에 다소곳이 앉아 있었던 돌-뫼는 무료하고 지루하였는지 도암공의 무릎을 박차고 일어나 나오면서 학동이 미적미적대던 문구를 한 자도 틀리거나 막힘없이 암송했던 것이다.

학동들은 아연실색하며 말했다.

"훈장님, 무릎에서 놀던 저 꼬맹이가 몇 살이에요……!"

"아직 네 살밖에 안 되었는데……."

"우~와! 그럼 신동이네……."

"저 애는 배우지 않고도 스스로 깨달아 아는 생이지지가 분명해! 그렇지 않고서야 오늘 저 어려운 문구를 어떻게 암송할 수 있어……!"

그날 학동들은 수군대며 한동안 경악을 감추지 못했다는 이 같은 일화와 후술할 일화 몇 편은 중재 김황이 저술한 연보에 근거해서 서술하였으나, 기실 연보와 행장이란 특성상 신변잡사를 다 게재할 수 없는 제약성으로 인해 간략하게 서술되었던 내용을 대화체 방식으로 약간 각색해 보았다.

생이지지가 분명하다는 학동들의 절찬은 흥감도 황당무계한 일도 아니었다.

칠 세 때 면우는 『서경書經』·「우서虞書·요전堯典」에서 '기朞는 삼백육십육 일이니 윤달을 사용하여 사시四時를 정하여'라고 했던, 그 어렵다던 천체 현상에 관한 역법曆法 기삼백朞三百을 홀로 연구 추산해서 선배들로부터 부러움을 사기도 했었다.

이때부터 사월에 신동이 태어났다는 소문이 파다했다.

소문은 금세 인근으로 퍼져 나갔다.

하루는 소문을 듣고 찾아온 빈객이 돌-뫼에게 다가서면서 말했다.

"얘야! 지**地**자를 내줄 테니 엮어 보겠느냐……!"

객의 말이 떨어지자 갓 다섯 살인 돌-뫼는 종종걸음으로 필묵과 한지를 차례로 가져다 놓고, 고사리손으로 붓을 움켜잡고 먹물을 듬뿍 찍어서 의장대 총 돌리듯 한지 복판에 '**廣大天與同 其上幾萬國**, 넓고 큰 하늘은 그 위로 여러 만국과 같다.'라는 열 글자를 일필휘지로 써 내려갔다.

우두커니 바라보고 있던 객은 혀를 내두르며,

"장래 이 아이는 한 나라 사람에게 알려질 뿐 아니라 천하 사람에게 알려질 것이고 학문의 성취 또한 종잡을 수 없다."라는 과객의 천둥 같은 감탄사는 이 마을에서 저 마을로 파다하게 퍼져 나갔다.

애착과 꿈

도암공 또한 돌-뫼의 재기를 모를 리 없었다.

일찍부터 짐작해 왔던 도암공은 날로달로 학문적 재능을 보였던 돌-뫼에게 한껏 학문적 기대를 걸어 봄 직한데 그 기대는 바로 과거 시험이었다.

조부 창계공이 못다 이루고 자신이 못다 이룬 그 높기만 한 과거를 위해 과거 합격자를 최다 배출했다는 인근 마을 노사 이홍렬李鴻烈 문하에 돌-뫼를 보내기로 결심했다.

돌-뫼는 도암공의 뜻을 받들어 이홍렬 문하에 나아갔으나, 갓 아홉 살 된 돌-뫼에게 주입식 서당 공부는 흥뚱항뚱하게 할 뿐 공부에 흥미를 전혀 느끼지 못했다.

오롯이 훈도의 가르침에 따라 성인의 가르침이 담긴 경전을 읽고 외웠지만 성인의 경전은 어린 돌-뫼의 마음을 적셔 주지 못했다.

다만 훈도가 선창하면 앵무새처럼 따라 외우기만 했을 뿐이다.

그럴는지 모른다.

경전은 그 말이 간략하고 뜻은 은미하여 이를 훤히 이해한다는 것은 사실상 돌-뫼에게 어려웠으리.

마치 불학에서 고통의 세계를 벗어나 이상경으로 인도하는 선지식의 법문과도 같은 경전은 오랜 시간 경전과 마주한 홍유에게는 가능하겠으나 동심에 깃든 돌-뫼에게 성인의 가르침은 멀고 벅차기만 했을 것이다.

도암공 역시 예기치 못한 일은 아니었다.

과거에 대한 미련 때문에 기량이 날로달로 일취월장하는 돌-뫼가 자신이. 부군 창계공이 뛰어넘지 못한 과거란 높은 장벽을 타 넘기를 바랐으나 혹여 자신처럼 고시 낭인이란 꼬리표를 달 수 있으리라는 우려에, 욕망이 난망한 과거에 대한 도암공의 미련은 일변 탐욕적 욕망에 지나지 않는다는 것을 자각했다.

도암공은 급기야 돌-뫼의 큰 국량이 획일적 서당식 공부에 매몰되기보다는 더 넓고 더 깊은 학문의 세계로 나아가기를 바랐던 것이다.

하루는 돌-뫼가 서당에서 『소학』을 배우고 돌아와서는 도암공에게 아뢰었다.

"소자 오늘 훈장님으로부터 중국 송나라 호안국이 정호와 범중엄으로부터 학문적 입지를 세웠다는 말을 들었사옵니다……!"

무이선생武夷先生이라 호칭되었던 호안국(胡安國, 1074~1138).

중국 송宋의 건주建州 사람으로 송대 이학의 개조 주돈이 周敦頤, 1017~1073의 제자 정이천 程伊川, 1032~1085을 사숙하여 거경궁리, 즉 마음과 몸을 공손히 하여 모든 것을 삼가는 내적 수양의 거경居敬과, 사물의 이치를 널리 궁구하여 정확한 지식을 얻는 외적 수양 방법 궁리窮理 학문을 중히 여겼던 성리학자였다.

범중엄(范仲淹, 989~1052).

범중엄은 중국 송宋의 소주蘇州사람으로 송나라 때의 가장 위대한 개혁가였음을 『송원학안宋元學案·3』에서 살필 수 있었으니, 이 책과 전하는 문헌에 의하면 범중엄은 백관도百官圖를 올려 인재 등용의 시비를 논하다가 여이간呂夷簡에게 미움을 사서 지방으로 밀려났고, 십사소十事疏를 올려 개혁을 추진하다가 하송夏竦 등 반대파의 저항으로 실패했다. 그러나 성리학을 널리 퍼뜨려 성리학을 관학으로 성장시켰고 시문과 사詞에 능해「악양루기岳陽樓記」를 세상에 남겼다.

    천하의 근심 먼저 근심하고
    천하의 즐거움 뒤에 즐긴다.

'선천하지우이우하고 후천하지락이락이라 先天下之憂而憂 後天下之樂而樂.'읊었던, 악양루에 있는「악양루기」는 천하의 명구로서 세인들에게 그만큼 칭송되었으니, 시구에서 범중엄이 고위 관료로서 공적 일〔公事〕을 먼저 하고 개인적 일〔私事〕을 뒤로 미룬다는 선공후사先公後私한 정신으로 백성을 위한 정치를 펼쳤다는 것을 엿볼 수 있었던바, 이는 바로 『예기禮記』·「예운禮運」편에 '하늘 아래 모든 것은 누구나 할 것 없이 공평하다'라는 '천하위공'과 같은 맥락이다.

    티-이엔 시이야 웨-이공! 천하위공天下爲公.

천하는 한 사람만의 것이 아니고 천하 만민의 것이라는 것을 깨달았던 범중엄.

그는 비록 개혁은 실패했지만 송대의 위대한 개혁가로 길이 남을 수 있었고, 그의 정신은 신해혁명을 주도하고 중화민국을 수립한 손문에게 영향을 주었다.

손문은 목젖 붉혀 가며 천하는 황제의 개인 것이 아닌 만민의 것이란 '티-이엔 시이야 웨-이공! 티-이엔 시이야 웨-이공!'을 목청껏 외치며 청조의 봉건적 황제 지배를 괴멸시키고자 하였다.

손문이 외쳤던 티-이엔 시이야 웨-이공.

저자 또한 오래전 여름, 중국 남경 자금산에서 웅장과 위용을 자랑하는 손문 선생이 안장된 중산릉을 관람한 적이 있었다.

중산릉 입구에는 '천하위공'이라는 장강대필의 현판이 걸려 있었다.

때마침 중산릉을 지나가던 관리소의 한 관리원이 저자에게 해서체로 큼지막하게 적혀 있는 천하위공의 참된 의미를 되뇌어 주었다.

얘기인즉슨 온 세상은 일반 국민의 것이란 천하위공의 네 글자는 바로 『중용中庸』의 중中으로 편벽되지도, 치우치지도 않는 불편불의의 공정하고 떳떳한 대공지평의 의미를 담고 있다며 자신의 의견을 분명히 밝혔다.

이처럼 당시 천하위공은 이념적 지향의 소산으로 대공지평한 밝은 세상을 만들어 가기 위해 청조에 대한 울분을 발산했던 중국 인민들의 구호였지만, 그때 그 함성은 중국 인민의 구호에 그쳐서는 안 될 것이다.

오늘의 우리들과 관료들 그리고 정치인들은 범중엄의 「악양루기」와 손문이 부르짖은 천하위공이란 넉 자를 되새겨 보아야 할 것이다.

　생각에 잠긴 듯 한참 동안 창밖을 응시하던 도암공은 이내 시선을 거두며 말했다.
　"그랬구나……!"
　"네 마음에 와닿더냐!"
　돌-뫼가 말했다.
　"배우는 자가 늘 간직해야 한다고 들었사옵니다……."
　"암, 그래야지!"
　"명심해야 할 터이지만……."
　"난 중국 북송 때 주렴계가 이윤이 뜻한 바에 뜻을 두고 안회의 배운 바를 배우겠다는 입지만 못하구나……!"
　도암공의 내심에는 하 왕조의 폭군 걸왕을 몰아내고 천하 백성들에게 축복을 안겨 주었던 이윤처럼 핍박받는 민중을 위해 책무를 다하기를 바랐고, 가난을 탓하거나 원망하지 않았던 안회의 삶을 자처하며 물욕으로부터 자신을 검속하기를 은근히 바랐던 것이다.
　도암공의 바람은 여기에 그치지 않았다.
　더한층 웅대하고 원대했다.
　무엇이든 최고, 최상, 최대, 최다, 최량, 최대한이란 최崔 자가 들어가야만 직성이 풀렸는지 돌-뫼에게 늘 베스트가 될 것을 주문했다.
　베스트를 지향한다면 최고, 최상은 못 되더라도 하다못해 차등 내지 삼등은 될 수 있으나 차등 이하로 자처한다면 어느 분야에서도 브레인 역할을 할 수 없으므로 최고에 목표를 두고 매진하라는 것이었다.

미국의 삼십오 대 대통령 존. F 케네디 역시 '줄곧 정상을 공략하라. 이등을 목표로 하면 거기서 그치고 말 것이다.'라고 언설했던 것처럼, 도암공과 존. F 케네디는 최고가 되기 위해서는 목표란 보폭을 다른 사람들에 비해 멀리 떼어야만 바짝 추격하는 러닝메이트를 따돌릴 수 있다고 여겼던 것이다.

이처럼 만경창파와도 같은 도암공의 주옥같은 주문은 여덟 살 돌-뫼를 격분시키기엔 아직 일렀으나, 부군의 바람이 원대하다는 것을 어렴풋이나마 알 수 있었던 돌-뫼는 예전보다 더 열성적으로 서당과 집을 오갔다.

그러던 어느 날 그토록 믿고 의지했던 도암공은 통비라는 병마로 사지가 불인되었다.

곧추설 수 없었던 공은 세 달간 사지를 뻗고 누워서 천장만 바라보며 육신과의 고투를 벌였다.

도암공의 조속한 완쾌를 위해 돌-뫼는 정성껏 시탕했고 수족 노릇하며 병 측을 떠나지 않았건만 예정된 운명의 시간이 다가왔음인지 병세는 날이 갈수록 악화되었다.

돌-뫼는 소리 죽여 흐느끼기 시작했다.

"부자의 연이 여기까진가……!"

"아니면 정성이 미치지 못해 병마를 꺾지 못했는가!"

연방 훌쩍이든 콧물을 닦고서 독백하듯 중얼거렸다.

"속명탕은 수명을 이어 준다고 들었는데 혹여 구해 올려 봄은 어떨까……!"

속명탕續命湯.

수명을 이어 준다는 탕약. 진안제晉安帝 때 노순盧循이 유유劉裕에게 지혜가 부족하다는 뜻으로 익지益智를 넣은 떡을 보내자, 유유가 이에 응수하여 오래 살지 못할 것이라는 뜻으로 이 탕약을 지어 보낸 고사에서 유래하였다. (『藝文類聚 87. 三十六國春秋』)

울분을 토해 보지만 여전히 죽음이 임박했다는 사실을 돌-뫼는 믿을 수 없었다.

미끄러지듯 시간은 빠르게 흘렀다.

점점 시간에 쫓겨야 했던 도암공은 자신의 여명이 얼마 남지 않았음을 감지했다.

도암공은 촉박하게 돌-뫼를 불렀다.

목청은 어둔했고 힘겹게 내뱉는 한마디 한마디는 어눌했다.

"이제 과거 공부를 그만두거라!"

"너의 재기가 움츠러들까 두렵구나!"

"내 너를 만득에 보았기에 학문적 성취를 빨리 보고자 했으나 일취월장하는 너의 학문적 성취를 보지 못하게 되었구나……!"

이 같은 극적 장면은 슬프게 끝나는 사랑, 비련에 다름 아닐 것이다.

이승에서 마지막 힘찬 숨을 들이쉬는 도암공의 가냘픈 신음 소리는 유명으로, 사후하는 자식과 분부하는 아버지와의 신뢰를 느끼게끔 하였으니, 그 신뢰는 부자간의 마지막 다짐의 순간이었고 영결의 예식이기도 했다.

하지만 흐린 날 무지개와 같은 도암공의 유명은 열두 살 돌-뫼를 납득하기엔 아직 일렀다. 오히려 학문적 방황을 불러일으켰다.

벼랑 끝에 선 선택의 기로

누구에게나 지난 사랑이 깊었다면 이별이 안겨다 주는 허탈과 슬픔은 깊어만 갈 것이다.

그 이별은 불교에서 말하는 팔고의 하나 애별리고, 즉 생결로써 만나면 언젠가 헤어진다는 회자정리와 헤어진 사람은 반드시 돌아온다는 거자필반으로 유연하게 대처해서 실연의 괴로움을 달래 주는 애드리브ad lib가 될 순 있겠으나, 부자간의 이별은 이승에서 다시 해후할 수 없는 영결종천으로 애별리고나 미워하는 사람을 만나야 하는 괴로움, 원증회고보다 곱절이나 더 괴로울 것이다.

특히나 감수성 넘치는 열두 살 소년 돌-뫼에게 서로를 갈라놓는 이별은 끔찍했으리. 외간상을 당한 그해가 1857년 정사세, 음력 팔월 초사흘로 향년 육십 이 세의 일기로 도암공은 풍진세상을 하직했다.

그해 가을은 가을걷이를 시작한다는 초가을 소춘으로, 나무가 고요하고자 하나 바람이 멈추지 않고, 자식이 봉양하고자 하나 부모가 기다려 주지 않는다는 그 애고지고의 풍수지비를 돌-뫼는 통절히 겪어야 했음이다.

樹欲靜而風不止 子欲養而親不待.

그러나 쉽사리 떨쳐 낼 수 없었던 골육의 정에 돌-뫼는 목청껏 울어야 했으나 곡성이 나오지 않았다.

이별을 고해야 했으나 죽음을 실감할 수 없었다.

어른어른 두 눈엔 도암공의 항언 최고, 최상, 최대라는 탐욕적 주문만 연발되게 반복되어 돌-뫼의 가슴에 파편처럼 박혔다.

유명은 끝없는 혼란 속으로 빠져들게 했다.

지난날.

그때 그 항언과 유명은 마치 항로를 선회하라는 관제탑의 지시와도 같은 강렬함이 묻어나는 메가톤급으로 생사의 기로에서 안전한 착륙을 시도하는 기수와도 같은 자상함이 묻어 있었으니 안전을 위해 항로를 선회하라는 관제탑의 지시와도 같은 도암공의 강렬한 열망과 애착이 착종된 메시지.

그 항언과 유명을 열두 살 소년 돌-뫼가 납득하기엔 아직 일렀다.

납득하기보다는 타파하기 어려운 화두였다.

화두 같은 메시지를 열어 보고자 했으나 항로에 혼선을 가져오듯 휘청거렸고 침체의 늪에서 허우적거렸으며 학문의 기로에서 우왕좌왕 시간만 끌었다.

상념에 급습을 당한 두부는 똬리를 틀듯 텁석하고 묵직했다.

텁석하고 묵직한 머리는 지끈지끈 아파 왔고 부위별 두통으로 전위되었다.

정수리에서 꼬리뼈로 이어지는 뉴런의 자극은 분비되는 아드레날린의 과다 분비로 풍선처럼 부풀던 두 볼은 바람 빠진 풍선처럼 홀쭉했고, 생소나무 시들듯 달기 없는 피색은 생세지락을 잃은 침울한 십이 세 소년으로 변모했다.

그랬다.

도암공의 높고, 깊고, 넓기만 한 주문은 삶에 흥미를 상실할 정도로 침울함에 빠져들게 했고 돌-뫼의 가슴에 끝없이 메아리쳤다.

노래하듯 돌-뫼는 수없이 되뇌었고 감금되다시피 철저히 세뇌되어 갔다.

지난날 어린 돌-뫼에 대한 도암공의 주문은 자식에 대한 아버지의 끈끈한 정, 짙은 자정이 동심에 깃든 돌-뫼를 앞서갔던 것이다.

영국의 시인이며 신학자인 조지 허버트의 명언에서 아버지에 대해 다음과 같이 일언하였으니 '한 사람의 아버지가 백 사람의 선생보다 낫다.'라고 하였듯, 도암공이 돌-뫼에게 주문했던 최고, 최대, 최상은 단순히 학문적 열망만은 아니었다.

도암공은 어린 돌-뫼에게 실천궁행하는 행동 규범을 보임으로써 인간으로서 갖추어야 할 덕목을 가르쳐 주려 했던 것이다.

『논어論語』·「태백泰伯」에서 '능하면서 능하지 못한 이에게 물으며 학식이 많으면서 적은 이에게 물어야 한다(曾子曰 以能問於不能 以多問於寡).'라고 했던 성현 증자의 말씀처럼, 도암공은 돌-뫼에게 학문하는 자세를 가르쳐 주고자 했고, 그 바탕 위에서 면학에 힘써 주기를 바랐던 것이다.

마치 윌리엄 클라크 박사가 일본을 떠나면서 일본 청년들에게 '보이스 비 엠비셔스(boys be embitious!, 소년들이여 야망을 가져라)'라고 주문하였듯, 도암공은 어린 돌-뫼에게 학문적 야망을 가지고 최대의 노력으로 거대한 학문으로 나아가기를 주문했던 스승 같은 아버지였다.

돌-뫼에게 스승 같은 아버지 도암공이 있었다면 인천상륙작전의 주역이자 한국 동란을 승리로 이끈 더글라스 맥아더에게도 스승 같은 아버지 아서 맥아더 주니어가 있었다.

아서 맥아더 주니어는 용기와 지혜를 겸비한 지휘관으로서 아들 더글라스 맥아더를 미국 역사상 최고의 명장으로 발돋움할 수 있게 한 숨은 공로자였다.

언젠가 아서 맥아더 주니어는 행군 때 자신도 사병들과 똑같이 행군함으로써 어린 맥아더에게 지휘관으로서의 수범하는 모습을 보였던바, 순간적 충동이 일었던 걸까. 헐떡이며 행군하는 아버지 아서 맥아더 주니어를 바라보던 어린 더글라스 맥아더는 찰나적 순간도 눈을 떼지 않았다.

오히려 호기에 눈을 번뜩거릴 정도로 심취했다.

정신을 잃을 정도로 경도되었던 더글라스 맥아더는 아버지 아서 맥아더 주니어에게서 군인으로서의 실천궁행의 행동 규범을 온몸으로 느낄 수 있었고 무예 숭상의 상무 정신을 자각게 했을 뿐 아니라 군인이란 무엇인가를 알 수 있었다.

아버지 아서 맥아더처럼 참된 무인의 길을 걸어갈 수 있었던 더글라스 맥아더는 전쟁광이라 불릴 정도의 투장이었으나, 무모하게 부하들을 다그치다 심복의 칼에 너절한 최후를 맞이했던 촉나라의 투장 장비는 아니었다.

오히려 부하들의 옹위를 받으며 위풍당당하게 전장에 나아갈 수 있었고 뛰어난 용병술로 부하들의 흠모를 받으며 더 높은 무공으로 명장이라는 최고의 명예를 거머쥘 수 있었다.

아서 맥아더 주니어가 자신의 분신 더글라스 맥아더에게 무인으로서 갖추어야 할 행동 규범과 지휘관의 자세를 제시하고 인도했던 길잡이 역할을 자임했다면, 도암공은 어린 돌-뫼를 훌륭한 학자로 만들기 위해 마치 배를 안전한 수로로 안내하는 도선사와도 같은 훈도의 역할을 자임했고 학문의 바람몰이 역할을 자청했던 것이다.

때론 기수로 때론 도선사의 역할을 자청했음은 다름 아닌 재기 출중한 돌-뫼의 학문적 성취에 모든 희망을 걸었기 때문이었으리.

그래서 의식 저면으로부터 솟구치는 학문적 열망을 쉽게 떨쳐 낼 수 없었던 도암공은 어린 돌-뫼에게 남들이 미칠 수 없는 험난하고도 힘든 더 높은 학문으로 나아가게끔 주문했던 것이다.

이젠 도암공의 주문은 한 방울 향수처럼 돌-뫼의 온몸 구석구석 배어들었고 향긋한 향수는 노스탤지어가 되어 마을 뒤 망해봉 발치에 안장되었으니, 기수와도 같고 도선사와도 같은 학문의 조력자인 도암공을 여읜 슬픔에 그 누구도 돌-뫼의 허전한 마음을 채워 줄 순 없었다.

허전함은 도암공의 죽음에 따른 얽히고설킨 갈등에 따른 번민이었다.

번민의 굳은 각질을 일시에 벗겨 버릴 수 있었던 곳은 다름 아닌 마을 뒤 입석산이었다.

입석산 산마루에서 저 높은 푸른 하늘과, 그 아래로 맑디맑은 새파란 호수를 마냥 바라보고 있자면 창공을 나는 듯 수심 속으로 빨려가는 듯 상쾌하기만 했다.

거기다 다소곳하게 서 있는 입석산은 돌-뫼에게 마음의 안식처가 되었고 심중의 고뇌를 숨김없이 토로할 수 있는 친구 그 이상의 가까운 사이가 되었지만 그늘진 돌-뫼의 마음만은 녹여 주지 못했다.

마음 한구석에 자리한 그늘진 마음은 바로 기로에 선 과거지학과 부군 도암공의 유명에 따른 새로운 학문적 모색이란 방황 그것이었다.

여전히 꿈틀대는 번민의 소용돌이 속에서 허우적거려야 했던 돌-뫼.

새장 속의 새처럼 부육되어 왔던 돌-뫼는 여태껏 경험해 보지 못했던 거대한 들녘을 이웃 학우들과 밟고 다니며 한결 가뿐한 마음으로 학문에 임해 보지만 도암공 사후 애써 공부하지 않았다.

애쓰기보다는 의욕조차 내보이기 싫었다.

촘촘하기만 했던 시간들로부터 수월하게 넘어가고자 하였으니, 이 같은 돌-뫼의 안일한 태도와 무력한 행동은 청소년기에 겪어야 했던 파괴와 일탈의 강렬한 욕망으로, '몹시 빠르게 부는 바람과 무섭게 소용돌이치는 물결'. 슈트롬 운트 드랑. 즉 질풍노도의 시기와 비견될 정도였다.

이때의 돌-뫼의 행동은 그토록 믿고 의지했던 도암공의 갑작스러운 죽음에서 기인한 혼돈의 상태로 그 혼돈의 상태를 벗어나기 위한 하나의 제의였는지 모른다.

면우의 일생에 있어서 이때가 극한 방황의 시간이었다.

방황과 불안으로부터 벗어나기 위해 일탈과 거드름을 피웠던 때도 이

때였고, 학우들과 산이며 들을 쏘다니면서 못다 한 그 많은 대화 속에 상처받은 마음, 그토록 울적하기만 했던 마음을 해소시켰던 때도 이때였으며, 활달하고 양명한 모습을 보였던 때도 이때였다.

감당할 수 없는 충격에 몸부림쳐야 했고 현재 불안한 자신을 되돌려 놓아야 했던 돌-뫼는 과거의 도식적 사고에서 벗어나 보다 개방적 사고로 세계를 대하고 싶었다.

이는 바로 학우들과의 폭넓은 교제였다.

학우들과의 새로운 접촉에서 경직된 사고의 틀을 차츰차츰 깨어 가고자 했던 돌-뫼는 학우들과 어울려 다니며 담소할 것을 생각하니 절로 어깻바람이 났다.

게다가 간간이 학우들과 오갔던 학문적 담론은 돌-뫼에겐 초보적 지식에 지나지 않았지만 이를 지켜보던 학우들은 자신들을 훨씬 앞서 나간 돌-뫼를 문재라 칭송하였으니.

학우들의 절찬 속에 돌-뫼는 으쓱해져 그들 앞에 의기양양하게 설 수 있었다.

언젠가 한 학우가 옷고름을 헤치고 너덜너덜한 책 한 권을 꺼내 보이며 시부의 어려움을 돌-뫼에게 물었다.

돌-뫼는 주저함이 없이 즉석에서 말했다.

"들어 보자꾸나!"

학우는 배배 틀린 새끼처럼 몸을 꼬며 말했다.

"아직 읽기는 그렇고……!"

이때 학우들이 시부와 정사, 시국에 대한 방책 등 의심나는 곳을 물으면 학우의 말을 가로채기라도 하듯 돌-뫼는 황급히 붓을 들어 한숨에 줄기차게 써 내려갔다. 멍하니 바라보는 학우들의 눈은 둥그레져 갔고 돌-뫼의 두 어깨는 으쓱거렸다. 학문적 자부는 충천하리만큼 크고 높았다.

그러나 학문에 일보불양인 돌뫼였지만 학우들 사이에서 자신의 재주를 뽐내지 않았다.

오직 부드럽고 온화한 모습으로 그들에게 다가갔다.

학우 또한 돌-뫼의 학문과 인격에 감화되어 여태껏 부르던 돌-뫼라는 초명을 부르지 못하고 다들 정음으로 석산石山이라 부르게 되었다는 이 같은 일화를 연보에서 전해 주고 있다.

학문적 자부는 여기에 머물지 않았다.

들끓는 학문적 욕구는 세상의 모든 책은 다 읽고 세상 모든 이치를 다 밝혀 보고자 고금의 정치 제도와 예악 제도는 물론, 문자와 관련된 문장文章, 지리와 관련된 여지輿地, 사람의 이름과 성질, 형체 등 특징에 관련된 명물名物, 군사 계략과 용병하는 계책과 관련된 병모사기兵謀師紀, 음률이나 악률에 관한 율여律呂, 의술과 점술에 관련된 의복醫卜, 심지어 천체 운행과 그 법칙을 연구하는 음양陰陽 및 노자와 불학에 관련된 불노佛老 등의 서책들을 자세히 살펴서 그 요체를 훤히 밝혀 보고자 했다.

해당 분야뿐만 아니라 각기 전문 분야를 넘나들었던 이때 공부는 마치 종사와 인민을 위해 되돌려 줄 것을 예견이나 한 듯, 깊고 넓고 높기만 한 전문 분야를 향해 줄곧 내달렸다.

  부단한 노력과 학구열에 전문 분야를 확보할 수 있었고 훗날 황명에 따른 경국지재로서의 역량을 유감없이 발휘할 수 있었지만, 열두 살 소년 돌-뫼가 학문적 기로에 섰던 이유는 자신보다 가족이, 가족보다 더한 빈곤이, 빈곤보다 부군 도암공의 유명이 절실했고, 유명보다 공명이라는 꼬리에 꼬리를 무는 상념은 사슬처럼 연결되어 돌-뫼의 뇌리에서 떠나지 않았다.

천인

어느덧 시간이 흘러 스산했던 면우의 마음도 한층 가벼웠다.

여태껏 접해 보지 못한 깊고 광활한 학문, 도학의 세계에 빠져들고자 인근의 산사를 찾았다.

면우에게 만산 녹음에 둘러싸인 산사는 문자 그대로 청록산수였다.

산사를 빅뱅이론을 방불케 할 정도의 무거웠던 번뇌와 지난 어둠의 심연으로부터 벗어날 수 있는 유일한 탈출구이자, 실종된 자신의 이상을 마음껏 펼쳐 볼 수 있는 아카데미로 여겼다.

마치 페르시아 조로아스터교 교주였던 스피타마 자라투스트라Spitama Zarathustra가 초인을 열망하며 산정의 동굴로 들어가 깨달음을 얻고서 돌아오듯, 면우는 이곳 산사에서 심오한 성리학을 깨치고 돌아오겠다는 열망에서 절간의 요-사채에 기거하며 성리학 서적을 탐독했다.

그러던 중.

요-사채 방문 틈새로 헴! 헴! 하는 헛기침 소리가 들려왔다.

헛기침 소리는 자신의 사정을 호소하기라도 하듯 다급하고 컬컬하기만 했다.

헛기침 소리만큼은 누구에게도 뒤지지 않는다고 자신했던 면우는 재

빨리 문밖을 향해 으흠! 하는 헛기침으로 응대했다.

"게 뉘시오!"

"예! 이 절의 소승이옵니다."

"무슨 볼일이라도 있는 것이오."

소승은 숨을 고른 다음 사근사근하게 아뢰었다.

"면청코자 입실을 청하옵니다."

면우는 말했다.

"그럼 들어오시구려!"

입실한 먹중은 면우를 향해 합장하며 국궁의 예를 올렸다.

합장을 푼 소승은 풀죽은 표정으로 용건을 아뢰었다.

"실은 소승이 천수경 구두가 난감하온데 혹 도움을 청해도 되겠는지요……!"

면우는 승에게 말했다.

"난생처음 보는 천수경이나 그대의 청을 외면할 수는 없는 법……!"

"어디 한번 읽어 보시오! 내 시험 삼아 들어 보겠소!"라고 호언장담했지만…….

하대하듯 툭 내뱉은 불손한 언사가 혹여 승에게 당돌한 모습으로 비춰지진 않았는지, 자존심은 건드리진 않았는지 내심 불편하기만 했다.

면우는 조동하기만 했던 자신의 행동을 무마하고자 번질거리는 낯빛으로 번들거리는 구렁이 담 넘어가듯 승에게 스무드한 추파를 계속 던졌다.

서먹서먹한 둘 사이의 분위기에는 이내 반전의 기미가 보였다.

"그럼 소승이 천수경을 읽어 보겠사옵니다!"

승은 목청을 쓸어내리며…….

"무상심심미묘법백천만겁난조우……."

승은 구성지게 독경을 뽑았지만 독경 소리는 탁했고 모깃소리처럼 가늘기만 했다.

간신히 송주를 마친 승은 면우 앞으로 다가와서 합장을 하고 앉았다.

서안을 사이에 두고 승과 마주한 면우는 옷깃을 여미고 차분한 목소리로 승에게 말했다.

"자, 따라 하시오!"

"무상심심미묘법 여기서 토를 떼고 '백천만겁난조우'라고 읽어야 하오……!"

"경은 물론이거니와 시문 또한 구두점을 어디에 찍느냐에 따라 맛이 다른 법이니 샹송 부르듯 옹얼거려서는 안 되오!"

면우는 다시 하나하나 글자를 뜯어 가며 암송했고 간신히 낙제 위기를 넘길 수 있었던 승은 거듭되는 노력의 결과 괄목상대하였다는 이 같은 실화가 후학 중재 김황이 기술한 면우 선생 연보에서 전하고 있다.

연보에 근거해서 내용을 약간 각색해 보았지만 면우의 강기한 재주는 무장무애의 완벽한 천수경 암송을 두고 하는 말은 아닐 것이다.

천수경 암송은 면우가 남긴 실화와 많은 일문에 비한다면 편린에 지나지 않을뿐더러 일문은 언제 들어도 천손강림의 신화를 듣는 듯 신이하기만 했고 명곡을 감상하듯 심금을 휘저었다.

일문에 의하면 면우는 평생 읽은 서책의 내용은 평생 잊지 않았고 일면의 인물 또한 평생 잊지 않았다.

오래전에 주고받았던 사소한 말 한마디마저 토씨 하나 빠뜨리지 않고 뇌리에 입력하였다고 하였으니, 마치 전산 데이터베이스에 입력되듯 한 번 보면 다 기억한다는 일람불망의 천부적 재주를 면우는 소유하였던 것이다.

전하는 실화와 일문에 관련해서 첨언한다면 면우의 박람강기한 실화는 간혹 연보와 행장 그리고 후학들의 문집에서 전해 오고 있지만, 백오십여 년이 지난 지금까지 인구에 리얼하게 회자될 수 있었음은 재전 제자들의 일문에 따른 전언이라 하지 않을 수 없을 것이다.

그들이 전하는 일문은 결코 부언낭설의 허황된 말은 아니었다.

그런 의미에서 일문 한 편을 소개하면 다음과 같다.

일찍이 무과에 급제해서 무인의 길을 걸었던 도호공 하겸락1825~1904은 병서 마니아로 자신이 애독하던 병서가 화재로 소실되었던 것이다.

오랜 생각 끝에 해결책을 찾았던 도호공은 무릎을 치며 말했다.

"옳거니, 그러면 되겠구나!"

"바로 그거야!"

"신인에 가까운 면우만이 망연자실한 나의 마음에 구원을 맛보게 해 줄 거야!"

"암, 그렇고말고."

"예전에 내가 면우에게 병서를 보여 준 적이 있지 않은가!"

이내 도호공은 아들 용제를 불렀다.

"용제야, 면우를 찾아가야겠구나!"

"병서가 소실된 경위와 복원 여부를 물어보고 오너라!"

"다른 사람은 몰라도 면우는 복원할 게다……!"

약헌 하용제1854~1919 또한 부군 도호공을 이은 무인의 길을 걸었다.

한때 면우 문하에서 배움을 청하기도 한 후진이었다.

부군 도호공의 분부대로 황급히 집을 나선 약헌은 이내 면우 댁에 이를 수 있었다. 약헌은 대문을 밀치고 뜨락에서 조심스레 인기척을 냈다.

인기척 소리에 면우는 방에서 나왔다.

약헌은 앞으로 나아가 국궁의 예를 올렸고, 이내 굽혔던 몸을 펴서 평신하고서 문후를 드렸다.

면우 또한 하읍례로 약헌에게 근황을 물었고, 약헌은 그간의 사정을 면우에게 소상히 사뢰었다.

"실은 최근 소생의 폐가에 화재가 났사온대 화재로 부군께서 애독하던 병서가 소실되었사옵고, 허전한 마음을 달랠 길이 없었던 부군께서 소생에게 일러 영명하신 선생님을 찾아가서 병서 복원 여부를 여쭈어보라는 전갈에 앞뒤 돌아볼 여유도 없이 한달음에 달려왔사옵니다……!"

면우의 하답을 기다려야 했던 약헌은 문자 그대로 좌불안석의 초조한 심정이었다. 마치 디딜방아 철거덕거리듯 쿵덕거리는 부정맥을 정맥으로 되돌려 놓을 수 있었던 일순간의 상념은 약헌의 뇌리를 관통했다.

바로 '촉류신해' 넉 자. 직역하면 서로 유사한 사물이 맞닿으면 마음으로 이해한다는 촉류신해의 소유자가 갓 네 살을 넘긴 신동 돌-뫼, 면우 선생이라는 사실을 익히 들었던 약헌은 내심 회심의 미소를 지우며 희망이란 두 글자를 머금고 이렇게 중얼거렸으리.

소실된 병서는 선생의 뇌리에 집약될 것이고 일필휘지의 붓끝은 잃어버린 한 자 한 자 고스란히 쓸어 담아서 새하얀 한지 위로 까마귀 떼 줄지어 날아가듯 검은 먹물로 빼곡하게 물들일 것이라 의심치 않았을 것이다.

면우는 잠시 생각에 잠긴 듯 감았던 눈을 뜨며 하답했다.

"기억을 더듬어 볼 테니 너무 상심치는 마시게!"

"돌아가서 자네 춘부장께 안부나 전하시게!"

약헌이 돌아간 후 면우는 십여 년 전 읽었던 병서의 내용을 뇌리로 끌어 올렸다.

먹물을 듬뿍 찍은 붓끝은 한지 위를 내달렸으니, 마치 자동 복사되는 제록스와 같이 한 자의 착오도 없이 완본에 가까울 정도로 출력했던 것이다.

문서를 접한 도호공은 소리꾼이 클라이맥스에 다다랐을 때 온몸으로 구슬피 읊조리는 발림과 같은 탄성을 내지르며 이르길.

"사람이면 한 자의 착오는 있을 수 있는 법……! 완벽해도 이렇게 완벽할 수 있단 말인가……! 그러고 보면 면우는 천생 신인으로 타고난 게 분명해……!"

"암, 그렇고말고……!"

위 일문은 재전 제자의 전언과 그들이 전하는 문헌에 근거해서 각색해 보았지만 또 다른 일문에 따르면 면우는 프로 글쟁이 이상의 고스트 타이프라이트ghost typewrite 수준이었다.

일필휘지로 적은 다작의 초고는 고뇌의 증삭 과정을 거치지 않았다.

날것 그대로 써 내려간 초고가 정본이었다.

초고로 작성된 일생의 찬술과 저서엔 한 자의 오록도 찾아볼 수 없다고 하였으니 액면 그대로 받아들인다면 면우는 생이지지의 천재적인 면모를 유감없이 발휘했던 것이다.

그래서 그 많은 사람에게 천재라는 비주얼을 남겼을 뿐 아니라, 일촌의 천재 탄생은 사월인의 환희와 희망이었다.

희망은 점증되어 내일을 걸머쥘 동양이 되어 줄 것은 물론 붓 한 자루에 백성들의 애환을 그려 내고 한 서린 붓끝에서 이민족의 심금을 쥐었다 폈다 할 수 있는 그런 위인이 되어 줄 것을 바랐으리.

꼬리에 꼬리를 무는 실화와 일문은 만고불후의 여향이 되어 세인들에게 회자되었고 당시 세인들은 하늘에 있는 신령, 즉 천신을 우러러 고두백배의 치성을 드리듯 면우를 신비스러운 힘을 지닌 천인·신인처럼 추앙했던 것이다.

중재 김황 자신이 저술한 『중재선생문집』과 연보에 의하면 이 같은 일화는 바로 중국 촉한의 정치가이자 능수능란한 기문둔갑으로 적벽대전에서 하룻밤에 대풍을 일으키기 위해 머리를 풀어 헤치고 칠성단에 올라 향연과 등잔불이 어겹된 단에서 삼주야三晝夜로 승리를 축원하던 제갈량과 같은 그런 분위기를 띤다고 하였으니 후학 중재 김황의 일설은 결코 흥감스러운 소리만은 아니었다.

칠성단.

칠성단을 칠성두단七星斗壇이라고도 일컫는데, 칠성단은 칠원성군七元星君에게 제사를 지내는 단으로『七星壇, 大淸玉冊』에 따르면 칠원성군은 도교에서 북두칠성을 맡은 일곱 신神, 즉 탐랑성군貪狼星君·거문성군巨門星君·녹존성군祿存星君·문곡성군文曲星君·염정성군廉貞星君·무곡성군武曲星君·파군성군破軍星君을 이른다.

기문둔갑.

『圖書編, 奇門遁甲總敍』에 따르면, 술수術數의 일종으로 길흉을 점칠 때 응용한다고 하였으며 국어사전에서는 마음대로 제 몸을 감추거나 다른 것으로 바꿀 수 있는 술법이라 풀이하고 있다.

면우 나이 스물하나 병인1866세, 어느 하루.

요사스러운 승이 동촌에 사는 도호 하겸락의 집을 지나치며 괴이한 술수를 부렸는데 술수에 홀린 도호공은 묵직한 뭉치로 뒤통수를 얻어맞은 듯 어안이 벙벙하였는지…… 넋을 잃었는지…….

한참을 우두커니 바라보고 있던 도호공은 이내 문을 박차고 나와 볼멘소리로 다음과 같이 중얼거렸다.

"아침저녁으로 그렇게 공자 왈 하며 괴이함, 힘, 반란, 귀신 따위의 말을 언급하지 않았다는 '불어괴력난신不語怪力亂神'을 목청껏 소리 높여 외었건만, 오늘 내 저 술수에 사로잡혔으니 여태껏 공부가 허사인가!

아니면 공자가 헛소리를 했단 말인가!

이것도 아니고 저것도 아니라면 다시 『논어』·「술이」편을 코앞에 바싹 들이대고 샅샅이 훑어보아야 한단 말인가……!"

스스로 의혹을 떨칠 수 없었던 도호공은 요사스러운 승에게 대갚음이라도 하려는 듯 저격수로 약관을 갓 넘긴 면우를 낙점했다.

이윽고 면우 댁에 당도한 도호공은 인기척을 냈다.

붉은 목젖 근육에서 터져 나오는 헛기침 소리는 문풍지를 찢을 정도의 폭발적 에너지였다.

"으흠……! 자네 게 있는가!"

폭죽 같은 헛기침 소리에 허겁지겁 뜨락으로 뛰쳐나온 면우는 국궁의 예로 문후를 드리며 사뢰었다.

"도호 어르신, 어인 일이십니까……?"

"실은 마을에 요사스러운 승이 괴이한 술수를 부리는데 함께 가 보지 않겠나……?"

"먼저 가시지요! 뒤따라가겠습니다!"

잰걸음으로 도호공을 뒤따랐던 면우는 현장에 당도할 수 있었다.

딴눈 팔 겨를도 없이 곧장 방으로 들어가자 술수를 부리던 승은 면우의 장렬한 눈빛에 주눅이 들어서였는지 후줄근한 면상엔 땀방울이 송골송골 맺혔다.

더 이상 괴이한 술수를 보일 수 없었던 승은 지체할 사이도 없이 줄행랑을 놓았으니, 이 광경을 지켜보던 도호공은 정법과 사법의 각축에서 사邪를 굴복시킴에 쾌활함을 느껴서인지 무릎을 치며 탄성을 내질렀다.

"한갓 사특한 술수가 올바른 기운을 현혹할 수 없는 것을 보면 곽 모는 천인이야!"

"암, 그렇고말고……!"

도호공은 연거푸 탄성을 내질렀고 의혹이 풀린 듯 확신에 찬 어조로 다시금 말하였다.

"아무렴 성인 공자가 거짓을 힘주어 말했겠는가!

한낱 저 승의 요상한 술수는 눈속임에 불과할 뿐 진리를 현혹시킬 수 없는 법……!"

"암, 그렇고말고……!"

"성인은 이를 두고 말하지 않았던가……!

사특한 방법은 결코 올바른 기운을 현혹할 수 없다는 사불현정邪不眩正 넉 자를……! 허~허허허……!!"

웃음 짓는 도호공에겐 요승의 혼란감보다 바르고 정당한 진리의 개운함이 더 컸을 것이란 가상에서 보다 더한 극적 효과를 높이기 위해 연보에 근거해서 내용을 약간 각색해 보았지만, 기실 경이로움과 감탄이 교차된 도호공은 면우를 천상계의 신인 그 이상으로 여겼던 것이다.

면우에게 망명을 권유하기도 했던 대계 이승희 1847~1916 역시 면우를 천인으로 여겼음이니.

대계와 면우의 첫 만남은 한주 이진상을 배알한 당일에 비롯되었다.

면우의 이학적 명성을 익히 들었던 대계는 자신의 이학적 재능을 뽐내고자 들뜬 채로 면우를 자신의 처소로 데려갔다.

대계는 시렁 위를 가득 메운 서책 속에서 먼지를 뒤집어쓴 『하도낙서』

한 권을 신주 다루듯 살포시 끄집어내어서 면우에게 펼쳐 보였다.

그 어렵다던 하도河圖!

하도는 복희伏羲 때에 황하에 용마가 지고 나왔다는 쉰다섯 점의 그림으로 복희씨가 이 그림을 토대로 하여 팔괘를 그렸다고 해서 낙서洛書와 함께 『주역』의 기본 이치가 되었던 것이다.

유학의 시조로 일컫는 공자 또한 한때 『주역』에 심취하여 죽간의 가죽끈이 세 번이나 끊어졌다는 '위편삼절韋編三絶'……!

생이지지生而知之에 가까웠던 공자 또한 그토록 어려워했던 『주역』을 배워서 깨친다는 학이지지學而知之 내지, 애를 써서 깨치는 곤이지지困而知之한 유사들이 습득한다는 것은 벅차고 어려운 일이었다.

그러나 『주역』이란 만난의 허들을 뛰어넘고자 하였음이 대계였다.

『주역』에 관해서만은 그 누구에게도 양보하기 싫었던 대계는 『하도낙서』를 면우에게 펼쳐 보이며 괘효에 관한 광범위한 논의가 이루어졌다.

논의를 통해 면우의 지식을 타진하고자 했으나 '재덕才德' 괘효로 상수를 변화시키는 데 있어서 잠시 주춤했다.

대계를 아련하게 했던 '재덕' 괘효는 『역경』에서 다음과 같이 풀이하고 있다.

'덕이 재주를 이기는 것은 전체의 판이 군자의 풍이고, 그 재주가 덕을 이긴 것은 쓰임새에 있어서 많은 것에 능한 상으로 나타난다고 했다.'

상수象數.

상수는 『좌전·희공 15년左傳·僖公』조에 상象과 수數를 아울러 이루는데, 구서龜筮 즉 천天·일日·산山·택澤 따위를 상象이라 하고, 초初·상上·구九·육六 따위를 수數라 했다.

밤이 지새도록 대계를 아련하게 했던 '재덕'의 괘효卦爻를 뒤엉킨 실타래 풀듯 면우가 풀기 시작하였으니, 믿을 수 없는 광경에 멍하니 바라보던 대계는 면우를 일러 "그대는 이 세상 사람이 아니다."라는 절찬을 했고 절찬은 바로 천인에 비견될 만한 재주를 지녔다는 곁말이었다.

대계가 경탄하리만큼 면우는 주역에 일가견을 가졌음은 물론 주역을 길흉화복을 묻는 미신 행위라 배척하지 않았다.

오히려 주역을 통해 삶의 지혜를 찾고자 했다.

면우는 제자들과 더불어 이따금 주역을 통해 점을 쳤던 것으로 짐작되는데, 그의 연보에 따르면 실제로 면우가 운명하기 하루 전날 강수환, 김재수 두 제자는 길에서 스승의 병점을 쳤던 것이다.

이때 나온 괘사는 동인지혁同人之革, 즉 상구上九는 천화동인天火同人 괘로서 교외로 물러나서 남과 하나가 되면 후회할 일이 없고, 남과 하나가 되어야 하는 형국이며〔同人于郊 无悔〕, 아래 지괘地卦, 택화혁澤火革은 변혁을 뜻하는바 바꾸어야 하는 형국이었다.

괘를 풀이한 두 제자는 스승의 병세가 호전될 것을 믿어 의심치 않았으니 스승의 문병을 자청한 제자는 수환이었다.

수환은 방금 쳤던 병점에 환한 웃음을 지으며 병석에 계신 스승에게 문후차 아뢰었다.

"선생님의 병세가 호전되기를 바라는 마음에서 재수와 병점을 보았사옵니다!"

면우는 수환에게 물어 말하였다.

"무슨 괘가 나왔더냐!"

수환은 히죽히죽 웃기만 하다가 이내 점괘를 아뢰었다.

"동인우교 괘가 나왔사온데……."

"동인우교 괘가 나왔으니 선생님은 곧 쾌차할 것이옵니다……."

면우는 웃으며 말했다.

"아니다. 나는 곧 죽게 될 것이다……!"

"오늘 세상에 어디 교외에서 만나는 일이 있겠는가……!"

"그런 일은 저승일 게다!"

면우는 역의 이치를 단지 수로 풀이했던 것은 아니었다.

주역 공부에 완숙한 사람이 더 이상 괘를 뽑지 않고도 육십사괘가 마음에서 하나하나 튀어나오듯 세상의 이치로 괘를 풀이했던 것이다.

마치 『역설강령易說綱領』에서 이르길 역을 볼 때에는 모름지기 때를 보아야 하고, 그런 후에 효마다의 재질을 보아야 한다고 하였던 것처럼 면우는 자신이 처한 상황을 고려해서 자신의 운명을 점쳤던 것이다.

이미 대계가 면우의 주역 풀이를 통관洞觀했듯, 난해의 주역 육십사괘를 마음으로 완미할 정도의 명석한 두뇌는 자유자재 그 자체였으니, 이를 지켜보고 선문 들었던 지구들과 세인들은 면우에게 한 발짝 더 가까이 다가갔을 것은 물론 더한층 매료되었을 것이며 천신 대하듯 앙모하였을 터이다.

게다가 중재 김황은 자신의 저서 『중재선생문집』에서 효성그룹의 창업주 만우晚愚 조홍제趙洪濟, 1906~1984의 종조부 서천西川 조정규趙貞奎, 1853~1920 역시 면우를 가장 존경했고 일출의 존경에 천신을 대하듯 앙모했다는 것을 전하고 있다.

> 趙貞奎 字泰文 號西川 咸安人······ 無所師事 而最服俛宇 仰之若天神.
> - 『重齋先生文集附錄』「隨記」

일찍이 서천은 국망을 맞아 삶에 희망이 없다는 막다른 절망에서 한 줄기 희망을 얻었던 곳이 망명지 중국 봉천이었다.

봉천에서 종신하고자 했던 서천은 급박하게 돌아가는 국내 정세를 염문하고자 해도 정탐할 수 없을뿐더러 면우가 민족주의 운동에 투신했다는 것을 전혀 예측하지 못했다.

뒤늦게 이 사실을 알게 된 서천은 면우가 주도하는 민족주의 운동 파리장서 서명인 명단에 서명할 수 없게 되자 때늦은 후회도 해 보았지만 후회로 지새울 순 없었다.

비록 망국의 유민으로 이역만리 중국 봉천에서 육신과의 고투를 벌이고 있지만 마음만은 한시도 조국 대한을 잊지 않았다. 조국 대한으로 돌아갈 그 날만을 손꼽아 기다렸던 것이다.

한편 잃어버린 한민의 권리를 되찾기 위해, 손상된 국체를 회복하기 위해 그 누구보다 열의와 관심을 보였던 서천은 이곳 봉천에서 대한을 그리워하며 이번 거사가 차질이 없이 잘 진행되기만을 학수고대 했던 것이다.

그 바람은 서천을 무척 초조하게 했지만 한편 안도의 한숨을 내쉴 수 있었음은 면우를 경천위지의 비범한 자질을 갖춘 천신으로 여겨 왔기 때문에 독립의 그 날을 더욱 애타게 기다렸다는 이 같은 사실이 『중재선생문집』에서 전하고 있으니, 서천은 물론 도호공과 대계, 그리고 지인 모두는 면우를 하늘이 낸 천인·신인이라 추앙하였음이다.

지절의 노블레스 창계공

면우 나이 예순둘.

그해 1907년 정미세엔 조부 창계공과 부군 도암공의 일생 행적을 기록한 글, 행장을 작성한 한 해였고, 을사늑약(을사보호조약乙巳保護條約)의 여감으로 빼앗긴 외교권을 다시 찾자는 거국적 항일 운동이 곳곳에서 전개되었던 을씨년스러운 한 해였다.

게다가 네덜란드 헤이그에서 열리는 제이 차 만국평화회의 석상에서 이준, 이위종, 이상설 열사가 을사늑약이 무효임을 만방에 절규하며 분신했던 현충의 정미 칠월로 이번 헤이그 거사를 주도했던 인물이 면우였음을 중재 김황의 저서 『중재선생문집』에서 강력하게 암시하고 있다.

長書始草中 有海牙李儁事 及大皇遇害事 本由先生所命 其後送書時 一幷刪去 盖先生之意……. - 金榥, 『重齋先生文集』「附錄」

그럴 것이 1903년 계묘 세, 고종 황제는 경국지재로 면우를 등용했고, 부름을 받은 면우는 짧은 시간이었지만 황제 곁에서 충언으로 국사를 진언했으며 귀환해서는 차자箚子와 소疏, 그리고 밀서로서 진언을 아끼지 않았으니, 이 같은 일련의 충정과 충정 어린 면우의 상주문과, 진언을 금과옥조처럼 가슴 깊이 새겼던 고종을 생각한다면, 김황이 일설한 만국평화회의의 주역이 면우였다는 개연성은 배제할 수 없을 듯하다.

추량한다면.

면우는 만국평화회의가 네덜란드에서 개최된다는 것을 선문으로 들었을 것이며 면우의 밀서와 황제의 밀지가 의기상합해서 하나의 역사적 멋진 작품을 만들어 보고자 했을 것이란 추측을 해 봄 직한데, 이와 같은 면우의 행적은 이후 프랑스 파리에서 개최되는 파리강화회의에서도 열국과의 교섭을 통한 항일 운동을 펼쳐 보였듯, 인류 사회의 평화와 공존공영을 도모했던 글로벌리즘의 전형이었던 면우였음에 만국의 제 대위가 모인 자리에서 약소국의 억울한 감정을 토하고자 세분의 열사들에게 명령을 하달하였음을 충분히 짐작할 수 있을 것이다.

이번 사건의 여파로 조선 오백십오 년간 스물여섯 번째의 국왕 고종은 일제의 하수인에 불과한 역당의 외압으로 역사의 무대에서 자진 퇴장했고, 아들 순종에게 내선하는 전고미문의 일이 자행되었으며, 면우 또한 일제의 수사망을 피할 수 없다는 것과 비극적 운명을 벗어날 수 없다는 것을 예감하였음에 주변을 정리하고자 조부 창계공과, 부군 도암공의 행장까지 아울러 저술했을 것이란 사견이 개입될 여지가 다분해 보인다.

면우가 서술한 행장은 시조 경鏡으로부터 시작되는데, 경은 중국 홍농弘農, 호북성 양양현湖北省襄陽縣 북쪽에 거주했고 송宋의 선화宣和, 휘종徽宗 때 동방 고려로 귀화해서 고려 인종 때 우군총제사가 되었다.

왕은 그에게 시호를 정의正懿라 하사했고 포산군에 봉하였다.

세대를 훌쩍 넘어 조선조에 들어와서는 경瓊이 판사재감사의 벼슬에 나아갔다.

거듭되는 세대를 거쳐 겸趑은 호조정랑이 되었으니 숨어 사는 학자로서 학문과 덕행이 높은 선비에게 임금이 특별히 내리는 은전, 은일로 등용되었다.

겸의 아들 유도有道는 광해조 때 생원이 되어서 늦게 칠원에 거주했다.

다시 여러 대를 거쳐 조부 창계공 수익守翊 대에 이르러 칠원군 창동마을에서 산청군 단성현 사월마을로 이주했다는 일련의 가계를 기록했다.

면우가 서술한 행장의 전면에 의하면 한때 면우 가계는 어엿한 벌족의 반열에 올랐으니, 연演은 고려 시대 정오품의 무관 벼슬인 중랑장을 직임했고, 한정漢正은 병부의 버금 벼슬 정삼품 병부상서를 직임했다.

혁손赫孫은 높은 벼슬인 검교장군을 직임했고, 경冏은 임금의 사위로 부마도위라는 칭호를 받았다.

윤현允賢 또한 정삼품의 공조전서를 직임하였으니 정삼품 벼슬은 오늘날 차관 내지 차관보에 해당하는 관계이다.

조선조에 들어와서 경瓊은 사재시, 즉 어량魚梁·천택川澤의 으뜸 벼슬 정삼품 판사재감사를 직임했고, 겸趑은 호조에 딸린 정오품 벼슬 호조정랑을 직임했다.

반磐은 종친 문관의 정오품 벼슬 통선랑을 직임했다.

행장에서 살펴보았듯.

이어져 내려오는 관계만으로도 벌족의 후손임을 자처할 수 있으나, 곽

유도 대에 내려와서는 나뭇가지 시들지 듯 조락했다.

　창계공 곽수익 대에 이르러서는 사양족의 하나로 전락했으니 그럴 것이 창계공은 부군 곽일덕과, 어머니 밀양 양씨의 삼년상을 치른 뒤 집안 형편이 몰라보게 달라졌다.

　달라진 것은 다름 아닌 경제적 빈곤이었다.

「왕고 증통정대부비서원승부군행장 王考 贈通政大夫秘書院丞府君行狀.」에 의하면 부인 성산 이씨가 시집올 무렵엔 끼니도 잇기 어려울 정도로 세궁했다.

　부인의 따뜻한 말 한마디가 실의에 빠진 남편이 재기하는 데 큰 힘이 될 수 있듯 부인 성산 이씨는 남편 창계공에게 다음과 같이 조용히 아뢰었다.

"저희 친정 사월에는 도지 얻기가 이곳 창동보다 수월하다던데 그곳 사월에 가서 살아봄이 어떠하오신지요……?"

"저희 친정은 그다지 넉넉한 살림은 아니지만 약간의 경제적 후원은 해 줄 수 있을 것이옵니다만……!"

한참을 천장만 응시하던 창계공은 이내 시선을 떨어뜨리며 말했다.

"자고로 겉보리 서 말이면 처가살이는 안 한다고 하였으니……!"

"아무려면 처가에 몸을 의탁할 수 있겠소……!"

부인 성산 이씨는 다시 간곡하게 아뢰었다.

"그럼…… 사월에서 남의 논밭을 빌려 경작한다면 식구들의 양식은 될 것이고 아이들 세끼 밥은 굶기지 않을 수 있을 것이옵니다……! 허나 이곳 창동엔 송곳 하나 꽂을 땅도 없는데 뭘 먹고 살아가야 할지……!

그렇다고 종일 책만 내려다본다고 해서 돈이 나오는 것도 아니고……!"

이씨 부인의 말끝은 기울고 가팔랐으며 창계공의 가슴에 비수를 꽂는 말이었다.

창계공은 마치 깊은 잠에서 깨어난 듯 중얼거렸다.

"선비는 고귀한 지조만 지키고 살아갈 수는 없는 법……."

"중요한 건 책임 의식이야……!"

"사월로 가서 못다 한 지아비 노릇, 아비 노릇 어느 한 가지도 소홀함이 없도록 해야지……!"

"암, 그래야지……!"

"가족을 부양해야 한다는 책임감이 없다면 진정한 선비가 아니지……!"

"암, 그렇고말고……!"

빈곤을 자초할 수 없다는 창계공의 참신한 발상은 부인의 청을 수락하게 되었다.

수락의 뜻을 밝힌 창계공은 지체할 사이도 없이 가족을 이끌고 처가가 있는 곳인 사월로 이주했다.

「왕고 증통정대부비서원승부원군행장」에 의거해서 약간 각색해 보았으나 기실 사월에 정착한 창계공은 남의 전답을 빌려 농사일에 힘썼으니, 지난 창계공의 삶이 가난으로부터 정신적 공복에 시달려 왔던 시간이었다면 이곳 사월에서의 삶은 육체적 고달픔을 정신적 희열로 끌어올릴 수 있는 나날이었다.

어느덧 시간이 흘러 창계공은 사월에서 인근 도평 마을로 옮겨 왔는데 하루는 마을 사람들이 창계공을 찾아가서 다음과 같이 어려움을 토로하였다.

"하온데 어르신! 실은 이러하옵니다……!"

"요사이 관에선 무슨 백골인지 백구인지 황골인지 황구인지 해서 죽은 사람을 살아 있는 것처럼 명부에 기록하고, 심지어 아들만 낳기만 하면 군적에 올려서 군포를 물렸사온데……."

"이번이 처음은 아니옵니다……!"

"군관의 닦달에 못 이겨 거듭 징수한 것이 서너 차례는 되다 보니 정말 살아가기 어렵사옵니다……!"

조선 후기에 농민들을 괴롭혔던 전정田政〔전세田稅〕·군정軍政〔군세軍稅〕·환정還政〔환곡還穀〕등 삼정의 문란 가운데 특히 군정의 문란으로 인해 무력한 농민들은 위기적 파멸을 초래하게 되었으니, 그 장본이 바로 군역을 물리고 과다한 세금을 부과했던 황구첨정과 백골징포였다.

어린아이를 군적에 올려 군포를 징수했다는 황구첨정의 황구黃口와 첨정簽丁을 풀어 보면 황구는 황구소아黃口小兒의 축약으로 '부리가 노란 새 새끼'라는 의미로 어린아이를 일컬었고, 첨정은 장정을 군적에 올려 기록한다는 의미와 장정을 아울러 일컬었다.

게다가 죽은 사람을 군적에 올려놓고 강제로 죽은 자에게 징수했다는 백골징포의 백골白骨과, 징포徵布.

백골은 이름 그대로 죽은 사람의 뼈로 죽은 사람을 일컬었고, 징포는 군포를 거두어들이는 일을 일컬었으니, 황구첨정과 백골징포는 농민들에게 극심한 스트레스를 주었음은 물론, 이 기막힌 사실을 다산 정약용의 「애절양」 작품에서 당시의 상황을 리얼하게 묘사하고 있다.

> 삼대의 이름이 군적에 실리더니
> 달려가서 억울함을 호소하려도
> 범 같은 문지기 버티고 있고
> 이정이 호통하여 단벌 소만 끌려갔네.
> 남편 문득 칼을 갈아 방 안으로 뛰어들자
> 붉은 피 자리에 낭자하구나
> 스스로 한탄하네 "아이 낳은 죄로구나"
> ……

절양絶陽.

즉 남성의 생식기를 자른다는 이 슬픈 이야기에서 눈앞에서 보는 듯 처참한 광경에 숨이 턱턱 막히고 무어라 말할 수 없을 지경이다.

실학 사상을 집대성했던 조선 후기의 대표적 실학자 다산 정약용 1762~1836은 그의 저서 『목민심서』 편목 가운데, 아들을 낳았다는 '첨정' 편에서 가경 1803년 계해세, 가을 강진에서 자신의 목격담을 적나라하게 내보인 작품이 「애절양」이라며 심중소회를 밝혔으니 다산의 목격담은 이러했다.

갈밭에 사는 백성이 아이를 낳은 지 사흘 만에 군보에 편입되었고…….

그 백성이 칼을 뽑아 양경을 스스로 베면서 내가 이것 때문에 이러한 곤액을 받는다고 했으며…….

아내가 양경을 가지고 관청에 나아가니 피가 뚝뚝 떨어지는데 울기도 하고 하소연하기도 했으나 문지기가 막아 버렸다……. 라는 칠언 이십 구로 구성된 기막힌 사연은 비단 「애절양」 작품 속 갈밭의 백성에 한정된 것은 아니었다.

창계공이 활동했던 조선 후기에도 삼정의 폐단은 근절되지 않았다.

그들의 푸념을 다 듣고서 창계공은 다음과 같이 말했다.

"그것참 딱하게 되었구려! 내 그리 알고 서둘러 군관을 만나 손을 써 보리다……!"

창계공은 이웃 주민의 고된 삶을 덜어 주고자 언약했으니.

언약은 천금보다 더 무거웠으며 더 소중했다.

일구이언할 수 없었던 창계공은 일각이라도 지체할 수 없었다.

서둘러 관아로 달려갔다.

군관을 만난 창계공이 성난 낯빛으로 군관에게 항변하자, 군관은 명부에 오록된 것을 시정해 주었다.

일을 깔끔하게 추스르고 돌아오자 동촌 사람들은 감사의 인사로 삼베 한 필과 고기 한 근을 외상으로 사서 창계공을 찾아왔다.

공은 그 광경에 일순간 할 말을 잃었다.

창계공은 잠시 숨을 고른 후 정색을 띤 눈빛으로 동촌 사람들을 나무라기 시작했다.

"당장 가져가시오!"

"당연히 해야 할 일을 한 것뿐이오……!"

창계공의 일성엔 위엄과 단호함이 실려 있었다.

영문을 모르는 동촌 사람들은 잠시 어리둥절한 표정을 지었으나.

실은 소촌의 식자로서 관아의 부당함을 인식했고 직시하였음에 적폐를 바로잡으려 했던 이 같은 창계공의 앙가주망 의식을 동촌 사람들이 알 리가 없었다.

이처럼 창계공은 적폐가 관습이 되어 버린 당국에 과오를 따지고 싶었고, 들추고 싶었고, 간섭하고 싶었고, 권력을 남용하는 위정자들로부터 몽매하고 힘없는 내 주위만은 지켜 주고자 하였음에 현실에 과감하게 참여하게 되었던 것이다.

창계공의 속 깊은 심성은 마치 깨끗함을 좋아해서 나무의 수액만 먹고 산다는 매미와도 같은 청백을 소유하였으니 그 청백은 길 잃은 양을 인도하는 목자와도 같은 인도주의적 행동으로 이천했다.

이천은 다름 아닌 실천궁행을 수범한 창계공의 도덕적 의리였다.

언제인가.

산음현(산청군과 단성현을 합쳐서 말함.)에 살던 한 일족이 창계공을 찾아와서 군적의 괴로움을 하소연하였으니 창계공은 일족의 원통한 사연을 다 듣고서 수령에게 즉시 치기했던 것이다.

수령에게 치기한 골자는 문서상의 착오를 시정해 줄 것을 요구하였던 것이되 수령은 즉각 시정해 주었다.

기실 공서를 경정한다는 것이 순조롭지만은 않았으리.

창계공이 활동하던 시대는 부정부패가 난무하던 조선 후기로 당시의 시대 분위기로 본다면 사건을 순조롭게 매듭지으려면 은밀한 청탁 내지 실권자와 담판을 해야 했으나, 창계공의 인품을 이미 알고 있었던 수령은 창계공의 편지가 본관에 닿자 지체 없이 군적에서 삭제해서 군역을 면제해 주었다.

이번 일을 순조롭게 매듭지을 수 있었던 창계공은 일족을 위해 무언가를 할 수 있었다는 것에 보람을 느꼈다.

그 보람은 다름 아닌 곽씨 집안의 피가 흐르고 있는 자신의 본모습임을 이제야 알게 되었던 것이다.

뿌듯한 마음을 감출 수 없었던 창계공은 다음과 같이 중얼거렸.

"일족이라면 당연히 도와줘야지!"

"암, 그렇고말고……!"

하지만 이런 창계공의 애족적 고포를 헤아리지 못한 일족은 스무 개의 돈 궤미를 가지고 와서 정중한 마음으로 사례를 하였다.

창계공은 강하게 손사래를 치며 타이르기를.

"이런 소소한 일에 사례라니……!"

"커미션이란 말인가……!"

"내가 자네에게 도움 준 것이 무어 있는가……!"

"그대와 나는 일족이고 필경 한 조상에서 나왔기에 내 일이라 여기고 처리한 것뿐인데 어찌 내 일에 사례를 받겠는가? 허~허~허……!!"

웃음 짓는 이 같은 창계공의 모습을 「왕고 증통정대부비서원승부군 행장」에 근거해서 약간 각색해 보았으나, 기실 창계공은 일족을 위한 헌신과 봉사는 잇속을 목적으로 해서는 안 되며 일족을 아끼고 사랑하는 마음이 진정 선조를 아끼고 사랑하는 마음이라는 것을 일족들에게 깨우쳐 주려 했던 것이다.

이처럼 창계공은 물질적 풍요보다 인격의 주체를 보편적 근원으로 여겼던 것이다. 「왕고 증통정대부비서원승부군 행장」에 의하면 창계공은 학동들로부터 사은하는 뜻으로 내민 쌀 한 톨 건네받는 그 자체만으로 세속적 욕심으로 여겼다고 하였으니 창계공은 청렴한 교육자로서의 도덕적 고결성을 갖추었던 것이다.

이 같은 창계공만의 고유한 고결성은 까불러 처진 결백에 비유될 수 있을 터인데, 그 결백은 탐욕이 비집고 들어갈 수 없는 청렴이었다.

강건한 지절의 청렴은 대쪽 같은 선비라는 콘셉트가 붙을 정도였다.

언제인가 창계공은 여러 지구들과 산청 덕천서원 강회에 참석했다.

강회를 종례하고 지구들과 회포를 풀 겸 덕천강 산허리에 혹처럼 떡하니 달라붙은 세심정에 올라 시 한 수를 영송했다.

세심정洗心亭.

직역하면 '마음을 씻는 정자'이지만 이 지역 유림들의 전언에 의하면 세심정의 세심은 『주역』의 문구 '성인세심聖人洗心'의 문구에서 따왔고, 세심정은 남명의 제자 수우당 최영경이 덕천서원 유생들의 휴식 공간으로 창건했다고 하였으니 창건자 수우당 최영경은 창계공의 식부 정씨의 외척이시다.

풍광명미한 덕천.

혹같이 불룩이 솟은 세심정에서 내려다보는 덕천은 오늘따라 유난히 아름다웠다.

덕천의 자연을 죄다 삼킬 정도로 강물은 시퍼렇게 물들었다. 사람과 하늘 그리고 불룩한 세심정을 거꾸로 내비칠 정도로 명징하기만 했으니, 세심정의 '세심' 두 글자를 되새기며 구겨지고, 접히고, 빛바랜 마음마저 죄다 펴고 복원할 수 있으리라는 확신에 창계공은 「세심정洗心亭에서」란 시 한 수를 남겼다.

어찌 마음의 때를 씻는다고 말하겠는가!
몸과 마음 본래 더러운 것을
이 이치를 내 어찌 보겠는가!
때를 씻는 것이 몸을 씻는 것이 아니라는 것을.
如云心可洗　心軆本來汚
此理吾何看　濯垢非濯軀
–「王考 贈通政大夫秘書院丞府君行狀(丁未)」에서 인용–

위 시문은 창계공의 생애에 대한 압축이라 할 수 있을 것이다.

시문에서 엿볼 수 있듯 창계공이 청렴결백이란 부동의 신념을 견지할 수 있었던 에너지는 부단한 수양에 있었다.

그 수양은 끝없는 회의와 환멸, 욕망 따위의 걷잡을 수 없는 감성을 누그러뜨리는 진정제와도 같았으니, 바로 인도의 철학자 오쇼-라즈니쉬 osh-Rajneesh, 1931~1990가 '인생은 머리가 아니라 오직 가슴으로만 받을 수 있다.'라고 일언한 수양된 가슴일 것이되, 이는 레셔널-마인드rational-mind 즉 이성적 마음일 것이다.

『삼국지』를 주석하는 데 탁월한 능력을 보였던 중국 삼국 시대 위魏나라 학자 왕필王弼, 226~249 또한, 『삼국지·28』에서 성인의 마음에 다음과 같이 주해를 달았음이니.

'성인의 감정은 사물에는 응하나 사물에는 얽매이지 않는다.'

然則聖人之情 應物而無累於物者也……. -『三國志 註』卷 二十八.

『삼국지·28』에 왕필이 주해를 달았던 사물은 감정으로, 성인은 감정은 지니고 있으나, 감정[物]에 얽매이지 않는 그 무엇의 마음, 즉 이성적 마음을 소유했다는 것을 말하려 했으니, 창계공은 오쇼-라즈니쉬가 강조했던 이성적 마음과, 왕필의 주와도 같이 감정은 가지되 감정에 얽매이지 않고, 마음은 가졌으되 진실한 마음으로 되돌릴 수 있는 학문은 바로 이치를 탐색하고 연구하는 네오-콘푸치우스, 즉 성리학뿐이라 여겼다.

그래서 누구보다 성리서를 애독했던 창계공은 성리학자로서의 삶을 살아가고자 성리학의 거장 주렴계周濂溪와, 성리학의 태두 주희朱熹를 흠모하여 자신이 거처하는 곳에 '창계정사蒼溪精舍' 넉 자를 큼지막하게 써서 현액을 내걸 정도의 성리학 마니아가 되었고, 이어지는 마음공부와 종일토록 씨름하였음에 수행승과도 같은 율신으로 일생을 조신할 수 있었다.

  그러나 창계공이 보다 강력하게 도의에 어프러치할 수 있었던 근원은 바로 유수한 곽씨란 성에 있었으니, 그 성은 시조 경을 비조로 하여 현풍 곽씨에 착근되고 정랑공파로 유파된 그 성의 높은 품격은 창계공을 지절의 노블레스 의식으로 무장시켰던 것이다.

  게다가 그 성을 온전히 지켜 나갈 수 있었음은 세세손손 전하는 곽씨 집안의 문훈門訓에 있었다.

  '충과 효는 조상 대대로 내려온 사업이고 청렴결백은 가문의 명성이라네.'

    忠孝世業 淸白家聲.

  문훈 여덟 글자는 곽씨 집안 후손들의 구겨지고, 접히고, 너절한 마음마저 죄다 펼 수 있었고 표백할 수 있었으니, 곽씨 집안의 트레이드 마크 여덟 글자 문훈은 창계공을 이어 도암공1795~1857으로 유전되었다.

도는 눈앞에 놓인 실체라네

언제인가 부군 창계공이 도암공을 일러 "이 아이는 내 마음과 마음이 똑같으니 두 사람이되 한 사람과 같다."라며 도암공의 성향을 일언하였듯, 유전된 가풍과 부군 창계공의 교시가 습성화되었던 도암공은 평생 분수에 지나치는 일은 하지 않았다.

더욱이 세상의 노고와 안일, 풍요와 빈곤, 총애와 치욕, 얻는 것과 잃는 것, 그 모든 세속적 욕망에 결박당하지 않겠다는 것은 물론, 결박마저 풀어서 마음의 자유를 얻고자 하였으니 그 마음의 자유는 더 이상 영욕에 마모되어 가는 삶을 살아가지 않겠다는 것이었고 더 이상 물질적 궁핍으로부터 자신을 학대하지 않겠다는 것이었다.

어느 여름날이었다.

하루는 도암공 가정에 쌀이 떨어져 굴뚝 가득 연기를 올릴 수 없게 되었다.

참혹한 광경을 목격한 절친한 벗, 월포月浦 이우빈李佑贇이 한 되의 쌀을 반달형 옷소매에 불룩이 담아서 도암공을 찾아 나섰다.

황급히 도암공을 찾는 월포의 두 눈은 반짝거렸고 가슴은 벅차올랐다.

"으~흠, 으~흠……!"

"도암공 자네, 집에 있는가……!"

목청에서 터져 나오는 월포의 헛기침 소리는 방문을 휘청거릴 정도의 메가톤급이었다.

도암공은 방문을 열고 이내 응답했다.

"월포 자네, 아침나절에 웬일인가……!"

"잠시 기다리게나……!"

폐포파립의 행색으로 방문을 나서는 도암공의 뒷모습은 초라하기 이를 데 없었다. 나달거리는 갓과 허름한 도포는 도암공만의 독특한 앙상블을 연출했다.

파립에서 어깨로 이어지는 늘씬한 등허리는 가을날 벼 이삭처럼 할랑거렸고 핏기 없는 뽀얀 얼굴은 청빈한 선비의 기풍이 넘쳐흘렀다.

월포를 대면하는 도암공의 두 눈은 휘둥그레졌다.

"자네, 소매가 왜 그런가……!"

"글쎄, 불룩하니 꼭 북어 배 같아이……!

"북어를 넣어 온 것은 아닐 테고……!"

월포는 말했다.

"정말 모르겠는가……!"

"다시 보게나!"

"당글당글 여문 윤기 흐르는 쌀일세……!"

도암공이 말했다.

"쌀이 웬 말인가……!"

"실은 자네 집을 지나치다 굴뚝에 연기가 오르지 않는 것을 보고서 가져왔네."

"지구의 성의라 여기고 내치지는 말게나."

도암공이 말했다.

"허~참……!"

"자네도 어려울 텐데……!"

"벗까지 신경 쓰다니……!"

"선비는 대추 세 매만 있으면 요기한다고 들었네 만……!"

"이깟 굶주림이 뭔 대수라고 괜한 걸음을 하다니……!"

"허~허~ 참 모를 일일세그려……!"

연보에 의거해서 극적으로 각색해 보았지만 분명 그랬으리라.

월포의 반달형 옷소매에 불룩하니 꽉꽉 채운 한 되의 쌀은 북어 배를 방불케 했으리.

윤기 흐르는 백미는 월포의 좁은 소맷부리에서 물 새듯 찔끔거렸을 것이고, 기다렸다는 듯 월포는 소매를 뒤집어서 풀어진 옷 솔기에 떡하니 달라붙은 한 톨의 쌀마저 이 잡듯 끄집어낼 것이란 짐작을 해 봄 직한데, 도암공은 월포의 느닷없는 행동에 타오르는 붉은 노을처럼 쑥스러워한다든지 괴이하게 여긴다든지 한바탕 웃지 못할 촌극 따위로 여기진 않았으리.

따뜻한 낯빛에서 뿜어져 나오는 보름달과도 같은 마음으로 도암공은 다음과 같이 나직하게 말했다.

"벗을 애처로이 여기는 자네의 온정을 내칠 순 없을 터……!"

"그럼 이번만은 자네의 정성을 이길 수 없어 허여할 터이니."

"자네가 가져온 한 되의 쌀은 여러 사람이 족히 먹을 수 있는 양이니 함께 점심을 지어 먹는 것이 어떻겠는가……?"

월포는 말했다.

"아무려면 어떤가……!"

"그리하세!"

흐뭇함을 감출 수 없었던 도암공은 폐옥의 뜨락을 거닐며 잠시 생각에 잠겼으리.

상념의 끝자락에서 '지기지우'란 참된 의미를 되새겼을 뿐 아니라 '견위치명'과도 같은 신의를 수범한 월포의 온정에서 지구의 소중함을 재확인할 수 있었으리.

지기지우.

지기지우는 자기의 가치나 속마음을 알아주는 참다운 벗이라 국어사전에서 명시하고 있다.

지기지우란 데드라인을 훌쩍 넘었던 월포.

그는 탁발승에게 쌀 한 바가지 시주로 생색을 내는 그런 위선자는 아니었다.

그렇다고 자선을 베푸는 메시아라든지 갑절로 되돌려 받는 일수쟁이라든지 그 무엇을 바랐던 다중적 인격자는 아니었다.

비정한 세인들은 세상엔 공짜가 없다고들 말하지만 이들 지우지기엔 공짜가 통했고 조건의 차용증이 필요 없었으니, 이는 바로 월포의 마음이 절친 도암공의 인격에 견인되었음에 공짜가 통했고 차용증이 필요 없었던 것이다.

「선고 증가선대부의정부참찬부군행장先考 贈嘉善大夫議政府參贊府君行狀」에 의하면 도암공 또한 벗들 간에 신망이 두터웠다고 하였으니, 평소 지구들과 회포 삼기를 즐거워했던 도암공은 『장자莊子·산수山水』편에서 '지혜로운 것처럼 꾸며서 어리석은 사람 앞에서 과시한다.'라는 식 지이경우飾智以驚愚한 엇된 행동을 일절 해 본 적이 없었다.

오히려 지성인의 퇴락을 아쉬워했던 도암공은 '남을 사랑하고 어리석은 사람을 가엾게 여기는 지성인의 전일적인 인간형, 애인긍우愛人矜愚'를 몸소 실천했던 참다운 지성인이었고 진정한 휴머니스트였다.

그래서 월포는 응연히 도암공의 인격에 견인되었을 것이고 남다른 우애의 정을 가졌으리.

도암공 곽원조.

거주지 도평道坪의 지명을 따서 스스로 아호했던 도암道庵.

그는 비록 비박한 삶을 살아가고 있지만 권세 있는 이들에게 아부해서 한때 영화를 바라는 기회주의자는 아니었다.

빈한도골한 삶이었으나 일찍이 남들에게 근심스러워하는 낯빛을 보이지 않았다.

물론 호사에 자랑스러운 기색을 내보이지도 않았다.

오로지 백옥무하와도 같은 일심에 티가 생길 것만 근심했던 것이다.

행복은 노력 여하에 의하여 결정된다는 도암공.

도암공은 『장자莊子·인간세편人間世篇』에서 복이란 새털보다 가볍다는 복경호우福輕乎羽, 즉 마음 여하에 따라 행복해질 수 있다는 삶, 그런 낙도를 설계하고자 하였으니, 도암공이 설계하는 낙도는 배를 주리면서도 빈둥빈둥 자족해하는 유수도식한 삶을 바랐다거나, 마음 내키는 대로 즐기는 안한자적한 삶을 바랐다거나, 명분에 안주하며 무사안일하게 여생을 바랐던 삶은 아니었다.

오직 자신의 노력으로 낙도를 건설하고자 하였으니.

그 노력은 노동이었고 실질적인 경영에 힘쓰는 것이었다.

땀 흘려 노력하는 자만이 낙도를 누릴 수 있다고 확신했던 도암공!

그는 남의 논밭을 빌려 농사를 짓는 삶이었지만 마음만은 뿌듯했고 산에 올라가서 땔나무를 캐서 군불을 지펴야 하는 고단한 삶이었지만 자신의 행동에 대해 한 점 부끄러워하지 않았다.

한때 도암공은 하동 영계서원 원장직을 맡을 정도로 유림계에서 명망 높은 선비였다.

선비는 가사에 무덤덤하고 으레 뒷짐만 지고 뜰을 거닐며 철학적 사색과 학문 연구에만 열중해야 한다는 것이 당시의 일반적 관념이었으나, 도암공은 기존의 고답적 관념의 바이러스에 자신만의 방어막을 설치하고자 했던 것이다.

사람이 살면서 짊어질 책임이 있으니

어느 곳에서든 실추될까 두려워해야 하네.

산에 살면 다만 땔나무 할 뿐이니

우리 도는 눈앞에 있는 실체라네.

人生有擔負　隨處恐墜失

居山職負山　吾道眼前實

－「**先考 贈嘉善大夫議政府參贊府君行狀(丁未)**」에서 인용－

시문에서 밝혀 말했듯 현실과 유리된 추상적 생각을 과감하게 떠나보내고 보다 실질을 추구하고자 했던 도암공.

'산에 살면 다만 땔나무 할 뿐이니'라고 영송하였으니 도암공이 바라고 기도하는 낙도의 삶은 마치 불학에서 물을 긷고 땔나무를 한다는 운수반시**運水搬柴**의 일상의 일과와도 같은 일상생활 속에서 실천되었다.

불법의 진리가 먼 데 있는 것이 아니라 운수반시의 생활 속에 그대로 진리가 들어 있다는 운수반시는 아침 잠자리에서 일어나면 이부자리를 개고 물을 뿌리며 마당을 빗질하는 것이 공부의 시작이라고 했던 유학의 실천 교육, 쇄소응대의 쇄소를 담고 있는 수행승의 일상생활로서 도암공은 운수반시, 쇄소응대의 수양 과정과도 같은 노동을 통해 안일한 정신에 매운 채찍을 가하는 것이 구도의 과정이라 여겼다.

구도는 바로 『중용**中庸**』에서 '성**誠**은 스스로 이루어지는 것이요, 도는 스스로 행하여야 한다(**誠者自成也 而道自道也**)'라고 했던 단념**丹念**과, 단성**丹誠**과, 단간**丹懇**과, 적성**赤誠**과의 동의어인 참된 마음〔**誠**〕으로 살아가는 것이 도암공에게 구도였다.

하지만 글밖에 몰랐던 선비가 운신하기에는 힘들었겠으나 천성이 근실했던 도암공은 여기 사월에서 훈몽 생활과 농사일을 병행했다.

서당이 파하면 황금 들판으로 나와서 논두렁의 잡풀을 제거했고 논바닥을 갈기질했으며 질펀한 논에서 소와 함께 이랑을 일구었다.

가을걷이가 다가오면 고개 숙인 벼 이삭 일으켜 세우고, 가을걷이가 끝나면 낟가리를 풀어서 초가을 땡볕에 말렸다가 자리개로 잘개질해서 곳간 차곡차곡 쌓아가는 그런 전부의 일상과 다름 아니었다.

전부의 삶에서 유열을 느꼈던 도암공.

기실 도암공이 가르침과 농사일을 병행하였다고 하나 전부의 삶에 치우쳤고 전부의 삶은 부업의 아르바이트는 아니었다.

말 그대로 목숨을 부지하기 위한 생업이었으나 마음만은 뿌듯했으리.

그동안의 간핍한 생활로 인한 농사 체험은 도암공의 삶에 일대 전환을 가져왔으니 일상은 유열의 나날이었다.

마음도 육체의 몸놀림도 꽉 들어박힌 옥수수 알처럼 옹골졌으며 명분이란 버글거리는 거품마저 걷어 낼 수 있었다.

그뿐만 아니라 학동들의 교습 또한 예전 같지 않았다.

성인의 경서가 아닌 육체노동에서도 얼마든지 자신의 내면을 성찰할 수 있다고 여겼던 도암공은 학동들에게 한낱 지식을 전수하기보다는 두 손과 두 발과 두뇌를 꿈적대는 새로운 교습으로 나아갔으니, 이는 바로 요즘 대학가에서 흔히 말하는 산학 연계 내지, 산학 협력 정도로 이해할 수 있겠으나 공의 교습은 시스템 체제에 있었던 것은 아니었다.

온몸으로 느끼고 부딪치고 혼신의 노력을 통해 얻고 깨우치는 노작 교육으로 현장에서 몸을 비비대는 힘과, 노동에 따른 기지를 발휘한다면 삶의 질 또한 향상될 수 있음을 시뮬레이션 교육하듯 직접 재현했던 것이다.

그래서 공은 질편한 논 위를 뛰어다니며 가난과 대항했고, 여남은 곡식이지만 그나마 호구지책을 마련할 수 있었으니, 이 또한 쉴 새 없이 꿈적대던 노동의 대가였음은 물론 노동이 가져다주는 신성함을 통해 영혼과 육체가 온전한 참살이, 웰-빙 인생이 진정 낙도임을 학동들에게 가르쳐주려 했던 것이다.

공의 말처럼 근심 걱정 없이 행복을 누리는 삶이 낙도라면, 늘 둥실 떠 있는 흰 구름과, 늘 미소 짓는 붉은 낙조와, 낙조에 쉽게 물드는 명징한 개울과, 옹성 같은 풋풋한 산과, 메뚜기 뛰어노는 들과, 쉼 없이 울어대는 매미와, 안개 낀 울타리를 쏘아 다니는 산새들은 낙원의 일부였고, 늘 마주하는 내 부모와 똘망똘망한 내 자녀들은 낙도의 전부였다.

이처럼 파라다이스와 같은 푸른 전원에서 벼가 익거든 나락 뚜들겨 당글당글 여문 쌀로 햇곡식은 선조에 헌공하고, 여남은 쌀은 앙사부모仰事父母, 하육처자下育妻子하는 삶이 바로 공이 바라는 전원에서 꿈꾸는 낙원의 삶이자 소박한 낙도의 삶이었다.

그래서 낙도를 향해 낙원의 터전에서 부산하게 움직였고 성실한 자세로 노동에 임하였음에 노동의 대가로 허리춤에 샐닢은 차고 다닐 수 있었고 경제적 리즈Leeds 시절을 맞을 수 있었다.

담론의 선상에서 일별하자면.

일찍이 맹자는 일정한 생업이 없는데도 일정한 마음을 가질 수 있음은 오직 선비만이 가능하다고 하였으니 그렇다면 도암공의 심중소회는 어떠하였을까.

맹자의 이 같은 유언幽言의 유래를 더듬어 보면, 이 유언이 역사적 표면으로 등장하게 된 직접적 계기가 되었음은 맹자가 양梁에 가서 양혜왕에게 국가 경영 컨설턴트로서 나라 살림 전략 컨설팅을 함으로써 비롯되었다.

맹자는 양혜왕에게 다음과 같이 주문하였음이다.

"일정한 생업이 없는데도 일정한 마음을 가질 수 있는 자는 오직 선비만이 가능한 것이요, 백성으로 말하면 일정한 생업이 없으면, 인하여 일정한 마음이 없어지는 것입니다. 만일 일정한 마음이 없어진다면 방탕, 편벽, 사악, 사치함을 하지 않음이 없을 것이니……."

無恒産而有恒心者 惟士爲能 若民則無恒産 因無恒心 苟無恒心 放辟邪侈 無不爲已……. -『孟子』「梁惠王章句上」

맹자께서 설파하였듯.

짐작건대 도암공은 선비로서 무항산 유항심의 글귀를 되새기며 방탕, 편벽, 사악, 사치 등 온갖 유혹과 어려움으로부터 자신을 이겨 낼 수는 있었겠으나, 선비 또한 인시제의因時制宜 즉, 시세에 합의해야 한다는 견해에 있어서는 부동의 진리로 받아들였음에 맹자의 말에 일일이 응하기 어려웠으리.

그런 의미에서 『한서漢書 · 원제기元帝紀』에서는 다음과 같이 밝혀 말하고 있다.

'속된 선비들이 시의에 통하지 않고, 옛것은 옳고 금일의 것은 그릇됨이란 시고비금**是古非今**만 좋아해서 사람들로 하여금 이름과 실상을 어지럽게 한다.'

俗儒不達時宜 好是古非今 使人眩于名實…….

『한서·원제기』에서 밝혀 말했던 것처럼 '시고비금'을 당시 사람들은 삶의 신조로 삼았던 것이다.

그러나 시의**時宜**는 그때의 사정에 알맞은 것, 즉 때나 형편에 맞게 신축성 있게 일을 처리하는 것이되, 도암공은 시의에 통하지 않고 시고비금의 관습이 되어 버린 현실을 개탄했으리.

이 때문에 일정한 마음, 즉 유항심은 가슴속에 새기되 생업 없는 무항산은 오활한 선비의 만용에 지나지 않는다고 여겼을 터이다.

그래서 도암공은 자신의 주관에 따라 매사에 적극적인 자세로 임하였으나 주관에 따라 행동하기에는 시대적 인습이란 멍에가 씌워졌을 것이고 더뎅이가 앉은 전습의 딱지를 쉽게 떼어 내진 못했을 것이다.

주지하듯 도암공이 활동했던 사회는 명분을 우선시하는 유교 국가로 유학만이 진리라 믿었던 골수 유가의 가정에서 일생 공맹**孔孟** 사상에 무젖었던 숙유 도암공이 아니었던가……!

도암공이 아이러니하게도 아나크로니즘 성향의 삶에서 액티브한 삶으로 이행할 수 있었던 것은 다름 아니었다. 『논어』한 편, 한 구에 비견될 수 있었으니 이는 바로 「헌문」한 구절이었다.

"나는 하늘을 원망하지 않으며 사람을 탓하지 않고 아래로 배우면서 위로 통달하노니."

子曰 不怨天 不尤人 下學上達……. －『論語』「憲問」

　인류의 지성 공자께서 설파하였던 것처럼, 도암공은 더 이상 가난에 이끌려 다닌다거나 더 이상 명분의 노예가 된다거나 더 이상 하늘만 원망한다거나 더 이상 남만 탓하며 살아갈 순 없었다.

　양반이란 미명 아래 실질적인 경영에 힘쓰기보다는 오랜 시간 과거를 통한 성공과 출세만을 위해 달려온 자신에게 강한 자극이 필요했다.

　자극은 바로 삶의 방식을 유턴하고 의식을 개조해서 명분에 떠밀리기보다는 눈앞에 놓인 현실을 인식하는 것이었다.

　인생관을 유턴시킬 수 있었던 것은 다름 아니었다.

　'아래로 인간의 사리를 배우고 그런 후에 천리를 통하겠다.'라고 설파했던 인류의 지성 공자께서 남기신 하학상달의 참된 의미를 믿기는 신주 믿듯 도암공이 몸소 실천했던 것이다.

　그래서 산에 살면 산에 의지해서 주어진 환경에 따라 살아가는 것이 선비의 책무이고 도의 실천이라 숨김없이 말할 수 있었고, 숨김없이 말할 수 있는 이제가 바로 빈한도골의 삶에서 낙원으로 펼쳐지는 낙도의 환승과 다름 아니었다.

　이 때문에.

　휘황 찬연한 전원에서 낙도를 지속하기 위해 도암공은 몸소 쟁기를 잡았고, 때론 땔나무를 하면서 아득바득 살아가고자 하였으니 명분과 현실이란 갈림길에서 자연 현실을 선택할 수 있었다.

　현실을 선택했지만 세상살이가 그렇게 만만하지는 않았다.

성현들의 보배로운 명구를 모아 편찬한 『명심보감』에서 다음과 같이 말하지 않았던가.

'큰 부자는 하늘에 말미암고 작은 부자는 부지런함에 말미암는다고 하였듯.'

大富由天 小富由勤. －『明心寶鑑·省心篇』

현재 도암공에게 대부란 언감생심 꿈도 못 꿀 일이지만, 바지런하기만 하면 삼순구식은 면할 수 있을 뿐 아니라, 심지어는 소부도 될 수 있다는 일념에 허울 좋은 명분보다는 빈궁을 타개할 실리에 히든카드를 꺼내 들었던 것이다.

마지막 한 수를 노동의 현장에 던졌으나 소부는커녕 삼순구식도 면하기 어려웠으니 도암공은 여전히 굶주림과 추위에 시달려야 했다.

언제인가 도암공 가내는 사흘 동안 아궁이에 불을 지피지 못한 적이 있었다.

도암공은 그때의 처절한 삶을 시문으로 남겼다.

죽창에 밝은 달빛 차갑게 서로 어울리는데
다시 주린 창자가 있어 기이하게 마주하네.
훈혈이 사그라져야 참다운 성품 나타나니
연기가 없는 것이 되려 연기가 오를 때보다 낮구나.

竹窓明月冷相宜　更有虛腸對照奇
葷血消融眞性在　無烟却勝有烟時

－「先考 贈嘉善大夫議政府參贊府君行狀(丁未)」에서 인용－

시문에서 영송하였듯.

억압된 물질적 궁핍이 정신적 삶으로의 승화를 가져온다고 믿었던 도암공.

그는 밤에 홀로 앉아 자신의 내면을 작품 속에 투사시킴으로써 자신의 허기진 창자를 죽창과 달빛에 어울리는 것으로 묘사한 도암공의 당당한 자세를 엿볼 수 있을 터이되, 도암공이 묘사한 속세의 구속을 씻어 낸 청정한 내면은 꿋꿋하게 학자의 지조를 지켜 왔던 남명 조식 1501~1572의 시문 「욕천浴川」을 방불케 함이니 남명은 다음과 같이 「욕천」을 영송하였다.

"오장 속에 만약 티끌이 생긴다면 지금 당장 배를 쪼개 흐르는 물에 흘려보내리."

塵土倘能生五內 直今刳腹付歸流. -「浴川」

남명의 절창.

'욕천'은 강인한 자기 절제를 통한 까발린 도학의 본색이자 도학의 완성으로 오욕의 찌꺼기마저 말끔히 씻어 버린 초탈의 경지다.

그러나 도암공은 한층 더 강한 수양의 의지로 창자와 위 사이에 낀 훈혈葷血을 녹여서 연화의 기운마저 끊겠다고 하였으니, 훈혈은 주자朱子의 시 「훈혈지고葷血之膏.」에서 나오는 말로 훈혈지고란 인간의 육체적 욕망의 근원을 가리키는데, 도암공은 훈혈을 녹여 식색의 욕망이 털끝만큼도 끼이지 않는 맑고 깨끗한 마음의 상태를 추구하였으니 그 경지야말로 '청신쇄락淸新灑落'이었다.

거기다 극한과 굶주림에 대항하는 의연한 기상은 담요 한 장 없는 대자리 위에 단정히 앉아 경사를 읽는 즐거움에 늙어 가는 것은 물론 굶주림마저 잊을 정도라고 하였으니, 도암공의 내면 수양과 실천 과정은 자신에게 냉담하리만큼 절제를 요구하고 남에게는 너그러운 박기후인薄己厚人의 인간상이었다.

이처럼 도암공의 일련의 행동은 자제들로 하여금 청렴과 검소함을 일깨워 주었을 뿐 아니라, 비록 논밭을 일구며 살지라도 주어진 환경에 적극적으로 대처해 나가고자 하는 자세를 가르쳐 주었음을 면우는 「선고증가선대부의정부찬찬부군행장」에 특기하였던 것이다.

면우 또한 역동嶧洞과, 태백산 금대봉琴臺峰 아래에 우거하면서 민중들의 고뇌에 찬 삶을 목격하고서 하학상달의 실천, 즉 독서와 농사일을 병행한 주경야독의 삶을 자처하였으니.

此聖人終身事 不可以平常而忽之也 下學上達 聖人豈欺余哉. － 『俛宇集』卷百十五.「答 安和叔」

이른바 교육의 대부라 일컫는 스위스 교육자 요한 페스탈로치 1746~1827가 노이-호프에 농민학교를 세워 민중들에게 지성의 힘을 불어넣었듯, 면우 역시 역동에서 농민학교를 방불케 하는 역고재繹古齋를 신축해서 주민들과 학동들에게 지성의 힘이 위대하다는 것을 일깨워 주었고 인간의 품성마저 교화시켜 주었음이다.

그뿐만이 아니었다.

역동 주민들과 학동들에게 애국애족을 수범함으로써 민족의식을 고취시켰던 내셔널리즘 성향의 계몽운동가로서의 동포애를 유감없이 발휘하였으니, 마치 『논어』·「안연」에서 '사해의 안이 다 형제이니······.'라고 하였던 사해동포四海同胞, 즉 코스모폴리타니즘의 실천을 위한 점화였다.

> 四海之內 皆兄弟也······. －『論語』「顏淵」

게다가 태백산 금대봉 아래서 몸소 쟁기를 잡고 척박한 땅을 일구어서 수확한 식량을 비축해 두었다가 전역이 기근이 들었을 땐 자신보다 이웃과 일족들을 구호하는 데 지원을 아끼지 않았으니 활인구세活人救世의 휴머니스트라 해야 할 것이다.

이처럼 면우가 시세의 추이에 따라 변화에 대처해 나가는 자세는 창계공으로부터 도암공으로 이어지는 내력과 진취적 리얼리즘 경향의 가정환경 또한 간과할 수 없거니와, 조녜祖禰 즉 창계공과 도암공께서 교시했던 것은 물론 자신이 경험했던 세계야말로 새로운 사상을 구축하는 데 밑거름이 될 수 있었다.

이후에 전개되는 민족주의 운동에 헌신할 수 있었던 것 또한 명분보다 눈앞에 펼쳐진 현실이 더 우선되었고, 암흑의 현실을 구원하는 것이 곧 도의 실체라 여겼다.

모부인 정씨

천 년 전 영국에서는 아내를 피스 위버Peace-Weaver라고 하여서 평화를 엮는 사람 내지 베를 짜는 사람이라 일컬었으니 모부인 정씨 또한 가정의 평화를 짜 나갔던 피스 위버였다.

1827년 정해 세, 서른두 살 도암공과 아리따운 열아홉 살 정씨 부인은 집사자의 홀기에 따라 전안례와 북향재배와 맞절로써 성례하고 합환주를 들이켜며 부부 사이에 화합하는 도리, 부창부수와 남편의 뜻을 따르겠다는 여필종부한 삶을 살겠다며 조상님들의 신위 전에 고유했을 것이다.

게다가 시부모님께 일배一拜를 올림으로써 묵언의 맹세를 했을 것이며 남편 도암공의 물음에 살포시 응대했으리.

응했던 부창부수와 여필종부한 삶은 바로 피스 오브 마인드Peace of-Mind, 즉 남편에게 마음의 평화를 바치겠다는 것과, 남편의 뜻을 받들어 오순도순 평화롭게 살아가겠다는 다짐이었고 서로 간에 백 년을 해로하자는 약속이었으리.

그 약속은 살아서 같이 늙고 죽어서 한 무덤에 묻히자는 해로동혈과 다름 아닐 것이되, 그 천년의 약속과도 같은 굳은 맹세의 예가 엊그제 같건만. 부인 나이 마흔아홉 되던 음력 팔월 초사흘, 초례를 치른 지 삼십일 년 되던 1857년 정사 세에 성이 무너질 만큼의 큰 슬픔이란 붕성지통의 아픔을 겪어야 했다.

허나 모부인 정씨는 애통한 슬픔에 오랜 시간 잠길 수 없었다.

연연불망의 후유증에 이끌려 다닐 여유도 없었다.

슬픔에 따른 절망보다는 자식들을 훌륭하게 키우기 위해 사족이란 체면이나 위신을 내려놓고 온갖 고생을 자처했으니, 갖은 고생 끝에 길러낸 자식은 한 나라를 경영할 만한 경국지재란 명예를 거머쥘 수 있었다.

그 자식이 바로 면우였다.

모부인 정씨의 본관은 해주이시다.

조선 중기 문신이자 의병장이었던 충의공 정문부鄭文孚, 1565~1642의 후손이시며, 외척으로 기축옥사로 희생된 수우당 최영경崔永慶, 1529~1590의 먼 외손이시다.

모부인 정씨의 행장에 의하면, 모부인의 일족은 대대로 산청군 단성면 원산圓山 마을에서 동족부락을 이루고 살았다.

선대 또한 이곳 원산마을을 근거지로 삼았으나 어느덧 세대가 흘러 밭어버이 정광노鄭匡魯 대에 이르러 원산마을에서 사월마을로 옮겨 왔음을「선비 증정부인정씨행장先妣 贈貞夫人鄭氏行狀」에서 전하고 있다.

사월은 이름 그대로 '백사장위의 달'이었다.

당나라 이백의 시문「고풍古風」에선 '백사장위의 달, 사월'을 다음과 같이 묘사하고 있다.

'모래 위 달빛 의지해서 잠들고 향기 따라 봄날 모래톱에서 노니리.'

寄影宿沙月 沿芳戱春洲. 라고 하여,

청련거사 이백이 사월을 시적 소재로 끌어들여 봄날의 정취를 물씬 풍기는 서정성 짙은 작품으로 승화시켰듯, 단성 사월 또한 촌명에 걸맞게 앞 시내에는 깨끗한 모래가 펼쳐졌고 위로는 찬 달이 밝게 비쳐 마을 이름을 사월이라 하였음을 사월마을에 소재하고 있는 '삼백헌三白軒' 정자 기문에 기록되었음이다.

삼백헌은 모래도 희고, 달도 희고, 사람도 희다는 의미의 기문은 면우가 사촌 박규호1850~1930를 위해 창작하였으니.

그렇다면 사람도 희다는 사촌 박규호는 과연 어떤 인물이었을까.

면우는 사촌을 가슴에 한 점 티 없이 고결하다고 평하였으니 고결한 사촌은 한때 진사시에 합격하여 성균관에서 엘리트 교육을 받았던 유학자로, 국난 때는 고종 황제의 부름도 있었으나 정중히 사양하고 오로지 잃어버린 나라를 되찾는 일에 혼신의 노력을 했으며, 을사조약이 체결되었을 땐 면우와 함께 연명상소와, 한국 독립을 청원한 파리장서운동과 관련해서는 장서 사건으로 옥고를 치렀던 애국지사의 한 분이시다.

이 같은 인물의 중심에서 최근 사월마을에 파리장서 서명인 백삼십칠 인의 유림을 기념하기 위한 유림독립기념관이 이천십삼년도에 건립되었으니 수고스레 잡역을 도맡아 하는 이가 사촌 선생의 현손 박명동 씨다.

사월마을이 경북 안동 하회마을과 비견될 정도로 촌명에 값하는 가장 아름다운 마을 일호로 선정되었듯, 사월의 자연은 예나 지금이나 동쪽 경계를 따라 경호강이 쉼 없이 흐르고 중앙으로 남강이 흐르며 저 멀리에는 엄청난 흙더미와 같은 지리산이 아련하게 보이는 진선진미한 촌락이다.

 거기다 마을 왼쪽 저편엔 공자 머리 모양 같다고 해서 명칭이 붙게 된 이구산과, 그 곁으로 신선들이 노닐었다는 신선대와, 오랜 세월 이곳 주민들과 애환을 함께해 온 돌 누대 같은 당산, 석대산이 버티고 서 있는 생태와 문화가 어우러진 아름다운 마을이다.

 더욱이.
 더한층 맑고 높아 보이는 청명한 하늘과 낙조에 물든 혈기 띤 강물과, 노도에 할퀸 분 같은 백사장을 캔버스 삼아 내 마음을 그려 볼 수 있는 회화성 짙은 마을로, 사월의 아름다운 자연경관은 사월 사람들에게 삶의 터전이 되어 주었을 뿐 아니라, 그들의 훼손된 마음마저 정화시켜 줄 수 있었다.

 자연의 은택을 입은 마을 사월.
 사월의 품속에서 모부인 정씨는 순조 무진1808 유월 육일에 출생했다.
 소명하고 의젓했던 정씨는 부모를 섬김에 일체 과실을 범한 적이 없었다.
 품행 또한 방정하여 한껏 뛰어놀고 아양을 부리는 뭇 아이와는 달랐다.
 진중한 행동거지는 자연 부모의 총애를 한 몸에 받았고 한없는 자애

속에 티 없는 백옥무하의 소녀로 변모하였으니 이때가 모부인에게 다시 없는 행복한 나날이었다.

그러나 단란한 정씨 가정에 불행의 먹구름이 드리웠으니 먹구름을 몰고 온 장본인은 불행과 재액을 몰고 온다는 악귀 오니おに의 시샘에 비견할 수 있을 터인데, 마치 하얀 천에 먹물이 뒤번지듯 퍼져 가는 먹구름은 정씨 가정을 물들였다.

짙게 물든 먹구름은 바로 모부인 정씨의 머리를 빗겨 주고 땋아 주던 어머니와의 이별이었으니 그해가 모부인 정씨가 아홉 살 되던 해였다.

이로부터 이 년 후엔 밥상을 마주하며 어머니의 빈자리를 메워 주던 아버지와의 이별에 또 한 번의 풍수지탄의 비탄에 잠겨야 했다.

어머니에 대한 잔영. 어머니의 남은 향수는 아버지의 짙은 사랑 앞에 서서히 시들어 갔지만, 믿고 의지했던 아버지와의 영결종천은 열두 살 소녀의 여린 가슴을 저미었다.

유리표박할 수 없었던 모부인은 함초롬한 아침 이슬 같은 눈물을 머금은 채 산과 들을 넘어 원산마을 숙부댁으로 갔음인데.

숙부는 어린 질녀에게 부인이 갖추어야 할 유학적 소양을 가르쳤고 어린 질녀는 숙부의 가르침을 몸소 실천했다.

숙부의 사랑 속에 어린 질녀는 어느새 혼기 찬 십구 세의 꽃다운 처녀로 변신하였으니 의젓하고 위엄 있는 자세는 지체 높은 사대부집 규수 못지않았다.

이 또한 시절 인연이 닿았다고 해야 할 것인가.

공교롭게도 매파를 통해 십삼 세 연상의 인근 마을 도암공과의 혼담이 오갔으니 이 해가 1827년 정해 세로 도암공과의 백년가약을 맺게 되었다.

길 월 길일 길 시에 집사자의 혼례 홀기에 따라 초례를 치르고 성례한 모부인 정씨는 사월에 신혼살림을 차렸으나, 신혼의 단꿈에 젖기보다는 안으로는 며느리로서의 책무와 순조, 철조 두 시동생을 수발해야 하는 곤핍한 신혼 생활이었다.

신혼은 그럭저럭 넘겨왔다지만 자녀가 있고부터는 이남 오녀의 자녀들을 올바르게 키워야 했고 밖으로는 지독한 가난과 싸우기 위해 부산하게 움직여야 했다.

한 가정의 총책을 맡은 모부인 정씨는 부흥을 기필한 듯 며느리로서 지어머니로서 두 시숙의 장부로서 이남 오녀의 어머니로서 책임과 의무를 다하리란 다짐이 섰는데,

모부인 정씨의 다짐은 곱살한 규방의 미스 때와 얹은머리를 한 이때와는 확연히 달랐다.

프랑스의 대중적인 작가, 빅토르 위고(Victor, Marie Hugo 1802 ~ 1885)가 '여자는 약하지만 어머니는 강하다'라고 했던 말이 절실히 와닿으리만치 안팎의 이중고를 떠맡아야 했던 모부인 정씨는 교언무실하게 살아갈 순 없었다.

내실을 다져야 했다.

속이 알찬 배추처럼 오달진 모부인 정씨는 자기 절제를 통한 근검절약만이 세궁역진의 상황에서 반전의 활로책이 될 수 있음을 믿어 의심치 않았으니 이 같은 오달진 한 마음이 일가를 위한 봉사이자 부인의 본분

이라 여겼던 것이다.

모부인 정씨는 세궁한 살림을 가정家政하는 것은 물론 부인의 본분을 다하기 위해 수고스레 살아야 했다.

신발 끈을 고쳐 매듯 자신의 허리띠를 졸라매야만 곽씨 가정을 부흥시킬 수 있으리라 여겼던 정씨 부인은 옛사람들이 곧잘 하시던 말씀 중에 단단한 땅에 물이 괸다, 라는 말에 귀를 기울여 아끼고 줄여서 노랑이가 되어 갔고 개미 금탑 모으듯 애써 부지런히 일했다.

가솔들을 먹여 살려야 한다는 강박관념에 매끼 식사는 고작 세 숟갈 남짓하였으니 그것마저도 먹는 둥 마는 둥 채소와 뜨거운 국물로 허기를 지워 가며 현재의 어려움을 이겨내고자 타울거렸음을 「선비 증정부인정씨행장」에서 전하고 있다.

모부인 정씨의 근검절약한 생활 습관은 여기에 멈추지 않았다.

더한층 철저한 내핍으로 소비를 줄여 보자는 일환으로 자신에게 냉담하리만큼 냉혹했으니, 심지어 한겨울에 겹옷에 솜을 누비지 않았고 발에는 촘촘히 엮은 짚신을 신지 않을 만큼 모지락스러웠지만 두 자식에게만은 추위를 잊게 해 주고 싶었다.

겨울 되면 헌솜 타서 파카나 패딩 이상의 보온성이 뛰어난 두툼한 누비옷을 지어 입혔고, 거기다 많은 딸들이지만 해진 옷을 입히지 않았다. 꼬질꼬질한 헌 옷을 수선해서 물려 입혔고 전처에서 낳은 진양 강씨 두 딸에 있어서도 자신이 낳은 딸과 일절 구별을 두지 않았다.

그뿐만이 아니었다.

막내 시숙의 상처로 인해 모부인 정씨는 갓 돌 지난 조카를 친자식처럼 거두었을 뿐 아니라, 그 어린 조카는 백모의 짙은 사랑 앞에 강렬한 모성애를 느낄 정도로 겸애를 베풀었다는 모부인 정씨의 행적을 행장에 아울러 기록하고 있다.

실속파로 불릴 만큼 오달진 모부인 정씨였으나 유교적 전통 가족 제도에서 배태된 의식 저변의 구물, 즉 아나크로니즘만은 탈색되지 않았다.

이 같은 관념 또한 정씨 부인의 나름의 성향이라 여길 수 있겠으나 정씨 부인의 긴 행적을 통해 짐작하건대, 정씨 부인은 오히려 자신의 아나크로니즘 성향이 일부나마 탈색되고 마모되는 그 자체를 시속을 붙좇는 행위이자 전통의 변절이라 여겼을 것이다.

그러한 한 생각에 남편 도암공과 두 아들에게만은 제각기 고운 천으로 새 옷을 지어 입혀서 번듯한 차림으로 출입게 하였으니, 마치 자신을 버린 부모님을 병으로부터 구원하기 위해 자신을 희생한 헌신적인 여성 바리공주처럼 모부인 정씨는 남편 도암공과 두 아들을 위해 기꺼이 희생을 치르겠다는 각오가 섰던 것이다.

그 희생에 따른 각오는 바로 지아비의 아내로서 두 자식의 어머니로서의 본분을 다하겠다는 것과, 가정을 총책하는 총부로서의 역할을 충실히 하겠다는 것이었다.

이렇듯 세상 그 누구보다도 오달지고 알뜰하다고 자부했던 정씨 부인이었으나 전습되다 못해 누적되다시피 한 가난을 소청하고자 그만치 타울거렸건만 여전히 가난의 굴레를 벗어날 수 없었다.

그렇다면 곽씨 가정의 기구한 운명으로 돌려야 할 것인가.

중국 송나라 사상가이자 기적 같은 예언자로 잘 알려진 소강절邵康節, 1011~1077은 「격양시擊壤詩」에서 운명에 관해 다음과 같이 설파했다.

'부귀를 만일 지혜와 힘으로써 구할 수 있었다면 공자는 어린 나이에 제후가 되기에 합당했을 것.'이란 소강절의 설파는 다름 아니었다.

擊壤詩 云富貴 如將智力求 仲尼年少合封侯. -『明心寶鑑·存心』

만약 부귀를 학문이나 지혜의 순서대로 얻을 것 같으면 누구보다도 뛰어난 지혜의 소유자 공자일 것이나, 부귀는 인간의 지혜와 힘으로 얻을 수 있는 것이 아니며 오직 하늘이 정해 준 운명에 좌우된다는 것이다.

그 하늘이 정해 준 운명, 예정된 운명은 정씨 부인에겐 너무나 가혹했으나 염세와 비관을 오간다거나 운명을 불신한다거나 운명 개조를 위해 신불에 비손한다거나 무꾸리를 바랐던 그런 범속한 정씨 부인은 아니었다.

쉴 새 없이 흐르는 물이 옴폭이 팬 곳을 채우며 전진에 전진을 더하듯 모부인 정씨는 흐르는 물처럼, 옴폭 팬 세속적 욕망의 동이에 청빈이란 맑고 푸른 물을 한 동이 두 동이 재워 가겠다는 것이었다.

이 같은 정씨 부인의 삶의 자세는 마치 프랑스 사상가이자 문학자 루소가 "천년의 계획이란 한낱 부질없는 탐욕이다."라고 하여서 탐욕적인 사람을 향해 일갈하였던 것처럼, 정씨부인 또한 행복의 크기는 끝없는 탐욕이 아니라 세궁한 삶일지라도 자족할 수 있다면 그게 바로 청빈이 깃든 낙도의 삶이라 여겼다.

그래서 부인 자신은 정작 빈한한 삶을 살고 있지만 마음만은 구중궁궐과, 구첩반상과, 더한 권력과, 더한 부보다 더 높고, 더 깊고, 더 넓은 무진장한 청렴과 근검을 소유했다는 것을 자부할 수 있었다.

혹여 권세를 자랑한다면 의를 말해 주고자 했고 부를 자랑한다면 청빈의 삶을 통해 허례와 사치로 얼룩진 그들에게 귀감이 되고자 했으며 높은 벼슬을 자랑한다면 낙도의 삶을 통해 행복은 소유나 지위에 있지 않다는 것을 당당히 말해 주려 했던 것이다.

언제인가 한번은 쌀 뒤주에 쌀이 떨어져 군불을 지필 수 없었다.

양반이란 체통을 무엇보다 중시했던 모부인 정씨는 이웃에 궁한 기색을 내보이기 싫어 굴뚝 가득 연기를 피워 올렸으니, 이는 마치 '양반은 죽을 먹어도 이를 쑤신다.'라는 우리네 속담처럼 모부인은 비록 비참한 삶을 살아가고 있지만 물질적 궁핍 너머 소중한 정신적 가치만은 잃고 싶지 않았다. 그 정신적 가치는 바로 곽씨 가정의 체통, 체면만은 구기기 싫었던 것이다.

오달지고 아귀차고 강강한 기품에 엄전함도 덧칠된 모부인 정씨는 결기 또한 지나쳐서 혹여 이웃에서 보내온 음식마저 의롭지 않다면 일절 거절했고, 맨발로 뜨락을 거니는 노비를 보면 즉석에서 꾸짖어 교정했다고 하였으니, 모부인 정씨는 가정사의 주무 총책으로 매사에 한 점 허술한 데가 없는 만능인에 가까웠다.

게다가 일찍이 숙부로부터 내정범절을 익혔던 모부인 정씨는 손님을 응대함에 있어서 일기로써 안부를 물을 뿐, 난잡하고 장황한 말로 서로 주고받지 않았음을 정씨 부인의 행장에서 전해 주고 있듯, 부인은 오직 엄숙한 태도에서 뿜어 나오는 잔잔한 낯빛으로 빈객들을 응대하였으니 그 응대는 바로 곽씨 가정의 가법을 현양하고자 했던 모부인 정씨의 빈례였다.

모부인 정씨의 일과는 타이트했다.

집안일은 물론 아랫것들의 무례한 행동을 시정하고 훈계해야 했다.

빈객들이 떠난 후에는 가족 뒤치다꺼리와 집안일을 두량해야 했다.

거기다 총부로서 매번 순환되는 봉제사를 주도해야 했고 의리와 원칙을 소중히 여겼던 꼬장꼬장한 존구, 창계공의 까다로운 비위를 맞춰야 했으니 부인에겐 한시도 영가가 없었다.

무서리처럼 카리스마를 소유했던 창계공.

가정에서 절대적인 힘을 가졌고 누구나 따라 할 수 없는 창계공만의 추상같은 성품은 식부 정씨가 시집온 이후로 성품에 균열이 일기 시작했다.

무서리와 같은 존부의 성품은 일변 백설의 눈처럼 서서히 녹아 다정다감한 센티멘탈리스트로 변했고 낯빛엔 양광이 일렁이기 시작했다. 꺾이고 굽이치고 골 파인 세월의 계급장은 리프팅 시술하듯 찌붓한 만면에 탄력을 주었고 상흔과도 같은 주름을 팽팽하게 다림질할 수 있었음은 모부인 정씨의 지극정성 때문이었다.

식부의 지극정성에 창계공의 싸늘하기만 했던 낯빛은 꽃들이 만개하듯 미소 가득한 희색을 짓게 되었고 일변한 자신을 발견한 창계공은 남들에게 이르기를 "우리 집에 효부가 있다."라며 선홍빛 낯빛을 지으며 구강 건조를 일으킬 정도의 자랑을 늘어놓았다고 하였으니, 모부인 정씨는 양지養志와 물질적 봉양 둘만이 진정 웃어른을 모시는 며느리의 책무라 여겼던 것이다.

게다가 매번 차리는 진짓상에 있어서도 비록 사대 영양소가 듬뿍 들어 있는 구첩반상은 진상할 수 없었으나 김 오르는 쌀밥과 누리고 느끼한 기름진 보양 음식만은 빠뜨리지 않았다는 이 같은 실화가 정씨 부인의 행장에서 전해 오고 있듯, 모부인 정씨는 존구 창계공에게 공순한 정신적 봉양, 양지와 물질적 봉양 어느 하나 치우침이 없었다.

구첩반상.
격식이 엄격했던 조선 시대의 상차림으로 거기에는 밥·탕·김치·세 가지 장류·찌개·찜 등의 기본 음식에다 숙채·두 가지 생채·두 가지 구이·조림·전·마른 찬· 회 등 아홉 가지 반찬을 갖춘 밥상이라는 것을 국어사전에는 명시하고 있다.

정씨 부인의 성스럽고 위대한 효행은 이뿐만이 아니었다.
언제인가 존고 창계공이 자리보전하게 되자 모부인 정씨는 시탕을 올리는 데 정성을 아끼지 않았다.
심지어 매일 밤마다 목욕재계를 하고 난 후 뜨락을 나와 정화수 떠 놓고 북두칠성을 향해 비손하며 '비나이다 비나이다 북두칠성께 비나이고 성주님께 비나이다 사경을 헤매는 존구 부디 쾌차하게 하오시고 만수무강 또 빌고 비나이다.'라는 치성엔 자신의 목숨을 대신해서 존구의 목숨을 질병으로부터 구해 달라는 애절한 주송이었음을 정씨 부인의 행장에서 전해 주고 있듯, 존구 창계공에 대한 식부 정씨 부인의 효행은 유교적 가족 제도의 카테고리에서 벗어날 수 없었던 조선의 전형적인 며느리 상이었다.

정씨 부인의 효행은 지고지순의 정열적 아가페로 일가를 위한 헌신이었다.

일가를 위한 모부인 정씨의 헌신적 가족애는 웅렬하게 솟구쳤으니 웅렬한 헌신과 아가페적 정열은 동촌 사람들로부터 칭송이 자자했으나 존고인 시모에게만은 넘치는 사랑을 받지 못했다.

다름 아닌 영별의 부재로 존고 성산 이씨로부터 총부로서의 곳간 열쇠를 넘겨받지 못했던 것이다.

일찍이 『예기禮記· 내칙內則』에서 다음과 같이 밝혀 말하였다.

'시아버지가 돌아가시면 시어머니는 집안일을 맏며느리에게 물려주니 맏며느리는 제사와 빈객 접대하는 일에 매사를 반드시 시어머니에게 여쭙고.'

……內則曰 舅沒則姑老 冢婦所祭祀賓客 每事 必請於姑…….

『예기·내칙』에서 밝혀 말했던 것처럼, 정씨 부인은 부재의 존고를 대임해서 대소사뿐만 아니라 일인다역의 주역으로서 존구에 대한 효성, 지아비에 대한 순응, 많은 자녀들에겐 자애가 깃든 자모로서 가정을 이끌어 갔음이다.

거기다 기일이 다가오면 우물 치고, 제기 부시고, 닦고, 쓸고, 제수 가져다 데치고, 볶고, 찌고, 굽고, 오리고, 끊이고 안쳐서 조율시리, 어동육수, 좌포우혜, 홍동백서, 동두서미의 오행 다섯 줄 제식에 따라 차례차례 진설했고 정성으로 영신하였으니 부인이 주관했던 기제는 바로 노블레스 오블리주의 기신제였다.

제사와 관련해서 율곡栗谷 이이李珥, 1536~1584의 『격몽요결擊蒙要訣·제례장祭禮章』에는 다음과 같이 일언하였다.

'무릇 제사는 사랑과 공경, 즉 애경愛敬의 정성만 다하면 될 뿐.'

凡祭 主於盡愛敬之誠而已.

율곡이 밝혀 말하였듯, 모부인 정씨는 기일이 도래하면 목욕재계는 물론 남편 도암공의 전처 진양 강씨의 기제 또한 정성이 깃든 천수와 정갈한 진설과 애도의 헌작으로 제사에 임했다는 이 같은 사실 또한 정씨 부인의 행장에서 전하고 있다.

이처럼 정씨 부인은 일인다역의 주역을 거뜬히 소화하기 위해 자녀들을 훈육함에 있어서 자애와 엄격으로 지도하였으니, 혹여 자녀들이 사소한 잘못이라도 저지르면 묵과하지 않았고 칭찬받을 행동을 했다면 칭찬을 아끼지 않았다.

모부인 정씨의 자녀 훈육은 실학의 선구자이자 『지봉유설芝峯類說』의 저자, 지봉 이수광李睟光, 1563~1628 의 처 김씨 부인의 자녀 훈육법을 방불케 했다.

김씨 부인은 자녀들을 훈계하는 데 엄격하여 '때에 따라 타일러 경계했고 태만함이 없도록 했으며 평상시에는 비록 자애했으나 조그만 잘못이 있으면 반드시 준엄하게 꾸짖었다'라고 하였으니,

芝峯李文簡公睟光夫人金氏 訓子女以嚴 隨事警飭 不令惰慢 居常雖慈愛 有小過 必加峻責曰. -『芝峯集』

모부인 정씨와 김씨 부인의 훈육 방식을 추량하건대, 율곡 이이의 『격몽요결·거가장居家章』에 '자식을 낳아 기름에 아이가 차츰 사물을 식별

할 때부터는 마땅히 착한 행실을 하도록 인도해야 함이니, 만약 어려서 가르치지 않다가 이미 장성함에 이르면 그릇됨을 익히고 마음을 놓아 버리게 되어 가르치기가 매우 어려워질 것이다.'

生子 自稍有知識時 當導之以善 若幼而不敎 至於旣長 則習非放心 敎之甚難.

율곡이 밝혀 말했던 것처럼 모부인 정씨와 김씨 부인은 『격몽요결·거가장』에서 훈육 방향을 잡은 듯한데, 이 글귀는 마치 수형교정과도 같은 말로써 수형교정하듯 사람 또한 완전한 인격을 갖추기 위해서는 어릴 적부터 인성을 바로잡아 주어야 함이 바로 옛사람들의 공통된 자녀교육관 주인양자 做人樣子였다.

사람의 구실을 할 수 있는 본보기인 주인양자는 사람 만드는 틀로서 그 틀은 아이가 사물의 이치를 깨칠 무렵 착한 행실을 하도록 인도하는 것이되, 만약 이 시기를 놓치면 노목을 수형교정할 수 없듯 성인을 인도하기 어렵다고 여겼던 것이다.

이와 관련해서 칠백여 년 전 추적秋適이 편찬한 『명심보감明心寶鑑·훈자편訓子篇』에는 다음과 같이 일러 말했다.

'아이를 사랑하거든 매를 많이 주고 아이를 미워하거든 먹을 것을 많이 주라(憐兒多與棒 憎兒多與食)', 이 열 자의 짧은 글귀는 바로 주인양자의 연속으로 자녀 교육관에 적절한 일침이라 할 수 있거니와, 주옥같은 이 명언을 유가의 가정에서 성장한 모부인 정씨가 모를 리 만무했다.

일찍부터 들어 왔을 것이며, 여린 가슴에 상흔처럼 새겼음에 동서불변한 면우에게 매서운 사랑의 매를 들었으리.

오늘의 부모들은 어떠한가.

인구 격감에 따른 출산 장려 캠페인은 지난 산아 제한에 대한 부메랑이 되어 돌아왔고 저출산은 우리뿐만 아니라 세계적 추세이고, 생명 탄생은 인류의 숙원 사업이 되다 보니 이성과 이성이 만나 자식을 낳고, 그 자식이 손자에 손자를 낳는다는 백 세 만 세 천만 세라는 말은 선조들의 구호와 문중의 문훈門訓 내지, 종훈宗訓에 그쳐야 한다는 요즘. 다산다육多産多育은 해묵은 소리며 오활한 만용이라 치부하는 서글픈 현실에 유일한 혈자血子, 일점혈육은 한 인간이 세상에 나와서 남기는 하나의 상흔이자 분신으로, 그 분신은 금지옥엽으로 부육되어져 응석이란 응석은 다 부리고 오냐오냐 응석을 다 받아 주는 부모는 패륜을 급증시키고, 응석받이는 배려와 인내보다는 애정을 독점하기 위해 거만과 무례한 패륜적 행동은 냉혹한 사회로부터 천덕꾸러기로 전락함이 명약관화明若觀火한데도, 허울 좋은 내리사랑이라는 본능이 실상을 압도하고 있음이 오늘의 현실이다.

그러나 진정한 자애는 관심으로 마주하고, 들여다보고, 지켜보고, 바라볼 뿐. 소유와 욕망이 개입되어서는 안 되며, 지난 과잉 사랑은 일탈과 패륜을 불러일으켰고 무관심은 애정 결핍에 따른 비행과 허무를 양산하였으니, 이젠 과잉 사랑은 대폭 덜어 내고 부족한 사랑엔 적당히 보태어 주는 균형적인 사랑, 과유불급한 중용의 사랑이 필요할 때인 것 같다.

이처럼 진화되지 않는 과잉 사랑은 오히려 부족한 사랑만 못하다는 씁쓸한 표현은 바로 작금의 사회 현상을 두고 하는 말일 것이지만, 작금의 사회 현상과 관련해서 필자는 추적의 저서 『명심보감』 일색의 번역서를 읽은 적이 있었는데, 그 책의 저자와 저서명은 확실히 기억할 수 없지만 아무튼 난 대학 강의 준비를 위해 탐독했고 학생들에게 옮길 정도로 머릿속에 담아 두었으니 어렴풋한 기억을 재현한다면 다음과 같이 적서할 수 있을 것이다.

옛날 미국에 한 소년이 아버지의 심부름으로 강 건너 친척 집에 말을 타고 가던 중 간밤에 내린 폭우로 강물이 갑작스레 불어났다. 소년은 불어난 강물에도 불구하고 무모하게 말을 탄 채 강을 건너가고 있었다. 강 한복판에 이르자 늠실늠실한 강물에 소년은 기겁하여 비명을 질렀다. 강 한복판을 가로질러 갈 수 없었던 소년은 말을 멈춘 채 사위를 두리번거렸는데, 마침 강물이 내려다보이는 높은 언덕 위에서 염려하고 계신 아버지를 목격한 소년은 아버지를 향해 큰 소리로 구원을 청했으나 들려오는 소리는 아버지의 성난 목소리였다.

"고삐를 꼭 잡아라! 말에 몸을 바싹 붙여라! 눈물을 보이면 사정없이 매질을 하겠다!"라는 아버지의 성난 목소리가 늠실늠실한 강물보다 소년에겐 더 무서웠다.

아버지에게 더 이상 구원을 청할 수 없었던 소년은 분연히 용기를 내어 다시 강물을 건너기 시작했고 급기야 말과 함께 무사히 강을 건널 수 있었으니 이때 아버지의 기지는 중국 한나라 한신**韓信**의 배수진 전략과 관련시킬 수 있을 것이다.

배수진은 배수지진背水之陣으로 『사기史記』「회음후열전淮陰侯列傳」에서 소개되고 있는데, 한국 고전 신서 편찬회에서 발간한 『고사성어』에 수록된「회음후열전」에 의하면 한신은 위魏를 격파한 여세를 몰아 조趙로 진격했고, 한신의 내습을 알고 있었던 조왕헐趙王歇과 성안군 진여陳余는 서둘러 이십만의 군사를 정경井陘의 협로 입구에 집결시키고 견고한 성채를 쌓고서 기다리고 있었다.

한신 또한 만여 명의 군사를 정경의 출구에 진격시켜 하수를 등지고 진을 치고 있었으니, 조군은 하수를 등지고 진을 치고 있는 한신의 군대를 보고 크게 조소하였으나 병법의 달인 한신은 병서에서 자신을 사지에 몰아넣음으로써 살길을 찾을 수 있다는 병략을 이미 알고 있었다.

그래서 물을 등지고 진을 친다는 배수진 전략으로 유진무퇴의 결사적 전투로 승리할 수 있었던바, 만약 물을 뒤로하지 않았다면 군사들은 전투다운 전투도 해 보지 못한 채 도주했을 것이란 고사가 나오게 되었던 것이다.

두 편을 적서하였듯 아버지가 소년의 요청을 수락했다면 소년은 아버지를 의지해서 잠재적 용기를 발휘하지 못했을 뿐만 아니라 더한 참상이 빚어졌을는지도 모를 것이거니와, 한신 또한 배수진을 치지 않았더라면 한나라 군사들은 제대로 싸워 보지도 못하고 도주하였을 것이란 가상을 해 볼 수 있을 것이다.

이처럼 훌륭한 아버지와 뛰어난 지략가에게 한결같은 위엄과 사랑, 용기와 절대적인 힘을 갖추었음에 기사회생이란 난만의 허들을 뛰어넘을 수 있었던 것처럼, 귀한 자식일수록 당근과 채찍을 섞어 가면서 잠재적 능력을 끄집어내어 주어야 함은 물론, 오합지졸의 군사 또한 징일여백懲一勵百과 신상필벌의 원칙을 적용해서 엄격한 규율에 따른 사기를 북돋아 준다면 내재력과 잠재력을 충분히 발휘할 수 있으리란 어설픈 제의를 해 보지만……!

이 같은 에피소드에 지나지 않는 두 편의 인용 글이긴 하나 찬찬히 음미한다면 여러 한 문제를 슬기롭게 풀어 나가는 데 한 방편은 될 수 있으리라 사료된다.

그랬다.

모부인 정씨는 면우의 도덕 교과이자 험난한 초행길의 동행인으로서 짐승의 길이 아닌 사람의 길로 인도하는 길잡이 역할을 자청했고 설익은 인생에 밑거름이 되고자 했던 그런 어머니였다.

면우 나이 사 세 때였다.

하루는 면우가 이웃 남새밭에서 가지 하나를 따서 집으로 돌아오고 있었는데, 일련의 과정을 유심히 목격한 모부인 정씨는 어린 면우에게 자초지종을 물을 필요도 없었고 들을 필요도 없었다.

울컥 부아가 치밀었던 모부인 정씨는 위압적인 어조로 면우를 불러서 종아리를 걷게 하고선 회초리를 치켜들며 다음과 같이 대성일갈했다.

"애가 도둑질을 하면 커서 무엇이 되겠느냐……! 응……?"

죄다짐을 받고자 모부인 정씨는 회초리를 들고서 면우의 종아리를 내리치며 또다시 대성일갈했다.

"당장 가지고 가서 사죄하고 오거라……!"라며 사정없이 다그쳤음을 정씨 부인의 행장에서 전해 주고 있듯 서슬이 어린 듯한 모부인 정씨의 준엄한 질책은 면우로 하여금 인간으로서 지켜야 할 도리를 일찌감치 가르쳐 주고자 했던 것이다.

이로부터 칠 년 후 면우 나이 십일 세 되던 어느 하루.

어둑어둑 날이 저물어서 서당에서 돌아온 면우는 살림의 밑천이라 여겼던 닭장 문이 비딱하게 젖혀져 있는 것을 목격하고서 강 건너 불 보듯 그냥 지나칠 수 없었다.

홍보용 어깨띠 두르듯 두르고 왔던 책보를 풀어놓고 쪼그리고 앉아서 바지런을 떨고 있었는데 마침 순간의 광경이 모부인 정씨의 두 눈에 선명히 포착되었던 것이다.

자식들의 뒷바라지를 위해서는 어떤 궂은일도 마다하지 않았던 모부인 정씨. 그 심정을 철부지 면우가 알아줄 리 만무했다.

한순간 북받쳐 오르는 감정을 억누를 수 없었던 모부인 정씨는 부엌에서 하던 일을 멈추고 부지깽이를 든 채로 나오면서 무섭게 면우를 독책했던 것이다.

"네 이놈……! 독서가 너의 직분이거늘 어찌 잡다한 일에 관여하라고 했느냐……!"라는 모부인의 대성질호에 눌린 면우는 변명 한마디 못 한 채 사시나무 떨리듯 떨기만 했다는 것을 정씨 부인의 행장에서 고스란히 전해 주고 있다.

이처럼 모부인 정씨는 자녀들에게 엄할 때는 엄할 줄 알고, 꾸짖을 때는 준엄하게 꾸짖을 줄 알고, 실의에 빠졌을 땐 힘과 용기를 주어야 한다는 그 모든 것을 알았던 것이다. 그런 지혜와 자애, 용勇을 겸비한 모부인 정씨였음에 재주가 남달랐던 면우에게 때론 엄하게 가르쳤으니 엄한 가르침엔 모부인의 소망이 담겨 있었다.

그 소망은 헛된 명성이나 부명富名에 있었던 것은 아니었다.

오로지 학문으로 성장해서 학자로서의 쌓아 온 명성만 떨쳐 주기를 바랐던 것이었다.

어느덧 예순을 훌쩍 넘긴 모부인 정씨는 홀로 집안일을 도맡아 하기에는 너무나 벅찼다.

마치 모파상의 저작『여자의 일생』의 주인공 잔느처럼 여자로서의 고뇌와 운명에 따른 희비를 맛보아야 했으나 희비로 점철된 굴곡진 삶에 잔느처럼 속절없는 눈물만 흘릴 순 없었다.

현재의 괴로움을 치유하기 위해 몸과 마음을 사리지 않고 쉴 새 없이 움직여야 했다. 분주하게 움직이다 보면 괴로움이란 상처가 자연스레 곪아 터질 것이란 모부인 정씨의 강단은 황혼 녘에 들어선 노파의 강단으로 처연하고 애처로울 만큼 삶의 에너지를 느낄 수 있었다.

에너지의 원천은 바로 자식들을 올바르게 키우는 것이 곧 곽씨 집안을 위하는 것이고 어머니의 역할이라 여겼음에 불끈불끈 힘이 솟구쳐 올랐던 것이다.

모지락스럽기만 한 모부인 정씨였으나 언젠가 면우가 어머니 곁에서 소설을 읽어 주는 전기수 역을 자임하고서 옛날 현인 군자의 언행을 이야기하면 문득 감동하며 다음과 같이 말했다.

"사람이 마땅히 이와 같아야 한다!"

"암, 그렇고말고······!"

"사람이면 모두 할 수 있으니 너희들은 부지런히 힘써야 할 것이다······!"

이렇듯 정씨 부인의 격양된 어조에는 덧없는 세상의 헛된 영화보다는 완전한 인격을 갖춘 도덕군자를 바랐던 것이다.

모부인 정씨의 바람은 식부들에게도 예외는 아니었다.

'賢婦令夫貴 佞婦令夫賤.'

'어진 부인은 남편을 귀하게 만들고 교묘한 말로 아첨하는 부인은 남편을 천하게 만든다.'라고 하였듯 모부인 정씨는 식부들을 돌아보며 다음과 같이 훈계하였다.

"너희들은 알아라!"

"남자들의 명예를 훼손시키고 업을 무너뜨리는 것은 대개가 부인 때문이거늘. 너희들은 경계를 늦추어서는 안 될 것이다······!"

모부인 정씨는 고압적인 어조로 두 식부에게 부인의 본분을 지켜 나갈 것을 당부하였던 것이다.

한편 모부인의 내면 깊은 곳엔 온화하고 개결한 양면적 성품을 소유하였으니, 온화한 성품은 자신에게는 담박하고 남에게는 온정의 손길을 내민 연민의 정, 박기후인薄己厚人의 인간상을 본유했던 것이다.

혹여 이웃 사람이 생활고에 휘달리고 있다는 소리를 들으면 약간의 쌀이나마 반드시 베풀었고, 굶주림에 허덕인다는 소리를 들으면 그들을 구제하지 않고서는 한술의 밥도 삼킬 수 없었다.

어쩌다 꾸어 간 돈을 회수하지 못해 생활의 어려움을 겪고 있지만 상환할 것을 요구한 적이 없었다고 하였으니 오달지고 아귀차기만 했던 정씨 부인의 이면에는 듬쑥함도 본유했던 것이다.

부인의 행장에 의하면 온정의 손길은 이뿐만이 아니었다.

언젠가 이웃 마을에 계집종 어머니가 살고 있었는데, 모부인 정씨는 계집종 어머니가 애처로웠는지 그 노파를 자혜로써 대우했을 뿐 아니라 웃어른 모시듯 정성을 다했던 것이다.

늘 동이 틀 즈음엔 아침거리를 준비해 갔고, 해가 저물 즈음엔 저녁거리를 준비해서 광주리 가득한 음식을 계집종 어머니에게 건네주고 돌아온 이 같은 사실을 정씨 부인의 행장에서 전해 주고 있으니, 모부인 정씨 자신은 비록 가난한 삶을 살아가고 있지만 소외받고 핍박받는 이웃에게 구호의 손길을 내미는 데 조금도 인색하지 않았던 것이다.

이렇듯 모부인 정씨는 가사에 충실할 줄 아는 부덕과, 존구에 대한 효성과, 자식에 대한 어머니로서의 부덕과, 부인으로서의 언행과, 불우한 이웃에 아낌없는 사랑과, 지아비에 대한 무한한 신뢰를 보였던 아나크로니즘 성향의 삼종지도를 몸소 실천했던 현모양처의 전형이었다.

그런 의미에서 중국 한나라 유향劉向의 저서 『열녀전烈女傳』에 의하면, 신랑이 신부 집에 가서 초례를 올리고 신부를 맞아 오는 친영의 예와, 친영을 마친 후 뒤따른다는 수종隨從의 예가 있다고 밝혔으니, 수종은 흔히 여자가 따라야 할 세 가지 도리로 시집가기 전에는 아버지를, 시집가서는 남편을, 남편이 죽은 뒤에는 아들을 좇는다는 삼종지도와 같은 큰 맥락에서 얼마든지 환언 가능할 수 있을 것이다.

　유가의 가정에서 생장한 모부인 정씨 또한 한 남자에 대한 한 아내로서의 도리, 삼종지도를 익히 들어 왔음은 물론, 역대의 훌륭한 여성들의 행적을 번역한 유향의 『열녀전』 또한 보았을 터이되.

　모르긴 해도 정씨 부인이 도암공을 찾아오는 빈삭의 객에게 싫은 내색 한번 보이지 않을 수 있었던 것 또한 『열녀전』을 비롯한 여러 책들과 유가의 가정에서 듣고 익혔던 내정범절이 적잖은 영향을 미쳤을 것이다.

　그러나 무엇보다 정씨 부인의 내조 기저에 깔려 있는 의식은 『경행록』에서 밝혀 말했던 다음 구절일 것이다.

　'빈객이 집으로 찾아오지 않으면 저속해진다.'라고 했던 이 같은 입장을 본유했을 터이되.

賓客不來門戶俗. －『景行錄』

　이 같은 관념에 무젖었던 정씨 부인은 사람 사는 집에 사람의 왕래가 잦는 것은 당연한 일이라 여겼다.

　그런 모부인 정씨는 자녀들에게 늘 다음과 같이 일러 말했다.

　"객이 문에 이르지 않으면 집은 있어도 집이 없는 것과 매한가지이니 귀찮다고 손님을 내쳐서는 안 된다……!"라고 가르쳤던 것이다.

　주지하다시피 모부인 정씨가 활동했던 조선 후기는 물론, 이십 년 전만 해도 많은 내객이 드나드는 집은 사회적으로 그만큼의 선망과 존경받는 한다한 집안임을 증명하기도 했으나 각박한 오늘은 어디 그러한가. 자택을 방문하는 내객 자체를 기피하고 프라이버시를 존중한다는 차원에서 타가 방문을 되도록 자제하는 분위기니 배현 하나에도 격세지감을 느껴야 하는 세태가 바로 오늘일 게다.

　정씨 부인은 자녀들에게 늘 예우로써 초객하라고 훈계하였지만 아귀찬 부인의 내심에는 빈삭의 객들과 주변 사람들에게 은근슬쩍 프라이드를 드높이고 싶었을 것이란 짐작을 해봄 직한데 결코 만불성설은 아닐 것이다.

　부호처럼 고래기와집에 칠보 장롱과 나전 장생 문갑과 화초장 따위를 즐비하게 진열한다는 것은 언감생심 상상도 못 할 일이지만, 물질의 화려함에 주눅 든다거나 중국 서진의 석숭石崇의 치부를 부러워한다거나 더 높은 위세에 꿀릴 이유가 전혀 없다고 여겼을 것이다.

　일찍이 인류의 지성 공자께서 이르기를 '거친 밥을 먹고 물을 마시며 팔을 굽혀 베더라도 즐거움은 그 가운데 있으니 의롭지 못하고서 부하고 귀함은 나에게 있어 뜬구름과 같다(子曰 飯疏食飮水 曲肱而枕之 樂亦在其中矣 不義而富且貴 於我如浮雲. -『論語』「述而」)'라고 하였던 그 안빈의 삶을 정씨 부인이 살아가고 있지만, 일찍이 빈삭의 객을 괄시해 본 적이 없었다.

　그렇다고 남에게 헤살을 부렸다거나, 남의 가슴에 못 박을 짓을 했다거나, 비럭질을 한다거나, 아쉬운 소리 한번 하지 않았던 삶이 부인에게 자존을 더 높일 수 있었을 것이다.

　거기다 세습되는 선비 가정은 물질문명의 현란함 속에서 전통을 부지하고 이끌어 갈 수 있는 전통 교육 문화의 메카로 자리매김하고 있었으니 더한 부와 어떤 물질의 화려함도 정씨 부인의 자존을 휘저을 수 없었으리.

정씨 부인 또한 전통문화의 반가에서 빈례를 보고 들었던바, 교양 있는 빈례는 『사기평림史記評林』·「급정열전汲鄭列傳」의 정당시鄭當時의 접빈의 예와 흡사했던 것이다.

본서에 의하면 정당시는 한 무제 때, 이름난 협객으로 객을 무척이나 우대하여서 문하에 있는 사람들에게 늘 다음과 같이 훈계하였다.

'손이 왔을 때는 그 귀천을 묻지 말고 문간에서 기다리게 해서는 안 되며 빈주의 예로써 공손하게 접대를 해야 한다.'

莊(鄭當時)爲太史 誡門下 客至無貴賤無留門者 執賓主之禮 以其貴下人 莊廉. -『史記評林』「汲鄭列傳第六十」

정당시의 일언이 「급정열전」에서 전해 오고 있듯, 자신 또한 굴절된 비천한 신분도 아닌 만인을 호령하고 만인이 우러러보는 높은 지위에 있음에도 불구하고 남에게 겸손했다고 하는 정당시는 보스 기질의 협객이라기보다는 다정다감한 센티멘털리스트로 허울 좋은 신분만으로 사람의 가치를 매기지 않았다. 그뿐만 아니라 지위 고하에 걸맞게 예우한 것도 아니었다.

모부인 정씨처럼 차별 없는 인간애로써 객을 예우하였으니, 이 같은 정당시의 거룩한 행적이 이천 년이 지난 오늘 사마천의 『사기』에 전하고 있음이다.

전언에 의하면 근세의 경주 최 부자 역시 그 많은 내객과 과객이 자신의 폐가를 내방했으나 일찍이 눈살 한번 찌푸린 적이 없었다고 한다.

게다가 더한 노고의 농민에게 덤으로 환원하는 기업인의 정신으로 덧없는 세상사에 지친 이들에게 말동무가 되어 주었을 뿐 아니라, 슬픔과 절망이 뒤섞인 심로에 한결같은 미소와 애틋한 눈으로 바라보았던 가진 자의 넉넉한 배려, 노블레스 오블리주를 실천했다는 미담이 지금까지 회자되듯, 정당시와 정씨 부인 그리고 최 부자 이들은 사람 위에 사람 없다는 참된 이치를 깨달았던 센티멘털리스트한 협객이자 포근한 가슴을 지닌 굴지의 자산가로 보시布施의 에토스ethos를 지녔으며 사랑을 실천했던 자비만행이었다.

오늘은 어떠한가.
회자되는 속언에 '정승 댁 말이 죽으면 조문객이 줄을 서지만 정승이 죽으면 조문 오는 사람이 없다.'라는 말은 권력의 무상함과 세태의 비정함을 비꼰 비화일 것이되, 그 함의엔 더 높은 벼슬도 십 년을 넘기지 못한다는 권불십년權不十年과, 열흘 붉은 꽃이 없다는 화무십일홍花無十日紅이란 서글픈 성어가 자리하고 있다.
이른바 권불십년은 물론 화무십일홍은 본래의 뜻이 전의되어 힘이나 세력 따위가 한번 성하면 얼마 못 가서 반드시 쇠하여진다는 의미로 성어되지만, 인간은 간사하게도 권력을 좇아 권력에 문전성시를 이루고, 사계의 순환처럼 돌고 도는 쇠미한 권력은 폐기되고, 버려진 권력의 문전은 썰렁하기만 하고, 불나방이 불을 향해 날아들 듯 타오르는 태양 같은 새로운 권력에 배팅하고, 내밀한 권력과의 거래와 더한 밀착을 위해 권력의 문 앞에 성시를 이루듯, 몰려드는 모리배와 정상배들의 작태는 바로 뜨거워졌다가 차가워지는 염량세태炎凉世態 그것이었으니, 과연 인간의 고품격을 일각의 정상배들의 득세와 사치와 허영에 물든 졸부와 허울 좋은 허명과 견줄 수 있겠는가.

이렇듯 그들에게 무한의 신뢰와 더한 존경의 눈으로 바라보는 현 시각은 탐욕을 불러일으켰고, 탐욕의 기저엔 물질이란 불쏘시개가 필요했으며, 권력이란 화력은 세상 그 어떤 것도 태울 수 있고, 물질은 화력을 일으키는 자원이 될 수 있다고 여겼으므로, 자연 권력만능과 물질 만능은 세인들에게 걷잡을 수 없는 욕망이 되었고, 잇따른 만능 시대는 학력 만능과 과학 만능, 외모 만능 따위를 부추겼으니, 만능주의가 낳은 작금의 시대 윤리에 비추어 본다면 모부인 정씨와 정당시 그리고 최 부자 세 사람은 방종된 물질 만능 위에 인간의 온정이 자리하고 있다는 것을 인지했으며, 쥐었다가 폈다가 다시 형장의 이슬로 사라지는 권력 만능과, 권력 무상 위에 인간의 존엄이 존재한다는 엄연한 사실 또한 알았으리.

이들의 이 같은 행적은 달면 삼키고 쓰면 뱉는다는 감탄고토甘呑苦吐라는 변덕스러운 현실에 맑은 울림의 경종은 될 수 있으리라 여겨진다.

사람들의 왕래마저 끊긴다면 양반이란 체통을 부지하기 어렵다고 판단한 모부인 정씨는 가정다운 가정이 되기 위해서는 내객을 융숭하게 대접해야 한다는 참의미를 자녀들에게 일찌감치 일깨워 주었고, 자신 또한 신래의 객이 자신의 폐옥을 찾아오면 그냥 돌려보내지 않았다.

그냥 돌려보내기에는 겸연쩍었는지 빈객들에게 후우하지는 못했으나 능력껏 정성을 다해 접빈했고 예의를 갖추어 빈을 접대함은 응연 선비의 아내로서의 도리이자 사람으로서 사람의 도리라 여겼을 뿐 다른 이유가 개입되었던 것은 아니었다.

사람의 도리를 다한다는 것은 결코 쉬운 일은 아닐 것이다.

정작 부인의 생활 또한 간핍도 하거니와 삶 또한 신산스러웠다.

그런 역경에도 불구하고 빈객들에게 후우했다는 이 같은 사실을 감안한다면 분명 부인의 빈례 너머엔 말 못 할 내심이 자리하고 있었을 듯한데, 내심은 바로 저상된 곽씨 가정의 체통을 고양하는 것이었다.

비록 가운 떠난 모옥이지만 내객들에게 가정의 예법을 현양함으로써 물질적 공복을 정신적 고품격으로 완미하고자 하였으니, 이것이야말로 부인의 가슴 한 곳에 자리한 소박한 내심의 에센스였다.

이 또한 자칫 겉발림의 빈례라 오인할 수 있겠지만 분명한 건 부인의 빈례는 진실이 실종된 교언무실의 허례는 아니었다.

언젠가 하루는 모부인에게 민망스러운 광경이 연출되었으니, 다름 아닌 남편 도암공을 찾아온 객들에게 제때 끼니를 챙겨 드려야 했으나 쌀독엔 한 공기 가웃 혹 두 공기 남짓 나올 정도의 쌀로는 객들의 끼니를 해결하기에는 턱없이 부족했다.

다급했을 모부인 정씨였지만 우럭진 얼굴을 했다거나 당황스러운 기색을 보이진 않았다. 기지의 마술사로 불리었던 모부인 정씨는 자신의 얹은머리를 잘라 쌀로 바꾸어 오는 것이었으니 쌀로 바꿔 올 수 있었던 모부인은 객들에게 오찬을 베풀었을 뿐 아니라, 주안상까지 차려 내어 놓을 수 있었다는 이 같은 훈훈한 실화가 정씨 부인의 행장에서 전하고 있다.

정씨 부인의 행장을 통해 부분적이나마 부인의 궤적을 알 수 있었던 것처럼, 오륜이 그윽하고 숙청한 모부인 정씨의 행실은 비단 남편에 대한 아내의 도리와 빈례에 국한되었던 것은 아니었다.

매정하기만 한 현대 사회의 이웃 간의 정을 다시금 일깨워 주었다.

기실 현대 사회의 이웃 간의 고갈된 정은 개인주의를 낳았고 극단적 개인주의는 한 집 건너 이웃과 때론 마주하는 이웃에게 형언할 수 없는 비행을 서슴없이 자행했다는 비보를 미디어를 통해 어렵지 않게 접할 수 있는 만큼, 우리는 적어도 모부인 정씨를 통해 '사람 위에 사람 없고 사람 밑에 사람 없다'라는 고매한 인격을 본받아서 윗사람에게 오만무례한 행동을 한다거나, 아랫사람에게 갑질을 하기보다는 '모든 사람을 똑같이 사랑하는 일시동인一視同仁' 넉 자를 가슴에 새겨야 할 것이다.

그런 의미에서 조직 문화를 대신해 줄 수 있는 췌언을 정씨 부인의 행적과 관련시킬 수 있을 것이다.

췌언한다면 아랫사람에 군림하고 윗사람에게 자신의 신념을 펴지 못하고 숨죽여하는 조직 사회 또한 맹자가 말했던 천시지리인화天時地利人和, 즉 '하늘이 준 때는 지리상의 이로움만 못하고 지리상의 이로움은 사람의 화합만 못하다'라고 했던 말에 귀 기울여야 할 것이라 사료된다.

孟子曰 天時不如地利 地利不如人和.

맹자가 말하고자 한 핵심은 인화단결로 팀의 구성원 사이의 조직적이고 협동적인 행동을 강조했던 말로 환언할 수 있을 터인데, 첨언한다면 인화단결은 곧 노사 간의 협력을 통한 시너지 효과를 창출하자는 것으로 노사 간의 협력은 신뢰에 있을 것이고 신뢰 분위기 조성은 바로 상하 간의 관계를 엄정히 하되 거리감을 조성해서는 안 될 것이다.

서로가 서로에게 온정으로 소통한다면 불신이란 높은 허들을 제거할 수 있을 것이고 자연 구성원의 팀워크로 기대 이상의 엄청난 힘이 발생할 것이다.

게다가 고용자의 주인 의식 또한 남다를 것이란 어설픈 제안을 해 보지만 얽히고설킨 여러 복잡한 문제를 안고 있을 조직에서 경영 컨설턴트가 아닌 범론을 어떤 CEO가 벤치마킹을 하겠는가마는 그러나 한 조직을 움직이는 데 있어서 개개인의 능력은 물론이거니와 그 이면에 차별 없는 사랑. 겸애에 따른 팀워크에 있다는 사실은 부인할 수 없을 것이다.

그러한 한 생각에서 조직이나 이웃 간에 있어서 모부인 정씨가 선비의 아내로서 보여 준 도덕적 의무, 노블레스 오블리주 의식을 본받고 실천한다면 마찰 없는 조직 사회와 다툼 없는 모럴 사회가 될 것이라 사료되어 췌언에 갈음해 보았다.

이 같은 모부인 정씨의 접빈의 예와 내정범절은 본 것과 들었던 것과 천성일 수도 있겠으나 무엇보다 밭어버이로 이칭되었던 숙부로부터 익혔던 영향이 적잖았으리..

숙부는 시집가는 질녀를 위해 선비 가정의 법도와 내정범절을 매거했을 것이고 덧붙여 전습되는 삼종지도와 여필종부한 거룩한 의미를 부여했을 것이며, 과년을 갓 넘긴 질녀는 숙부의 진중**鎭重**한 말을 진중**珍重**하게 여겼을 것이다.

숙부의 가르침을 복응했던 정씨 부인은 지아비에게 자신의 일부를 내던질 수 있었고, 존구에 대한 효순한 예도에 남은 일부를 내던질 수 있었으며, 자녀들의 부육과 부양에 나머지 전부를 내던질 수 있었으니 헌신과 봉양과 부육을 위해 아내로서 며느리로서 어머니로서의 흠절 없는 소임을 완수할 수 있었다.

소임을 완수하기 위해 정씨 부인은 온갖 허드렛일은 물론이거니와 낮에는 남들이 버린 황무지를 개간했고 밤에는 삯바느질로 생계를 이어 나갔다.

거기다 삼 년 동안 손수 일군 밭에서 봄엔 보리를 수확하고, 가을엔 목화를 수확해서 생활에 보탬이 되고자 하였으니 돌아보면 참으로 수고스러운 나날이었다.

허나 물먹은 겨울 소나무처럼 속이 단단하고 앙센 모부인 정씨였으나 여자의 몸으로 그것도 혼자 힘으로 일시에 가난을 일소하기에는 만무했다.

여태껏 망부 도암공의 대역으로 줄곧 자식들의 양육을 책임져야 했음은 물론 독단해야 했으니 양육은 단순히 먹이고 입히는 것만은 아니었다. 자식들이 오로지 학문에만 전념할 수 있도록 뒤치다꺼리를 해야 했다.

허나 이젠 빠당빠당 조인 일상으로부터 벗어나고 싶었고 바동바동 살려고 타울거렸던 그것마저 내려놓고 싶었다.

여느 어머니처럼 오밀조밀한 어머니로서의 역할을 다하고 싶었던 것이다.

마치 중국 춘추 시대 제나라의 재상 관중이 자신의 저서, 『관자·권수편』에서 '일 년의 계획은 곡식을 심는 것보다 중요한 것이 없고, 십 년의 계획은 나무를 심는 것보다 중요한 것이 없으며, 일생의 계획은 사람을 키우는 것보다 중요한 것이 없다(**一年之計 莫如樹穀 十年之計 莫如樹木, 終身之計 莫如樹人……. ─『管子』·「權修」**)'라고 관중이 설파했던 것처럼 자식에게 모든 희망을 걸었던 모부인 정씨는 자식이 본분을 벗어날 때는 질책을 서슴지 않는 스승의 모습으로, 때론 자식이 용기를 잃고 좌절의 늪에서 허우적거릴 때는 희망과 용기를 북돋아 주는 그런 어머니가 되고 싶었다.

이미 사 세 때 면우를 업고서 뜨락을 거닐며 『십구사**十九史**』를 외게 하였던 모부인 정씨.

그는 성인이 된 자식을 따라 입석**立石**→삼가**三嘉**→역동**嶧洞**을 옮겨 다니며 칠 년의 산중 생활을 마다하지 않았음은 물론 주체할 수 없는 향학열에 산 중의 산, 더 깊은 산중을 찾아 나서는 자식을 위해 자식과의 동행을 조금도 주저하는 기색이 없었던 그런 어머니는 오랜 시간을 오직 자식의 뒷바라지를 위해 자식 곁에서 헌신적인 사랑을 실천하였으니, 면우에게 있어서 학문의 스승은 옛 성현들이었으나 학문하는 자세와 학자의 길을 걷게 해 준 참스승은 모부인 정씨였다.

그런 어머니였음에 육십팔 세, 모부인 정씨의 생신은 면우의 마음을 더욱 저리고 아프게 했다.

……

어리석은 자식 손수 어루만지며 깨우쳐 주시니

내가 오늘 길러 준 은혜만 탄식하는 건 아니네

중년이 되고부터 기박한 운명이 서글퍼

매년 이날이 되면 더욱 애달파지네

단지 너희들이 제 직분을 다하여

보리쌀이 있어 부엌에 불 지피지 않은 적 없었네

날마다 성대한 진수성찬 바라지 않고

소반에 많은 반찬 올라오기도 바라지 않네

오직 너희들이 사특한 생각을 지니지 말아

부지런히 힘써 선친의 사업을 무너뜨리지 않기를 바라네

다만 자식들이 훌륭한 명성을 남길 수 있다면

누추한 음식도 마다하지 않고 즐겨 먹으리

手撫癡兒存諭悉　我今不獨劬勞歎

一自中年悲寡命　每當此日中心怛

秖緣汝曹供兒職　有麥不廢廚中爨

不願日致三牲饋　不願槃登入簋粲

惟願汝曹思無邪　勉勉休墮先蠱幹

但使令名貽所生　簞瓢不辭食飮衍

-「壽母六十八歲朝」-

「수모 육십팔 세 조」 작품은 고생 속에서도 자식의 성취를 위해 헌신한 모부인의 은혜에 감사하는 한편 자식으로서 제대로 봉양하지 못하는 면우의 애달픈 심정이 착잡하게 드러나는 시문이다.

자식들의 봉양을 바라지 않고 오직 자식들이 바른 심성을 지녀서 선대의 사업을 무너뜨리지 않기를 바라는 모부인의 소망. 그 소망을 이루기 위해 자신의 몸을 돌보지 않고, 오직 자식의 성취에 자신의 모든 희망을 건 모부인의 헌신적인 모습을 면우는 선명하게 그릴 수 있었다.

면우가 시문에서 영송했던 것처럼, 모부인은 자식들에게 늘 "오직 너희들이 사특한 생각을 지니지 말아! 부지런히 힘써 선친의 사업을 무너뜨리지 않기를 바라네!"라고 일렀지만 일찍이 부군을 여읜 면우는 전적으로 학문에만 전념하기엔 무엇보다 경제적 빈곤을 들지 않을 수 없었다.

그나마 면우가 지금까지 학문을 이어 나갈 수 있었던 것은 어머니와 가족들의 전폭적 지지를 받아 왔음에 가능했으나, 넉넉지 못한 가정 형편은 면우로 하여금 학문에 전념할 수 없게끔 했던 하나의 장애였다.

당시나 지금이나 산림에서 막연하게 독서인으로 소일하는 것이 여간 어려움이 아니었다.

면우가 생장하고 활동했던 십구 세기 후반에는 오로지 과거를 통해 관계로 나아가는 것이 유일한 통로였고 독서인이 다른 직업을 얻기가 더욱 어려운 명분 사회였던 만큼, 면우 역시 당시 선비들이 그러하듯 내키지는 않았으나 자신보다 가족의 경제적 노고를 덜어 주기 위해 공명을 이룰 욕망을 완전히 뿌리치지 못했다.

가족의 경제적 노고를 덜어 주기 위해 면우는 두 차례 과거에 응시하지만 연거푸 낙과로 지난날 자신에게 걸었던 가족들의 기대에 보답하지 못했다는 좌절감에 한동안 심리적 공황 상태를 맞게 되었다.

실의에 빠진 면우를 위로하며 용기를 북돋아 주었음은 바로 모부인 정씨였다.

면우가 이십구 세 때 대구부에서 치른 과거 시험에서 낙과하자 모부인은 면우에게 다음과 같이 일러 말했다.

"지금의 과거 시험은 하늘을 우러러 얻을 수 있는 것이 아니다. 네가 한밤중에 남의 집안을 찾아다녀야만 급제한다면 이는 몸을 더럽히는 일이며 몸을 더럽히는 것은 어버이에게 욕을 끼치는 일이니 무어 영예가 되겠느냐!"라며 과거 시험을 완전 포기하도록 타일렀던 것이다. 이처럼 모부인 정씨는 일찍이 자식들에게 원칙대로 살라고 가르쳤을 뿐. 정당한 실력이 아닌 부정으로 출세하는 것은 바라지도 않았을 뿐. 자신 또한 늘 정직과 청렴결백을 생활화하였음에 실력자에게 연비를 댄다거나 권세에 아부할 줄 몰랐다.

더욱이 상문쇄소**相門灑掃**는 들어 보질 못했다.

상문쇄소.

청탁을 하는 데 수완이 있음을 형용하는 말인데, 한**漢**의 위발**魏勃**이 제상**齊相** 조참**曹參**을 만나려고 그 사인**舍人**의 집 앞을 밤낮으로 청소하여 결국 그를 통해서 조참을 만나 사인이 된 고사에서 유래하였다. (『**史記, 齊悼惠王世家**』)

……그토록 자식이 과거에 급제하기를 바랐던 어머니의 갑작스러운 인식 전환은 당시 과거 제도의 문란에 기인한 측면도 있었겠으나 적어도 어머니가 면우에게 바란 기대가 오로지 세속적 욕망에 있었던 것은 아니었다.

어머니가 면우에게 희망을 가졌음은 과거를 통한 영달을 넘어선 인간적인 완성, 즉 옛날의 현인군자처럼 되기를 바랐으니, 면우에게 어머니 모부인 정씨는 인생의 조언자였고 학문의 조력자였으며 참된 학문으로 인도한 스승이었다.

그해 가을의 고회

면우 나이 십육 세, 학문적 기로에서 완전히 헤어 나오지 못한 면우는 여전히 불안했다.

마음을 추슬러 보고자 학우들과 어울려 사월마을 인근의 괴재槐齋에서 독서를 해 보지만 왠지 지난 경신1860세에 읽었던 성리서가 눈앞에 어른거렸다.

성리서와의 새로운 만남으로 과거지학과의 또다시 번민이 일기 시작하였으니 이해가 바로 1861년 신유세였다.

이해 아카데믹 클럽이라 일컫는, 정든 학우들과 책을 읽고 담소를 즐겼던 그들만의 작은 아카데미로 이칭 될 수 있었던 괴재를 떠나야 했다.

면우는 떠나는 학우들에게 일일이 송별의 시문을 지어서 이별의 아쉬움을 대신했고 자신 또한 이듬해인 1862년 임술세에 사월마을과 십 리 떨어진 입석마을에 정착하게 되었다.

호젓한 이곳에서 독서삼매에 젖어 들고자 하였으나 뜻한 대로 되지 않았다.

이곳 입석마을에 거주하는 학인 여순汝舜 권헌기權憲璣와 주로 시서와 좌전을 강론하면서 이럭저럭 지내는 나날이었다.

때인 만큼 시간을 더 허송할 수 없었던 면우는 일순간 일변하였으니.

이 또한 시절 인연이라 해야 할지, 아니면 맑은 영혼에 성리학이 지폈음인지, 면우는 불현듯 행장을 꾸리고 욕망이 난망한 성리학에 자신의 영혼을 담고자 일 년도 채 못 되어 도평道坪으로 환가했다.

열혈 청년 면우가 본가 한실閑室에서 난해한 성리서에 토를 달고, 모르는 한 구절 한 구절에 비점하고, 다시 궁구하고, 다시 암송하고, 다시 비점하는 일상은 도학에로의 함영이었으니 대단한 학구열이었다.

이처럼 성리학에 매혹된 근 일 년의 시간들은 일상의 리듬마저 함몰시킬 정도로 십팔 세 청년을 열광케 했으니, 이때의 생활은 성리학에 감금당한 희열의 나날로 고우와의 만남도 풍광명미한 사월의 자연도 성리학의 희열에 죄다 저당 잡혔으나, 이따금씩 살갗을 자극하는 소슬바람만은 떨어낼 수 없었다.

문틈 사이로 비집고 들어오는 소슬바람은 학인 면우로 하여금 가을이 왔음을 알려 주었고, 가을이 선다는 입추는 등화가친의 독서의 계절로 성리학에 가일층 박차를 가하는 면우에겐 더할 나위 없는 계절이기도 했으니 소슬바람을 떨치려 애쓸 필요가 없었다.

그 길고도 깊고 넓은 성리학의 세계로 나아가기 위해서는 면우에게 재충전의 시간이 필요했을 뿐 아니라 감금되다시피 한 지난 시간들로부터 일탈 아닌 셀프 힐-링을 하고픈 절기가 이 가을이었다.

다시 조우할 수 없을 듯한 이 절기에 사월沙月의 더 높은 가을 하늘과 봉두난발한 삼백 년 회화나무에서 우수수 부서져 내리는 낙엽을 상완하고 싶었고, 학자나무로 이칭이 붙은 회화나무의 내력을 음미하고 싶었다.

거기다 사위에서 쉼 없이 울어대는 풀벌레 소리에 깊은 사색에 잠겨 보고자 했으니.

  그런 센티멘털한 계절에 센티멘털리스트한 가을 남자로 탈바꿈하고자 하였으나 이 같은 소박한 바람을 앗아 갔음이 바로 오불관언으로 여겨 왔던 과거 시험이었다.

  가족들과 모부인 정씨의 간절한 바람을 저버릴 수 없었던 면우는 대구 감영에서 시행되는 발해시發解試 준비를 위해서는 최소한 과장첩科場帖은 꼼꼼히 읽어야 했으나 내키지 않는 과거 시험이었으니 그다지 열의와 의욕을 보이지 않았다.

  응시한 결과 이해〔갑자세, 1864.〕가을 증광동당시에는 급제했으나 이듬해 을축세1865 봄, 서울서 시행되는 회시에 낙과했던 것이다.

  회시의 낙과는 면우를 착잡하게 했다거나 실의했다기보다는 오매불망하던 가족들의 대원에 부응하지 못한 아쉬움이었다.

  하향하는 나그네의 쓸쓸한 마음. 객심의 두 글자와도 같이 면우를 지척거리게 하였음이 바로 금의환향의 그 날만을 학수고대하던 모부인 정씨에게 상심의 그늘을 지워 줄 것을 생각하니 환향의 길은 멀기만 했다.

  멀기만 한 천 리 길이지만 천 리 길은 낙방거자에게 수많은 상념을 불러일으켰으니. 상념으로 범벅된 환향 길은 일진일퇴의 객심의 길이었다.

  쉼 없이 행보하는 귀로는 시야가 툭 터인 아우토반이라기보다는 외로 꺾어들고 우로 휘어들고 비탈진 언덕길을 쉴 새 없이 오르락내리락해야 하는 기복 반복되는 끝없는 천 리 길이었다.

  그 천 리 길은 파란의 인생과도 같은 인생의 길임을 낙방거자에게 일러 주었을 것이고, 낙방거자 또한 내가 걸어왔고 내가 걸어가고 내가 걸어가야 할 이 길이 바로 인생의 노정이라는 것을 깨달았으리라.

길 위에서의 깨달음이 영원한 진리라고는 말할 순 없으나 천 리 길을 통해 갈마드는 상념을 잠시나마 진정시킬 수 있었던 낙방거자는 이렇게 자문했으리.

그렇다면 걸어가는 이 길이 인생길이고 인생길을 걸어가면서 난 과연 무엇을 꿈꾸어 왔음인가.

일신의 영화와, 보다 많이 즐기는 욕망과, 자자한 헛된 명성과, 더 좋은 평판을 얻기 위해 성리학자가 되고자 했고, 홍패를 받고 복두에 어사화를 꽂고 퍼레이드하며 주변 사람들로부터 열렬한 환호를 받기 위해 전인미답의 심산유곡에 틀어박혀 불잉걸처럼 향학열을 불살랐고, 가족보다 자신의 욕망을 더 채우기 위해 이순의 노모에 의지해서 무위도식 비등한 삶을 살아왔음인가.

그렇다면 난 언제 어머니를 즐겁게 해 드린 적이 있었던가.

최소한의 봉양, 숙수지공菽水之供 한번 올리지 못한 지난 죄고는 인면수심의 짓거리였고 본능의 작태였으니, 본능이라 하지만 저 까마귀 또한 어미를 먹여 살려야 한다는 원초적 본능, 반포보은의 효를 승화시켰거늘, 하물며 이성을 지닌 난 날짐승만 못하다는 자괴감에 괴로워했으리.

이 같은 현재의 괴로운 심회와 흡사한 분위기는 1873년 계유세, 스물일곱 되던 해 스승 한주에게 답하는 상신에서 토로하였던 것처럼, 무겁고도 먼 환향의 길 위에서 지나온 삶에 대한 수많은 상념에 파문을 일으켰을 것이다.

면우가 자괴감에 괴로워했던 최소한의 봉양은 유자들이 언필칭 했던 증자의 효행이었다.

『맹자孟子』·「이루장구離婁章句」에는 증자의 효행을 언급하면서 입과 몸을 봉양하는 육체적 봉양, 즉 구체지양口體之養이 양지養志 못지않은 효행의 중요 덕목이라 하였으나 모부인 정씨에게 보다 더 시급했던 것은 잊고자 해도 잊기 어려운 욕망이 난망한 과거 시험에 급제하는 것이었다.

비록 장원 급제해서 복두 뒤에 어사화를 꽂고 환향하는 것은 바라지 않았으나 급제해서 입신양명하기를 바랐고 부모의 이름을 현양하는 이현부모以顯父母의 정신적인 효, 양지가 바로 모부인 정씨가 바라는 효였다.

모부인의 바람을 충족시켜 드리지 못한 면우는 지난날 자신이 못다 한 물질적 봉양과 정신적 양지를 양실하였다는 더없는 자책감에 귀향이 그다지 즐겁지만은 않았으리.

과거를 오불관언이라 여겼던 면우였지만 자신의 임의대로 과거를 포기할 수 없었던 것은 가족과 모부인 정씨의 바람 때문이었다.

모부인 정씨는 자식이 과거에 급제해서 일가를 부흥해 주기를 바랐고 가족들과 모부인 정씨의 바람을 충족시켜 줄 기대주가 전도 촉망한 면우였다.

매사에 순응했던 면우는 가족들과 모부인 정씨의 의식에 주입되어 갔고 관료의 길을 단념할 수도, 거역할 수도 없었다.

그랬다.

면우가 활동했던 조선 후기에는 개조운명改造運命할 수 있는 유일한 수단이 과거였다. 과거에 급제해서 벼슬길에 나아가는 것은 자신의 신분 상승은 물론 한 가정이 양반 사회로 진입할 수 있는 통로였음을 가족들은 이미 알고 있었다.

그러나 성인 공자는 『논어論語』·「헌문憲問」에서 다음과 같이 말하지 않았던가.

"옛날에는 자기 자신을 위해 배웠고 오늘날은 남을 위해 배운다."

古之學者爲己 今之學者爲人.

인류의 성인 공자께서 변주된 학문에 일침을 놓았듯, 학문이 자신의 명예욕이나 세속적 가치로 환원되어서는 안 되며 오로지 독서를 통한 자신의 내면을 살찌울 수 있는 학문이 참된 학문이라는 것을 일러주었다.

면우 역시 1889년 기축 세, 유월 고령 반룡사盤龍寺에서 독서하고 있을 이때.

후진들에게 이르기를 '과거지학에 천착하기보다는 위기지학**爲己之學**에 힘써야 할 것'이라 하였으니, 면우는 공명功名을 추구하는 과거지학이나 남이 자신을 알아주기를 바라는 위인지학**爲人之學**보다는 자신을 수양하는 학문, 위기지학이 참된 학문이라 여겼던 것이다.

예정된 길

1865년 을축세, 면우 나이 스물. 이해 길월, 길일, 길시를 택해 선비 최익상崔益祥의 딸 삭녕朔寧 최씨를 평생의 반려자로 맞이했다.

심기일전하는 의미에서 어릴 때 불렀던 돌뫼〔石山〕를 종석鍾錫으로, 자를 명원鳴遠으로 해서 산뜻한 마음으로 새로운 학문에 나아가고자 다짐하였으니, 을축세가 면우에게 새로운 인생의 라운치였고 학문의 터닝 포인트로 성리학으로 전향하기 시작한 때였다.

이듬해 병인, 이십일 세에는 정통 성리학을 계승하겠다는 결의로「회와삼도晦窩三圖」를 창작하게 되었으니「회와삼도」는 회암 주희1130~1200를 높이 사모하여 조선에 새로운 학문인 성리학을 이식, 발화시켰던 회헌 안향1243~1306과, 성리학의 기틀을 확립했던 회재 이언적 1491~1553을 존경하고 이들 삼현의 학문을 배워서 현인으로 나아가겠다는 뜻에서 고안되었다.

한편 '숨어서 드러나지 않음으로써 스스로 기른다'라는 도회韜晦의 회晦 자를 매每와 일日로 파자해서 날로 새로워진다는 그 일신日新의 공부를 하겠다며 자신과의 약속으로 창안되었던 것이다.

면우는 이들 삼현을 존상하고 앙모한 나머지 '숨어서 드러내지 않음으로써 스스로 기른다'라는 도회의 실천 장으로 떠날 만반의 준비를 갖춘 웅렬한 병인세였다.

　도회는 사전적 용어로 '자신의 재능이나 학식 따위를 감춘다거나 종적을 감춘다.'라고 정의하고 있으니, 중국 한나라 공융孔融의 『이합작군성명자시離合作郡姓名字詩』에서 '아름다운 옥은 빛을 감추고 드러내지 않는다(美玉韜光)'라고 했던 그 도광韜光과, 중국 남조 양나라 소통蕭統이 『도연명집서陶淵明集序』에서 '성인은 빛을 감추어 드러내지 않고 현인은 세상을 피하여 숨어 산다(聖人韜光 賢人遁世).'라고 하였던 도광 또한 도회와 동의될 수 있을 것이다.

　숨어서 드러내지 않음으로써 스스로 기른다는 도회의 실천이란 대명제 아래 행장을 바삐 차린 면우는 괴나리봇짐 둘러메고 감악산을 향해 산으로 들로 내달렸다.
　이해가 바로 1867년 정묘세로 미답의 대지를 실컷 밟아 보고 푸른 하늘을 오래도록 붙잡고 싶은 봄이었다.
　도회의 첫 출발지인 감악산(삼가 신지 마을) 발정은 혼자 떠나는 길만은 아니었다.
　가솔들을 거느리고 산을 넘고 들판을 가로지르며 물을 건너는 힘겹고도 험난한 노정이었다.
　선두의 반인들은 터벅터벅 산길을 올랐고 부인들은 타불타불 걸으며 뒤따랐으며 쉭쉭 거친 숨소리를 내뿜는 일행들의 입엔 허연 침버캐가 붙었다.

 두 다리가 후들거리는 굼뜬 발걸음이었으나 어느새 아름이 넘는 은행나무가 우뚝 서 있는 감악산 연수사演水寺에 이를 수 있었다.

 근 칠십 리를 한걸음에 내달려온 면우와 일행은 목을 축일 겸 연수사에서 잠시 봇짐을 내려놓고 그 유명하다는 연수사의 약수를 찾았다.

 약수는 바로 멀찍이 보이는 경내 저편 돌 틈 사이로 쉼 없이 흘러나왔으니.

 갈증을 해소하고자 마셨던 약수는 후들거리는 두 다리와 벌떡벌떡 뛰는 심장을 진정시킬 정도의 강장 음료였다.

 기실 약수는 신비스러울 정도로 각종 질병에 효험이 있는 영약이라는 것을 중국 명나라 때 요가성姚可成의 모음집 『식물본초植物本草』에서 소개하고 있다.

 이 책에서는 물에 관련해서 천수天水, 지수地水, 명수名水, 독수毒水, 명천名泉 등…… 칠백 사십여 곳을 소개하면서 삼백여 종의 약수도 곁들여 품평했다.

 그렇다면 연수사 바위틈에서 흘러나왔다는 약수로 신라 헌강왕?~886의 풍병과, 고려 공민왕1330~1374의 풍병을 다스렸다는 전설은 혹 날조된 것은 아닐까……! 라고 의심해 봄 직한데, 『식물본초』에 따르면 연수사 바위틈에서 흘러나온 약수는 벽천수碧泉水였다. 벽천수는 주로 신장을 보하고 눈을 맑게 하고 번갈을 제거하고 술을 깨게 한다고 하였으니 풍병을 다스렸다는 전설은 터무니없이 구전되었던 것은 아니었다.

목을 축인 면우와 일행들은 경내 곳곳을 한참 동안 배회하며 연수사의 슬픈 내력을 떠올리지 않을 수 없었다.

슬픈 사연을 간직한 연수사.
유구한 연수사는 무수한 사연을 남겼으니 사연은 바로 아름이 넘는 은행나무가 간직하고 있었다.
높이 38m, 둘레 7m 되는 은행나무는 연수사의 상징이고 그 은행나무에 얽히고설킨 전설은 지금도 구전되어 오고 있었으니, 그 하나의 사연은 고려 왕손에게 시집가서 유복자를 낳고는 속세를 피해 절로 들어왔다가 조선 왕조에 강탈당한 고려 왕씨의 명복을 빌던 한 여승이 심었다는 설과, 또 하나의 사연은 옛날 어떤 젊은 여인이 열 살 먹은 자신의 유복자와 이별하고 비구니가 되었는데, 모자는 이별을 너무나 아쉬워하면서 훗날을 기원하기 위해 아들은 전나무를, 어머니는 은행나무를 연수사 대웅전 앞뜰에 심었다는 애절한 사연이 지금 연수사 연혁 안내판에 빼곡히 기록되었다.

면우는 고랑처럼 틈새가 벌어진 연수사 마루에 걸터앉아 지난 세기를 돌아보면서 벅차오르는 감격을 가눌 수 없었으니 그 감격은 비단 정갈하고 아담한 고찰의 운치에 견인되었던 것만은 아니었다.

감악산 기슭에 자리한 연수사의 숭고하고 비장한 전설이 이곳을 찾는 사람들의 귓전을 울려 줄 만큼이나 뜻깊은 사찰로 자리매김하였음에 더욱 숭엄했고 더욱이 고결한 느낌마저 받을 수 있었다.

긴긴 사연을 뇌리에서 지울 수 없었던 면우는 이듬해 이곳 연수사 품속에서 성리학 공부에 골몰할 기회를 갖게 된다.

면우 일행은 약수 한 사발을 벌떡벌떡 들이켜고 연수사를 지나 저 높은 감악산을 바라보면서 가쁜 숨을 내쉬며 어렵사리 발걸음을 내디디니 덩달아 주위의 산들 또한 머리를 쫑긋 세워 반겨 주었고, 호응하듯 일행들은 카메라에 줌을 빼듯 사위를 망원하니 뭉근하게 잇닿은 산맥이 한눈에 들어왔다.

산맥은 말 그대로 번지르르한 말 등줄기 그대로였다.

지칠 대로 지친 일행들은 말 등줄기에 미끄러지듯 바삐 움직일 수 있었다.

거기다 할딱이는 일행들에게 참참이 추파를 던지듯 아물아물한 지리산이 미인의 눈썹처럼 실룩거려 주니, 마치 날쌘 산짐승이 산을 내달리듯 날쌘 발걸음에 하늘이 은혜를 베푼 자연, 풍광명미한 감악산에 도착할 수 있었다.

소백산맥에서 뻗어 나와 가야산과 맥이 맞닿은 감악산.

거창군 남부에 소재하고 있는 감악산은 험준한 준악도, 왕릉만 한 소악도 아니었다.

더욱이 만이천봉의 금강산을 닮은 것도 아니었다.

감악산은 준악이 갖출 수 없었던 포근함과 소악에서 찾아볼 수 없는 신령스러움과 화려한 금강산에서 느낄 수 없는 천의무봉의 청아함을 간직하고 있었다.

감악산의 산봉우리는 창끝처럼 뾰족하지도 날카롭지도 않았다.

그렇다고 여러 산맥을 등지고 팩 토라져 앉은 봉우리도 아니었다.

미들급 정도의 제법 몸집 있는 감악산 산봉우리는 두건을 쓴 듯 둥그스름했다.

감악산의 자태는 이뿐만이 아니었다.

동서남북으로 뻗쳐 나간 산맥은 세발낙지를 연상케 했고 감악산을 의지했다.

동서로 나란히 잇닿은 산맥은 번지르르한 말 등줄기를 방불케 했으니 위압적이거나 앙칼지다거나 천박스럽다거나 현란한 산은 아니었다.

맺힌 데 없이 쭉 빠진 웅건한 자태는 청초한 선비가 성정을 도야하는 도학자의 장수지소 藏修之所로서 제격이지만 아름다움과 장엄함이 덧칠된 감악산은 가위 창조주가 빚어낸 자연의 시혜라 하지 않을 수 없었다.

감악산 서쪽 깊은 골짜기 삼가 신지면에 도착한 면우는 우선 비바람막을 움막부터 지어야 했으니 움막을 짓기 위해 일행들과 산에 널려져 있는 고사목과 생솔가지를 구해다 진흙을 덧붙여 얼추 집 모양새를 갖출 수 있었다.

산비탈에 갓 지은 움막은 비바람 정도는 거뜬히 막을 수 있었지만 창문이 없어 깜깜했고 답답하게 느껴졌다.

하지만 움막은 더할 나위 없는 신성한 공간으로 아침부터 늦은 밤이 이르도록 늘 머물고 싶은 장수지소였다.

이따금 움막을 파고드는 대자연에서 만들어 내는 생명의 소리는 들끓는 가슴을 한층 상쾌하게 했고, 높은 산마루는 끝없이 광활한 세계를 바라보면서 사색에 젖어 들게 했다.

그랬다.

풍광명미하고 산세 고운 감악산 산중을 내면을 확장해 갈 수 있는 곳. 즉 책을 읽고 학문에 힘쓰는 장수지소로 점거하기에 한 점 손색이 없을 정도로 감악산 대자연은 매력적이었다.

면우를 매료시킬 만큼 감악산 대자연은 아름다웠다.

대자연의 아름다움은 면우로 하여금 상상력을 자극게 했으니, 이 무렵 창작한 시문으로 「일신一身」외 다수의 작품을 남길 수 있었다.

그 가운데 「일신」은 웅건한 감악산의 이미지와 가장 잘 어울리는 작품이라 할 수 있을 것이되..

면우가 웅건한 감악산을 형상화할 수 있었음은 아름다운 감악산의 한 줌의 흙과 저 멀리 바위 절벽에 위태로이 붙박여 있는 소나무에서 우주의 기운이 스며 있음을 느꼈고 그런 신비로운 기운이 밴 감악산 발치 아래서 저 높고 웅장한 감악산이 내뿜는 신비로운 정기를 한껏 들이켜고자 하였다.

이 한 몸 가볍기가 배와 같아서

매인 데 없이 날마다 유유자적하네.

감악산 발치 아래서

힐끗 구주를 바라보네.

구주는 어찌 이리도 아득한가

까마득히 끝이 보이지 않네.

바라건대 아득한 허공의 새를 타고

신룡 뒤를 쫓아 날아가고 싶네.

해를 끼고 조선을 날고

얼음을 깨고 북방을 밟아 보련다

웅대한 포부 무지개처럼 솟구치고

술두루미 두드리며 강개한 노래 부르네.

……

용맹은 맹분 같은 장사도 꺾을 만하고

위엄은 중항 같은 배신자를 매질할 만하네.

어찌 하루 저녁 바람이 불어

사람들을 거친 곳으로 들여보내지 않으리오.

청컨대 드높은 감악산을 보아라

튀어나온 곳도 평평한 곳도 있다네.

一身輕如舟　無繫日優遊

紺山脚下峙　側目瞰九州

九州何茫茫　終古浩無壃

願乘莽渺鳥　飛逐神龍驤

夾日翔嵎夷　開氷蹴朔方

壯心起如虹　擊樽歌慨慷

……

勇可摧孟賁　威可笞中行

豈無一夕風　驅人驚入荒

請看紺山高　有紀亦有堂

－「一身」－

작품「일신」에서 영송하였던 것처럼, 합천 삼가 신지**神旨**마을로 이주해 온 면우는 자신의 몸이 마치 얽매임 없는 자유로운 배와 같다는 신세의 한적함을 표현해 보지만 자기 절제를 통한 도회의 실천이란 웅대한 포부를 접고서 한가하게 감악산의 정취에 사로잡힐 수만은 없었다.

참참이 산마루에 올라 눈앞에 펼쳐진 여러 산봉우리를 바라보면서 사색에 잠겨 들기도 했고 학문의 입지를 굳건히 세우겠다는 무언의 다짐도 했으리.

게다가 감악산의 산마루는 면우의 시야를 더욱 확대해서 구주. 즉 천하를 우러러보게 하였지만 아득한 구주를 바라보는 면우의 심적 상태는 그다지 평온하지만은 않았다.

여전히 허영거렸다.

중심을 잃을 만큼 휘청거리게 하였음은 다름 아닌 개운치 않은 불안한 국내 정세 때문이었다.

면우가 감악산에 들어오기 이 년 전 1865년 을축세, 조정에선 이미 서양 세력의 출몰을 목격한 터였다.

서양의 도전에 대한 응전으로 대갚음을 해야 했으나 급박하게 돌아가는 대외 정세에 발 빠르게 대처할 수 없었던 위정자와 고관대작들은 특단의 대책을 제시하기보다는 웅성거리는 소리와 고성만 오갔다.

응전의 정신이 결여된 조정은 병인양요란 미증유의 도전을 당하지 않을 수 없었다.

저들 양이는 또다시 천주교 탄압 사건의 보복으로 프랑스 함대가 강화도에 침범하여 함포로 위협하며 굳게 걸어 잠긴 조선의 문을 달각거리기 시작하였으니, 역사에서는 이를 서양 세력이 동양에 진출한다는 의미에서 '서세동점西勢東漸'이라 일컬었고, 서세동점은 당세의 비운의 신조어가 되었을 뿐 아니라 십구 세기 벽두를 알리는 일대 사건이었다.

문명사적 전환기를 맞은 동아시아의 정세는 서세동점이란 세계사적 조류를 역류시킬 수 없을뿐더러 유교를 국교로 삼은 중국과 우리나라에 엄청난 변화를 불러일으켰다.

병인세 여파로 일순간 불길한 예감이 면우의 뇌리를 스쳐 지나갔다.

다름 아닌 우리만이라도 유교의 명맥을 이어 가자던 조선의 하늘에 먹구름이 몰려오기 시작했음을 감지했던 것이다.

이런저런 상념에 감악산 산마루에 올라 지난 역사를 되돌아보지만 세계의 축이었고 문화의 중심이라 자부했던 중국이 서양의 무력 앞에 무력하게 굴복당했다는 현실을 도무지 이해할 수 없었다.

뒤엉킨 실타래처럼 이런저런 상념을 쉽게 떨쳐 버릴 수 없었던 면우는 북받쳐 오르는 울분에 작은 중화〔소화小華〕, 즉 우리만이라도 중화의 유지를 계승하고 싶었다.

일순간 감정이 격해진 면우의 정신세계는 갑자기 고양되어 허공의 새를 타고서 천하를 주유하고자 했고 날개 돋친 듯 해를 끼고 조선 땅 위를 날아다니고 싶은 심정이었다.

마치 숫타니파타 속 불타의 노랫소리. 무소의 뿔처럼 열혈 청년 면우는 홀로 얼음을 깨고 북방을 밟아 보고 싶다는 그 웅대한 포부를 시문으로 밝혔던 것이다.

시문으로 울울한 심회를 토로함으로써 이젠 격분된 마음도 한결 평정될 수 있었으니 이젠 보다 더한 원초적 카오스를 해결하기 위한 현실 극복 방안을 제안하고자 하였음이 바로 마음〔心〕이었다.

면우는 1903년 9월 3일, 고종 황제와의 함령전 독대에서 사상의 집약이라 할 수 있는 심을 다음과 같이 강조하였다.

"폐하, 현재의 어려운 시국을 헤쳐 나갈 수 있는 방도는 군주의 일심一心 여하에 있사옵니다……!"

이 같은 면우의 진언에 황제는 아연실색할 수밖에 없었다.

황제에게 면우는 촉나라를 부흥시킨 군사 제갈공명 그 이상이 아니었던가.

그토록 만나고 싶어 했고 하루속히 이지러진 나라를 일으켜 세워 줌은 물론 보국**輔國**해 줄 것을 바랐던 황제는 면우의 심오한 소리가 오활하게 들릴 뿐이었다.

그러나 면우가 강조했던 심은 단박에 듣고 바로 이해하는 간명한 실무적 대책을 논의하는 이론은 아니었다.

더욱이 진리의 무게를 더한다거나 실상이 아닌 궤변과 멘토링을 하면서 정책성 비전을 제시하는 그런 유형의 사고에 있었던 것도 아니었다.

순수한 이성에 의해 사고하는 수양의 학문이었다.

이처럼 면우는 어전에서 군주의 고매한 인품을 획득할 수 있는 통치철학이 심에 있다는 것을 진언하였으나 황제는 급변하는 시간에 떼밀렸는지 아니면 추상적이고 관념적인 심을 납득하기 어려워했었는지는 모르겠으나, 면우가 진언한 심은 높다거나 광활하다거나 먼 곳에 있는 것은 아니었다.

정당하고 당연한 조리인 이치가 심이고 심이 곧 리**理**인 심즉리**心卽理**로서 어지러운 세상의 시비를 가려야 한다는 것과, 그런 시비선악을 분별하고 따지기 위해 일신을 주재하는 심을 올곧게 길러야 한다는 것을 군주에게 진상했던 것이다.

면우는 「일신」 작품에서 "용맹은 맹분**孟賁** 같은 장사도 꺾을 만하고 위엄은 중항**中行** 같은 배신자를 매질할 만하네."라고 하였듯 맹분은 전국 시대의 유명한 역사이고, 중항은 바로 한 문제 때 환관 중항열**中行**

說을 일컫는다.

면우는 작품에서 오랑캐 선우에게 사신을 갔다가 그길로 항복하여 선우에게 한나라를 공격할 계책을 진언함으로써 한나라를 곤경에 빠뜨린 간신 중항열을 군신의 의리를 저버린 배륜적 역당으로 묘사했다.

게다가 전국 시대 진秦 무왕武王 때의 용사勇士 맹분을 이성적 사유를 가진 인간이라기보다는 밀치고 들어오는 반이성적 서양 세력으로 묘사했다.

면우는 맹분과 중항열의 행동은 질주하는 감성적 분출과 걷잡을 수 없는 반이성적 행동으로 리의 결여라 진단했던 것이다.

이 때문에 주체할 수 없는 감성을 이성의 리로써 붙들거나 통솔해야 한다는 것이었다.

그 통솔의 주체가 바로 군왕이며 군왕의 수양된 심만 확충한다면 지난날 '양요' 때와 같은 감성적 도전에 응전의 계책이 될 수 있음은 물론이거니와 수양된 심으로 저들을 인도해 줄 수 있다는 것이다.

그러함에 도의에 의한 질서를 확립하는 것이 작금의 현실에서 무엇보다 절실하다는 것을 황제에게 촉구하였던 것이다.

고종 황제에게 심을 상주하였듯.

성리학에 입문한 이십이 세 청년 면우는 마음을 일으켜 도를 얻기 위한 관점은 이제나 그제나 일관되었으니. 성리학의 본체는 치닫는 성정이라기보다는 성리, 즉 '성명이기性命理氣'라고 보았고, 감성보다는 이성이라 여겼음에 감성의 각질을 한 꺼풀 두 꺼풀 벗겨서 본성이란 속살을 끄집어내는 한 짝의 집게가 바로 내면을 기르는 수양이라 여겼다.

면우는 「일신」의 시문 마지막 구에서 선가의 화두를 타파하듯 다음과 같이 영송하였다.

'청컨대 드높은 감악산을 보아라!

튀어나온 곳도 평평한 곳도 있다네!'라고 하였으니 이는 바로 자신의 울체된 감정을 쏟아 버림으로써 본분으로 돌아가고자 하는 결말이었다.

무엇보다 면우의 가슴을 아프게 했음은 현시現時에 유학이 피미披靡되어 가는 것이었다.

유예할 수 없는 급박한 상황에서 면우가 선택할 수 있는 최선의 길은 신학으로부터 침식당하는 유학을 부지하는 것이었고 저상된 유학을 회복하는 것이었다.

면우는 신학의 유입으로 정학인 유학을 청전구물이라 외면하는 현실에서 오직 유학의 부활을 꿈꾸며 감악산을 도학의 완성, 즉 유학의 보루라 여기며 유학의 전성시대가 도래할 것이란 확신에 온종일 성현들의 서책에 심혈을 기울였던 것이다.

낮에는 운곡의 글을 보고
밤에는 퇴계의 글귀 읊네.
고요히 깊은 숲 아래서
화창한 봄 만끽하네.
晝看雲谷書　夜詠陶山句
寂寂深林下　融融春滿腑　　　　　－「卽事二首」－

시문으로 의지를 내보였듯 면우는 고요한 감악산 산중에서 낮에는 성리학의 완성자 중국 남송의 주자의 책에 잠겨 들었다.

밤에는 동방의 주자라 일컫는 퇴계의 글귀에 흠뻑 빨려든 면우의 도학 세계는 어언 일 년이 되었다.

상춘 시즌 봄날 면우는 문틈 사이로 찾아든 한 줄기 봄 햇살에 이끌려 읽던 책을 잠시 덮어 두고 감악산을 등반하였으니 감악산의 산길은 낯설지 않았다.

눈을 지그시 감고도 오를 수 있을 정도로 익숙했다.

거기다 감악산 이곳저곳의 만개한 꽃들은 면우에게 대화를 재촉했으나 소나무 사이로 언뜻언뜻 비추는 봄 햇살 맞으며 거니는 학인은 그저 사색의 눈빛으로 바라볼 뿐 아무 말이 없었다.

그러나 이 같은 학인의 도저**到底**한 행동에 감악산의 자연은 서운한 감정도 있었겠으나 묵묵부답 유유하게 걸어가는 면우를 아쉬워하지 않았다.

감악산의 대자연은 그동안 쌓아 온 면우와의 친숙함은 물론 그만큼의 관심을 보여 왔기 때문이었을 것이되, 면우 또한 감악산의 대자연과 내밀한 대화를 나눌 정도의 교감이 오갔으니, 그런 친근한 감악산 대자연의 품속에서 면우는 묵은 서책 뒤적여 가면서 끝없는 사색과 자성으로 도학적 입지를 구축할 수 있었다.

감악산의 대자연과 교감을 나눌 정도의 벗이자 때론 어머니의 품속같이 따스하기만 한 감악산 산중이었으나 한벽**閑僻**한 산중은 마냥 아름다운 샹그릴라로 그려질 순 없었다.

마치 농묵을 풀어놓은 수묵화처럼 괴괴한 어두움이 깔렸으니, 그 어두움은 일종의 허무를 주었고, 허무는 세상 모두는 깨어 있지만 홀로 암흑 속에 잠들어 있는 고요함에 잠긴 쓸쓸함이었다.

고요한 곳에서 번우한 감정을 떨쳐 버리고자 했던 면우.
불교에서 이를 두고 적멸이라 하였음인가.
면우에게 움직임과 멈춤의 미학 즉 『주역』에서 말하는 음양 동정의 원리와 불교에서 말하는 움직임 속에 적멸의 순간을 느껴야 하는 선 수행. 그 모든 것이 요구되었으나 아직 그 높은 도학적 경지에 이르지 못했다.
여전히 갈등과 번민을 오가며 허우적거려야 했다.
비경의 한벽처 감악산 산중에서도 삶의 본질을 찾지 못했던 면우는 정신적 아픔과 괴로움에 시달려야 했으니 이때 소회를 「산촌우거山村寓居」 시문에서 다음과 같이 영송하였다.

'젊었을 땐 구름 쫓고~ 아직도 광심은 바람처럼 안주 못 해.'
早逐鬼雲晚趁風 ~ 也是狂心飄不住.

마치 맞바람 맞은 팔랑개비처럼 고요함을 상실한 심란한 마음은 과거科擧나 관직 따위의 공명이란 끝자락에서 헤어나지 못하고 연연했던 방황의 나날로 방황의 열광〔광심狂心〕은 여전히 수그러들 기미를 보이지 않았다.

어느덧 감악산 하늘에 어둠이 깔리고 위로 총총히 박힌 별들과 그 아래로 졸졸 흐르는 개울의 물소리는 감악산의 적막을 깨뜨리고자 할 뿐. 내면에 끓어오르는 열광의 소용돌이는 좀처럼 식을 줄 몰랐다. 수면의 파문처럼 일렁였다.

나는 어떤 마음이고 나는 어떤 마음인가
본래 힘쓰고 힘쓰는 것이 마땅한데
쓸데없이 밭을 버려두고
밭 갈지도 않고 김도 매지 않네.
바람 타고 하늘 밖을 날아가고
배를 끌어 땅 위로 달려가네.

……

저절로 좋은 소식 있어
이 마음 갑자기 툭 터져 일어나
한순간 깨닫고 나니
천리에 어긋난 줄 스스로 알았네.
고요한 밤 나를 앉아 있게 하고
빈 뜰이 나를 머물게 하네.
지난 일은 이미 엎어진 물이 되었고
앞으로는 과녁에 뜻을 집중해야 하리

이 뜻이 진실로 올바르다면

훗날에 예전 같은 실수 없으리라

吾何心吾何心 本合懋乃懋

空然舍其田　不耕而不耨

乘風天外騫　挐舟陸上走

……

油然好消息　驀發此心竇

那意一瞥覺　自知千里謬

靜夜令人坐　虛庭使人逗

……

往者已覆水　來者合志殼

此意良已善　由後得無舊

-「悔」-

「회悔」 시문에서 술회했던 것처럼.

현실은 좌절과 질곡의 연속일 뿐 어디에도 몸 둘 곳 없었던 면우는 감악산 기슭에서 내면의 속박으로부터 참된 나를 찾아가고자 몸부림쳐 보지만, 그 몸부림은 '바람 타고 하늘 밖으로 날아가고 배를 끌어 땅 위로 달려가네.'라는 괴벽에 가까울 정도의 괴상한 행동은 마치 우리 속에 갇힌 맹수가 초원을 내달리고 싶어 하는 욕망의 분출과 다름 아니었다.

분출되는 욕망은 혈기왕성한 이십일 세 면우의 가슴을 빨깍빨깍 끓어오르게 했으니 식을 줄 모르는 면우의 심적 충동은 마치 '맨손으로 범을 잡으려 하고 맨몸으로 강하를 건너려고 했던' 공자의 논설처럼 지난 자신의 무모한 행동은 어두운 현실과 자아와의 갈등에서 빚어진 욕구 불만이었다.

허나 이젠 감악산에서 더 이상 젊은 날의 광기와 후회로 밤을 지새울 순 없었다.

흔들리는 마음을 추슬러 애초의 마음으로 되돌려야 했으니 애초의 마음은 도회의 실천 즉 자기만의 세계를 구축하는 것이었다.

그랬으리.

극렬한 정신적 수난을 겪은 자만이 성숙한 인격을 갖출 수 있듯, 면우는 그 많은 생각과 그 많은 걱정 그리고 자신을 가두었던 갈등과 방황을 애써 떨쳐 버리고 자기만의 세계, 도학적 세계로 빠져들고자 했다.

다시 시작하는 자기만의 세계로 나아가기 위해 지난 자신을 통철하게 투영해야 했으니 그런 자신을 조용히 관찰할 수 있었던 공간은 칠흑 같은 밤이었다.

밤과 빈 뜰은 집중과 사색을 가져다주는 시공간이 아닌가.

면우는 고요한 밤 홀로 빈 뜨락을 서성거리며 온갖 상념의 끝자락에서 고심하게 되었으니 고심은 바로 지난 자신의 삶에 대한 성찰로 자신을 속박했던 번민의 굳은 각질을 깨고 드높은 정신세계를 지향하고자 하는 의지의 재확인이었다.

"지난 일은 이미 엎어진 물이 되었고~ 훗날에는 예전 같은 실수는 없으리라"라고 영송하였으니 이는 바로 청년 면우의 결의였다.

결의는 자신을 반성하고 내적 갈등과 방황을 거쳐 삶의 방향을 모색하겠다는 것과 더 이상 후회 없는 길을 걸어가겠다는 다짐이었다.

그 길은 눈에 보이지 않는 형이상학의 길로서 마음이 걸어가고 이성이 지향하는 길, 도학자의 길을 당당히 걸어가겠다는 것이었다.

도학적 포부를 펼치며

감악산은 동쪽이 높고 가팔라 봄이 늦게 찾아와서 일찍 돌아갔다.

무더운 그해 여름 발 담갔던 그 개울엔 마치 벌레 기어가듯 낙엽이 엎치락뒤치락 떠내려가는 가을의 풍취를 느꼈고 한 해가 저물어 가는 겨울도 빨리 찾아왔다.

다시 봄을 맞는 면우.

감악산에서 가장 깊숙한 골짜기 역동.

이 년간의 감악산 신지神旨 생활을 뒤로한 채 신지면의 곱절이나 더 깊숙한 역동에서 면우는 다시 학문의 대장정을 결심함이니.

일차 학문의 대장정이 옹골찬 결심에서 들어갔던 감악산이었다면 감악산의 대자연은 면우에게 회고와 자성의 공간이 되어 주었고 성리학자로 도약할 수 있는 발판이 되어 주었다.

그러나 이번 역동에서의 이차 학문 대장정은 성리학 세계로의 점화였고 대장정의 종착지이자 도회의 마지막 보루라 여겼으니, 면우는 더 이상 도회의 실천을 멈출 수도 지체할 여유도 없었다.

도회의 마지막 보루 역동.

역동에서 불잉걸처럼 학문적 열정을 불태웠던 열혈 청년 면우는 그동안의 결과물로「사단십정경위도四端十情經緯圖」와「심동정도心動靜圖」등을 세상에 내놓을 수 있었으니. 면우가 창안한「사단십정경위도」는 바로 『맹자孟子』의 사단四端, 즉 선을 싹틔우는 네 가지 단서 사단에서 기초하였다.

그런 의미에서, 인류의 아성 맹자께서는 동물과 인간을 구분 짓는 네 가지 단서 사단을 다음과 같이 밝혀 말하였다.

어려움에 처한 사람을 애처롭게 여기는 마음 측은지심惻隱之心이 없다면 사람이 아니고, 의롭지 못함을 부끄러워하고 착하지 못함을 미워하는 마음 수오지심羞惡之心이 없다면 사람이 아니다.

겸손하여 남에게 사양할 줄 아는 마음 사양지심辭讓之心이 없다면 사람이 아니고, 옳고 그름을 판단할 줄 아는 마음 시비지심是非之心이 없다면 사람이 아니다. 라고 하여서 면우는 사단을 날줄[경선經線]로 한 주리主理라 하였다.

게다가 십정十情은 『예기』·「악기樂記」편에서 기쁨과 성냄, 슬픔과 두려움, 사랑하는 마음과 미워하는 마음, 그리고 간절하게 바라는 욕망[희喜·로怒·애哀·구懼·애愛·오惡·욕欲]이 일곱 감정[칠정七情]과, 『대학』에서 분치忿懥와, 호락好樂과, 우환憂患의 첫 자를 따서 분노의 분忿과, 즐거워하는 락樂과, 근심의 우憂 세 감정을 더해서 십정十情이라 하였다.

다시 십정을 씨줄[위선緯線]로 해서 주기主氣라 했고, 인의예지仁義禮智에서 신信을 더해 오상五常으로 했으며, 오상을 수·화·목·금·토水·火·木·金·土의 오행에 배열해서 오행 상생과 상극으로 설명하여 십정이

된다고 하였다.

이 같은 「사단십정경위도」는 앞선 학자들에게 미처 밝혀지지 않았던 면우만의 독창적 도해 방식으로 발명 특허를 획득한 것과 다름 아니었을 것이다.

이처럼 면우는 외딴 역동에서 욕망이 난망한 성리학에 허기를 채울 수 있었고 들끓는 번우한 강세도 다소 누그러뜨릴 수 있었다.

그뿐만이 아니었다.

그동안 잊고 지냈던 저 너머 이웃과의 새로운 만남을 통해 세상과 간극을 좁혀 나가고자 하였으니 이는 바로 오랫동안 달아 두었던 마음의 빗장을 열고 세상과의 물꼬를 트려는 첫 순간이었다.

면우는 그때 그 순간을 크로키하듯 작품 「촌린부」를 통해 소리 없는 외침을 토했다.

"누가 외딴곳에 홀로 지낸다 해서 세상과 함께 어울려 즐기려 하지 않겠는가. 천지에 함께 태어나 다 같이 성인의 백성이 되고자 하여서라네."

熟能顧居獨處 不與世而連抃所樂 共生天地之間　同爲聖人氓. －「村鄰賦」

그랬다.

무언의 외침은 세상에 대한 애절한 그리움이었을 것이고 세상 사람들과 애환을 함께할 수 없다는 자책에 다름 아니었을 것이되.

자책감은 바로 한 시대 지식인으로서 현실에 즉각적인 대응 태세를 갖추지 못한 가책에 따른 자소였을 것이나 자책과 자소는 면우의 지나친

도학적 포부를 펼치며 163

검사였으리.

일성一醒,이준李儁 열사와 의병장 면암勉菴 최익현崔益鉉과 안중근安重根 의사처럼 외세에 정면으로 맞서지 않았으니 이 또한 하나의 이유 아닌 흠절은 될 수 있을 터인데, 극구 변명을 해 보자면 면우는 당초 저돌적 정면 승부는 승산이 없다고 판단했던 것이다.

오직 지성의 힘으로 아웃사이더, 즉 방외에서 우리가 주인이 되는 사회를 구현하려 했던 것이되 이는 현실 감각을 상실했다거나 현실을 외면했던 것은 아니었다.

그런데 세간에서는 은자의 삶 그 자체만으로 면우를 폄훼해서 시대의 절망 때문에 도피한 나약한 지식인으로 낙인찍었다.

더욱이 비소 또한 피할 수 없었겠으나, 기실 면우가 선택한 은자의 삶은 세상에 염증을 느껴서 세상 밖으로 무단 횡단했다거나 한 몸의 처신만을 온전하게 하기 위한 독선기신한 삶을 누리기 위해서 그랬던 것만은 아니었다.

면우가 입산자정入山自靖을 선택할 수밖에 없었던 것은 금수로 변해가는 현실에서 자신의 이상을 펼치고 활개 칠 유학적 무대를 잃었기 때문인데, 그 유학의 욕망을 채워 줄 무대가 필요했던 것이다.

그 무대가 바로 외딴 산중 감악산과 역동이었다.

감악산과 역동에서 유학적 르네상스의 기지개를 활짝 켜고 밀려오는 이적의 문화에 대항할 대항력을 기르고자 하였을 뿐, 세상과의 교신을 두절하려 했던 것은 아니었다.

면우는 「원고 칠십오 수」 작품에서 자신의 앞날에 대한 삶의 의지를 분명히 밝혔다.

>이름난 선각자가
>
>당시 신야의 들에 있었네.
>
>요순도 내 마음에 즐거워야 하니
>
>부귀한 귀족들아, 어찌 너희들과 사귀랴
>
>그대의 예의와 기물에 감사하고
>
>기를 나눈 우리 동포를 생각하네.
>
>백성의 책무를 다한다면
>
>누가 거취를 비웃겠는가.
>
>**囂然先覺者 時在有莘郊**
>
>**堯舜由吾樂 馴鍾豈汝交**
>
>**感君儀及物 念我氣同胞**
>
>**塞得天民責 誰將去就嘲**
>
>-「原古七十五首」-

이적으로 변해 가는 세상과의 타협은 있을 수 없다던 면우.

그는 세상과의 일정한 거리를 두고 자신만의 길 도학자의 길을 당당히 걸어가리라 말했지만 일순간 질식의 고통 속에서 신음하는 이 땅의 동포들이 떠올랐다.

격변에 휩싸인 동포들을 위해 미약하지만 역동 산중에서 그들을 지켜 주고자 하였으니, 마치 중국 은나라 재상 이윤이 한때 유신**有莘**의 들에서 은거했다가 은나라 탕왕에게 발탁되어 천하 백성들에게 축복을 안겨 주었듯, 면우 또한 이윤의 궤적을 뒤좇아 격변에 휩싸인 민중들을 위해 자신의 책무를 다하리라 다짐했던 것이다.

맡은 바 책무를 완수한다면 지조 없이 이리 붙었다 저리 붙었다 하는 귀족들이 자신을 비굴하고 반편스러운 지식인이라 비웃지 못할 것이라 여겼다.

그래서 교앙스레 외면치레에만 치중하는 귀족들에게 이제야 자신의 역할과 실속을 보여 줄 수 있다고 여겼으니 이는 다름 아니었다.

이웃과 일체가 되어서 그들을 계몽하고 민족애를 고취시키는 것이었다.

심훈 1901~1936의 소설 『상록수』의 여주인공 채영신이 국권 상실기에 여성의 몸으로 농촌 계몽과 민족의식을 고취했던 브나로드 운동처럼, 면우 역시 역동에서 역고재**繹古齋**를 세워서 몽매한 주민들과 학동들에게 배움의 중요성을 힘주어 외쳤고 실제로 외쳤던 골자는 민족이었다.

민족 두 글자로 주민들의 식은 가슴과 의식의 밑바닥에 민족혼을 불어넣고 한민족의 정기를 채워 주고자 하였던바. 이 같은 연유에서 '백성의 책무를 다한다면 누가 거취를 비웃겠는가.' 라며 한 점 주저함 없이 영송할 수 있었으니 귀족들에 대한 그동안의 열등감과 불만의 벽을 말끔히 헐어 버릴 수 있었다.

이처럼 역동에서 도회의 실천 즉 성리학자의 길을 후회 없이 당당히 걸어가리라 결의를 다졌던 면우는 역동 산중에서 혼신의 힘을 쏟아 한국 유학사 이래 최대 업적이라 할 수 있는 「사단십정경위도」를 남겼지만 여기에서 멈추지 않았다.

다시 「심동정도心動靜圖」를 제작하였으니.

「심동정도」는 대산大山 이상정李象靖, 1710~1781의「심동정도」와, 주자周子의 주정主靜과, 정자程子와 주자朱子의 지경持敬을 종합 수정해서 제작하게 되었다.

주자周子.

주돈이周敦頤, 1017~1073. 중국, 북송. 즉 주자는 『주역』을 바탕으로 하여 '만물의 근원은 태극이며 태극이 실제로 만물을 형성한다.'라는 사상에 근거하여 『태극도설太極圖說』을 짓게 되었으니 주자가 강조한 태극이란 무엇인가.

면우는 태극을 자신의 저서 『면우집』 별지에서 만물이 쉬지 않고 끊임없이 생성되고 운행하는 그 자체가 태극이라 하였으니 이는 생生과 사死가 없는 리가 곧 태극이라는 것이다.

성리학 연구자와 인접한 학문의 학자들 또한 태극을 더한층 개념화시켜서 태극이 움직여 음양을 분화하고, 분화된 음양이 다시 사상四象을 낳음으로써 갖가지 자연현상이 나타내는 철학 개념으로 명명하였으니, 음양이 사상을 낳았다는 사상, 네 가지 형상은 『주역』의 복희 팔괘와 육십사괘가 형성되는 과정에서 음☷과 양☰이 처음 중첩되는 네 가지 형상으로, 그 사상은 사시四時를 상징하고, 사상의 과정이 자연현상에 있어서 사계절의 변화를 상징하는 뜻이기 때문에 태극과 사상이라는 일종의 철학적 개념은 존재의 근원과 자연현상에 대비하는 사상으로 발전된 개념이라 할 수 있을 것이다.

면우가「심동정도」를 제작하는 데 완전한 힘을 얻을 수 있었음은 바로 주자周子의 주정主靜에 있었다.

주정이라 함은『예기禮記』·「악기樂記」편에서 '망상을 버리고 마음을 고요하게 가진다.'라는 의미인데 주돈이는 더한층 심고했다.

주돈이는『태극도설』에서 다음과 같이 말했다.

'성인이 중정中正과, 인의仁義를 바르게 정하여 고요함을 주로 해서 사람의 태극을 세우셨도다.'

聖人定之 以中正仁義而主靜 立人極焉.

이 같은 주돈이의 이론에 확연히 해오했던 면우는 '중정'과 인의의 도를 지키고 마음을 성실히 해서 성인으로 나아가겠다는 '주정' 두 요의에서「심동정도」를 착안하게 되었던 것이다.

그러나 면우가「심동정도」를 완성함에 있어서 정자程子와 주자朱子의 지경은「심동정도」를 완성하는 데 빠질 수 없는 결정체였다.

정자程子.

정호程顥, 1032~1085와 정이程頤, 1033~1107. 중국 북송. 형제를 이정二程이라 일컬었다. 이칭으로 형 정호를 명도明道, 동생 정이를 이천伊川이라 불렀으며, 이정 형제는 부군 정향程珦의 분부에 따라 당대

성리학의 거장 주돈이에게 가르침을 받았다.

주돈이의 학문을 계승한 이정 형제는 송대의 거유로 성장할 수 있었고 정밀한 연구로 방대한 양의 철학서를 세상에 남길 수 있었다.

게다가 형 정호는 『이정전서二程全書』를 세상에 남겼으니 그 책에는 자신은 물론 동생 정이의 사상과 문장을 아울러 수록했고, 동생 정이는 『이천역전伊川易傳』을 남겨서 송대 역학의 정통을 세상에 알렸다.

주희朱熹.

주희1130~1200는 중국 남송南宋의 유학자로 주자朱子, 주부자朱夫子, 주문공朱文公, 송태사휘국문공宋太師徽國文公으로 이칭되었다.

주희는 주돈이를 계승한 이정의 송학宋學을 집대성했을 뿐 아니라, 공자와 맹자 등 유학에도 전념하여 유학의 흐름을 이어 왔고 사상을 계승했다.

게다가 『시경詩經』·『서경書經』·『주역周易』·『예기禮記』·『춘추春秋』 등 오경五經의 참뜻을 밝히고 성리학(주자학)을 창시하고 완성시켰다.

이렇듯 지경은 바로 주자학에서 추구하는 수양 방법의 하나였다.

면우는 주돈이의 주정과, 주돈이를 계승한 정호와 정이의 지경과, 이정의 학문을 집대성한 주희의 지경, 즉 공경하는 마음을 가진다는 발상에서 「심동정도」를 창안했다. 여기에서 한층 더 끌어올려 소퇴계라 일컬었던 대산大山 이상정李象靖, 1771~1781의 학문을 존숭했으니, 대산의 리기론에서 인간과 만물의 궁극적 근원을 리일理一이라고 하였던 리

동기이理同氣異를 긍정했던 것이다.

이 같은 대산의 이학적 정통성을 긍정하는 바탕에서 대산의「심동정도」와, 중국 송대 유학자들의 주정과 지경을 합작해서 오랜 시간 계속된 노작의「심동정도」를 제작 완성할 수 있었다.

이와 관련해서 한국정신문화연구원 편, 『한국민족문화대백과사전』에서는 이상정의 학문적 흐름은 아우인 이광정李光靖과 남한조南漢朝를 통하여 유치명柳致明으로 이어져 다시 이진상李震相에 이르러 유리론唯理論으로 전개되었으며 한말에 이르러서는 곽종석으로 계승되었다고 전한다.

그뿐만이 아니었다.

면우는 파벌과 사상의 차이를 떠나 오직 학문의 본질을 밝혀 보고자 송대 성리학은 물론 갈암葛庵 이현일李玄逸, 1627~1704과, 농암農巖 김창협金昌協, 1651~1708의 성리 이론을 강독해야 했고 검토 또한 필요했다.

면우가 성리학을 접했던 조선 후기 학술계는 주리主理·주기主氣, 주자主資·존비尊卑의 미정으로 인해 계파 간, 학파 간의 갈등은 물론, 심지어 같은 지역 내에서도 상호 간의 사상을 비방하고 매도함이 극심했다.

면우는 개의하지 않았다.

기필코 도학적 포부를 펼칠 것이며 도학의 길을 당당히 걸어가겠다는 일념에서 영남학파의 거두 퇴계 이황1501~1570의 학문을 계승해서 이기호발설理氣互發說을 지지한 갈암의 성리 이론과, 노론 계열의 농암 김창협의 성리 이론을 넘나들며 더한층 학문을 넓혀 나갔다.

그러나 당시 영남, 특히 강우의 학문적 분위기에서 갈암의 성리 이론은 비교적 온당한 평가를 받을 수 있었지만, 노론 계열의 이론은 동렬로부터 불순분자로 치부되기 일쑤였다.

계파 간, 학파 간의 전향적인 자세가 필요하다는 것을 인식한 면우는 진정 성리학의 진수를 추출하기 위해선 실력과 전문성을 확보해야 했고 타 학파들 간의 학문적 도움이 절실했다.

학문적 대성에 집착한 면우는 스스로 불순분자라는 데드라인을 넘어 진실의 선상에서 학문적 의견 차이를 끌어내려 했던 것이다.

그래서 자신의 「복작사단십정경위도후설復作四端十情經緯圖說後」에서 리理를 경經에, 기氣를 위緯에 비유한 갈암의 학설과, 성性을 경經에, 정情을 위緯에 비유한 농암학설에 제각각 비평을 가했으니, 이는 학술 교류를 통해 학문적 발전을 모색하자는 의도였지 감정적 비방은 아니었다.

이 같은 사유에서 면우는 1871년 이십육 세 때 남당 한원진1682~1751의 「인심도심설후人心道心說後」를 읽고 난 후 당목에 대한 자신의 의견을 다음과 같이 덧붙였다.

"제 주견에 집착하여 이기는 것에 통쾌히 여기고, 남의 말은 궁구하지 않고, 남을 부수는 것에만 다급하게 여기고, 당파에만 마음을 두고, 망령되게 비방만 더해 가는 것을 미워한다."라고 간략하게 변론했던 것이다.

변론을 맡게 된 동기는 다름 아니었다.

퇴계가 「심통성정도心統性情圖」에서 '사단의 리가 발하여 기가 리를 따르고' '칠정의 기가 발하여 리가 기를 탄다.'라고 하였던 이론에 힘입어 율곡의 기발이승일도설氣發理乘一途說을 비방하는 데서 사건의 발단이 되었다.

이때 두 학파는 마치 용호상박하듯 뒤처지기 싫었으니 호서학자들 또한 퇴계의 이론과 갈등하는 국면에 접어들었다.

저간의 형세를 관망한 면우는 학문이 당쟁의 도구로 사용되어서는 안될뿐더러 당쟁을 움트게 하는 학자들의 세 가지 병통을 지적하며 다음과 같이 일침을 가했다.

'이미 분명치 않은 것을 보고서 고집스럽게 붙잡고 있는 것과, 문자의 실수에 갑자기 공박을 가하는 것과, 당목에 마음을 두고 자기 부류가 아니면 대충 보고서 털끝까지 불어서 허물을 들추어내는' 이 같은 반이성적인 감정이나 사분私分에 의해 행동하는 학계의 고질적인 악습을 마치 늑골 사이의 살점 발라내듯 세세하게 들추어내고자 했을 뿐 아니라 당목을 조장하는 원인마저 캐묻고자 했다.

당목黨目은 사전적 용어로 당파, 색목이라 기록하고 있는데, 색목은 곧 사색당파의 파벌로 『조선효종실록』에서는 아래와 같이 기록하였다.

'계미년 이후 세상에 전해 내려오는 색목, 같은 무리라 규정하였는데, 붕당을 깨지 않고서는 서로 공경하고 화협을 바라기는 어렵다.'

癸未以後 世傳色目 定爲黨類 不破朋黨 則難望寅協矣. -『朝鮮孝宗實錄』

『조선효종실록』 경자세, 12월에 기록하였음을 밝혀 말하였듯.

왕조를 이은 당쟁이란 만성 체증에 시달려야 했던 영조와 정조. 두 왕조는 당쟁의 폐해를 없애고 균등한 인재 선발과 정치 세력의 균형을 유지하기 위해 탕평책이란 그럴듯한 체증 해소 방안을 내어 놓았으나 여전히 묵은 체증은 가시질 않았다.

그랬다.

전습前習이 사념 전달되듯 당목이란 악화 일로에서 탈선하기 위해서는 편견과 오만, 선입견을 뛰어넘어야만 사상의 분열을 막을 수 있으리라는 면우.

그는 스승 한주의 심즉리 또한 학문의 순수한 이해보다 당파 간의 파벌 의식에서 자행된 대표적인 경우로 물위거론했지만, 홍사철1879~1950에게 '심설心說'을 논하는 한편 당목에 관한 자신의 의견을 다음과 같이 덧붙였다.

'나는 당목에 대를 이어 내려오는 원수가 아니면 자신 다툼이 없을 것이라 말하고 싶습니다. 단지 집이 영남에 있기 때문에 드나들고 교제함이 남색이 다수를 차지하지만…….

허나 나의 마음은 빈 배로 매여 있지는 않습니다.

오직 물이 흘러가는 데로 따라갈 뿐…….

아아! 시비곡직을 따지지 않고 같은 편이면 돕고 아니면 배척할 것만 도모하니 사람을 망치는 나라에 이르렀으니……!

세상의 군자들은 마땅히 동현東賢들에 묶여서는 안 될 것이며, 다만

천고위에서 깊이 생각해야만 성현의 정도를 밝힐 수 있을 것이고 천지에 본심을 세울 수 있을 것입니다.'

홍사철에게 밝혀 말하였듯.

면우는 당목에 대한 소모적인 논쟁보다는 당목으로 얼룩진 현실을 극복할 수 있는 방안을 모색하고자 홍사철에게 제의했던 것이다.

당쟁은 학계 분열을 획책할 뿐만 아니라 인성을 망치고 인류를 망친다고 하였으니 면우의 마음 깊은 곳엔 당목은 존재하지 않았음은 물론 꼼짝달싹하지 못하게 밧줄로 묶여 있는 배만은 아니었다.

흐르는 물 따라 자유자재하게 떠다니겠다는 면우.

그는 부패한 현실의 늪에서 자기를 묶고 있던 당목의 사슬이 끊어졌음을 인지했으며 그런 부패한 집단의 구조화를 깨뜨릴 근본적인 대책이 요구되었으니 그 대책은 기존의 패러다임을 바꾸어 놓는 것이었다.

그 전환을 위해 면우는 저들의 학문이 정도고 진리라면 서슴없이 수용하겠다는 남다른 각오가 있어야 하고, 각오는 대의를 위해서라면 기꺼이 희생을 치르겠다는 용기가 뒤따라야 한다고 여겼으니 각오와 용기는 다름 아니었다.

바로 홍사철에게 제의했던 것이다.

당목의 내란에 휘둘리지 않기 위해서는 동현에 묶여 사분이 개입되어서는 안 될 것이고, 오직 천고위에서 깊이 생각해야만 비로소 성현의 정도를 밝혀서 천지에 본심을 세울 수 있다고 한 그 천고가 요의였다.

천고는 상우천고**尙友千古**로 『맹자**孟子**』·「만장장구하**萬章章句下**」에서 천하의 선한 선비를 벗으로 사귀고 천하의 선한 선비를 벗으로 사귀는 것이 만족하게 여기지 않으면 또다시 위로 올라가서 옛사람을 논하니 그 시를 외우고 그 글을 읽고서 그 사람을 알지 못한다면 되겠는가!

이 때문에 그 당세를 논하는 것이니 이는 위로 올라가서 벗하는 것이다.

以友天下之善士 爲未足 又尙論古之人 頌其詩 讀其書 不知其人 可乎 是以論其世也 是尙友也.

맹자의 설파는 동시대의 뜻 맞는 벗을 구하지 못한다면 천년의 세월을 거슬러 올라가 옛사람과 벗이 되어 토론해야 한다고 하였으니, 면우 또한 맹자께서 밝혀 말했던 것처럼 파벌이란 감정의 큰 덩어리가 없었던 태고의 그때로 돌아가서 그 사람, 성인들과 노닐듯, 지나친 당파 중심의 감성, 파토스보다 로고스 즉 이성적이고 객관적 측면에서 바라볼 수 있어야 한다고 여겼다.

그래서 배타적 적대 감정을 촉발하기보다는 타 학파 간의 의견을 절충하고자 했던 면우는 당목은 달랐으나 농암의 서적을 뒤적여 가면서 자신의 견해를 더한층 확장해 갈 수 있었고 비평까지 더할 수 있었다.

이 같은 면우의 열린 정신은 사상적 반목과 갈등의 높은 장벽을 뛰어넘어 민족주의 운동, 파리장서운동의 주역으로 이 땅의 전 유림을 호집할 수 있었고, 나아가 온 세상이 더불어 번영하자는 대동주의, 즉 인류애를 표방할 수 있었다.

더욱이 서양에 대한 우호적인 자세는 기존의 유림들이 생각지도, 상상할 수도 없는 면우만의 시대정신에서 비롯된 과감한 발상이었으니, 이런 사유의 바탕에서 사회 분열의 원인으로 작용하였던 그 지긋지긋했던 당색을 헌신짝 버리듯 과감하게 던져 버리고자 하였음이 면우였다.

이러하듯.

오늘날 출신 학교나 연고 따위의 파벌은 물론 사리사욕이나 당리당략에 얽매인 정치인들은 면우의 정신을 본받아서 그동안 쥐어뜯고 상호 간 폄훼만 일삼아 왔던 파벌의 사슬을 끊어 버리고 이젠 어느 한쪽으로 치우치지 않는 공정한 불편부당의 학인으로 정치인으로 쇄신하려는 의지를 보여 주어야 할 것으로 사료된다.

……식을 줄 모르는 향학열에 면우는 외딴 역동에서 천신만고 끝에 대어를 낚을 수 있었으니, 대어는 바로 노작의 사단십정경위도四端十情經緯圖를 비롯하여 심동정도心動靜圖와, 사단칠정경위도설四端七情經緯圖說과, 심출입집설心出入集說과, 인심도심도人心道心圖와, 사단칠정설四端七情說 및 사칠잡기四七雜記와, 이외 성리학과 관련한 왕복 서한 등은 오백 년 한국 유학사에 큰 획을 그을 수 있었던 훌륭한 연구서가 될 수 있었다.

이처럼 성리학 연구에 침잠할 수 있었음은 역동의 환경적 배려였다.

감악산 서쪽의 움푹 패어 들어간 역동 우거처에서 바라다보면 멀리 월여산과 황매산 연봉이 열두 폭 병풍처럼 겹겹이 둘려 있는 풍광명미한 역동은 상아탑으로 비유되리만큼 아늑하기만 하였으니, 이 같은 환경에서 이 같은 학문적 큰 성과를 거둘 수 있었다.

환경적 배려는 이뿐만이 아니었다.

역동은 한주寒洲 이진상李震相1, 818~1886을 에워싼 주문팔현洲門八賢들과 이웃하고 있었다.

감악산의 지맥은 왼쪽으로 후산后山 허유許愈, 1883~1904가 거주하는 합천군 가회면 오도리吾道里와 인접했고, 북쪽으로 교우膠宇 윤주하尹冑夏, 1846~1906 가 거주하는 거창군 전촌箭村과 잇닿았으며, 남으로 자동紫東 이정모李正模, 1846~1875가 거주하는 의령군 석곡리石谷里와 연접하였으니, 역동이라는 지리적 배려로 면우는 성리학계의 기라성 같은 선비들과 학문적 교유를 할 수 있었고 학문적으로 커다란 성과와 업적을 남길 수 있었다.

게다가 염락지학濂洛關閩之學으로 일컬어지는 성리학 공부에 인정을 받았다는 자긍심과 자부심을 갖게 해 주었던 곳이 바로 역동이었다. 역동에서 몽매한 주민들과 학동들에게 배움의 중요성을 인식시키고자 역고재를 창건했던 뜻깊은 장소이기도 했다.

이와 관련해서 한국정신문화연구원 편, 『한국민족문화대백과사전』에 수록된 거창군居昌郡 신원면神院面 편에 의하면 역동의 유래를 다음과 같이 기록하고 있다.

신지면 역동은 본래 삼가군의 지역으로 1914년 행정 구역 폐합에 따라 역동을 포함한 아홉 개 동리가 병합되면서 신지神旨와 율원栗院의 이름을 따서 신원면으로 개편했다고 하였으니, 신원면 역동은 거창군의 남단에 위치하고 있는 곳으로 감악산·갈전산·보록산·월여산 등 구릉성 산지에 둘러싸여 있으며 옥계천이 흐르고 있다는 것을 덧붙여 전해 주었다.

면우가 더 깊은 산중으로 찾아든 역동.
그해가 1869년 기사세 면우 나이 이십사 세였다.

들길은 나막신으로 물길은 배를 타고
내 신세 근래 들어 스님처럼 담박하네.
종일토록 세상 사람 찾아오는 이 없는데
어떤 이가 팔월의 농사 이야기를 들려주네.
野行宜屐水行船　身世由來淡似禪

永日塵踪無客到　　八秋農話有人傳

-「閒居」-

면우가 자신이 창작한 「한거閒居」 작품에서 한가하게 지내고 있음을 이미 시제에서 말해 주고 있으니 문자 그대로 '한거'에는 고요함이 묻어 있었다.

그랬었는지 모른다.

아무도 모르게 꽁꽁 숨어 버린 깊고 깊은 역동의 산중엔 이따금 울어 대는 산짐승 소리와 개울의 물소리만이 정적을 깨뜨려 줄 뿐 주위는 쥐 죽은 듯 고요하기만 했다.

게다가 신물이 날 정도로 늘 마주하는 파란 하늘과 일 년 내내 늘 푸르기만 한 소나무와 뭉게뭉게 떼 지어 다니며 아양을 떠는 구름도 이젠 지겹기만 했다.

지겨울 정도로 늘 만나는, 회색빛 감도는 역동의 자연은 면우에게 부동의 자연으로 다가왔고 부동의 자연은 면우를 단조롭게 했으며 단조로운 생활은 권태와 피로를 안겨다 주었다.

마침 어떤 이가 들려준 팔월의 농사 이야기에 그간의 권태와 피로를 말끔히 씻어 버릴 수 있었으니, 어떤 이가 들려준 팔월의 농사 이야기는 사람의 정을 느끼게 해 주었을 뿐 아니라 인간의 소중함마저 일깨워 주었다.

인간을 그토록 그리워해 본 적 없는 면우였지만 이곳 외딴 역동에서 밀려오는 인간에 대한 그리움은 가슴을 파고들었고 그리움을 잊기 위해 면우는 분주하게 움직였다.

아침이면 산에 올라 시를 읊고 저녁이면 틈틈이 독서하며 소일하는 역동은 면우에게 더없이 소중한 안식처가 될 수 있었으니 역동은 그리움에 젖어야만 했던 어제의 역동은 아니었다.

朝吟嶧山頂 暮讀嶧山. -『俛宇集』卷2二, -更賦拙篇拜呈洲上兼簡啓道用求迷途之指南想發一笑三首-.

자연과의 쉼 없는 대화를 통해 내 마음을 숨김없이 내보일 수 있는 오랜 친구 그 이상의 친숙한 공간이었음을 면우는 다음과 같이 영송하였다.

"온 골짝의 연하가 꿈속같이 감미로워서 호탕한 성품이 마침 병이 되었네. 세상 사람 다시 이곳을 찾지 못하리!"

萬壑煙霞甘夢 狂闊遂成奇疾 世人不復此尋. -『俛宇集』卷2. -萬壑-

영송하였던 역동의 산수는 서른여섯 봉우리와 서른일곱 바위와 굽이굽이 흐르는 시내가 청계구곡淸溪九曲 을 이루는 빼어난 경관을 자랑하는 중국 복건성福建省 무이산시武夷山市 남서쪽에 있는 무이산武夷山과, 경상북도 봉화군 명호면에 소재한 청량산淸凉山 광경을 상상해 봄 직하다는 것을 후산 허유에게 서한을 통해 심회를 토로하였으니 면우는 역동의 산수에 흠뻑 젖어 들었던 것이다.

……竹屋繩床 獨觀終日 有足想武夷淸凉光景者. -『俛宇集』卷十六,「答許后山壬申」

퇴계 이황의 아호 청량산인淸凉山人.

면우는 1884년 퇴계의 정서가 그득 배어 있는 청량산에서 청량십이영淸凉十二詠을 작시했고, 주문팔현의 멤버 대계 이승희 역시 자신의 저서『한계유고韓溪遺稿』·「송 곽명원 유 청량산 서送郭鳴遠淸凉山序」.에서 청량산을 퇴계와 남명의 전신傳神이자 퇴계의 학덕을 청량산의 높은 산봉우리에 비유하였다.

이렇듯 정오의 햇살마저 뱉어 버리는 차광 유리 같은 역동의 자연은 다크닝처럼 칙칙했지만 내면의 번우함을 클렌징할 수 있었다.

게다가 어두움과 고즈넉함이란 주변의 정경은 정靜의 세계와 음陰의 세계에서 사색을 오갈 수 있는 장수지소로서 자신만의 세계를 구축하기에는 더없이 아름다운 장소였다.

흐뭇한 마음을 감추지 못했던 면우는 역동을 소재로 한 다량의 산수시를 남겼다.

중국 송나라 소동파蘇東坡, 1036~1107가 당나라 왕유王維, 699~759의 시를 두고 시중유화詩中有畵, 즉 시 속에 그림이 있고, 화중유시畵中有詩 즉 그림 속에 시가 있다고 평가했던 것처럼, 그림을 보면 시가 떠오르고 시를 보면 그림이 떠오르듯 역동의 자연에 심취했던 면우는 자신의 시문에 역동의 아름다운 산수를 덧놓이고 싶었으리.

거기다 아름다운 산수화에 붓으로 살짝 덧칠해서 인간의 형상을 그려 넣고픈 욕심이 강렬하게 솟구쳤을 것이되, 그 욕심은 외딴 산골에서 세상사가 어떻게 돌아가는지 전해 줄 이도 전해 들을 이도 없다는 적적함에 다름 아니었을 뿐. 산중의 삶에 염증을 느껴서거나 세속적 삶을 그리워해서만은 아니었다.

산중의 삶이 아름답고 안온할수록 그리운 이들이 떠오르듯 샹그릴라로 불릴 정도의 아름다운 역동의 산수에서 지구들과 함께 담소를 즐길 수 없다는 아쉬움이었다.

허나 이젠 사소한 감정 따위엔 돌아볼 겨를이 없었다.

더구나 허구한 날 환상에 사로잡힐 수도 없었다.

거세게 밀려오는 학문적 열정을 그대로 방류할 수 없었던 면우는 외딴 역동에서 성리학 공부에 혼신의 힘을 쏟았으니 이는 모부인 정씨의 훌륭한 조력이 있었기에 가능했다.

그림자처럼 따라다니며 후원을 아끼지 않았던 모부인 정씨의 학문적 배려와 그런 어머니를 의지한 면우는 오로지 자신의 과업만 성취하면 될 뿐 세간에 간여치도 않았고 관심조차 보이기 싫었다.

......

산 밖의 일을 묻지도 않고

세상사 왕래가 드무네.

어찌 그것을 고상타 하리오!

세상 물정 어둡다는 말이 마땅하리

아궁이엔 오랫동안 불을 지피지 않았고

어머님 얼굴은 초췌하기만 하네.

그리하여 우리 집 담장을

도적이 와서 엿보더라도

마음대로 훔쳐 갈 수 없는 것은

이미 힘들여 방비해 두었기 때문이라네.

오래전 초포집이 떠올라

뜰에서 색동옷 입고 놀던 일이 생각나네.

진심으로 힘써 봉양을 다 하지 못하고

검소하게 살아가는 것이 괴롭다네.

바라건대 동중서의 비결을 빌려 와

남아 있는 희미한 빛을 끌어와야겠네.

......

不問山有外　　與世稀往還

　　豈其爲高尙　　宜乎謂冥頑

　　竈下九不熅　　堂上有癯顔

　　所以蓬華堵　　外寇時來覰

　　縱使不撓奪　　亦已勞防閑

　　遠憶浦上宅　　庭下衣褊斕

　　忠養靡遺力　　休休處辛艱

　　願借董生訣　　使之末光攀

　　　　　　－「更賦拙篇拜呈洲上兼簡啓道用求迷途之指南 想發一笑」三首－

시문에서 고백하였듯.

면우는 산 밖의 일 묻지도 않았고 묻고 답하는 것도 싫었다.

게다가 전해 줄 이도 없거니와 전해 주는 것도 전해 받는 것도 바라지 않았다.

전일하게 성리학 세계에 함영했고 함영한 결과 이어지는 그 높은 성리학의 문턱에는 들어설 수 있었지만 씰그러진 토벽과 거미줄로 다옥해진 아궁이는 오래전부터 폐가 꼴이었다.

마치 『사기史記·사마상여전司馬相如傳』에서 집 안에 세간이라고는 하나도 없고 단지 네 벽만 서 있다고 했던 가도벽립家徒壁立한 사마상여 집을 방불케 하였으니 폐옥蔽屋 이곳저곳을 돌아보는 면우는 형용할 수 없을 정도로 착잡하기만 했으리.

일찍이 책을 좋아해서 애서가로 일컬었고, 글 읽기에만 지나치게 열중한다고 하여서 서치라는 닉네임이 붙었고, 독서량이 많다고 해서 책벌레란 학자적 콘셉트가 붙은 면우였지만 처연히 폐옥 마루에 앉아서 먼 산만 바라보는 어머니의 초췌한 얼굴에서 좌절과 허탈이라는 이중의 고통을 삼키고 있다는 것을 직감하고서 이 지경에 이르도록 방관만 해 왔던 지난날의 자신이 오활한 벽면서생의 무능한 만용에 지나지 않았다는 것을 이제야 자각했던 것이다.

자신의 무능을 자각했던 면우는 먹똥 묻은 뽀얀 손으로 씰그러진 담장도 구중궁궐 담장보다 더 견고하게 손질해서 도적이 엿볼 수 없도록 방비해 두었다며 흐뭇한 표정을 지었으나 늘 그러하듯 고즈넉한 산중 생활의 무료함은 지나간 시간들을 불러일으켰다.

지난 시간들은 하나같이 불완전했고 미진한 삶뿐이란 자책감에 빠져들었으니 불완전하고 미진한 삶은 바로 학문의 기로에서 빚어진 그 많은 방황의 시간과 가족들의 바람을 저버린 과거 시험 낙과 때문이었다.

그러나 이곳 역동에서 지난날의 고뇌와 격정, 방황의 시간들은 기억 저편으로 넘길 수 있었으나, 과거에 급제해서 가족을 부양하고 한미한 가정을 일으켜 주리라 확신했던 가족과 모부인 정씨의 소박한 바람을 저버리고 마냥 구도의 길을 걸어가는 자신이 왠지 왜소하게 느껴졌다.

가족들과 모부인 정씨의 소망에 부응하지 못한 죄책감은 아쉬움과 복합되어 고향 마을 초포로 거슬러 갔다. 초포에서 색동옷 입고 뛰어놀던 일과 어머니에게 진심으로 봉양을 다 하지 못한 아쉬움에 목이 메었을 것이되, 지금의 이 회한과 이 죄스러움에 면우는 시문을 통해 인의이륜의 도리를 밝히겠다는 결의를 다졌다.

결의는 바로 중국 무제 때 춘추 공양학을 국교로 삼도록 하였던 동중서董仲舒의 비결을 빌려다 희미하게 잊혀 가는 인륜의 도리를 회복하겠다는 것이었으니 그 결의는 면우 자신과 어머니와의 무언의 약속이었으리.

동중서.

동중서는 중국 하북성河北省 광천현廣川縣 출신으로 전한前漢 시대의 유학자였다.

일찍부터 『춘추공양전春秋公羊傳』을 습득하고 유교의 국교화를 추진하였다.

동중서의 주장은 무제에 의해 받아들여졌고 유교는 정식으로 국교로 되었으며 모든 관리들은 유교 교리에 대한 지식 정도에 따라 등용하고 승진시켰다.

이후 재상이 된 동중서는 교육 기관인 태학을 세울 것은 물론 귀족과 지방 관리들로 하여금 매년 뛰어난 재능과 훌륭한 품성을 지닌 사람들을 추천하게 하여 관리로 임명하도록 했다.

게다가 유학자가 아닌 학자들을 축출할 것을 무제에게 건의하여 유교가 한漢나라의 사상적 바탕이 되는 계기를 마련했고, 하늘과 사람이 감응한다는 천인감응天人感應설을 내세워서 황제로 하여금 하늘을 두려워하며 선정을 베풀 것을 주장하기도 했다.

……역동에서의 이차 학문의 대장정은 마치 불학에서 말하는 심신을 괴롭히고 견디며 행하는 수행, 난행고행과도 같았다.

이때 면우는 저 성리학의 거장 민락**閩洛**의 반열에 들어서기 위해 성리학을 향한 힘찬 페달을 밟았고 지고지상의 참된 이치를 찾기 위해 역동의 자연을 벗 삼아 사색하고 연구했으며 그 이유에 대한 해답을 찾지 못하면 깊은 시름에 잠겨야 했고 다시 성리서와 분전을 벌여야 했다.

면우가 달려가고자 했던 민락.

민락은 송대의 성리학에서 정호와 정이, 이정과 주희를 거두로 하는 두 학파를 아울러 이르는 말인데, 이정은 낙양洛陽 사람이고 주희는 복건로**福建路**, 건양**建陽**에 우거하였음에 유래한 말이다.

분전을 벌여 온 지 어언 사 년.

가속이 붙은 면우의 성리학 이론은 궤도에 오를 수 있었고 일진월보 빛을 발해서 명사의 반열에 오를 수 있었다.

자연 면우의 학문적 명성은 자자했고 꼬리에 꼬리를 무는 소문은 이곳저곳 사불급설 퍼져 나갔다.

소문을 들은 원근의 후학들이 운집했지만 면우에겐 후학들을 가르칠 시간적 여유가 없었다.

그러나.

일생을 오로지 학문에만 전념하며 자신의 길, 도학적 포부를 펼치겠다고 선언한 면우였지만 신학의 유입에 따른 유학의 붕괴로 작심은 서서히 희석되어 허정개비가 되어 갔다.

문화 충격으로 생긴 내력을 풀 겸 더 먼 곳으로 도회하고 싶었으나 더 이상 유학의 붕괴를 막기 위해서는 후학들을 길러야 한다는 시대적 중압감을 이기지 못했다. 중압감에서 벗어나기 위해 면우는 고직古直,『야포곡冶圃曲』에서

'흩날려 떨어진 도리 봄 주인 없고 백 년의 중대한 계획 인재 양성하려 하네.'

飄風零桃李春無主 百年大計將人樹.

라고 했던 위대한 성업, 백년대계의 진정한 의미를 되새기며 훈도의 길을 자청했던 것이다.

면우 나이 사십팔 세, 1893년 계사세.

태백산 아래 우거할 이때, 면우는 후학들의 간절한 요구를 받아들였지만 집이 협소한 관계로 여분의 땅에 강학소를 지어서 측유재惻蝓齋란 현판을 걸고 후학들을 지도하였으니 교재는 경전을 위주로 했다.

중요한 뜻은 세세히 증명했으며 의심되는 부분은 붓으로 기록하여 조목별로 진술하고 비평까지 더해 주었다.

그뿐만 아니라 초학자들에게 학문의 입지를 탄탄히 굳히라고 주문하였으니 면우가 말하는 입지는 광의로 적성과 진로를 고려해서 목표를 설정하라는 것이되, 목표가 설정되지 않으면 애써 노력하더라도 피로하고 무기력하게 된다는 것이다.

가령 천리마를 바라거든 천리마를 타야 하고.

가난한 생활 속에서 학문과 도를 즐겼던 안회를 바란다면 안회가 되겠다는 목표를 정해야 하고.

부상富商이 되고자 한다면 도주공陶朱公과 의돈猗頓에.

공명을 바란다면 이응李膺과 곽태郭泰에.

최고의 맛을 내는 요리사가 되고자 한다면 춘추 시대 제 환공齊桓公의 총신寵臣으로 요리를 잘하고 비위를 잘 맞추어 그 아들을 환공에게 바쳤다는 역아易牙에.

귀로 듣는 음률을 다루고자 한다면 진晉의 악사樂師 사광師曠에.

눈으로 색에 관심을 가진다면 춘추 시대 정鄭의 미남자 자도子道에.

밭을 가는 농부는 수확에.

수렵을 하는 자는 포획에 각각 자신의 입지를 다져야 한다는 것이었다.

면우의 학문적 입지는 오늘처럼 자신의 적성을 고려하지 않고 인기 학과만 선호하는 수험생과 자신의 적성을 찾아 전직하는 직장인들에게 일침이 될 수 있을 것이다.

훈도로서의 막중한 중책을 맡은 면우의 후일담은 이뿐만이 아니었다.

면우는 1888년 사십삼 세, 무자 세에 안동 춘양[성산筬山]에서 『몽어蒙語』를 저작하였으니, 『몽어』에는 수신修身, 물물物物, 지리地理, 역사歷史, 윤리倫理, 복식服飾, 장부臟腑, 산림山林, 약용藥用, 열국사지列國史誌 등 일상의 실용적인 것에 이르기까지 모두 수록하여 학동들에게 새로운 계몽서로 근대인의 소양을 갖추어 주고자 했던 것이다.

그러나.

당시 상황을 고려한다면 열국사지를 수록한 『몽어』는 불온 서적으로 간주되어 척사 의식으로 무장된 유림들로부터 지탄의 대상이 될 수 있었겠지만, 면우는 한 나라의 흥망을 결정짓는 교육만은 사상과 이념이 개입될 수 없다고 여겼으니 이는 바로 '오로지 가르침만 있을 뿐 원하는 사람은 누구나 가르친다.'라는 유교무류有敎無類의 실천이었다.

이처럼 시대와 사상과 이념을 뛰어넘는 열정으로 후진들에게 임했던 면우는 사제 간의 상호 호칭에 있어서도 지나치게 격식을 따지는 이 또한 허례라 여겼다.

그래서 후진과의 호칭에 있어서 격상도 격하도 따지지 않았음은 물론 후진들로부터 선생이라는 호칭을 사양했다.

자신 또한 후진들에게 모라고 불러서 젊은 벗들과 거리를 좁혀 가고자 했으니, 교감을 나누며 서로를 이해하고자 했던 면우의 교육은 서당식 교육이라기보다는 현대식 열린교육으로 멘토링 프로그램을 운영했던 것이다.

이는 바로 후진들이 따로 품은 생각을 거리낌 없이 터놓을 수 있도록 유도했던 개발학습법으로, 멘토링 프로그램 교육을 이수했던 문하생은 면우가 거주하고 있는 인근은 물론 국토의 최극단인 함경도와 제주도에 이르기까지 각지에 분포된 문인들이 『면문승교록俛門承敎錄』에 대략 칠백오십오 명으로 등재되었다.

그러나 현전하는 『면문승교록』에서는 당시의 고증할 수 있는 문하생만 등재되었고 화란禍亂으로 누락된 문하생은 제외되었으니 이를 감안한다면 이보다 훨씬 많은 문하생이 사승했을 것이라 사료된다.

대표적 문하생으로는 『철학고변哲學攷辨』을 저술한 성와省窩 이인재李寅梓, 1870~1929와 우리들에게 잘 알려진 언론인이자 애국계몽운동가로 활약한 위암韋菴 장지연張志淵, 1846~1921과, 성균관대학교 초대 총장이며 한국 독립을 주도했던 심산心山 김창숙金昌淑, 1879~1962 등에서 살펴볼 수 있을 것이되, 이들은 시대의 변용에 능동적으로 대처함으로써 다양한 방식으로 현실에의 어려움을 극복하고자 타울거렸다.

거기다 사회주의 운동가인 창해滄海 최익한崔益翰, 1897~?을 거론할 수 있으니, 창해는 1948년 남북협상을 계기로 월북하여 김일성종합대학에서 한국사를 강의하는 등 정치보다는 학술 활동에 주력했던 학자로서 최초의 실학 연구서 『실학파와 정 다산』을 선보였다.

이 밖에 회봉晦峯 하겸진河謙鎭, 1870~1946을 비롯한 중재重齋 김황金榥, 1896~1978 등 많은 문하생들이 자신의 역량을 충분히 발휘해서 지역 사회의 중추적인 역할을 수행해 나갈 수 있었다.

……깊은 산중 역동을 내방한 학우들을 내칠 수 없었던 면우는 초조하기만 했다.

무슨 말을 먼저 해야 할지 몰랐다.

연거푸 헛기침을 해 보지만 쉽게 입을 뗄 수가 없었다.

숨을 고른 후 간신히 입을 열었으니.

"단성은 부조父祖의 고향이고 선영이 있기에 내 머지않아 고향 사월로 돌아가려 한다."라며 버벅거리는 말로 후진들을 돌려보냈다.

이때 면우의 내심에는 산을 나와 다시 조용한 곳을 찾아 형 정석班錫과 땅을 일구며 학문에 매진하고자 하였으나 바람이 밑돌았다.

다름 아닌 이즈음 돌연 형수 손씨의 죽음으로 계획이 무산되었으니 별 도리 없이 꿈에도 그리던 고향 사월로 돌아가야 했다.

시각을 지체할 수 없었던 면우는 떠날 채비를 하느라 분주하게 움직이기 시작했다.

고향 사월로 돌아가는 면우.
귀향하는 사월엔 옛집이 있고 오랜 마을이 있다.
그리운 사람도 있고 선대로부터 내려오는 논밭도 있고, 일가친척과 선영도 있고, 어릴 때 뛰어놀던 산천과 고향 친구도 있다.

거기다 고향 사월엔 그 많은 추억과, 그 많은 그리움과, 그 많은 안타까움이 묻어나는 정신적 공간으로 노산 이은상이 고향을 그리워하며 창작한 서정시가 「가고파」였다.

흰 도포에 괴나리봇짐 둘러메고 총총히 걸어가는 면우.
굽이굽이의 산을 넘고 들을 질러서 강을 따라가니 선영이 가까워졌고 저 너머엔 고향 사월이 보였다.
이제야 사월에 다다랐다는 기쁨에 안도의 한숨을 내쉴 수 있었다.
그동안 가족을 이끌고 이곳저곳을 부평초처럼 정처 없이 떠돌다 다시 고향을 찾은 면우는 그동안의 감회를 「삼월십칠일이가환단구」 작품에 담았다.

칠 년 타향살이 늘 그리워하여

고향 꽃이랑 대나무가 꿈속에 늘 아련했네.

봄볕 넉넉히 벗 삼아 남쪽으로 물을 건너니

물소리와 산빛이 옛날처럼 수려하네.

노모는 기뻐하며 시름 얼굴 간데없고

선영 가까우니 내 마음도 위로되네.

이곳 사월에서 굶주림을 즐기며 영원히 살아가리라 맹세하네.

七年萍海相思苦　古垌花竹夢依依

剩伴靑春南渡水　水聲山色慣呈奇

老母怡欣破愁顔　先壠密邇慰私衷

永矢樂飢尼丘東

-「三月十七日移家還丹丘」-

「삼월십칠일이가환단구」 작품은 1873년 면우 나이 이십칠 세 때 창작되었는데, 칠 년의 산중 생활을 끝내고 단성 사월로 돌아오는 감회를 영송하였던 것이다. 이 시문은 특이하게도 칠 구로 구성되었으니 의도적인지 아니면 한 구가 누락되었는지는 알 수 없지만 그에 따라 운자도 일정치 않다.

　고향 사월로 돌아온 면우는 고택에 띠를 엮어서 '초초정草草亭'을 짓고 마을 동쪽 지명을 따서 '이동尼東' 두 글자를 문에 내걸고 깊은 생각에 잠겼으리.

　그 상념은 칠 년간 미루어 왔고 끌어 왔던, 마음속 깊은 곳에 묻어 두었던 새로운 삶의 결의로 결의는 바로 부귀로 인해 속박받는 생활보다는 차라리 가난을 즐기며 자유롭게 사는 편이 낫다는 예미도중**曳尾塗中**의 삶에 다름 아니었을 것이다.

  그런 소박하고 소탈한 소망을 「계유삼월여자역환사상유감이위지부」에 담았다.

    ……

    우물을 씻고 솥도 닦고
    담장 밑을 파고 꽃도 심네.
    동산에 산뽕나무 심어 누에 치고
    울타리에 조릿대 세워 오이 덩굴 올리네.
    아침에 물 남쪽에서 쌀을 팔고
    저녁이면 동쪽 집에서 보리를 꾸네.
    콩죽 마시는 것만도 즐거워하며
    냉담한 생애나마 가꾸어 나가네.
    졸박한 성품 지켜 잃지 않는다면
    잠 깨어 노래 부름에 방해되지 않으리.

    ……

    修淸泉而漑鼎   勵墻根而蒔花
    培園檿而課蠶   揷籬篠而登苽

晨販米於水南　　暮乞麥於東家

　　輸懽愉於啜菽　　理冷淡之生涯

　　守余拙而勿失　　不妨優於寤歌

　　 ―「癸酉三月余自嶧山還沙上有感而爲之賦」―

　시문에서 엿볼 수 있듯 오랜 시간 사람의 온기가 없었던 시골집엔 유열을 느끼기보다는 호젓하기만 했다.

　만년 안식처로서 사월에서 영원히 살아가리라 맹세했던 면우는 폐옥이 되다시피 한 이곳저곳의 안채와 바깥채 그리고 행랑채에 소복하게 쌓인 묵은 먼지 털어 내고 오랫동안 방치해 두었던 우물이며 솥도 씻어 세간을 마련했다.

　게다가 뽕나무와 오이를 심어 살림의 밑천에 이바지하고자 했지만 갑작스러운 새살림이 온전할 리 없었다.

　이리저리 쌀도 사고 보리도 꾸어 올 수밖에 없는 곤궁한 처지에 놓였지만 가난을 버텨 내기 위해 허기진 배를 채우기 위해서는 콩죽이나 먹는 것도 감지덕지일 뿐 그 이상도 필요치 않았다.

　이처럼 가난은 누구에게나 두려움의 대상이며 가난이란 극한의 상황에 내몰리면 죽지 않기 위해 인간은 그 추악성을 드러내기 마련인데, 면우는 썰렁한 살림일망정 다시 정성껏 가꾸어 나가려는 희망을 품은 듯했다. 그 희망엔 비록 냉담한 삶을 살아갈지라도 진지함을 잃지 않겠다는 다짐이었으리.

　면우의 결의를 후학 하겸진이 찬술한 면우 행장에서 살펴볼 수 있었으니 행장에 의하면 면우는 곤궁한 생활에도 불구하고 부호들에게 글을 지어 보수료를 받지 않았고, 일용기물에 있어서도 호사스러운 것을 가까이하지 않았다고 기술하였다.

勿近於華靡······ 不受富豪潤筆口 焉有君子 而可貨之乎. -『俛宇集』卷四「行狀」

기술한 것처럼 면우는 오로지 청빈의 도를 추구하고자 하였으니 청빈의 도는 티끌보다 작은 세진도 남기지 않겠다는 존천리거인욕**存天理去人欲**의 실천, 곧 하늘의 바른 도리〔천리**天理**〕를 보존하고 인간의 욕망을 조절하겠다는 도학자의 구도의 다짐이었다.

욕망을 절제하겠다는 면우는 이후 고종과의 독대에서 자신의 거취와 관련하여 일단의 소회를 피력한 바가 있었으니, 그때 고종께서 면우에게 그동안의 생활고를 묻게 되자 면우는 즉석에서 다음과 같이 진언하였다.

"몸소 텃밭에 곡식과 산마를 가꾸면서 겨우 연명은 해 나갈 수 있지만 다만 사람의 도리 즉 인도**人道**를 다 할 수 없는 것을 걱정했지 재물의 많고 적음에 대해서는 근심할 바가 아니었습니다."

聞爾生計甚窘 何以堪過 對曰躬菑畲藝粟藷 僅延朝晡而已 只患不能盡於人道 絲穀之豊約 非所憂也. -「獨對日記」

어전에서 청빈한 도학자의 삶을 선명하게 보여 주었듯 인류의 지성 공자 또한 다음과 같이 설파하지 않았음인가.

"군자는 도를 도모하고 먹는 것을 도모하지 않는다."

子曰 君子謀道 不謀食 ― 君子憂道不憂貧. -『論語』·「衛靈公」

공자께서 밝혀 말했던 것처럼 물질적 궁핍 너머 정신적 가치를 소중히 여겼던 면우는 스승 한주에게 다음과 같이 상답하였다.

"기욕을 절제하고 담박함을 즐거워하며 음식으로 속세의 번거로운 일을 삼지 않으니 요행입니다."

庶其節嗜欲樂淡泊 而不以口腹爲世累. -『俛宇集』卷十一「上寒洲先生乙酉」

스승 한주에게 기욕을 억누르고 무욕의 순박함을 즐길 것이며 구차하게 먹는 것으로 번거로운 일을 삼지 않을 것이라 하였으니, 이는 바로 도학인의 본연의 자세를 잃지 않겠다는 것이었다.

물욕으로부터 자신을 지켜 나가겠다는 면우의 의연한 자세는 무서운 물욕과 치열하게 싸우겠다는 도학자의 꺾이지 않는 지조이자 난행고행과도 같은 구도의 행보였으니, 도학을 향한 면우의 끝없는 구도의 행보는 고향 사월로 돌아왔으나 도학적 포부의 끈을 한순간도 놓지 않았다.

욕망이 난망한 사월.

이향 칠 년 사이 사월의 자연은 아무렇지 않았으니 문자 그대로 의구하였다.

꿈속에서 늘 아련했던 고향 꽃이랑 대나무. 그 너머 강물에 할퀸 모래톱은 꾀죄죄하기보다는 자연미가 넘쳐났다.

사월의 자연과 해후하는 면우는 아무런 이유 없이 찬미만 늘어놓았을 뿐 더한 아름다운 자연과 견주지는 않았다.

거기다 바리캉을 댄 듯 깔끔하게 산예한 선영을 바라보자니 뿌듯하기만 했고 오랜 시간 매만졌던 초초정은 남부럽지 않을 정도의 어엿한 집으로 변신했다.

 아카데미를 방불게 할 정도로 잘 꾸며진 초초정에서 면우는 예전에 비해 더한층 학문적 열정을 불사르겠다는 각오에서 다음과 같은 시문을 남겼다.

 "생계를 어느 곳에 의탁할 것인가. 묵은 서책 뒤적이며 사는 것이라네."

 ……託活計於甚處 搜陳編而俯仰. - 癸酉三月 余自嶧山還沙上 有感而爲之賦

 시문에서 영송하였듯.

 면우는 고향 사월에서 옛사람의 서적 읽어가며 내면의 끝없는 사색과 자성으로 도학적 포부를 펼쳐 나가고자 하였다.

성리학의 거장 한주와의 만남

느슨했던 시간에 고삐를 죄듯 면우는 역동의 산중에서 성리학 공부에 박차를 가해 보지만 심오한 이학을 자득하기란 쉽지만은 않았다.

마치 홀로 연주하는 솔로이스트처럼 지남 없는 독자적 공부는 더 이상의 진전이 없었다.

부진을 면치 못한 면우는 마침 같은 현에 사는 후산 허유에게 학문적 고뇌를 토로하게 되었으니, 그 고뇌란 아무나 붙들고 토로하고 싶을 만큼 절박했다.

모르긴 해도 이학적 슬럼프를 겪고 있는 자신의 메시아가 후산이라 여겼을 것이고 후산만이 자신의 학문에 어드바이스가 되어 줄 것이라 확신했는지도 모른다.

면우는 간청하듯 후산에게 다음과 같이 말했다.

"존하께서 미진한 저의 학문에 길잡이가 되면 어떠할는지요……?"

후산은 면우의 요청에 도움을 주고자 다음과 같이 답했다.

"존하의 이학적 고민을 풀어 줄 수 있는 분은 아마 한주 옹밖에 없을 듯합니다."

언질을 비쳤듯 후산은 이미 1870년 경오세 봄에 한주 문하에 나아간 터였다.

후산은 덧붙여 말했다.

"한주 옹은 근세의 걸출한 유학의 종장으로 존하께서 나아간다면 얻는 비기 적지 않을 것입니다……!"

언질과도 같은 후산의 말에 면우는 몹시 설레고 궁금하지 않을 수 없었다.

이윽고.

후산은 스승 한주에게 치기했고 접납을 허여하였다는 후산의 전언은 마른 대지 위에 한줄기 소나기가 싸 갈기듯 명쾌했다.

마치 막혔던 오랜 화두가 풀리듯 그동안의 괴로움이란 물집이 터지듯 한 그런 기쁨의 복음이었다.

희보를 접한 면우는 이해 겨울 한주 선생을 알현할 기회를 갖게 되었으니.

그해는 한 해가 저물고 동장군이 기승을 부린다는 경오 세 음력 섣달 순간쯤이었다.

허유**許愈**.

허유1883~1904는 한주 문하의 첫 문하생으로 주문팔현의 맏형이며 한주 선생으로부터 주리**主理**에 따른 심즉리를 가장 먼저 전해 듣고 전수받은 한주 학맥의 선주민 셈이었다.

그런 의미에서 첨언하자면 모고**慕古**주의자였던 허유의 부형은 갓 태어난 아들과 동생이 중국 당**唐**의 한유와 닮기를 염원하였던바 본성**本姓** 이외 이름은 물론 자**字**와 호**號**마저 한유와 비슷하게 지었는데, 허유의 자는 퇴이退而, 호는 후산后山 또는 남녀南黎로 작호作號하였다.

한유韓愈.

한유는 중국 당나라 대표적 문장가로 자는 퇴지退之이고 호는 창여昌黎라 불렸는데, 그는 사회 곳곳에서 독버섯처럼 자생되는 부패와 그로 인한 혼란으로부터 고통받는 백성들을 위해 시문으로 분개했던 현실주의 작가이자 사상가였다.

게다가 「논불골표論佛骨表」를 지어 불교의 타락상을 배척의 대상으로 삼았을 뿐 아니라, 고문변혁운동을 통해 선진先秦과 양한兩漢의 산문 전통을 계승할 것을 주장하였던 이 같은 한유의 사상과 기질을 후산의 부형은 연모했던 것이다.

이학적 변백이 조급했던 면우는 잠시도 지체할 수 없었다.
살을 에는 동빙한설의 날씨에도 개의치 않고 곧장 성주로 내달렸다.
바삐 발걸음을 옮겨 보고자 했지만 아직 결빙의 한겨울이었다.
잠시 왔다가는 양광만으론 마목되다시피 한 두 다리의 근육을 풀어줄 순 없었다.
더욱이 찬기에 멍든 양 볼은 붉으락푸르락했고, 턱은 쉴 새 없이 덜덜 떨렸고, 코끝은 얼얼하게 시려 왔다.
동장군의 기승을 꺾어 보고자 전신 스트레칭을 해 보지만 걷잡을 수 없이 급강하는 체온을 붙잡을 순 없었다.
악천후에 강행은 무모한 객기에 지나지 않는다고 여겼던 면우는 길 건너편에 화톳불을 놓아서 온몸을 따끈따끈 데웠고 화톳불 들썩거려 가며 영남이 낳은 성리학의 기장 한주를 그려 보았다.

이런저런 생각에 잠겼다 깼다를 수없이 되풀이하고선 이내 풀린 몸을 일으켜 다시 성주로 향했다.

동동걸음을 치니 저 멀리 눈 덮인 가야산 정상이 한눈에 보였다.

도화지를 펼쳐 놓은 듯 분설에 뒤덮인 성주.

성주군에서 오른쪽으로 꺾어 들어가니 성산 이씨 집성촌 성주 한개마을에 다다를 수 있었다.

한개마을은 이명으로 대포**大浦**라 일컬었으니 이곳이 바로 심즉리의 본산이자 고전의 아카데미로 성리학의 거장 한주 이진상이 상주하고 계신 곳이다.

한개마을.

크고 넓다고 해서 '한 자'와, 큰 강과 나루가 있다고 해서 '개 자'를 취해서 오늘날 한개마을이라 부르게 되었다.

마을의 역사적 흐름을 짚어 본다면 한개마을은 조선조 전기에는 성산·성주·벽진·경산·광평·가리 등 여섯 이씨가 이본**異本**되어 오다가 정조 때 국명에 의해 성주 이씨로 통합되었다.

그간의 경위는 물론 한개마을이 성주 이씨 집성촌이 된 지 오백육십여 년이 되었다는 고장의 내력을 성주군 문화재 소속 관원이 귀띔해 주었으니 가위 유서 깊은 고장이라 아니 할 수 없었다.

『한국인명대사전』에 의하면 이 고장 출신의 인물로 고려 문신이자 시조 '이화에 월백하고 은한이 삼경인 제'라고 영송했던 시인 매운당**梅雲堂** 이조년**李兆年**과, 공민왕 팔 년 홍건적의 침입 때 서경존무사**西京存撫使**로서 공을 세워 이등 공신으로 승좌**昇座**하고, 홍건적의 이차 침입 때엔 개경을 수복하여 일등 공신에 올랐던 매운당의 손자 승암**勝巖** 이인임**李仁任**과, 한주 이진상의 숙부 응와**凝窩** 이원조**李源祚** 등 걸출한 인물이 배출되었음을 명기하였다.

영남이 낳은 최고의 철인이자 퇴계의 이학적 배태 위에서 더한층 주리 이론을 발전, 모색했던 한주 이진상.

그는 세상에 심즉리를 뿌리내리고자 하였으나 아직 전수할 후학을 찾지 못했다.

면우 역시 자신을 이끌어 줄 스승을 찾지 못했다.

마치 알렉산더 대왕이 통나무 속에서 잠을 자는 헐벗은 디오게네스의 명성을 듣고 그에게 진리를 얻고자 했던 그 광경과도 흡사했고…….

주**周**나라 문왕이 낚시로 소일하며 천하를 꿈꾸었던 칠십이 세의 여상 태공망을 위수 번계에서 만나 국사로 받들었던 그 광경과도 흡사했다.

한주와 면우와의 만남은 드라마틱했다.

만남에 속도를 낼 수 있었던 무대는 대포의 사랑채였다.

사랑채에서 오고 갔던 그 많은 이야기는 면우에게 천년이 지나도 잊히지 않는 추억의 산물은 될 수 있었으리.

대포는 면우에게 심즉리의 성지와 다름없었다.

이십오 세의 열혈 청년 면우가 단숨에 달려갔던 대포.

그곳 대포에서 지천명을 갓 넘긴 오십삼 세의 성리학의 거장 한주는 기다렸다는 듯 따뜻한 낯빛으로 면우를 반겨 주었다.

선생의 온정은 얼음처럼 꽁꽁 얼어 버린 면우의 몸과 마음마저 녹여 줄 수 있었다.

그러나 그토록 만나고 싶어 했고 만나서 수많은 대화를 나누고 싶어 했던 면우였지만 사랑채에서 대좌한 면우와 한주는 정적을 즐기려는지 아무 말이 없었다.

정적을 깨려는 듯 먼저 입을 연 이는 면우였다.

면우는 한주에게 진정했다.

"선생님의 이학적 명성을 듣고 단숨에 달려왔사옵니다."

"지폐贄幣를 대신해서 그동안 산중에서 혼자 익혔던 이기성명의 의문점과 여러 유학자의 동이 설을 조목별로 나열한 이 한 권을 받쳐 올리겠사옵니다……!"

지폐.

면우는 윗사람을 알현할 때 올리는 예물, 즉 지폐를 대신해서 스승을 만나 뵐 때 올리는 글 지계贄啓를 올렸으니 이 한 권이 바로 성리 이론의 의혹을 총망라한「지의록贄疑錄」으로 지계를 대신했다.

「지의록」을 건네받은 한주는 한동안 침묵했다.

후학 허유로부터 귀띔을 받았던 한주는 열혈 청년 면우와의 이학적 주도권을 가지기 위한 기 싸움을 벌이고자 하였음인지 머뭇거렸다.

머뭇거리다 못해 물끄러미 촛불만 응시하고 있었으나 침묵은 오래가지 않았다.

한주는 조용히 물어 말하였다.

"엄동지절에 먼 길 오느라 고생이 적지 않았을 것이오……."

면우는 상답했다.

"아니옵니다!"

"몹시 당황스럽기까지 하였사옵니다."

"실은 후산 학형으로부터 선생님의 이학의 심오함과 고매한 학식을 소유했다는 소리를 듣고선 한달음에 달려왔사오나, 이 또한 소생의 분별없는 행동이라 사료되지만 어쩔 수 없었사옵니다."

"무엇보다 이학서를 뒤적거린 지 몇 해가 되었으나 한보의 진전도 없었사옵고, 거푸 탐독도 해 보았으나 뭐가 뭔지 어디가 어디인지 갈피를 종잡을 수 없었사옵니다.

게다가 어려움을 묻고자 해도 물을 곳도 전수해 줄 이도 없는 이 높고 깊고 넓기만 한 이학의 세계를 홀로 걸어가야 하는 괴로움에 절로 긴 한숨만 내쉬어야 했사옵니다."

……**而學無師承　敎無嫡傳　皆斐然成章而不知所裁　一生苦心而畢竟戲欷太息． -『俛宇集』卷十上寒洲先生」**

"몽매한 소생에게 가르침을 내려 주옵소서……!"

"선생님의 고매한 학식을 받고자와 무례한 걸음을 하였사옵니다."

한주는 가슴을 쓸어내리며 조심스럽게 말을 이었다.

"허~허! 그만 오인의 헛된 명성이 세상을 속였구려!"

"달리는 말에 비유하면 오인의 학문은 노마로 얕은 장애물도 비월하지 못하니 그대에게 무얼 가르치겠소!"

"우선 그대의「지의록」은 천천히 검토하도록 하고 물어볼 게 무엇인지……!"

면우는 옷깃을 여미며 조용히 아뢰었다.

"성리학의 핵심은 무엇인지요……!!"

간단명료하게 논점만 물었지만 면우의 질문은 여느 젊은 학도들과는 분명 달랐다.

바로 학노어년. 즉 학문이 나이보다 노숙하다는 것을 한주는 간파하였다.

한주는 옷깃을 단정히 여미고서 나지막이 말했다.

"성리학의 핵심은 인성과 천리에 있다오……!"

"하여, 인성에는 선하고 불선함이 있으니 이는 기질의 품수에 따라서 선하기도 하고 불선하기도 함이외다.."

첨언한다면 이러하외다.

"천리는 도심이고 인욕은 도심과 인심의 대립에서 생긴 것이니 먼저 지경**持敬**으로 인욕을 억제해야 할 것이외다."

"그런 후에 이치를 연구하는 궁리에 나아가야 할 것이외다……!"

"구태여 말할 것은 못 되나 수양의 학문 지경과 만물의 이치를 궁구하는 궁리야말로 성리학의 요체라 할 수 있을 것이외다……!"

면우는 다시 물어 말하였다.

"하오면 도심은 무엇이고 인심은 무엇이옵니까……?"

한주는 말했다.

"도심은 하늘로부터 품부 받은 본연의 성性으로 미발未發의 성이라 하외다..

이를테면 기쁨과, 노여움과, 근심과, 두려움과, 사랑과, 미움과, 욕심과 같은 일곱 가지 감정(七情)이 마음에서 일어나지 않은 상태를 미발이라 하오만.

하오나 일곱 감정에 흔들리지 않는 마음 또한 미발이라 함이니 미발을 본성으로 대체하기도 하외다."

"이에 반해 인심은 일곱 가지 감정이 일어난 상태로 감정에 사로잡힌 마음을 이발已發의 정이라 하외다.

더러 이발을 달리 기질氣質의 성이라고도 하나 오인이 말하고자 함은 다름이 아니오라 저마다의 기질을 순화해서 미발의 상태로 되돌려서 본성을 밝히자는 것이외다."

"그러하기 위해서는 수양으로 찌들고, 구겨지고, 접치고, 흥분하고, 증오하고, 분노와, 근심과, 두려움에 휩싸인 일그러진 마음과 오염된 마음을 표백하고 쫙 펴자는 이것이 성리라 말하고 싶소이다."

첨언하면 이러하외다.

"짐승이 아닌 사람이, 사람의 길이 아닌 짐승의 길을 걸어간다 함은 지나친 감정의 발현 때문일 것이외다.

허나 본성 또한 사물에 접촉됨에 따라 일곱 가지 감정에 포섭될 수 있거니와 향유할 수도 있음으로 인해 오인은 본시부터 '성발위정性發爲情'

즉 성이 발해서 정이된다고 하였으니 감정 또한 성과 겸하기에 감정이라 해서 결코 나쁜 것은 아닐 것이외다."

이 같은 오인의 한 생각을 『중용』에서 거론할 수 있을 것이외다."

『중용』에서는 다음과 같이 말하고 있지 않소이까.

"기뻐하고 노하고 슬퍼하고 즐거워하는 감정이 발현하지 않는 것을 중中이라 이르고 발현하되 절도에 맞는 것을 화和라고 일렀으니, 중이란 천하의 큰 근본이고, 화란 천하의 공통된 도라 하였던 것이지요."

"오인 또한 『중용』에서 밝혀 말했듯 희·로·애·락의 감정이 아직 발현되지 않는 상태를 중이라 하고, 이미 감정이 발현해서나 절도에 맞는 행동을 한다면 화가 된다고 했던 그 중화中和를 부동의 진리로 받아들였으니, 그 중이 바로 마음이 일어나기 전의 미발의 성이고, 그 화가 이미 사물에 반응된 이발의 정으로 『중용』을 통해 심오한 이치를 깨닫게 되었다오."

일언하면 하면 이러하외다.

"심은 본시 성性과 정情 전체를 총괄한 명칭으로 심의 본체가 성이 되기 때문에 성 밖에 심은 없고, 심 밖에 성이 없으며, 정은 이발의 성으로 성과 정은 다만 하나의 리가 될 뿐이외다."

夫心者性情之總名 其體則性 性外無心 心外無性…… 心之所異於性者 以其兼情 而情乃已發之性也 性情只是一理…… 『寒洲集』卷 三十二「心卽理」, 性是未發之理 情是已發之理 性發爲情 只是一理. -『寒洲集』卷 三十二「心卽理說」

그러하외다.

"이미 『중용』에서 논의되었듯 감정이 발현되지 않는 미발의 중과 이미 발현된 이발 또한 절도에 맞는 행동이라면 화라 했으므로 이발 또한 성이 될 수 있으니, 이발의 성이 본심으로 회귀할 수 있는 근거를 마련한 셈이지요."

"그리하여 오인 또한 중화의 이론을 빌어 강조하고자 함이 다름 아니오라. 성이 미발이라는 것과 정이 이발이라 함은 무방하겠으나, 세칭 유자들은 성을 미발의 리로, 정을 이발의 기로 인식한다거나 성과 정을 둘로 나눈다는 게 오인이 못마땅하게 여기는 소이라 할 수 있을 것이외다."

첨언하건대.

"심학의 요체는 기에서 비롯되었다기보다는 리에서 출발되었다 함은 치우친 말은 아닐 것이외다.

가히 만세불변의 진리라 할 수 있을 터인데, 그 리는 성이 될 것이고 심이 될 것이며 그 심에는 성과 정을 통섭하거늘 하물며 성과 정을 둘로 나누어서야 되겠소!"

"그러함에 오인은 정이 곧 성이고, 성이 발현해서 일곱 가지 감정이 되므로 다 같은 하나의 리라고 보아야 함이 지론이외다."

"그러므로 오인이 말하고자 함은 다름이 아니오라 일곱 가지 감정을 순화하고 제어하는 너트와 열쇠가 바로 본성의 리일 터이지만, 본시 성은 칠정 즉 일곱 가지 감정을 제어할 수 있는 힘, 즉 주재할 수 있는 힘이 없음으로 인해 사람에겐 이성으로, 사물엔 이치라 부르는 리로써 감정을 적절히 조절하고 때론 꽉 조여야 할 것이라 사료되오만."

오인의 비유가 너무 추상적이어서 쉽게 납득할 수 없을 터인데 실은 이러하외다.

"주인 격인 리를 너트와 열쇠로, 감정을 볼트와 자물쇠 관계로 이해함이 용이할 터이지만 더 명확하게 말하자면 앞서 감정 또한 본성에서 발현된 정을 리라고 말하지 않았소이까."

"바로 그 성이 온전하면 좋으련만 그 성은 사물과 반응하여 칠정의 인심이 되고, 인심은 본성 즉 도심을 가리기 때문에 자칫 악의 빌미가 될 수 있으므로, 칠정의 인심을 리로써 적절히 통어해야만 짐승으로 치닫는 감정을 지고한 품성, 즉 본연의 성으로 되돌려 놓을 수 있을 터, 본성으로 회귀케 할 수 있는 힘이 이성일 것이외다.

이 같은 이성은 다름 아닌 성이 발해서 정이 되고, 정이 화和하여 도심이 되며, 도심이 리가 되고, 리가 성이 되며, 리가 정을 주재하고, 유루된 정은 다시 화하여 성이 되고 성이 다시 정이 되는 '성발위정'이란 공통분모를 지녔음인데 그렇지 않습니까!"

그렇습니다!

"주지하듯 인간과 동물을 구분 짓고 재단했던 사단을 가리켜 아성 맹자는 이미 리라고 말하지 않았습니까."

"그러므로 본성인 리를 소유하지 못한 인간을 짐승이라 규정하였으니, 우리가 학문을 함은 본능적 짐승의 행동이 아닌 인격을 연마해서 참다운 인간이 되기 위함인데 참다운 인간이 되기 위한 지침서가 성리일 것이고, 성리에 따른 부단한 수양으로 감정을 순화하고 제어하는 리 공부가 오인이 일생 고민하는 심을 리라 이르고 리를 심이라 일컫는 심즉리외다."

면우는 다시 물어 말하였다.

"하오면 미발의 성은 본연의 리라 함은 익히 알고 있지만 칠정의 정 또한 리라 일컬어도 무방할는지요?"

한주는 말했다.

"그렇소이다……!"

"본연의 리는 인간이면 마땅히 갖고 있어야 할 이성을 말할 테고, 칠정은 본연의 성에서 발현한 일곱 가지 감정을 말함이니 다 같은 리라 해야 할 것이외다……!"

면우는 다시 물어 말하였다.

"하오면 리와 성은 어떤 관계이옵니까?"

한주는 말했다.

"리는 사람의 심성이고 심성은 본연의 성품으로 사람에 있어서는 성이 되며, 사물에 있어서는 리 즉 이치가 되는 것이외다!

그러하므로 미발의 리가 이발의 리를 주재(주인)해야만 사특하고 망령된 마음이 생기지 않는 법이외다……!"

면우는 다시 물어 말하였다.

"하오면 혈기에 의해서 생기는 성, 기질지성 또한 미발의 성이 될 수 있는지요……!"

한주는 하답했다.

"미발 전에 기질이 없는 것은 아니나 애당초 용사되지 않았소이다.

하오나 『주자어류』에 보면 미발 전 기질의 성을 말하는 아주 비슷한 한두 조항이 있기는 하나 이 또한 기록의 오류라 판단되어 신뢰하지 않은 지 오래되었소이다."

雖於語類中有一二條近似於未發前氣質之性之說 斷之爲記錄之誤而不之信取久. -『寒洲集』卷二十「別紙」

"하여. 오인의 이 같은 한 생각은 지금까지도 변함이 없거니와 변하지 않을 것이외다!

그런 의미에서 단언컨대, 성은 본래 둘이 될 수 없으니 기질은 성이 아니라오."

性本無二 而氣質非性. -『寒洲集』卷二十「別紙」

"그러함에 성은 마음의 활동이 일어나기 전이니 미발의 리라 할 것이고, 기질은 마음의 활동이 일어났으니 이발의 정이라 할 것인데, 정이 미발의 성은 될 순 없지만 성이 발하여 정이 되므로 다만 하나의 리라 해야 할 것이외다."

性是未發之理 情是已發之理 性發爲情 只是一理. -『寒洲集』卷, 三十二「四七原委說」

이처럼 『한주문집』과 『면우문집』에 의거해서 약간 각색해 보았지만, 모르긴 해도 그때 면우는 대포의 사랑채에서 마치 그라운드의 플레이어 미드필드처럼 성리학의 거장 한주에게 이학의 멋진 슛을 연발 날렸을 것이고, 수비수 한주는 집요하게 골문을 파고드는 열혈 청년의 속공을 볼 트래핑하듯 성리학이란 끝없는 사유로 응대했으리.

그날의 분위기를 연보에서 말해 주고 있으니 결코 허언이라 할 수 없을 것이다.

한주와 면우와의 성리학 이론은 오랜 시간 이어졌고 두 철인은 어느새 서로의 무릎이 맞닿을 정도로 자리가 가까워졌지만 무릎이 맞닿은 것도 잊은 채 이어지는 두 철인의 열띤 토론은 대포의 겨울밤을 뜨겁게 달구었다.

한주와의 열띤 토론을 끝낸 면우는 활연관통이나 한 듯 활개를 한껏 휘저을 수 있었으니 마치 넓고 높은 이학의 정점에 달했으리만큼 학문적 용기가 솟구쳤다.

한주 또한 청년 면우가 '낭중지추'임을 알았고 학문의 야심이 들끓고 있는 열혈 청년이라는 것을 한눈에 알아차릴 수 있었다.

그랬다.

한주가 열혈 청년 면우를 자신의 체계 속에 편입시키기 위해 암중모색하던 갈마 **羯磨** 의식이 바로 어젯밤 대포의 겨울밤을 달구었든 열띤 대화였다.

갈마.

범어로 karama를 음역한 것으로 업**業**·소작**所作**·사事·사변작법**事辨作法**이라 번역하지만 업karama의 뜻으로 사용할 때도 있으니, 이는 흔히 계를 받는 수계 의식을 의미함이다.

누천년 이어져 오는 붓다의 가르침을 실현하기 위해 불도에 힘쓰는 수행승이 수계 의식을 치르듯, 한주는 자신의 학문을 계승하고 실현시킬 수 있는 인물로 면우를 낙점했고, 택정이란 과녁에 배팅할 시점을 포착하였음이 한주만의 갈마 의식이었다.

갈마 의식을 끝낸 한주는 면우와의 짧은 만남이었지만 면우를 통하여 자신이 몰랐던 새로운 이학적 이론에 사유의 핵심을 접할 수 있었다.

한편 주자로부터 퇴계로 이어지는 한주학파의 전통, 심즉리의 계승이 끊어질 것을 우려한 한주는 자신의 전통을 이어 줄 큰 그릇을 이제야 만났다고 여겼다.

그때의 한 장면은 마치 사십칠 세 촉나라 유비가 이십칠 세의 청년 제갈량을 삼고초려 끝에 군사로 맞아들이는 데에 성공했던 그 광경과도 흡사했다.

마치 유비에게 지략가 제갈공명을 영입해야만 촉나라라는 멋진 작품을 만들 수 있듯 한주는 면우를 자신의 계열에 편입시켜야만 자신의 학문 심즉리를 계승 발전시킬 수 있다고 확신했던 것이다.

갈마 의식을 전두지휘했던 한주와, 수계식을 치르듯 참되고 올바른 이학의 세계로 나아가기 위해 대포의 사랑채에서 밤새도록 이학의 숫을 날려야 했던 면우.

후진의 강숫을 바라보면서 암중모색하던 한주와 연이어 이학의 골 망을 뒤흔들었던 면우.

두 철인은 마치 지남철에 쇠붙이가 당겨가듯 한주는 면우를 제자로 미리 점찍어 놓았고, 면우 역시 가장 모시고 싶은 스승은 단연 한주 선생 한 분이라 여겼으니 첫 만남에서 두 철인의 마음은 '마음에서 마음으로 뜻이 통한다'라는 심심상인이었다.

한주는 영재를 알아볼 줄 아는 혜안을 갖고 있었다.

면우가 한주에게 사제의 예를 가질 무렵 관내는 물론, 관외 거유들의 중평에 의하면 면우는 상당한 학식을 지닌 듯했다.

영남 특히 낙동강 서쪽에 자리한 진주를 위시한 의령, 남해, 거창, 사천, 하동, 고성, 창원 등 강우 지역의 유사들은 1864년 김해 부사로 부임했던 성재 허전1797~1886의 문하로 들어가는 추세였다.

성재 옹 또한 면우의 학식을 이미 들어 왔고 누구보다 육영에 힘써 왔음에 자신의 곁에 면우를 두고 싶어 했다.

열혈 청년 면우의 학식을 선문 들은 날로부터 일구월심했던 성재 옹은 면우와의 만남을 시도하였으니, 마침 1874년 갑술세에 자신의 저서 『사의士儀』와 관련해서 사십아홉 연상의 거유 성재 허전은 손자뻘인 면우에게 인편을 보내 한번 대면하기를 원했던 것이다.

당돌했다기보다는 의외의 만남이 물설기도 하거니와, 적잖이 당혹스러웠던 면우는 부득이 『사의』와 관련한 자신의 의견을 상신으로 대략 진언하였으나 서신을 접한 성재 옹은 면우의 학식에 매료되었던 것이다.

그뿐만이 아니었다.

인근의 학우들 또한 성재 문하에 입문할 것을 부추겼고 잇따른 채근도 해보았지만 면우는 학우들에게 다음과 같이 응대하였다.

"천리란 거리가 멀기도 멀거니와 용기 내어 나아가아가기 쉽지 않다." 라고 적당히 얼버무렸던 것이다.

허나.

무척이나 면우를 영입하고 싶어 했던 성재 옹은 쉽사리 생각을 접을 수 없었다.

성재 옹은 여전히 욕망이 난망했다.

욕망이 난망한 나머지 궁극스럽게도 인근의 학우들에게 면우의 근황을 물어보는 세심한 관심까지 보였으나, 어찌할 방도를 찾지 못한 성재 옹은 한 해의 첫머리인 세초에 작심을 굳힌 듯 면우에게 하문의 서신을 보냈다.

서신에는 다음과 같은 안타까운 심정을 토로한 문구가 있었다.

바로 '고항자수高亢自守' 즉 강직하고 담백하다는 고항과, 스스로 절조를 지킨다는 자수와, 대면하기를 꺼린다는 '불긍간알不肯干謁'이란 안타까움과 아쉬움이 뒤섞인 서신이었다.

今承來敎中答性齋書中語所謂高亢自守 不肯干謁等句……. -『俛宇集』卷十一,「答寒洲先生, 乙亥」

서신에서 고백하였듯 열혈 청년 면우를 끝끝내 영입할 수 없었던 성재 옹의 씁쓸한 감정이야 무어라 형언할 수 없을 것이나, 성재 옹을 더욱 씁쓸하게 하였음은 모르긴 해도 면우의 고항자수함과, 자신과의 간알을 원치 않았던 소기騷氣, 즉 멋진 기질에 더한층 욕심을 내었으리.

성재 옹의 스카우트 제의를 거부한 면우는 1875년 을해세, 한주 선생이 하문한 서신의 답신에서 자신은 한주 선생과의 두 마음을 품지 않았음을 고스란히 고하였다.

……**或疑其陰貳於此翁 然鍾之心斷無他矣.** -『俛宇集』卷十一,「答寒洲先生,乙亥」

이때 광경은 마치 팝송 싱어 라이오넬 리치의 '당신에게 말해요 나에게 말해 달라'는 「세이 유 세이 미」를 방불케 하였으니 서신을 읽어 내려가는 한주는 흐뭇하기만 했으리.

더욱이 고백의 서신에서 한주는 면우의 사람됨을 알았을 것이고 끈덕지게 학문의 길을 걸어가리라 확신했을 것이다.

그래서 한주는 이언하지 않음으로써 신뢰의 확답을 내렸던 것이다.

면우 또한 상신에서 어떠한 어려움이 뒤따르더라도 환절하지 않을 것이며, 비록 최고를 자랑하는 학파는 아니지만 성리학의 거장 한주 문하에서 심즉리를 전수받아 스승 한주를 현양함은 물론 심즉리를 이 세상에 뿌리내리고 싶다는 심중소회를 곁말로 고백하였던 것이다.

그러나 혹여 면우가 두 마음을 품어서 성재 문하에 들어갔더라면 지금의 심즉리는 존재할 수 있었겠는가……!

더욱이 한주 사후 심즉리에 대한 비난의 화살에 방패막이 역할을 누가 했을 것이며……!

끈덕지게 그 누가 사 년간이란 이학의 각축을 벌였을까……! 라고 생각해 봄 직한데 성재 옹의 안찰은 적중했다.

면우의 고항자수한 지조가 있었음에 한주 사후까지 한결같은 마음으로 스승을 옹호했을 뿐 아니라, 한주학파를 최고의 학파로 끌어올릴 수 있었으니, 그 스승에 그만한 제자가 없었다면 아마도 회복 불능한 심즉리는 한국 유학사에 오명을 남겼을는지도 모른다.

사의.

사의는 책 이름으로 총 24권 10책으로 조선 순조 때 성재 허전이 지었다.

『사의』는 의례와 가례를 텍스트로 삼아서 여러 문헌에서 유자가 알아야 할 의례를 집대성한 책이다.

성재**性齋** 허전**許傳**.

성재의 본관은 양천으로 1835년 헌종 1년 39세의 나이로 별시 문과에 병과로 급제해서 1864년 고종 1년 김해 부사로 부임했다.

김해 부사로 부임한 성재는 향약을 강론하는 한편 선비들을 모아 학문을 가르쳤으며, 이익李瀷, 안정복安鼎福, 황덕길黃德吉을 이은 기호 남인 학자로서 당대 유림의 종장이 되어 퇴계학파를 계승한 유치명柳致明과 쌍벽을 이루었다.

저서로는 『성재문집性齋文集』·『종요록宗堯錄』·『철명편哲命編』과 선비의 생활 의식을 집대성한 『사의士儀』 등이 있다.

그랬다.

걸출한 인재를 자신의 곁에 두고 싶어 했던 한주는 수직적 서열 관계라기보다는 교학상장하는 동학으로, 한곳에 머물면서 하나의 학문을 펼쳐 나갈 것을 『지의록』 발문에 다음과 같이 짧게 써 내려갔다.

'동학이 함께 성장하는 도는 형식적인 예절만을 숭상하자는 것은 아니외다.

다만 실제 득실을 책하는 데 있으니 나를 쓰고 쓰지 않는 것은 공에 있고 만약 마땅하지 않다고 한다면 내가 비평을 받는 유익함이 있을 것이외다.

진실로 서로 뜻이 맞는다면 나의 좌우에서 도움을 줄 수 있을 거니와 공에 있어서도 타산지석으로 삼는 데 해로움이 없을 것이외다.'

朋友相長之道 不尙虛文 但責實際得失在 我取舍在公如有未當 則我有受砭之益 苟且相契 則我有夾持之助 而在公者不害爲他山之石也. -『俛宇先生·年譜』

한곳에서 함께 공부하자는 동학.

동학할 것을 제안했던 한주는 면우보다 이십팔 세 연상으로 『예기·곡례편』에서

'나이가 많아 곱절이 되면 아버지처럼 섬기고, 열 살 많으면 형처럼 섬기고, 다섯 살 많으면 어깨를 나란히 하되 조금 뒤에 따른다.'

年長以倍則父事之, 十年以長則兄事之, 五年以長則肩隨之.

『예기』에서 밝혀 말하였듯, 관례처럼 대하면 될 것이지만 한주는 줄곧 예로서 청년 면우를 맞이했다.

한주에게 면우는 그렇게 만만하게 대할 수 있는 그런 청년은 아니었다.

젊은 후진을 두려워한다는 후생가외 같은 존재였다.

이미 대포의 사랑채에서 오고 갔던 그 많은 대화에서 한주는 모골이 송연했을 것이고 한주학파의 이학 입문서로 대체된 『지의록』은 악연실색할 만큼 한주를 경탄케 하였으니 응연히 열혈 청년 면우를 더욱 조심

스러워했는지 모른다.

한주를 경탄케 했던 『지의록』

이학의 의심 점을 메모했던 『지의록』에서 면우는 '마음이 일어나기 전의 미발은 기질의 성이 될 수 없다.'라고 했던 한주의 말에 의문을 제기했고, 이론이 불합의하다는 연유로 수십 조에 이르는 변론과 질문을 반복적으로 한주에게 상신하였음은 물론.

이따금씩 면우가 휘두르는 예리한 논봉은 한주와 면우 두 철인이 마치 시소게임을 벌이듯 치열한 접전이 펼쳐졌다.

이처럼 집요하게 파고드는 면우의 학문적 태도와 그 이유를 납득하지 못했다면 회유하고자 했던 한주의 학문적 열의는 후진들에게 귀감이 되기에 충분했다.

그뿐만이 아니었다.

이따금씩 펼치는 학문적 열띤 토론은 서로에게 학문적 진보를 가져왔음은 분명하였으니, 두 철인의 학문적 이견은 불꽃 튀는 학문적 논쟁이라기보다는 서로 간에 더 높은 학문 세계로 나아갈 수 있는 발판이 되었다.

頃時贄疑之答 宜有駁回之益 而例加謬獎 責僬僥以扛鼎 震相於此 自欺欺人之罪 尤大矣. -『寒洲集』卷十九「答郭鳴遠辛未」

그렇다면 한주가 약술했던 기질지성은 미발의 성이 될 수 없다는 소이는 어째서인가.

한주는 후천적 혈기에 의해 생기는 성. 기질지성은 미발의 본연의 성이 될 수 없다고 한 이 같은 일언은 대개 이학자들의 공통된 견해로, 한동안 기질 두 자와 성에 대한 의혹을 떨쳐 버릴 수 없었던 면우는 그 많은 변론과 그 많은 질문을 한주에게 올렸지만 아직 합의점엔 도달하지 못했다.

한주와 면우 그들에게 미세한 이견을 보였던 기질.

기질은 사전적 의미로 정주학파의 학설에서 혈기에 의해 후천적으로 생긴다는 성질이라고 정의하고 있는바, 흔히들 후천적 기질은 과민성 감정의 신경질 기질, 기분의 기복이 심한 다혈질 기질, 낙천적 기질 등 환경에 의해 일어나는 정신적 작용을 일컫는 바이니.

세분한다면 정신적 병리 현상인 묻지 마 살인과 같은 충동 범죄와, 잔인한 쾌락을 즐기는 사디즘과, 권력의 성애화性愛化라 일컫는 마조히즘과, 정신적 질환 트라우마 공황장애 또한 정신적 병리 현상으로 후천적 기질에서 변이된 일종의 잔유물이라 할 수 있을 것이다.

그런 의미에서 면우는 후학 김이대에게 답하는 글에서 군자의 학문은 타고난 기품과 성질의 변화, 즉 기질 변화를 우선해야 한다고 하였으니, 기질의 변화는 감성적 사고보다는 이성적 사유의 주리에 있음은 물론, 몸을 공손히 하여 모든 것을 삼가는 내적 수양 거경居敬이 바로 리라고 일러 말했다.

君子之學 以變化氣質爲先 而其要在於主理 居敬所以存此理也. －『俛宇集』 卷百十六「答金而大 昌鉉」

그러므로 리로써 마음을 주재해서 인격을 함양하고 거경으로써 악의 근원을 사전에 차단한다면 기질을 순화시킬 수 있다고 여겼으니, 이는 바로 절욕에 따른 감정을 극도로 절제하는 트레이닝이 곧 수양이고, 수양에 따른 정제된 마음만이 기질을 변화시킬 수 있음을 후학 김이대에게 말해 주려 했다.

오늘날 저마다의 기질은 어떠한가.

면우 또한 평생을 고민하였음이 이성적 사유를 통한 감정의 조절이었던 만큼 감정과 이성의 부조화는 정신적 질환은 물론이거니와 지고한 품격이 인면수심의 짐승의 길을 걷고 있다는 보고는 미디어를 통해 심심찮게 접할 수 있다.

요즘 연일 보고되는 뉴스와 신문 기사엔 희보라기보다는 비보뿐이고 성폭력의 심각성을 알리는 미-투와 끝날 것 같지 않은 국정농단 재수사와, 정치인의 뇌물 횡령 내지 보이스 피싱. 심지어 거제 살인 사건과, 금융 사기를 비롯한 부동산 사기와, 쌍둥이 아빠 시험지 유출 의혹 등 이루 말할 수 없을 정도의 사회 범죄가 사회 곳곳에서 독버섯처럼 자생되고 있는 지금. 지뢰밭처럼 무성한 독버섯을 제거할 수 있는 대안은 없는 것일까.

독버섯처럼 자생하는 사회 전반의 문제는 어제와 오늘의 일만은 아닐 것이다.

한때 안방극장에서 「쩐의 전쟁」이 방영되었다시피 그동안 우리는 부의 축적이란 미명 아래 정신적 가치보다 물질적 가치를 더 선호해 왔다는 방증으로 드라마화되었고 시청률 또한 꽤 높았던 것으로 알고 있는데, 높은 시청률을 자랑하듯 부를 향한 욕망은 정신문명을 추월했고 물질의 화려함에 소시민에겐 소외와 허탈감을 가진 자에겐 거만함과 무례함이란 쌍곡선을 그려 내는 오늘. 과연 임금은 임금다워야 하고, 신하는 신하다워야 하며, 아버지는 아버지다워야 하고, 아들은 아들다워야 한다는 군군**君君** 신신**臣臣** 부부**父父** 자자**子子**를 외쳤던 공자의 명언이 먹혀들 수 있겠는가.

공자의 훌륭한 말보다는 치부**致富**하기 위해 바둥바둥 거려야 했고, 치부의 수단으로 남을 속이고 짓밟고 하다못해 뱀파이어처럼 가진 자에게 빨대를 꽂는 그런 추악성을 서슴없이 드러내는가 하면, 가진 자는 빈자 불능기부사**貧者不能其富使**라고 하여서 빈자는 부자를 부릴 수 없다는 자만감 속에 빈자를 업신여기다 못해 인간에 계층을 두는 그런 무례함이 활개 치는 오늘 어디 윤리 도덕과 양심을 운위하겠는가.

모르긴 해도 이와 같은 여러 사회 문제는 재화에서 비롯된 재앙일 것이되, 증자가 편찬한 『대학』에서는 오늘을 살아가는 우리들에게 경종을 울려 주는 한 구절이 있다.

바로 '근본을 밖으로 하고 말**末**을 안으로 하면 백성을 다투게 하여 겁탈하는 가르침을 베푸는 것이다(**外本內末 爭民施奪** -『**大學**』).'라고 하였으니, 가진 자의 베풂은 노블레스 오블리주의 실천으로 본**本**이 될 것이지만 인간의 가치보다 돈을 목적으로 함은 말**末**이라고 할 수 있을 터이다.

증자는 덧붙여서 '도리에 어긋나게 들어온 것은 도리에 어긋나게 나간다(貨悖而入者 亦悖而出. -『大學』).'라며 경계의 말을 남겼으니, 증자가 말한 도리는 바로 성실함에 따른 의로운 치부일 것이지만, 일확천금을 한 움큼 쥐기 위해 남을 속인다거나 강탈해서 부를 축적하는 한탕주의, 즉 패리**悖理**는 결국 자기 재화가 될 수 없다는 말일 것이다.

주옥같은 말씀이다.

사기꾼이 부자가 된다거나 도둑이 한탕 해서 평생 부자로 살아갈 수 없다는 말은 수월찮게 들어 왔고 만고불변의 진리임을 명심불망해야 할 것은 물론이거니와, 성현들의 보배로운 글을 엮어 만든『명심보감·성심편』또한 말하지 않았는가.

'횡재는 명命이 궁한 사람을 부자를 만들 수 없고.

……橫財不富命窮人. -『明心寶鑑·省心篇』

큰 부자는 하늘에 말미암고 작은 부자는 부지런함에 말미암는다.'라고 말이다.

大富由天 小富由勤. -『明心寶鑑·省心篇』

이는 바로 소처럼 걸으며 호랑이처럼 본다는 우보호시**牛步虎視**, 즉 자족하면서 앞만 보고 부지런히 살아간다면 더한 부는 얻지 못할지언정 비럭질과 도둑질과 사기 행각은 벌이지 않을 것이며 적어도 소부**小富**는 될 수 있을 것이란 한 줄의 명언이지만, 성현들의 어록을 그대로 답습하면 좋을 테지만 있으면 더 있고 싶고 가지면 더 가지고 싶은 게 인간의 욕망이 아니던가.

허나 이룰 수 없는 끝없는 욕망은 자칫 허무를 양산하고 영혼을 섞어

들게 한다는 것을 성현들의 어록에서 익히 들어 왔고, 종교계에서도 식상할 정도로 들려주곤 하지만 한 치 앞을 내다보지 못하는 몽매한 우리들은 으레 등장하는 각성의 매뉴얼쯤으로 여겨 왔던 것은 아니었는지 되돌아보아야 할 것이다.

물론 바쁜 현대 사회에서 자신을 관조한다든지 각성의 시간을 갖는 것은 쉬운 일은 아닐 것이다.

더욱이 시시각각 치솟는 욕망을 누른다는 것은 죄악과 불행으로 가득 찬 세계를 심판한다는 메시아니즘의 메시아니스트와 자비만행의 수행승 또한 쉽지 않을 터인데, 하물며 우리들에게 욕망을 억제하라 함은 만불성설일 것이다.

눈에 띄면 마음이 촉발되고 마음의 여하에 따라 액션을 부리는 것이 인지상정인 것을 어떻게 욕망을 억제할 수 있단 말인가. 욕망은 곧 인욕으로 경쟁 사회에서 남보다 앞서 나가야 한다는 게 생존 전략일 것이고 생존하고자 함이 인욕일 터인데 과연 인욕을 내려놓을 수 있는 자가 얼마나 되겠는가……!

쉬운 일은 아닐 터이다.

누군들 가난을 즐거워하고 부를 싫어할 것이며 누군들 불운을 좋아하고 행운을 싫어할 것인가. 그러나 부와 가난, 행운과 불운은 운수소관으로 인력으로 될 수 없음을 이미 논설하였으니, 이젠 더한 부와 더한 행복과 더한 명예란 인욕을 좇아가기보다는 부족한 듯해도 수분하고 자족해야 할 듯한데, 마치 핀셋으로 인욕의 종기를 집어내듯 붙잡을 수 없는 욕망으로 뒤범벅된 탁기박질濁氣駁質의 성을 끄집어내어서 그 자리에 청수한 기질淸氣粹質의 성을 한 동이 두 동이 재워 가면 될 것이니.

그 청수한 기질이 바로 본성이자 천리로 인간의 선한 마음일 것이다.

흔히들 하는 말로 지극정성이면 하늘도 감동한다는 그 마음일 것인데, 그 하늘이 감동하기 위해 정화수 떠 놓고 밤하늘을 향해 더할 수 없는 지극한 정성으로 비손하던 순수 무구한 마음이 곧 청수한 기질의 참다운 선일 것이다.

이미 선에 관해 인류의 성인 공자께서 선을 행하면 비운을 행운으로 돌려서 복까지 내린다고 하였으니.

子曰 爲善者 天報之以福 爲不善者 天報之以禍. －『明心寶鑑』

악을 걷어 내고 마음의 밭에 선의 씨앗을 뿌리기 위한 방책으로 종교적 믿음에 자신을 맡겨 보는 것도 무리는 아니겠으나, 자칫 순수한 희망과 절대적 구원이 욕망으로 역류할 수 있으니 무엇보다 자신의 기질을 바꾸어 봄이 옳을 듯하다.

중국 송나라 철인 주희가『논어』·「위정爲政」주해 문에서 성정, 즉 마음을 다스리는 묘안을 짜냈음이 바로『시경詩經』인데, 이 한 권을 읽다 보면 착한 마음이 일어 부화방탕함을 다스리고 사악한 마음을 억제할 수 있다고 하였으니, 면우 또한 후학 윤진청尹晉淸에게 답하는 글에서 세상의 자질구레한 일들과, 원망과 분노 그 모든 번우한 감정을 가시게 할 수 있는 방도는『시경』을 읽는 것이라 하였다.

주자와 면우는 마음을 치유하고 다스리는 처방전이『시경』이라 하였으나 전적으로『시경』만을 찬종할 일은 아닐 것이다.

비뚤어지고, 구겨지고, 접치고, 들뜬 마음을 바로잡아 주고, 펴 주고,

가라앉혀 줄 수 있다면 그게 바로 성정의 순화일 것인데, 성정을 순화하고 기질을 전환할 수 있는 여건은 얼마든지 구비되어 있으므로 자신 스스로 만들어 가면 될 것이다.

이를테면 들뜬 마음과 분노를 클래식한 명곡으로 가라앉혀 본다든지, 명산을 찾아 호연지기를 기름으로써 간악한 기질을 꺾어 본다든지, 낯선 땅을 밟아 봄으로써 지난 자신을 성찰한다든지, 아니면 독서에서 감명을 느껴 본다든지, 서도로 마음을 다잡아 본다든지, 아니면 명작이나 명화에서 퇴색된 마음을 쾌청하게 할 수 있고 온후하게 해 줄 수 있다면 이게 바로 탁기박질의 성을 청기수질의 순수한 성으로 되돌려 놓는 하나의 방편은 될 수 있을 것이다.

상기했던 것처럼, 면우는 물질의 주인이 되기보다는 정신의 주인이 되고자 일생 존천리거인욕存天理去人慾, 즉 하늘의 바른 도리를 보존하고 인간의 욕망을 조절하는 수신에 여념이 없었으니, 존천리는 바로 욕망을 억제하는 기질의 변화로 우리들 또한 걷잡을 수 없는 욕망을 컨트롤해서 청수한 기질의 본성을 찾아서 참다운 삶으로 나아가야 할 것 같다.

이 같은 철학적 사유의 바탕에서 면우는 모체에서 태동된 태생적 선천성 기질 또한 실재한다고 여겼으니. 한주가 일언했던 기질을 시간으로 나누어서(時分) 후천적 기질을 이발의 성으로 선천적 기질을 미발의 성으로 보아야 함인가.

면우가 석연치 않았던 기질의 성 석 자.

기질의 성은 미발의 본연의 성이 될 수 없다는 한주의 서한에 면우는 자신의 입장을 분명히 밝혔다.

즉 마음의 활동이 생기기 전 미발과 마음이 사물에 감촉된 이발을 시기인 시분時分의 측면으로 보아야 한다는 한주의 견해에 일단 동의하지만 시분에 따라 본체로 한 미발만이 성이라고 했던 한주의 입론에 의혹을 제기하였다.

來誨曰未發已發　當論其時分地頭…… 未發定是時分 故亦可以言氣質之性…… 而又謂未發卽性也 是以時分爲體段也 未發則性也 則未發之中 果無氣質矣乎. -『俛宇集』卷十「答寒洲先生(氣質之性)」

의혹은 바로 미발이 곧 성이라면 미발 가운데 기질이 있어야 한다는 것이 면우의 입장이었지만. 서로의 이견을 단시일에 끝낼 수 없다고 여겼던 면우는 1872년 임신세에 이르러 기질의 성과 관련된 마지막 서한을 통해 과연 마음의 활동이 생기기 전, 미발 가운데 기질이 없는가, 라고 한주에게 거듭 질의함이니, 면우는 미발의 상태에서도 마음의 활동이 딱 멈추지 않기 때문에 기질의 성은 존재한다고 보았다.

마치 성과 기질이 합해야만 마음이 되듯 태아가 모체 안에서 혈액과 숨을 쉬는 기운인 기식으로 형성된 그 형성 또한 기질의 성이 될 수 있다는 논리다.

그러므로 기질의 성이라고 함은 성의 글자에 기질을 붙여 말했을 뿐. 기질에는 차이가 있을 수 있으나 기질의 성 또한 미발의 성과 같은 하나의 성으로 보아야 한다는 면우의 지론에 한주는 만불근리한 이론은 아니라고 했지만 두 철인의 이견은 이쯤에서 끝나지 않았다.

始乃有覺曰未發之前 非無氣質……. -『寒洲集』卷二十「別紙」

두 철인의 최대 쟁점은 성에 있었고 그 성을 조성하는 기질에 있었다.

면우는 기질에는 차이가 있다고 하면서 맑은 기운의 순수한 기질 청기수질**淸氣粹質**의 성과, 혼탁하고 불순한 기질 탁기박질**濁氣駁質**의 성을 내포하고 있음을 필설하였으니, 이는 마치 개개인이 가지고 있는 특징이 있는 것처럼 기질 또한 동일할 수 없다고 하였다.

따라서 모某 기氣에 모某 질質의 성, 무슨 기에 무슨 질의 성으로 해야만 옳으리라는 것을 한주 선생에게 상답했던 것이다.

故有淸氣粹質之性 有濁氣駁質之性 人人之所不同也 氣之不齊…… 謂之曰 某氣某質之性 甚氣甚質之性 有何不可乎. -『俛宇集』卷十, 「答寒洲先生(氣質之性)」

그렇다면 면우가 논의했던 혼탁하고 불순한 기질, 탁기박질의 성을 맑은 기운의 순수한 기질, 청기수질의 성으로 바꿀 수 있을까.

환골할 수 있다고 여겼음이 면우였다.

입증할 수 있는 근거로 성현들에게서 보편적으로 통용되던 이학적 입론을 거론하였다.

면우는 한주 선생에게 주자**朱子** 또한 마음의 활동이 생기기 전, 미발전에 기질의 성을 말하였음은 어째서인가를 되물었다.

……則朱夫子何由而亦多有未發前氣質性之說乎.

-『俛宇集』卷十,「上寒洲先生」

거기다 마음의 활동이 생기기 전, 한 덩어리로 엉긴 하나의 리에 애초 기가 없지 않았던바, 그 가운데 하나의 리를 가리켜 본연지성이라 말하며, 겸하여 기를 가리켜 기질의 성이라 함이 어찌하여 불가한지를 반문하였다.

　前聖賢之凡言心者⋯⋯ 未發之前 渾然一理而初非無氣 則就中單指理而曰本然之性 兼指氣而曰氣質之性 有何不可. -『俛宇集』卷十,「上 寒洲先生」

　그뿐만이 아니었다.

　본연의 성과 기질의 성을 리·기로 구분해서 서로 섞일 수 없는 불상잡不相雜의 리를 본연지성으로 하는 심의 진체眞體, 즉 본체로 보았고, 서로 떨어질 수 없는 불상리不相離의 기를 심의 편체偏體로 기질의 성으로 보았다.

　夫理者心之眞體也 氣者心之偏體也 固不相雜而亦不相離 則就這裏 單指其不相雜之理而謂之曰本然之性 兼指其不相離之氣而謂之曰氣質之性. -『俛宇集』卷十,「上寒洲先生」

　그러므로 혼연한 하나의 리 속에는 기가 있다는 것이되,

　渾然一理而初非無氣⋯⋯. -『上揭書』

　미발로부터 말하자면 기질이 쌓인 바의 성이 발하여 선악의 종자가 된다는 것일 터, 이에 반해 이발로부터 말하자면 기질로 변한 바의 성이 발하기 전에 맑고 탁한 묘맥이 되므로 구태여 오로지 이발에 돌아가고 미발은 간여하지 않는다고 할 필요가 있느냐는 것이었다.

　自其未發而言則爲氣質所貯之性而爲發後淑慝之種子 自其已發而言則爲氣質所變之性而爲發前淸濁之苗脉 何必專歸於已發而不干於未發爲. -『俛宇集』卷十,「上寒洲先生」

　이유인즉슨.

이를테면 감독하는 군관의 이름을 얻었다면 진실로 관시關市를 감독하고 마을을 약탈하는 것을 살펴야 할 것이되, 그러나 비록 일이 없을 때 처마 밑에 누워 코를 골며 잠을 자는 이 또한 감독하는 군관이라 일컫는바, 이로 말미암아 본다면 기질의 성 그 이름 또한 미발 전에 있다는 것이다.

譬如譏察軍官 其得名之由則誠以譏關梁察坊里故也 而雖其無事時 臥屋下鼾睡 亦謂之譏察軍官 由此觀之 氣質之性之名 亦何嘗不在於未發之前. -『上揭書』

이처럼 군관의 이름을 획득함이 미발의 본연지성이라면 군관의 작위 부작위는 기질지성으로 이는 무의식적 잠재된 상태로 미발 전에 있다고 하였으니, 형체는 비록 발한 후에 드러나지만 실체는 미발 가운데 이미 갖추어져 있음으로 인해 단지 일물, 즉 리기의 혼합된 일물一物이기 때문에 나누어 보아서는 안 된다는 것을 한주에게 질의했던 것이다.

而只是一物則理氣滾爲一物而不可分看耶. -『上揭書』

면우는 기질의 성에 이르러 적절한 비유를 들어 밝혀 말하기를,

성에 기질을 물에 그릇과 같다고 하였으니 이는 단지 물을 가리켜 물이라 일컬어야 하나 이는 단지 리를 가리켜 본연의 성을 설명하기 위함이고 겸하여 그릇을 가리켜 은색 사발의 물 질그릇 물이라 일컫는 이 또한 겸하여 기질의 성을 가리켜 설명하기 위함인데 구태여 그릇이 움직여 물이 밖으로 흘러나온 후에 은색 사발의 물. 질그릇 물이라 일컬을 필요가 없다는 것이다. 이는 바로 근원이 물이라는 것을 강조하기 위함이니 이 또한 미발 전 기질의 성을 설명하기 위함이었다.

夫氣質之於性 猶器之於水也 單指其水而曰水云者 此單指理而曰本然之性之說也 兼指其器而曰銀盂之水土缶之水云者 此兼指氣質之性之說也 何必器動而水注外然後方謂之曰銀盂之水土缶之水云哉 此則未發前氣質性之說也……. -『上揭書』

이처럼 은색 사발의 물이든 질그릇 물이든 다 같은 물이라 하여 미발 전 기질의 성은 존재한다고 하였음이다.

그런데 미발 전 기질의 성이 존재한다고 하였으나 기질 또한 각기 품수가 있다고 하였으니 면우는 미발에도 기질의 성이 있다는 몇 가지 일례를 한주에게 상신했을 뿐 아니라 이와 관련해서 중국 송나라 때 철학의 거장 이천 선생[정이]께서 "점차 기질을 수양하면 선으로 나아갈 수 있다."라고 밝혀 말했던 조목에서 명쾌한 해답을 얻을 수 있었다.

물론 다음과 같은 이천 선생의 언설은 면우에게 큰 힘이 되었다.

"사람에게 선이 있고 불선이 있는 이유인즉 단지 기질의 품수에 각기 청탁이 있기 때문이다."

人之所以有善有不善 只緣氣質之稟各有淸濁. -『朱子語類, 卷四』

이 같은 이천 선생의 언설과 주자朱子 이론은 면우가 기질지성을 강구하고 변증하는 데 골간이 되었다.

이천과 주자 이론을 총합한 면우는 한주 선생에게 다음과 같이 상답했다.

'성은 기질에서 변하고 기질에 쌓인 까닭으로 오직 기질은 선·악의 종자와 같아서 맑은 것을 선'이라 하였다.

……性之變於氣質者 以其貯於氣質故也 若專以氣質爲淑慝之種子…… 則淑者善也. -『俛宇集』卷十,「答 寒洲先生」

면우는 성은 기질의 변화에 따라 선과 악으로 구별되어지기 때문에 탁기박질의 성을 잘 닦아 나간다면 청기수질의 성으로 전이된다는 것이다.

그런 의미에서 면우는 1897년 정유세, 후학 이선재李善載에게 답하는 글에서 맹자의 성선설과 순자荀子의 성악설, 그리고 성은 선하지도 않고 불선하지도 않다고 하였던 고자告子의 성무선악설性無善惡說과, 인성에는 선도 있고 악도 있다고 주장했던 한유韓愈의 성삼품설性三品說은 물론, 선성善性을 기르면 선이 자라고 악성惡性을 기르면 악이 자란다는 양웅揚雄의 성선악혼설性善惡混說 등은 인간을 연구하는 인성론의 본령이라 할 수 있겠으나, 무엇보다 순자, 고자, 한유, 양웅 이들 철인은 맹자의 성선설을 잘못 이해하고 있다며 일침을 가했다.

……妄竊謂此因告孟之言性而對同磨勘 闢告子之失而補孟子之不備 兼辨他荀揚韓氏之差謬者也…… 言孟子之道性善 誠爲至當. -『俛宇集』卷八十,「答李善載」

그랬다.

면우는 맹자의 성선설을 수긍하는 바탕 위에서 '성발위정' 즉 성이 발해서 정이 된다는 이론에 입각해서 기질 또한 하나의 미발의 성이 되는 까닭에 부단한 수양을 통해 탁기박질의 성을 청기수질의 성으로 환골할 수 있다고 보았다.

환골換骨.

사악한 사람이 덕 있는 사람으로 바뀐다는 환골.

그 환골을 의심치 않았던 면우의 논리는 마치 주나라 문왕의 어머니 태임이 그 맑은 기운의 순수한 기질의 성을 얻기 위해 수태한 순간부터 선한 마음과 선한 행동으로 태교를 했기 때문에 태교를 통해 중국 역대 왕 중에서 뛰어난 문왕을 얻을 수 있었던 것처럼, 태중 태아에서부터 선악의 씨앗이 싹튼다는 태교는 미발의 성에도 기질의 성은 스스로 존재한다는 하나의 방증이라 할 수 있을 것이다.

보다 훌륭한 자손을 얻기 위해 태교를 하듯 면우는 수양을 통해 혼탁하고 불순한 탁기박질의 성을 변화시켜 청기수질에 이를 수 있다면 천리, 즉 본연의 성이라 할 수 있을 것이고 기질을 말하지 않아도 저절로 알 수 있음은 미발의 가장 큰 공임을 한주에게 상신했던 것이다.

……爲濁氣駁質之性 變化之至 氣極淸質極粹則所可指者 天理而已 不消言氣質 故以是謂未發之極功耳……. -『俛宇集』卷十, 「答寒洲先生(氣質之性)」

그러나 한주는 자신의 지견을 굽히지 않았다.

막 개탁한 한주는 면우에게 다음과 같이 간단명료하게 하답했다.

'기질을 받아 변한 성은 순선純善의 본체로 돌아갈 수 없으므로 기질의 성이라 말해야 함이니 진실로 그렇지 아니한가.'

……性旣受變於氣質 而非復純善之本體 故謂之氣質之性也 苟爲不然. -『寒洲集』卷二十, 「答郭鳴遠別紙」

기질의 성은 미발의 본연의 성이 될 수 없다는 한주의 일언지하는 열혈 청년 면우를 당혹스럽게 하였으나 더 큰 충격은 아니었다.

석연치 않은 기질의 성이지만 길고도 무거운 마음으로 자신의 지견을 펼쳐 나간다는 것이 비례非禮라 여겼던 면우는 이쯤 해서 영원히 숙제로 남기고자 하였다.

……한주와의 첫 만남에서 슬그머니 내민『지의록』에 대한 평가 결과를 기다리고 있던 면우는 조마조마하기만 했다.

마치 응시생이 합격 여부를 기다리듯 하루하루가 길게만 느껴졌다.

이로부터 얼마의 시간이 지난 후 한주 선생의 서한을 받아 볼 수 있었으니 서한에서 "평생 입론한 완성된 논저가 훌륭하다는 것을 책 속에서 대략적으로 알 수 있었다."라고 하는 한주의 극찬은 면우의 조마조마한 마음을 싹 가시게 해 주었다.

거기다 잔뜩 긴장하고 있던 자신에게 무언가 이루었다는 희열을 맛보게 해 주었으니 그 희열은 한주로부터 이학적 값진 평가를 받았다는 것과 그동안의 양성된 이학적 실력이 마침내 결실을 맺었다는 뿌듯한 마음이었다.

이때 면우의『지의록』은 한주학파 내의 이학 입문서로 자리매김하게 되었으니 한주학파의 맏형 격인 후산 허유는『지의록』서문에서 다음과 같이 일언했다.

"한주의 심학 전수는 면우에게 있다."라며 서슴없이 발언하였으니 후산은 한주의 입장을 대변해 줄 수 있고 한주의 학술을 온전히 쓸어 담을 수 있는 의발 계승자는 단연 면우뿐이고 면우만이 한주학파의 두인으로 한주 사단을 이끌어 갈 수 있다고 여겼다.

후산 허유에게 바통을 넘겨받은 면우는 한주학파를 이끌어 나갈 대들보로 평가되었음이니 한주학파는 무섭게 번져 가는 벌판의 불, 요원의 불길〔燎原之火〕형세로 철중쟁쟁한 인물들이 후산 허유를 기점으로 하나 둘씩 한주 문하에 모여들었다.

한주 나이 오십삼 세 겨울에 면우가, 오십오 세 여름에 자동紫東 이정모李正模가, 오십칠 세에 홍와弘窩 이두훈李斗勳이, 오십구 세에 교우膠宇 윤주하尹胄夏와 물천勿川 김진호金鎭祜가, 육십일 세에 회당晦堂 장석영張錫英 등 육인이 차례로 집지하였다.

이처럼 후산 허유와 대계 이승희를 포함한 팔 인을 한주를 에워싼 주문팔현洲門八賢이라 일컬었으니, 주문팔현은 어두운 시대에 혜성처럼 나타나 이질적인 문화인 서학과 서구의 발달된 과학 문명에도 관심을 놓지 않았던 개방적인 자세는 '개화와 척사'란 이분법적 사고로 보았던 기존의 유학자들에 비해 다소 융통성을 발휘할 수 있었다.

이는 바로 한주의 개방적인 사고에서 기인되었던 것이다.

한주의 개방적인 자세는 교린의 도에 있었으니 한주가 말하는 교린의 도는 신의가 우선되어야 하고 신의는 사람으로서 마땅히 지켜야 할 도리이자 본분인 명분과도 같은 것이었다.

한주는 1880년 육십삼 세 경진세에 부산 일본관을 찾아가서 평소 품었던 교린의 참다운 의미를 홍금紅琴에게 피력하면서 다음과 같이 써 내려갔다.

'신의를 저버리고 속임수를 쓴다면 패망을 도모하는 것이요, 눈앞의 이익을 좇는다면 혼란을 일으키는 근원'이라 직필하였다.

交隣之道 當以信義爲先 詐者敗之媒也 利者亂之源也. -『寒洲先生·年譜』

한주에 있어서 교린의 도는 눈앞의 이익을 좇기보다는 그에 걸맞은 명분을 갖추는 것이었다.

명분은 바로 국제적 긴장 관계를 완화하고 이웃 나라와 평화롭게 지내자는 공존동생이었다. 공존동생을 도모하기 위해 한주는 일본관을 찾아 흉금과 필담을 나누는가 하면 저 오랑캐 선박이라 경시해 왔던 화륜선에 탑승하기도 하였다.

그러나 이 같은 이유만으로 수구세력이나 척사유림으로부터 유학자의 정형을 벗어난 볼썽사나운 처신으로 치부되다 못해 비방과 책망 또한 면할 수 없었으리라 생각되지만, 한주의 행동은 중화를 존중하고 오랑캐를 물리치자는 존화양이의 일로에 거조를 냈다거나 역행과 중성적 색깔을 띤 것은 아니었다.

그렇다고 해서 서정緖正을 변혁하고자 한 것도 아니었다.

올곧은 시각에서 새로운 사고로 세계를 대하여만 강포한 이민족의 침공을 이겨 낼 수 있다고 여겼음이 바로 한주가 부르짖는 교린의 도였다.

그랬다.

스승은 명석한 제자를 찾아야 했고 제자는 훌륭한 스승을 만나야 했다.

면우는 심즉리에 관한 연구로 자신의 학문적 로드맵을 설정할 수 있었고, 한주 또한 자신의 학문을 맡기고 빛내 줄 수 있는 제자를 두었으니 이보다 더 큰 기쁨은 어디에도 없었다.

한주와의 만남으로부터 팔 년이 지난 1878년 팔월에 강우학자들이 모인 성주 신광사 학술 모임에서 한주는 인재를 얻은 감회를 다음과 같이 한 편의 시로 영송하였다.

"기린과 봉황은 이곳에 많고, 더 넓은 하늘이 감응되어 다시 사문을 일으킬 것이네."

威鳳祥麟多此地, 皓天應復起斯文. -『寒洲集』卷李「舜歌講中庸」

훌륭한 인재를 얻고서 매우 흡족해하시던 한주.

면우에게 이학적으로 찬란한 금자탑을 쌓을 수 있었던 결정적 계기를 만들어 준 이는 단연 한주였다.

한주 사후 심즉리설이 이단이란 덫에서 허우적거릴 때 온몸을 던져 스승의 학문 심즉리를 한국 유학사에서 정상으로 끌어올리는 데 큰 기여를 하였음은 면우였다.

한주와 면우. 사제지도는 마치 백아절현의 고사에서 전하는 지음이라 해도 좋을 듯하다.

주지하듯 유명한 악사로 거문고를 잘 타던 진나라 백아는 자기가 연주하는 거문고의 깊은 뜻을 제대로 이해하는 사람은 절친 종자기 한 사람뿐이라고 하였으니.

면우는 스승의 심즉리心卽理설에 하나의 의혹도 제기하지 않았다.

그뿐만 아니라 한주 또한 자신의 학문을 신뢰하고 계승, 발전시켜 줄 인물로 전도유망한 면우를 지목하였으니 한주는 백아였고 면우는 종자기에 걸맞은 배역을 두 철인은 소화했던 것이다.

허나 서로를 그토록 아끼고 누구보다 자신을 믿었던 스승 한주가 이젠 없으니 오늘처럼 백아절현의 고사가 그렇게 슬프게 느껴질 수 없었다.

백아가 말하지 않았는가.

이젠 자기를 알아주는 절친 종자기를 잃었으니 더 이상 거문고를 연주할 수 없다고 말이다.

면우 또한 서로를 이해하고 아껴 주는 한주의 죽음 앞에 더 이상 거문고를 켤 필요가 없었지만 한주는 줄 없는 거문고와 같아서 자신의 울림을 들으리라 확신했다.

면우는 슬픔을 머금고 한주 선생의 학문을 다음과 같이 총평하였음이니.

"거문고에 줄이 없어도 다시 거문고 소릴 들을 수 있고 거두어 하나로 통일시켜 깨우쳐 주니 공경하고 공경하네."

琴在無絃再聽琴 斂齊惺一也欽欽. －『俛宇集』卷二, 「謹次洲上見寄無絃琴三章」

영송하였듯, 한주 선생은 줄 없는 거문고와 같아서 만물의 이치를 모두 궁구해서 하나로 깨닫게 하는 심학에 있었음을「근차주상견기무현금삼장」시문으로 술회했던 것이다.

그뿐만이 아니었다.

지난 시간을 뭉뚱그려 본다면 온통 스승의 체취가 물씬 풍기지 않았던 적이 있었던가! "책상머리『지의록』한 책 역고재 벽상에 세 가지 명이 있네!"

案頭一冊贄疑錄 壁上三銘繹古齋! －「別賦近體 呈洲上二首」

영송하였듯.

대포에서 쑥스레 머리를 긁적이며 가까스로 내민 『지의록』과, 선생의 유흔이 되어 버린 역고재란 세 글자 명銘은 마치 브레히트 시집 『살아남은 자의 슬픔』과도 같은 형언할 수 없는 묘한 분위기를 자아냈으니 이 비애는 비단 스승과의 여정 때문은 아니었으리.

홀로 깊고 높기만 한 이학의 세계를 걸어가야 하는 암담함, 학은學恩에 따른 못다 한 사은, 심즉리를 정통유학으로 자리매김해야 하는 책임감 등은 두려움과 애틋한 스승의 정이 착종된 비애였다.

비애는 단연 면우의 가슴 한 곳에 부스럼이 되어 더뎅이 졌을 것이고, 안眼·이耳·비鼻·설舌·신身의意 육근六根을 짓누르는 비통함으로 다가왔을 것인데, 비통함에 비한다면 사제 간의 만남은 짧았고 짧은 만남이었지만 짙은 여운으로 남을 수 있었음은 사제의 정이 각별했기 때문이었으리.

그들의 첫 만남은 1870년 경오세 추운 겨울이었다.

영결의 절차를 밟은 때가 1886년 병술세, 초가을이었으니 사제의 연을 맺은 지 십육 년. 그간의 만남은 단 오회뿐이었지만, 면우는 총 스물한 통의 서신을 한주에게 올렸고, 한주 또한 면우의 서신을 잊지 않고 꾸준히 답신함으로써 두 사람 사이에 오고 간 평생 서신은 마흔 두 통으로 추정된다.

이를 감안한다면 면우와 한주는 서신으로 학문에 대한 질의와 답변만 했을 뿐 잦은 만남은 없었던 듯하나 면우는 스승 한주를 한순간도 잊어 본 적이 없었다.

비록 호젓한 산중에서 도회의 실천에 여념이 없었지만 눈 감으면 스승 한주의 얼굴이 서물서물 떠올랐다.

울긋불긋 단풍이 다시 산을 물들이니
깊고 깊은 아름다운 곳을 누구와 함께 보랴
참으로 사람을 그리워하는 심성 견딜 수 없어
한낮 꿈이 나를 신안마을로 인도하네.
萬紫千紅山復廻　佳處深深孰與視
政爾懷人情不堪　午夢引入新安里
-「再用前韻 做七字句 拜呈洲上 兼簡啓道」三首-

위 작품은 면우가 성산筬山에 우거할 이때 창작된 것으로 한동안 도회의 실천이란 전제하에 호젓한 산중을 찾아 이곳저곳을 거쳐 왔지만 마지막 도회지라 할 수 있는 성산(일명 을항촌 또는 학산)만 한 곳을 찾지 못했다.

면우와 성산과의 인연은 1883년 삼십팔 세 되던 유월로 거슬러 갈 수 있을 것이되.

이 무렵 면우는 모부인 정씨를 여읜 후 꽤 오랜 시간 상심한 터였다.

곁에서 지켜보던 월연 이도추1847~1921와 사촌 박규호1850~1930, 그리고 하용제1854~1919 등 지구와 문하생은 면우에게 힐링의 시간을 갖자고 제안했으니 제안은 바로 국토 기행과 문화 답사를 곁들인 동유東遊였다.

오월에 면우는 이들 삼 인과 함께 동유에 올랐고 유월에는 금강산을 탐승했다.

동유를 끝내고 귀로에 오른 면우는 우연히 안동의 춘양 서쪽 깊숙한 곳을 포착하게 되었으니 그 광경을 고스란히 담아내기 위해 크로키 하듯 일필휘지로 다음과 같이 묘사하였음이다.

'눈 가득 구름 산 모두 숨을 수 있고 밭 찾아 어느 날 쟁기질하겠는가?'
滿目雲山皆可隱 求田何日理長鑱. -『俛宇集』卷一 「年譜」

영송하였듯, 면우는 인적이 끊긴 안동 춘양의 서쪽 깊숙한 성산에서 농사와 학문을 곁들인 주경야독의 야인의 삶을 자처했고 피세의 삶을 살아가고자 했으니.

면우가 찾은 성산은 전대미문의 원시림으로 가랑잎에 발목이 묻힐 정도로 깊고 깊은 골짝에는 저 멀리 산사에서 어렴풋이 들려오는 스님의 독경 소리도, 독경 소리에 덩달아 울부짖는 산짐승들의 소리마저 들리지 않는 원시의 자연환경을 간직하고 있었다.

이따금 불어오는 소슬바람은 가을 하늘을 청명하게 물들였고 만학천봉의 울창한 수목들을 울긋불긋 단풍들게 했으니 한 폭의 산수화 같은 성산의 절경을 애상하다 보니 어느새 늦가을 따스한 볕살은 온몸으로 파고들었다.

따스한 볕살을 받으며 깊은 잠에 빠져든 면우는 "한낮 꿈이 나를 신안 마을로 인도하네."라고 영송하였으니 면우는 한주 선생이 계신 신안新安 마을 성주로 들어가는 꿈을 꾸게 되었다.

기연가미연가 꿈에서 막 깨어난 면우에게 성산의 아름다운 풍광을 스승 한주와 즐길 수 없다는 아쉬움은 극한 그리움이 되어 물밀듯 밀려왔다.

한주 역시 면우를 몹시 그리워하며 하산을 종용했을 뿐 아니라 혹여 세상을 완전히 등지고 살다 보면 공부의 의지마저 쇠퇴하지 않을까 하는 염려에서 서신을 통해 학문에 더욱 정진하기를 권면했던 것이다.

李先生以先生遯跡入山 悶其或涉於果忘 作招隱詞関以勉之. -『俛宇先生年譜』

때론 시문으로 제자의 대성을 바라는 노유는 다음과 같은 마음을 담았음이다.

"그대의 인용을 흠모하는 마음 갈수록 심해지니, 절륜한 학문은 세상에 드문 제주일세! 평이하고 간약한 공부가 원대하기를 기대하노니 고상한 뜻이 쇠퇴하지 않기를 바라노라!"

欽君仁勇轉頭來 絶學堪憑間世才 易簡工夫期久大 高奇意象戒踈頹. -『寒洲集』,-懷郭鳴遠-

한주는 면우의 학문을 높이 평가하는 동시에 부단한 정진을 주문하였으니 면우의 자**字** 명원**鳴遠** 또한 한주 선생께서 자설**字說**했던 것이다.

자설에는 온 세상 멀리까지 소리가 들리지 않음이 없고 남은 소리마저 멈추어서는 안 된다는 제자에 대한 스승의 염원, 곧 학문의 비약적 성장을 주문하였던 것이다.

當是時 四海之廣 八荒之遠 莫不聞其聲 而餘韻不歇…… -『寒洲集』卷三十二「郭鳴遠字說」

자설은 공허하지 않았다.

스승의 주문 또한 헛되지 않았다.

直令南鄕士流 獲見聞鳳凰之文章有如是 洪鍾之聲響有如是. －『俛宇集』卷十一,「答寒洲先生丁丑」

스승이 바라던 홍종의 소리는 우렁우렁했고 우렁우렁한 제자의 울림에 한주는 무상의 희열을 느꼈으리.

돌이켜 보면.

깊고도 높고, 끝없이 넓기만 한 성리학 세계에서 번민하고 방황하던 끝에 찾아든 성주 대포.

대포에서 한주와의 만남을 통해 어두웠던 면우의 마음에 광명이 찾아왔고 이학에 대한 열정이 솟구쳤으며 휴면 상태에 놓였던 이학적 뇌세포는 마치 물고기가 꼬리를 파닥거리듯 이학에서 새로운 활력을 얻을 수 있었다.

더욱이 지난 대포의 밤을 후끈 달구었던 한주 선생과의 설왕설래는 빠듯하기만 했지만, 한주 선생의 명쾌한 이학적 논리는 무디기만 했던 뇌세포를 갈퀴질하듯 움찔거리게 했다.

그때 한주 선생의 가르침은 특유의 정연한 논리와 달변으로 경론을 펼치는 대강백이라기보다는 오로지 선을 수행하는 대선사와 같이 한마디 한마디 내뱉는 논설은 묵직한 울림이었으니 이학의 주변에서 배회하는 면우에게 이학의 울림을 온몸으로 느끼게 해 주었다.

이처럼 한주 선생과의 첫 만남을 잊을 수 없었던 면우는 노래에 젖어들 듯 당시 그 순간의 감동을 고스란히 담은 채 인적 드문 산중에서 자신을 숨기며 구도의 행보에 박차를 가할 수 있었으니, 지금의 이 골찬 도회의 실천은 한주 선생과의 새로운 이학적 이해에서 배태되고 발아되었음을 서슴없이 술회할 수 있었다.

허나 면우가 자처했던 병풍처럼 사방이 산으로 둘러싸인 어스름한 협곡 산중은 사색과 집중이라는 최적의 환경이라 할 수 있지만 사계의 순환을 잃은 협곡 산중은 검은 장막을 두른 듯 반복되는 우중충한 분위기는 면우를 스산하게 했고 꽉 죈 이학적 사유에 근력이 풀리기 시작했다.

도회의 실천이란 궤도를 이탈하지 않기 위해 느슨한 마음에 고삐를 죄어야 했으니 이는 바로 설레게 했던 1870년 경오세, 그 겨울로 되돌려야 놓아야 했으나 무력감을 느낀 면우는 자신의 비소함에 절망적인 한숨만 내쉴 수밖에 없었다.

자신을 일으켜 세울 수 있었던 유일한 처방은 선생의 묵직한 음성에서 뿜어 나오는 울림의 할喝이 특효였다.

그랬으리.

안일한 정신에 매운 채찍질을 하듯 선생은 척독으로 지친 제자를 일으켜 세워야 했다. 자신의 고족제자로 마치 올림포스 신전에서 채화된 성화 봉송의 마지막 주자가 되어 성화대에 점화하듯 자신의 성화를 봉송 받아서 한주학파에 점화해 주기를 은근히 바랐던 스승 한주가 아니었던가.

회상하건대.

그때 선생의 척독은 식어 가는 면우의 등줄기를 다시 후끈 달아오르게 할 수 있었으니 그런 정대하고 쟁쟁하기만 했던 스승의 서한에는 예전에 느낄 수 없었던 쓸쓸함이 묻어 있었다.

쓸쓸함이란 전지전능한 예수가 최후의 만찬을 끝낸 후 대야에 물을 떠서 제자들의 발을 씻겨 주는 그런 자상함과 숙추함이 뒤섞여 있었으니 이 또한 이심전심이라 해야 할 것인가!

면우 나이 사십일 세 되던 그해 온계溫溪에서 꿈을 꾸었으니 꿈에 한주 선생이 심의에 큰 띠를 두르고 손에 옥으로 사자를 새긴 지팡이[옥사자玉獅子]를 잡고 지나감에 면우는 인사를 드리며 다음과 같이 물어 말하였다.

"장차 어디를 가시려 합니까?"

"내 장차 금강산을 갈 것이다……!"

스승 한주는 면우에게 행선지를 일러 주었으니 서로에게 텔레파시가 통했던 걸까.

면우는 꿈을 통해 스승의 운명을 예감했으니 면우의 예감은 한 치의 오차 없이 정확히 들어맞았다.

한주 선생은 1886년 병술세, 추색이 완연한 음력 시월 상달 열닷새 보름. 향년 예순아홉의 일기로 생을 마감했다.

아~아!

면우는 한주의 죽음에 비통함을 금할 수 없었으니 그때 그 비통함이란 마치 태산이 와르르 소리 내어 무너지고 철주 같은 갱목이 부석 내려앉는 듯한 더한 심정을 누가 알겠는가.

불학에서는 이 순간을 제행무상 즉 모든 것은 무상하다고 하였으니, 울적한 이 마음을 이 넉 자에 지울 수 있다면 좋으련만 어디 일순간 단념할 수 있는 그런 스승이었던가.

돌아보면 한주 선생은 소생에게 늘 이렇게 말하지 않았던가.

자신과 같은 총명한 재목을 본 적이 없노라고.

또한 말하지 않았던가.

도회란 숱한 시간을 묵묵히 지켜보며 홍종이 울릴 그 날만을 손꼽아 기다리겠다던 스승 한주.

그는 비록 육신을 물려준 아버지는 아니었으나 활연히 깨우쳐서 오늘의 나를 있게 해 준 정신적 모태였음을 오늘에서야 미처 알 수 있었다.

학은을 입은 주문팔현은 치상을 분담했으니.

치상은 『사례집요』에 따라 면우와 허유, 윤주하가 장례를 맡았다.

면우는 행장을 지었고, 허유는 문집 교정과 고묘문告墓文을 지었다.

장석영은 묘지명墓誌銘을, 이승희는 묘표墓表를, 이두훈은 매지고문埋誌告文을 각각 지어서 선생의 학은에 보답했다.

면우는 한주의 이학을 가장 충실히 이어받은 전수자로서 한주의 저작, 『이학종요』와 『한주문집』교감·간행을 아울러 맡았다.

영남이 낳은 대사상가 한주는 주자를 이은 퇴계의 적전이었던가.

면우는 「경부졸편배정주상겸간계도용구미도지지남상발일소삼수」 시문에서 다음과 같이 영송하였다.

……

선생의 우뚝한 기상은

커다란 기운이 주위를 감싸 도네

도산 굴에 올라 지팡이를 꽂아 놓으니

운곡 창가에서 무릎 꿇고 촛불 밝히네

傑然洲上老　包絡極鴻龐

植杖陟陶宙　炳燭跽雲窓

－「更賦拙篇拜呈洲上兼簡啓道用求迷途之指南想發一笑」二首－

면우는 자신이 손수 찬한 한주 선생 행장에서 스승 한주를 다음과 같이 기술하였다.

선생의 학문은 깊고도 넓어서 영남에서 제일인이라 직설했고.

學問淵博 當爲南中第一人. －『俛宇集』卷 百六十二,「寒洲先生行狀」

일생 주자와 퇴계의 글을 읽는 즐거움에 늙어 가는 것마저 잊을 정도로 두 선생의 사상에 매료된 열혈한 마니아로.

是以先生之一生用力於朱李之書 而服之如茶飯 誦之如己言…… 組貫條暢而樂以忘老者…… 無一不根據于朱李之旨. －『俛宇集』卷百六十二,「寒洲先生行狀」

의당 주자와 퇴계를 잇는 도산의 정맥이라 했다.

……而近接湖門專授之業 遠承陶山中正之統. -『俛宇集』卷 十,「上寒洲先生」

면우는 시문에서 경상북도 도산면 토계리 소재 도산서원과, 중국 복건성 건양현 북서쪽에 있는 산으로 송의 주희가 초당을 짓고 공부하던 운곡을 운위함으로써 스승 한주는 주자를 이은 퇴계의 적전임을 거듭 강조하였다.

더욱이 시구 하나하나에 적절한 비유를 들었으니 그 하나의 시구에는 스승 한주는 지팡이를 도산 굴에 꽂았다고 묘사했고, 또 하나의 시구에는 운곡의 창가에서 무릎 꿇고 촛불 밝혔다고 묘사하였으니 스승 한주의 학문 좌표가 주자를 이은 퇴계에 있었다는 것을 거듭 강조하였다.

면우가 작시한 4구의 병촉炳燭은 한漢나라 유향劉向의『설원說苑·건본建本』에서 나오는 전고로 늙어서도 학문을 좋아함을 비유한 말인데, 전고에 따르면 진평공晉平公이 일흔이 되어 공부하기엔 늦었다고 탄식하자 사광師廣이 한창때의 공부는 한낮의 햇빛과 같고 만년의 공부는 촛불의 밝기와 같다는 연유에서 유래되었으니 면우는 스승의 끝없는 향학열에 걸맞은 시구를 채택한 듯하다.

게다가 한주 선생의 연보에 의하면 한주는 퇴계학파 문인들과의 교유뿐 아니라 퇴계의 학문을 사숙했다는 것을 상세히 기술했다.

한주 이진상1818~1886.

그는 경북 성주군 대포마을에서 진사進士 한고寒皐 이원호李源祜와 외척으로 문정文貞 김우옹金宇顒의 후예인 의성 김씨 사이에서 태어났다.

팔 세 땐 부군으로부터 『통감절요通鑑節要』를 배웠고, 십칠 세 때는 퇴계 이황의 학통을 계승한 대제학 정경세鄭經世, 1563~1633의 육 세 손, 정종로鄭宗魯, 1738~1816를 사사한 숙부 이원조李源祚, 1792~1871의 영향으로 『성리대전性理大全』을 읽기 시작했다.

이십 세엔 예안의 도산서원을 참배했다.

이 년 후 이십이 세에는 「성학도설性學圖說」을, 이십삼 세에는 「심경도설心經圖說」을 지어서 주기의 그릇됨을 비판하기도 했다.

이십팔 세에는 「성정심설性情心說」을 지었다.

삼십오 세에는 「주자언론동이고변朱子言論同異攷辨」을 지었다.

구 년 후 사십사 세에는 학봉鶴峯 김성일金誠一, 1538~1593의 십이 세 종손 서산西山 김흥락金興洛, 1827~1899을 방문했다.

곧이어 같은 해 퇴계 학통의 적전 정재定齋 유치명柳致明, 1777~1861을 배알했다.

연보에서 살필 수 있듯 퇴계의 학통을 계승한 정경세는 자신을 이은 육 세 손 정종로에게 학문이 전수되었고, 정종로를 사사한 숙부 이원조는 질자 한주에게 바통을 넘겨주었다.

자신의 소신을 당당하게 펼쳐 보였던 한 시대의 지식인 한주 이진상.

그는 격동하는 현실을 외면할 수 없었던 지식인의 표상 앙가주망의 높은 기치를 들었던 행동하는 유학자였다.

면우가 찬한 한주 선생 행장에 의하면 러시아의 침략을 막기 위해 조선이 중국·일본·미국 등과 협상을 맺어야 한다는 황준헌1848~1905의 저서『조선책략』을 일본 통신사로 갔던 김홍집1842~1896이 소지하고 왔음으로 인해 전 유림의 심기를 발칵 뒤집어 놓았던 일대 사건으로 웅성거리는 이때, 한주는『조선책략』을 접하게 되었다.

이 책에서 서양 오랑캐의 공리도 배울 수 있고 야소耶蘇[예수]의 가르침도 해롭지 않다는 내용을 확인하고선 한주는 이내 "사邪가 싹트는 것은 막아야 한다."라는 척사 소를 올릴 정도의 개결한 선비였음을 면우는 당시 선생의 심리 상태를 행장에서 세밀하게 묘사했다.

거기다 구한말 항일의병장을 지냈고 서울 진공 작전의 최고 지휘관이었던 왕산旺山 허위許蔿, 1855~1908는 한주의 죽음을 애도하는 만사에서 다음과 같이 직서했다.

'선생의 기개는 위풍당당했고 사소한 문구 하나 지나침이 없었고 학덕은 부지함해'와 같다고 칭송했다.

부지함해負地涵海.

부지함해는 글자 그대로 풀이하면 땅을 등에 지고 바다를 받아들일 만한 큰 국량의 소유자라는 뜻이되, 큰 학덕을 지녔던 한주는 완벽하리만큼 매사에 정확했다.

날이 동틀 때면 자리에서 일어나 의관을 정제하고 사묘를 배알했으며, 돌아와서는 학도들을 가르칠 경적을 손수 베껴서 읽었다.

게다가 밤이면 고요히 앉아서 사색에 잠겨 드는 것을 좋아했다. 라는 이 같은 사실을 면우가 기술한 한주 선생 행장에서 전하고 있다.

이처럼 한주 선생은 지성인이 품고 있는 정갈스러운 멋이 있었다.

그 멋은 앙상한 가지 위에 앉은 한 마리 학과도 같은 고결함이었다.

고결함을 간직할 수 있었음은 절제되고 근면한 생활 자세 행검에 있었으니, 행검은 물론 정신적 활동에 있어서도 작은 결점도 보이려 하지 않았던 선생은 늘 자리 곁에 다음과 같은 좌우명으로 자신을 지켜 나갔다.

"성실은 온갖 거짓을 소멸시키고 경敬은 온갖 사악함을 막아 준다." 라는 여덟 글자의 좌우명과, 한 곳에 집중하여 잡념을 가지지 않는 주일무적主一無敵과, 마음과 몸을 공손히 하여 모든 것을 삼가는 내적 수양 거경과, 사물의 이치를 널리 궁구하여 정확한 지식을 얻는 외적 수양 궁리로서 정주학을 몸소 실천하였음에 걷잡을 수 없는 감정 따위를 제어할 수 있었다.

한편 한주는 정통 성리학을 이어 가겠다는 결심으로 문설주에 '조운헌도祖雲憲陶'라는 장강대필의 현판을 걸어서 주자朱子를 조상祖上으로, 퇴계를 헌장憲章으로 삼아서 주자를 잇는 퇴계의 학문을 계승하겠다는 의지를 표명했던 것이다.

그러나 한주의 의지를 꺾어 놓았던 것은 다름 아닌 한주의 일생 학문 심즉리가 정통 주자학에 위배된다는 것이었다.

한주 사후 심즉리설에 대한 비판이 끊임없이 제기되었으니, 마치 거센 여파를 잠재우듯 면우는 퇴계학파뿐 아니라 영남 지방의 조긍섭 등과 왕복 서한과 토론을 통해서 그들을 설득하고자 했지만 단시일에 끝낼 수만은 없었다.

타파他派나 동파同派에서 꾸준히 제기되었던 의혹의 골자는 바로 한주의 심즉리설이 양명학에 가깝다는 이유에서였다.

양명학陽明學.

양명학은 육구연陸九淵, 1139~1193. 일명 상산象山 선생과 왕수인王守仁, 1472~1528에 이르러 그 체제가 완성되었으니 이를 양명학陽明學 또는 육왕학陸王學이라 일컫게 되었다.

이들 양명학자는 양명학이 영원한 진리라 확신하였으니, 양명학이란 꽃을 피웠던 육구연은 '우주는 곧 나의 마음이요 내 마음은 곧 우주(宇宙便是吾心 吾心便是宇宙『象山全集·卷3.』)라고 하여서 더한층 다음과 같은 말을 남겼음이다.

"배우는 데 있어서 진실로 근본을 안다면 육경은 다 나의 주석이다."
學究知本 六經皆我註脚. －『陸象山全集·卷十』

육구연뿐만이 아니었다.

육구연을 이은 왕수인은 양명학설을 완고히 내세워서 마음이 곧 본성이고 마음이 곧 이치라고 하여서 양지良知를 넓힌다면 본심이 회복될 수 있거니와, 양지의 지시에 따라서 행동한다면 성인이 될 수 있다는 것이었다.

양지를 넓히면 다 같은 성인이 될 수 있다던 왕수인은 어떤 인물인가.

왕수인의 문하생 서애徐愛가 찬한 『전습록傳習錄』해제에 의하면 왕수인은 이름난 학자이자 병서를 읽고 병법을 닦았던 무인으로 가정嘉靖 육년 1527년 황명을 받들어 광서廣西, 사주思州, 전주田州에서 봉기한 토적을 토벌하러 가는 중 잠시 상산常山에 머물렀는데 이때 「장생」이란 시 한 수를 남겼다.

……

하늘과 땅도 나로 말미암아 있음에

어찌 밖에서 구할 필요가 있겠는가.

많은 성인 모두가 지나간 그림자이니

양지가 곧 나의 스승이다.

乾坤由我在　安用他求爲

千聖皆過影　良知乃吾師

−「長生」−

양지가 나의 스승이라 영송하였던 왕수인은 당세 저명한 진보적 철학자로 자신의 학설을 몸소 실천한 지행합일知行合一의 양명학자였음을 그의 제자 횡산橫山 서희가 『전습록』에서 전해 주고 있으니, 서희에 의하면 스승 왕수인은 토적을 무력으로 저지하기보다는 교화와 온정의 손을 내밀었을 뿐 아니라, 토적과 한마음이 되어서 봉기 지역에 학교를 세우는 등 더한층 그들을 정신적으로 가르치고 이끌어 나갔던 스승의 거룩한 치적을 소개했다.

거룩한 치적 반면 왕수인의 막말은 성인으로 추앙을 받는 공자의 권위뿐 아니라, 성리학 일변도로 흐르는 권위에 파란을 일으켰던 하나의 새로운 사상으로 급부상했으니 성리학의 중앙선을 넘어 질주하는 양명학자들을 급정지시키기에는 무척 당황스러웠으리.

그러나 저상된 의욕과 그로 인한 침체된 성리학의 분위기를 전환시키기 위해선 누군가가 직접 나서서 바리케이드를 치지 않을 수 없었다.

아우토반으로 여기며 마구 질주하던 양명학에 급정차를 시킬 수 있었던 이는 바로 송대 철인 주희였으니 주희는 자신의 저서『주자어류』에서 다음과 같이 밝혀 말했다.

'신령스러운 곳은 단지 마음으로 성은 아니며 성은 단지 리 하나뿐'이라고 하여 마음 자체가 본성이라 여겼던 양명학자들의 적진으로 뛰어들었던 것이다.

靈處只是心 不是性 性只是理. －『朱子語類·卷5』

양명학이란 적진을 휘젓고 다닐 수 있었던 주희에게 비장의 카드가 하나 더 있었으니 다름 아닌 마음이란 두 글자였다.

주희가 이해했던 마음은 양명학자들과 확연히 달랐다.

주희의 언설에 의하면 마음이란 기운에 속하는 형체를 갖춘 형이하로서, 형이하는 형상도 있고 모양도 있는 사물〔기器〕로 일정한 물질적 기초를 갖추고 있기 때문에 전체 물질의 기초가 바로 기라고 하였다.

이 같은 주희의 이론은 철학의 거장 정이 또한 경험적으로 지각할 수 있는 형이하를 기로 파악했고, 경험적으로 지각할 수는 없지만 실재를 상정할 수 있는 형이상을 리로 파악했던 것이다.

그러므로 모습도 그림자도 없는 형체를 넘어선 형이상의 리가 본성이고, 본성이 곧 이치〔理〕이며, 이치 안에는 마음의 활동 성분이 없기 때문에 본성은 형체를 넘어선〔형이상〕이치로, 마음은 형체를 갖춘〔형이하〕 기운으로 주자는 각각 구분하여 마음 자체가 본성이라 주창했던 양명학자들의 오인에 일침을 놓았던 것이다.

그런 의미에서 풍우란馮友蘭의 저서,『중국철학사』에 의하면 왕수인은 한때 열렬한 정주학파의 학도로서 정주학파를 신봉하였음은 물론, 주희의 가르침을 실행키로 결심하고 대나무의 이치를 탐구하기 위해 밤낮 일주일 동안을 대나무에다 마음을 집중시켰으나 아무것도 찾아 낼 수 없었다고 하였으니.

여기에서 멈출 수 없었던 왕수인은 마침 격물치지의 큰 뜻을 깨닫게 되었고, 그 결과『대학』의 중심 사상을 새로 알게 되었을 뿐 아니라『대학』을 재해석하기도 했다. 다름 아닌『대학』의 팔 조목에서 주자가 만물을 연구한다는 격물格物과 지식을 넓혀 가는 치지致知에서 격格과 물物을 달리 해석하여, 격은 물〔사事〕의 옳고 그릇됨을 바로잡아서 시시비비가 결정됨과 동시에 '양지'는 그것을 알 수 있다는 것이다.

그렇다면 왕수인이 강조하는 양명학의 핵심 양지는 무엇인가.

일찍이 맹자는 '사람들이 배우지 않고도 능한 것을 양능이요 생각하지 않아도 알 수 있는 것을 양지'라고 하였다.

孟子曰 人之所不學而能者 其良能也 所不慮而知者 其良知也. -『孟子·盡心章句 上』

맹자가 일설한 양능良能이나 양지良知는 본연의 선으로 본디부터 올바르고 착한 성품을 인간들은 지니고 있기 때문에 짐승과는 달리 사단을 갖추었고, 심지어 아장아장 걷는 해제지동孩提之童 또한 그 어버이를 사랑할 줄 아는 그 선함을 양지라고 하였다.

게다가 신유학의 거유 정자는 『맹자·진심장구 상』주해 글에서 다음과 같이 필설했다.

양능과 양지는 어떤 원인에 의해서라든가 사람에 의해 조작으로 이루어지는 인위는 아니며, 원인과 인위가 개입되지 않는 자연 그대로의 상태. 즉 천연天然에서 나온 것이라 하였으니, 맹자와 천여 년의 시차를 두었던 왕수인이 주창했던 양지는 맹자가 밝혀 말했던 양지와는 사유의 차이가 현격했다.

맹자가 말한 양지는 인간의 품성을 사단으로 척도 하여서 인간은 누구나 천연의 마음, 선한 성품을 소유했다고 하였을 뿐, 격랑과도 같은 이발의 일곱 가지 감정은 언급하지 않았다는 것이다.

그런데 왕수인이 맹자 이론을 확대 해석하였는지, 아니면 곡해하였는지 왕수인에 의하면 양지는 언제나 사물에 대한 즉각적인 반응 속에 옳은 것을 옳다, 그른 것은 그르다는 것을 아는 '앎' 그 자체가 바로 양지이고 리라는 것이다.

이에 주희는 양명학에서 주장하는 리에 대한 재해석은 만불성설로서 단연 수양을 경건하게 해야만 본성을 볼 수 있다고 하였으니,

양명학에서 주장하는 모든 문제를 마음으로 환원시킨다면 이른바 불학에서 말하는 순간적인 깨달음, '돈오'와 무어 다를 바가 있냐며 힐책했던 것이다.

그뿐만이 아니었다.

양명학에서 주장하는 양지는 마음의 활동인 이발의 정. 기로 여겼음은 물론.

마음이 곧 이치라 했던 심즉리의 심 또한 기쁨·노여움·슬픔·즐거움·사랑·미움·욕심 등과 같은 일곱 가지 감정. 칠정인 이발의 정을 오인하고 있다며 아집으로 가득한 양명학자들의 이 같은 이론을 일축해 버렸으니 주희가 말하려는 리는 다름 아니었다. 양명학에서 주장하는 감정 따위의 이발의 정이 아닌 본성이 곧 리라고 하였다.

본성이 리라 함은 마음이 발동하기 전의 미발의 상태를 리라 했으니, 그 리는 본성에서 품부된 것으로 마음이 존재하건 안 하건 관계없이 모든 이치는 영원히 존재하기 때문에 마음에 그러한 행동이 일어날 때마다 본성 속엔 거기에 해당하는 이치가 있다고 추론하였던 것이다.

이 같은 사유의 바탕에서 주희는 천하에 본성 없는 사물은 없다고 하였으니 한주 또한 상산 육구연의 심은 본성이 내재한 심이라기보다는 감성에 휘둘리는 기일 뿐이며 리 또한 본성에 품부된 진리가 아니라고 하여서 양명학에서 주장하는 심즉리를 터부시했던 것이다.

然則象山之所謂心者氣而已 而所謂理者非眞理也. ─『寒洲集』卷22,「雜著」

이러한 연유로 한주는 양명학자들을 향해 적절한 비유를 끄집어내어

질타를 하였음은 다름 아니었다.

'옥은 천하의 보배인데 세상엔 돌을 옥으로 인식한다.'라며 성토를 하는가 하면.

所謂心卽理…… 夫玉天下之至寶 而世有認石而爲玉者. -『寒洲集』卷32, 「雜著」

의리로써 심을 말하지 않고 심을 기로 설명해서 행한다면 성현의 심법 모두가 허사가 될 것이고, 학문에는 사물을 판단하는 힘이 없을 것이며 사회의 풍교는 날로 혼란해질 것이라 진단했던 것이다.

莫不主義理以言心 而以心爲氣之說行則聖賢心法 一一落空 學無頭腦 世敎日就於昏亂矣. -『寒洲集』卷22, 「雜著」

그러나 한주의 심즉리는 양명학에서 주장하는 심즉리와 유사하다는 의혹이 1902년 임인세, 충북 충주시에 위치한 하강서원荷江書院으로부터 제기되었으니 의혹이란 빨간불이 켜지자 면우는 의혹을 불식시키기 위해 스승의 학문 심즉리를 적극 변호하게 되었다.

면우에 따르면 스승의 학문 심즉리의 심은 본심의 정正이 리에 있기에 있지 않다며, 기를 리로 인식해서 심즉리로 이름 붙인 양명학과는 다르다고 하면서 자신의 입론을 입증할 수 있는 자료를 제시하였다.

응수할 수 있는 자료는 바로,

공자의 '종심소욕불유구從心所慾不踰矩'.

맹자의 '양심良心'.

정자의 '심성일리心性一理'.

마음이 태극이라는 주자의 '심위태극心爲太極'이 모두가 주재하는 것이 리에 있고 리로써 심을 말했으니, 날림의 캐치프레이즈에 비의될 수 있는 양명학의 심즉리는 심즉기心卽氣로 명칭해야만 합당하다는 것이었다.

이처럼 심즉리에 대한 의혹은 단시일에 끝날 것 같지는 않았다.

꼬리에 꼬리를 무는 의혹의 서신들은 산더미처럼 쌓였고 숱한 의혹의 서신들을 일일이 읽고서 해혹의 답서를 작성하기에는 난감하기 이를 데 없었다.

이로부터 삼 년 전.

면우는 1899년 기해 세에 자신이 저술한「리기론」에서 다음과 같이 짤막하게 언급했다.

'일신一身의 주재자가 심즉기心卽氣가 된다면 오직 기만 존재하고 리는 공허하게 되어서 오로지 기를 부드럽게 한다는 노자老子의 전기치유專氣致柔와,

'중생이 본래 지니고 있는 심성을 본래면목本來面目이라 하였던 석가釋迦와,

'섭생을 통한 장수의 도를 역설하였던 선가仙家의 양생삼주養生三住와,

'완전한 정신을 기른다는 육구연陸九淵의 완양정신完養精神과,

'나의 양지를 넓힌다는 왕수인王守仁의 치오양지致吾良知와,

'기를 떠난 리는 없다고 하여서 리기일체론理氣一體論을 제창했던 나흠순羅欽順의 유한오도流汗悟道' 등을 매거하면서 심즉리와의 변별 기준을 제시하였던 것이다.

동시에 기를 제어하지 못한다면 천하가 위태롭게 될 것이란 물샐틈없는 치밀한 논조는 한주의 고족으로 손색이 없었다.

이러하듯 한주의 고족이자 한주학파의 주전인 면우는 스승의 학문 심즉리를 정통 유학으로 자리매김하기 위해 목젖 붉혀 가며 공토와 변론도 했고 분전分傳도 했다.

심지어 이해 부족으로 도산서원으로부터 스승의 문집이 소각되는 희대미문의 끔찍한 수난을 겪기도 했으나 분노할 일도 아니고 따질 일도 아니었다.

더 이상 대응하기 싫었다.

더 이상 구원도 설득도 하지 않을뿐더러 오직 스스로를 반성하면서 하늘이 상대의 마음을 열어 일깨워 주기만을 기다리겠다며 자신의 심회를 후학 이정호에게 답서에서 밝혀 말했던 것이다.

그랬다.

심즉리를 위해 갈력했던 면우는 그 하늘을 굳게 믿었다.

그 하늘만이 시비를 가려 줄 것이고 그 하늘만이 현재 자신의 마음을 이해해 줄 것이란 일념에 이번 사건은 한 차례 거역할 수 없는 운명의 소용돌이쯤으로 여겼고, 운명의 급전만 기다리겠다는 초연한 자세를 견지하며 오로지 학문에만 매진하겠다고 하였다.

운명의 급전.

호운이 도래하기만을 기다리겠다는 면우는 훗날 다시 후학 이정호에게 답서에서 자신이 해 줄 수 있는 스토리텔링은 다 했다며 심즉리설에 대해 더 이상 논의하지 않을 것이라 했다.

만약 『한주문집』이 도산에 큰 과오를 범했다면 후세 사람들로 하여금 공정한 선택을 받는 것일 뿐, 더 이상 해묵은 논쟁에 불을 붙이기 싫다며 일축해 버렸다.

단호한 의지를 보였던 면우.

그는 주변의 분위기에 휩싸이지 않았다.

한결같은 마음으로 스승의 학설 심즉리를 조술·옹호하면서 한주 선생에 대한 확고부동한 믿음은 한 치도 어긋나거나 변절되지 않았다.

아마도 이때의 광경은 영산회상에서 선법의 상수 제자 가섭이 미소를 지었다는 깨달음의 법열, 그 기쁨의 불법이 가섭에게 전해 오듯 면우에게 무상의 미소를 짓게 할 수 있었음은 한주였다.

스승 한주를 통해 면우는 사상적 방황에 종지부를 찍을 수 있었고 심즉리를 학문의 종지로 삼을 수 있었다. 그리고 오백 년 한국 유학사를 심즉리로 총합할 수 있었음은 한주의 저력이 있었기 때문에 가능할 수 있었다.

심학의 에센스를 찾아서

한주와의 첫 만남에서 불쑥 내뱉은 심즉리 한마디. 그 심즉리는 인간의 삶과 유리된 도학자들만의 전유물로 실생활에 아무 소용 없는 헛된 이론에 지나지 않는가……, 라는 연이은 면우의 질문에 한주는 즉각적인 호응으로 면우의 마음을 사로잡았다.

면우 또한 실마리를 찾을 수 있었으니 면우를 사로잡았고 설레게 했던 한주의 하답 심즉리의 심은 하트나 무드 따위의 감정을 말했던 것은 아니었다.

이성이 지향하는 마인드. 즉 심성을 갈고닦아서 본성을 회복하는 것이었다.

마치 화엄의 에센스라 할 수 있는 '그 많은 수행과 그 많은 덕행으로 그 덕과德果를 장엄하게 하는 일'이라고 했던 화엄의 바이블 『화엄경華嚴經』에서는 다음과 같이 일언하지 않았음인가.

'삼라만상은 마음이 분별하고 인식하는 심식心識의 영역 바깥에 실존하는 것이 아니라 마음이 분별하고 인식한 심식일 뿐이다.'라고 하였듯.

한주가 논설했던 본성.

본성을 회복하는 심은 현상 세계의 부정을 통해 심을 본체로 파악한 불학과, 맹자의 양심養心 및 구방심求放心과, 성리학에서의 심이 성性과 정情을 통섭한다는 심통성정心統性情의 심과는 방법론에서는 차이가 있지만 궁극적 목적은 마음이었으니.

그 마음을 다스려서 본성을 회복하는 데 있어서는 이론이 없을 것이다.

어느덧 이학계의 마에스트로로 부상했던 면우는 1900년 경자세, 경남 합천 고품에 거주하는 후학 문재효文載孝로부터 심과 관련한 다음과 같은 질의를 받게 됨이니.

"주자께서 공자는 심을 언급하지 않았다고 하온데 믿을 수 있는 말인지 근거 없는 허성인지 확신이 서지 않습니다."

후학 문재효의 질의는 얼핏 보아서는 단순한 질의 같지만 그 심은 복잡한 메커니즘으로서 일정한 사유를 넘어서 정밀한 사유가 확장되어야 함은 물론 사변적인 논리가 요구되었다.

면우는 후학 문재효의 질의에 다음과 같이 답했다.

먼저 공자의 핵심 사상은 인仁이라며 말머리를 떼고선 필설하기 시작했다.

다름 아닌 "인이란 한 글자는 심의 본체로 맹자가 밝혀 말했던 인이 곧 인심이며 마음의 활동이 생기기 전 미발의 체가 곧 리로서 인과 동속이다."라며 간명하게 하답했다.

문재효에게 하답했던 인은 바로 공자가 번지樊遲에게 하답했던 사람을 사랑하는 애인愛人이었다.

애인은 단순히 에로스적·아가페적·타나토스적·플라토닉 러브 등 협의에 있었던 것은 아니었다.

광의의 애인이었다.

거기에는 휴머니즘적인 측면이 내포되었으니, 사람이면 마땅히 지녀야 할 도심과 급격한 감정으로 내달리는 인심과의 갈등 속에 인심을 주재하는 리가 이성이고, 이성이 바로 인이라는 것을 문인 문재효에게 덧붙여 설명했던 것이다.

이미 앞 단원에서 사단칠정을 밝혀 말했듯.

문재효에게 도심과 인심을 운위하는 선상에서 1913년 계축세, 후학 권정부權正夫에게 인심과 사단에 관련해서 면우는 다음과 같이 하답했다.

맹자로부터 시작된 사단은 어려운 사람을 애처롭게 여기는 마음이 측은지심이고, 의롭지 못함을 부끄러워하고 착하지 못함을 미워하는 마음이 수오지심이며, 겸손하여 남에게 사양할 줄 아는 마음이 사양지심이며, 옳고 그름을 판단할 줄 아는 마음이 시비지심이라 하여 측은지심은 인仁이라 할 것이며, 수오지심은 의義라 할 것이며, 사양지심은 예禮라 할 것이며, 시비지심은 지智가 됨에 인의예지를 일컬어 사람이 마땅히 갖추어야 할 성품이라 하여서 사덕四德이라 하였다.

게다가 칠정은 인간의 일곱 가지 감정으로 『예기』·「예운」에서 비롯되었으니, 칠정엔 음식, 남녀, 사망, 빈고 따위를 구유하고 있듯, 칠정은 무엇보다 인심과 도심이 나누어지는 분수령이 되기에 사단의 리가 발현하면 의리로서 생긴 마음, 도심이 될 것이지만 리가 감정을 제어할 수 없다면 사람의 마음, 인심이 될 수 있다는 이론이 칠정의 본지라 하였다.

그런 의미에서 중국 남송 때 서산西山 진덕수眞德秀, 1178~1235의

『심경心經』전문 속에 수록된 북송 말 경학가經學家이자, 『지언知言』및 『호굉집胡宏集』의 저자, 오봉五峯 호굉胡宏, 1102~1161을 거론하자면 오봉은 사칠론을 이원적 기준에 따라 둘로 나누기보다는 하나의 체계 내지, 여러 가지 갈래로 나눌 수 있다는 재고의 여지를 남겼다.

호굉.

오봉은 정호와 정이 즉 이정의 학문을 계승한 호남학파湖南學派였다.

호남학은 송대 낙학洛學의 한 분파로 이정의 학맥을 계승한 사양좌謝良佐와, 사양좌를 이은 호안국胡安國과, 아들이자 제자인 호굉과, 호굉의 제자 장식張栻 등을 중심으로 천리와 인욕, 의義와 이利, 화華와, 이夷 등을 명확히 하여 불교를 배척하였을 뿐 아니라 인심의 이발과 미발에 대한 해석과 수양 방법 등에서 주희와 설을 달리했다.

게다가 청대에 와서는 왕부지王夫之를 비롯하여 증국번曾國藩, 왕선겸王先謙 등을 중심으로 양명학을 배척하고 성리학을 선별적으로 수용하여 인격적 완성을 목적으로 한 호남 출신의 학자를 일명 호남학파라 일렀다.

전하는 말에 의하면 호남학이 된 내력은 이정 선생 때로 거슬러 올라갈 수 있는데, 정호에겐 양대 제자 양시楊時와 사양좌가 있었다.

스승 정호는 양시가 학업을 마치고 남쪽으로 떠나가는 것을 보고 내 도가 남쪽으로 간다고 하여서 이때부터 양시 계열의 신유학을 도남학道南學이라 일컬었고, 사양좌로 흐르는 신유학을 호남학湖南學이라 일컫게 되었다.

사칠론의 진수를 보였던 호굉에 의하면 음식이나 남녀의 욕망에 있어서는 성왕 요·순이나 포악한 걸·주나 피차 매일반이지만, 요·순이 성왕이 되고 걸·주가 폭군이 되었음은 바로 중절中節의 위불위에서 판가름 났다는 것이다.

이 때문에 요·순이 절도에 맞는 행동[中節]을 하였음에 화和가 될 수 있었고, 걸·주는 부중절不中節로 불화不和하였음에 폭군이 되었다는 것이다.

호굉의 중절 이론에서 밝혀 말했듯.

활물의 인간임에 칠정의 감정을 피할 순 없겠으나 그 감정을 억제할 수 있고 순화할 수 있음이 중화中和의 중절이었다.

그러므로 요·순의 행동은 하늘의 바른 도리, 천리天理를 실천하였으므로 성왕 중의 성왕이 되었고, 걸과 주의 행동은 물질적 욕망, 즉 인욕이 부른 과욕으로 폭군이 되었다는 것이다.

중화의 논리는 오봉에서 비롯된 것은 아니었다.

공자의 손자 자사子思께서 『중용』에서 다음과 같이 밝혀 말했다.

'기뻐하고 성내고 슬퍼하고 즐거워하는 감정이 일어나지 않음을 중中이라 이를 것이요, 감정이 일어났으되 모두 절도에 맞다면 화和라 이를 것이니, 중이란 천하의 큰 근본이요, 화란 천하의 공통된 도'라고 하여 중화의 중절을 운위하였다.

喜怒哀樂之未發 謂之中 發而皆中節 謂之和 中也者 天下之大本也 和也者 天下之達道也. -『中庸章句』

이미 현자들께서 밝혀 말했던 '중화'를 요즘 버전으로 옮겨 본다면 다음과 같이 말할 수 있을 것이다.

기쁨과 성냄과 즐거워하는 감정이 아직 일어나지 않는 심적 상태를 중이라 할 것이고, 감정이 일어났으되 중절한다면 화라 할 것이며, 분출하는 감정일지라도 부단한 수양을 통해 중화에 도달할 수 있다면 감성적 인간을 사유하는 이성적 인간으로 탈바꿈할 수 있을 것이란 이 같은 생각을 해 볼 수 있을 것이다.

기실 사칠론四七論은 정형화된 틀이기보다는 틀을 빌려 오되 여러 가지 양상으로 변주되었으니, 마치 수학으로 나아가기 위한 사칙연산과도 같은 기초 공식으로 도학의 세계로 빠져들수록 그만큼 사단칠정이 중요시되었다.

사단칠정을 외연 확대하면 사단은 인의예지의 윤리적 범주에 속하고 칠정은 인간의 감정을 통칭한 것으로, 하늘의 이치와 사람의 심성이 일치해야 한다는 천인합일의 우주관에 입각해서 자연을 대우주에, 인간을 소우주로 인식해서 인간과 자연과의 조화를 꾀하려 했던 것이다.

이 같은 우주관은 조선 후기 성리학에서 최대의 논쟁거리로 이기·사칠·심성론으로 전개되었을 뿐 아니라, 심성론은 다시 인물성동이설人物性同異說로 확대되어 유림 사회의 사상적 기반이 되었다.

조선 후기 사상사에 지대한 영향을 끼쳤던 성리학.

높이를 더한층 올리고 폭을 더 넓혀 갔던 성리학은 유럽의 르네상스를 방불케 할 정도의 기라성 같은 철인들이 저마다의 이론으로 조선 후기 사상계를 뜨겁게 달구었다. 금장태, 고광직 공저, 『유학근백년』에 의거해서 열거하면 다음과 같이 소개할 수 있을 것이다.

화서華西 이항로李恒老, 1792~1868를 중심으로 하는 화서학파華西學派와, 의당毅堂 박세화朴世和, 1834~1910가 중심이 된 의당학파毅堂學派와, 연재淵齋 송병선宋秉璿, 1836~1905을 중심으로 한 연재학파淵齋學派와, 간재艮齋 전우田愚, 1841~1922를 중심으로 한 간재학파艮齋學派와, 노사蘆沙 기정진奇正鎭, 1798~1879을 중심으로 한 노사학파蘆沙學派와, 정재定齋 유치명柳致明, 1777~1861을 중심으로 한 정재학파定齋學派와, 사미헌四未軒 장복추張福樞, 1815~1900를 중심으로 한 사미헌학파四未軒學派와, 성재性齋 허전許傳을 중심으로 한 성재학파性齋學派와, 한주寒洲 이진상李震相, 1818~1886을 중심으로 한 한주학파寒洲學派와, 영재寧齋 이건창李建昌, 1852~1898을 중심으로 한 강화학파江華學派 등.

이때의 각 학파들은 정통 유학의 메카로 자리매김하기 위해 각축을 벌였던 인문학의 절정기였다.

정통 유림들로 구성된 각 학파들은 주자의 이론을 신봉하는 수구주의자로 리가 먼저냐, 기가 먼저냐, 리가 주가 되느냐, 기가 자資가 되느냐, 리가 앞서느냐, 기가 앞서느냐, 라는 저마다의 집설執說로, 리기 선후先後와 주자主資의 관계에서 미묘한 차이를 보이면서 분열되었다.

이른바 퇴계를 종주로 하는 영남 유림들. 특히 정재학파 및 사미헌학파에서는 리와 기는 뒤섞어 서로 혼동할 수 없다고 하여서 리기불상잡理氣不相雜의 리기이원론理氣二元論을 내세웠다.

게다가 사단을 리가 발동해서 기가 따른다는 리발기수**理發而氣隨之**와, 기가 발동해서 리가 기를 탄다는 기발이승설**氣發而理乘說**을 바탕으로 한 주리론적**主理論的** 입장을 취하였던 것이다.

반면 율곡을 종주로 하는 의당학파 및 기호유림들은 리와 기는 서로 떨어질 수 없는 리기불상리**理氣不相離**한 리기일원론**理氣一元論**을 내세웠으니, 이른바 발자기**發者氣**, 즉 발현하는 것은 기이고, 소이발자**所以發者** 즉 발현케 하는 것은 리라고 하여 리와 기의 상호 작용을 인식하면서 발현의 주체만을 기로 하였다.

그런 의미에서 율곡은 성호원에게 다음과 같이 답하였다.

'발현함이 기이고, 발현하게 함은 리이며, 발현함에 바른 리〔**正理**〕에서 바로 나와 기가 용사**用事**〔작용〕하지 않음이 도심이고 칠정의 선 한 편이며, 발현될 즈음에 기가 이미 용사했다면 인심이고 칠정이 선악과 합한 것이다.'

發者氣也 所以發者理也 其發直出於正理 而氣不用事 則道心也 七情之善一邊也 發之之際 氣已用事 則人心也 七情之合善惡也. –『**栗谷集**』卷九「**答成浩原**」

율곡이 성호원에게 답한 것처럼 칠정의 선 한 편과 기가 용사되지 않음이 사단의 도심이고, 용사된 기와 칠정의 선악이 합한 것을 인심이라 하였으니, 율곡을 종주로 하는 학파는 사단과 칠정을 대립 관계로 보기보다는 사단과 칠정을 하나의 정으로 보았다.

이 때문에 사단은 기발**氣發**에 지나지 않는다고 하여서 '기발리승일도설**氣發理乘一途說**'에 근거한 주기론적**主氣論的** 입장을 취하였다.

상술하였던 것처럼, 퇴계와 율곡을 연이은 문인들은 선학의 이론을 수정 발전시켜서 조선 후기에 와서는 불꽃 튀는 논쟁으로 이어졌다.

퇴계를 조종으로 한 한주와 그의 제자 면우는 심즉리설로 퇴계의 리기론을 더한층 끌어올렸으나 한주의 심즉리는 도산서원으로부터 이단이란 비난을 면할 수 없었으니 바로 퇴계의 이기호발설理氣互發說을 새롭게 해석하는 데 사건의 발단이 되었던 것이다.

그렇다면 퇴계의 리기론에 살을 붙이려다 빚어진 난센스였던가……!

면우는 난센스로 치부하기엔 실로 통탄을 금할 수 없었다.

심즉리는 한주 나이 사십사 세, 1861년 신유세 퇴계의 심합리기설心合理氣說의 기조 아래 새로운 패러다임의 전환으로 창안된 것이었다.

그럼에도 불구하고 한주의 심즉리설이 퇴계 계열과 불합의하다는 이유에서 근 사 년을 사문난적의 멍에를 짊어져야 했으니 이는 바로 심즉리의 수계囚械에 다름 아니었다.

이처럼 퇴계 계열의 학자들이 언중하지 못한 공격적인 태도는 모르긴 해도 한주가 퇴계의 리기호발설에 비평을 가한 데 따른 파급된 감정이 아니었을까, 라고 생각해 봄 직하다.

기실 한주는 1865년 을축세 자신의 저서 『사칠원위설四七原委說』에서 퇴계의 리기호발설을 다음과 같이 점잖게 밀어붙였다.

'퇴도〔퇴계〕께서 기발이승氣發理乘, 즉 기가 발하면 리가 기를 타고 리발기수理發氣隨, 즉 리가 발하면 기가 따른다.'라고 하였던 호발설에 한주는 '실제 리와 기가 각기 발한 적이 없다.'라며 일도할단하듯 반론을 제기하였다.

退陶之氣發理乘理發氣隨 亦謂氣之所發而理實乘 理之所發而氣便隨也 雖云 互發 實未嘗各發也. -『寒洲集』卷三十二「四七原委說乙丑」

기발을 부인하고 오로지 리발만을 내세웠던 한주 이론에 퇴계의 호발설이 먹혀들지 않았던 것이다.

마치 율곡이 기발리승일도설을 견지하였던 것처럼 한주 또한 리발일도설理發一途說을 견지하면서 사단과 칠정은 물론, 리와 기를 대립 관계로 보기보다는 리와 기는 서로 떨어질 수 없는 불상리不相離의 관계에서 리는 본本으로, 기는 말末로, 리는 주主로, 기는 자資로 보았던 것이다.

그러나 심즉리의 그루터기이자 모태가 되었던 퇴계의 호발 이론은 리와 기는 결코 두 가지 물건이 아니며, 사단을 리발기수의 미발의 성으로, 기발리승의 칠정을 이발의 정으로 간주하였으니…

이에 반해, 한주는 종시 성은 미발의 리이고 정은 이발의 리로서 성이 발하여 정이 되므로 다만 하나의 리일 뿐, 기발은 없다고 하였던 극한 유리론唯理論자였으니 두 철인 간에 간극이 생길 수밖에 없었다.

……性是未發之理 情是已發之理 性發爲情 只是一理…… 則有理發而無氣發……. -『寒洲集』卷三十一「四七原委說」

그러나 한주의 아들이자 주문팔현의 멤버 대계 이승희에 따르면 두 철인의 사칠 이론異論은 엄청난 간극은 아니었다.

한주는 퇴계의 사칠론을 전적으로 부인하지는 않았음을 대계는「서선군사칠원위설후」에서 다음과 같이 필설하였다.

한주의 사칠리기설은 수간竪看과 횡간橫看에 따라 달리 해석된다고 하였으니, 이를테면 위아래로 보면[수간]사단과 칠정은 모두 리가 발한 것이지만 좌우로 보면〔횡간〕사단은 리가 발한 것이고, 칠정은 기가 발한 것이라며 대계는 선군 한주의 사칠리기설을 잘 대변해 주었다.

先君四七理氣之說 竪橫分合 各極其指 竪之而厚其本則 曰四七皆理之發 橫之而分其類則 曰四爲理發 七爲氣發 以發明朱李之旨. —『韓溪遺稿』「書先君四七原委說後」

대계가 방증해 보였듯, 한주는 횡간에서 퇴계의 리기호발설을 수용하였을 뿐 아니라 『중용』의 '중화中和'에서 합치점을 찾았다.

한주가 그러하듯 일찍이 동방의 주자라 일컫던 퇴계 또한 후세 학인들을 위해 사단칠정론에 관한 또 다른 정보를 흘려주었음은 다름 아니었다.

퇴계의 의하면, 사단은 선하다고는 할 수 있으나 리가 발현하지 못한다면 기가 가릴 수 있음에 악이 될 수 있고, 기발이승 즉 기가 발하면 리가 기를 탄다고 하나 선도 될 수 있고 악도 될 수 있다는 여지를 남겼다.

그러나 전혀 손쓸 길이 없는 것은 아니라고 하였으니 헤어 나올 수 있는 묘책을 강구하였음이 바로 『중용』의 중화였다.

중화의 화和처럼 중절中節, 즉 절도에 맞는다면 사단의 리는 물론, 칠정의 기 또한 선이 될 수 있다 함이 바로 퇴계의 사칠 이론의 묘리였다.

한주는 퇴계의 사칠론을 일부 수긍하면서 퇴계를 도에 훤히 통한 달도라며 퇴계를 치켜세웠고, 그러한 퇴계의 사칠론과 간극을 좁혀 나가려는 의지를 보였지만 사유의 기틀에선 기를 전면 부인하고 리발만을 내세웠던 한주의 사칠론은 한주학파의 핵심 트렌드가 되었다.

한주의 고족 면우 또한 '기발리승' 즉 '칠정의 발'은 리의 발현일 뿐, 기의 발현은 없다며 분명히 못 박았으나 사단의 리 또한 악이 될 수 있다는 여지를 남겼다.

바로 칠정의 발, 기발리승으로 칠정은 선과 악이 번갈아 가면서 쉼 없이 일어나는 기로서 기를 타고 있는 리가 제어한다면 선이 될 수 있으나, 리가 지치고 쇠약해서 기를 관리하지 못한다면 악으로 흘러서 기발리승의 칠정으로 일컫는 소이가 된다는 것이다.

操制而不放捨則斯爲善 疲弱而不照管則流於惡 此七情所以謂之氣發而理乘之也. -『俛宇集』卷百二十八.「四端七情」

상술하였던 것처럼.

면우는 칠정의 발은 리의 발현으로 선과 악으로 나누어짐은 리발에서 시원하고 사칠을 정이라 함은 정은 성으로부터 발하였으니 사칠 모두를 리발이라 하였다.

……四七情也 而情自性發 則四七之均爲理發. -『俛宇集』卷百二十八「四端七情說」

면우는 사칠론을 더한층 확대해서 사단을 경經으로 칠정을 위緯로 하여서 감정이 발현하는 발자發者를 리로, 발현케 하는 발지자發之者를 기로 한 자료로써 「사단십정경위도」를 창안하였다.

「사단십정경위도」를 첨언한다면 리와 기가 발해서 종횡 착종함인데, 리가 기를 타고 직발直發함이 경經이 되고 사단이 되며, 리가 기를 타고 방생旁生함이 위緯가 되고 십정十情이 되는 이론이다.

게다가 주리로 한 사단을 인륜의 네 가지 도덕적 행위, 즉 인의예지의 사덕과 오행에 대입해서 사단으로 도출했던 것이다.

'인仁의 리는 목木의 경기經氣를 타고 즉시 발한다고 해서 측은惻隱이라 했고'

'의義의 리는 금金의 경기를 타고 즉시 발한다고 해서 수오羞惡라 했다.'

'예禮의 리는 화火의 경기가 즉시 발한다고 해서 사양辭讓이라 했고'

'지智의 리는 수水의 경기를 타고 즉시 발한다고 해서 시비是非라 했다.'

십정은 칠정에서 분忿·우憂·락樂을 더하여 열 가지 감정을 주기主氣로 해서, 리가 기를 타고 곁으로 나온다고 해서 방생 즉 위緯라 했으며, 사람이 지켜야 할 도리 오상을 오행에 대입해서 십정으로 도출했다.

지智는 인仁의 리로 수생목水生木의 위기緯氣를 타고 발한다고 해서 애愛라 했고.

인仁은 예禮의 리로 목생화木生火의 위기를 타고 발한다고 해서 희喜라 했다.

예禮는 신信의 리로 화생토火生土의 위기를 타고 발한다고 해서 락樂이라 했고.

신信은 의義의 리로 토생금土生金의 위기를 타고 발한다고 해서 우憂라 했다.

의義는 지智의 리로 금생수金生水의 위기를 타고 발한다고 해서 애哀라 했고.

예禮는 의義의 리로 화극금火克金의 위기를 타고 발한다고 해서 오惡라 했다.

의義는 인仁의 리로 금극목金克木의 위기를 타고 발한다고 해서 분忿이라 했고.

신信은 지智의 리로 토극수土克水의 위기를 타고 발한다고 해서 욕欲이라 했다.

지智는 예禮의 리로 수극화水克火의 위기를 타고 발한다고 해서 구懼가 된다고 하였다. -『俛宇集』卷百二十八,「四端十情經緯圖幷說」

'사단십정경위' 도해가 복잡한 느낌이 들지 않을 수 없을 듯한데, 면우가 말하고자 한 사단과 십정을 요약하면 사단과 십정 모두는 기실 리가 기를 타고 발하는 '리승기이발理乘氣而發'에 지나지 않는다.

중언하지만 이는 앞서 율곡이 성호원에게 사단과 칠정을 하나의 정으로 보아서 사단은 기발에 지나지 않는다고 하여 '기발리승일도설'에 근거한 주기론적 입장을 취한 것에 다름 아닐 것이다.

면우의 사단 십정 또한 리에서 발원함인데 리가 기를 타고 직발과 방생의 위불위에서 사단과 십정이 분기分岐되는 것일 뿐. 면우의 이 같은 이론은 율곡을 위시한 주기론자의 리·기 불상리不相離의 일원론처럼, '리발일도설理發一途說'을 견지한 극한 유리론자였다.

그런 의미에서 면우는 1914년 갑인세, 후학 김수金銖의 질의의 답서에서 '사단십정경위설'을 다음과 같이 일러 말하였다.

'하늘과 사람을 하나의 리라 할 것이고, 춘하추동 사시四時는 경기經氣라 할 것이며 바람風과, 우레雷와, 비雨와, 이슬露과, 전기電와, 서리霜와, 눈雪 등은 위기緯氣라 하였다.

  그뿐만이 아니었다.

  사칠론에서 사칠 모두는 성의 발현이라 했고 성이 경기를 타고 발함을 사단이라 했으며, 성이 위기를 타고 발함을 칠정이라 필설하였으니 면우는 후학 김수에게 미처 언급하지 못한 사칠론을 덧붙여 설명하였던 것이다.

  그렇다면 면우는 리와 기의 관계를 어떻게 이해하였음인가.

  바로 팔백여 년 전, 주자가 황도부黃道夫에게 답변한 리기의 논리가 면우에게 기축이 되었을 뿐 아니라 불변의 진리로 받아들일 만큼 심대한 영향을 끼쳤음이니.

  다음과 같은 주자의 답변은 중국 당나라 풍수학의 명저, 복응천卜應天의 『설심부雪心賦』에 운위되어 풍수학의 표본이자 자연과학의 교본으로 불릴 정도였다.

  주자는 황도부에게 다음과 같이 답변하였다.

  "천지의 사이에 리도 있고 기도 있으매, 리란 형이상의 도로서 물을 생하는 근본 즉 본성이요, 기氣란 형이하의 기器로 물을 생하는 자구資具이다.

  그러므로 사람과 사물이 생함에 반드시 리를 받은 연후에 성이 있고 반드시 기氣를 품부받은 연후에 형形이 있으니, 그 성과 그 형이 비록 일신一身을 벗어나지 않는다고 하더라도 형이상의 이치인 도道와 형이하의 형상인 기器 사이에는 분수分數가 매우 명료하므로 어지럽게 할 수 없다."

 天地之間 有理有氣 理也者 形而上之道也 生物之本也 氣也者 形而下之器也 生物之具也 是以人物之生 必稟此理 然後有性 必稟此氣 然後有形 其性其形 雖不外乎一身 然其道器之間 分際甚明 不可亂也. -『朱子大全』卷五十八,「答黃道夫」

 상기한 주자의 답서를 요약하면 다음과 같이 밝혀 말할 수 있을 것이다.

 '천지가 생기기 전에 이미 리가 존재했고, 그 리는 형적도 조작도 멸하지도 않을뿐더러 만물을 낳는 근본으로 형이상形而上이라 할 것이며, 리에 반해 기氣는 사물을 낳는 형체, 즉 물질로 형이하形而下의 기器로, 사물을 낳는 바탕이 되기에 리·기는 절대적 원리를 갖는 소이로, 사람과 사물이 생겨남에 리를 품부받게 되고, 그 리를 품부받은 뒤에 성이 되며, 그 성이 있은 연후에 기를 품부받게 되어 형체가 된다.'라는 이 같은 논조와 다름 아닐 것이되, 이처럼 면우는 주자의 이학을 충실히 따랐던 사상적 동반자이자 소울메이트로 문구 하나하나에 이르기까지 빠짐없이 그대로 답습하였던 것이다.

 창계滄溪 김수(1890~1943).

 경남 합천 출신의 성리학자이자 애국지사였던 창계는 십삼 세에 노백헌老柏軒 정재규鄭載圭, 1843~1911를 사사했고, 노백헌 사후 이십일 세에는 면우의 만년 제자가 되어 당대 성리학 분야에서 석학의 반열에 올랐다. 전해 오는 말에 의하면, 창계가 『면우집』 간행일로 서울에 체류하고 있을 이때, 영문학을 섭렵한 국학자 산강山康 변영만卞榮晩, 1889~1911과, 변영만과 함께 조선 한문학의 양대 산맥이자 『조선사연구』 및 동아일보사에 「오천 년 조선의 얼」을 기고했던 위당爲堂 정인보鄭寅普, 892~? 등과 교유가 있었다고 한다.

면우가 「사단십정경위도」를 창안할 수 있었음은 1869년 기사세 봄, 서울에 체류하고 있을 이때, 서사에 들러 우연히 농암 김창협의 『농암속집農巖續集』을 훑어보고서 책 속에서 애愛는 춘목春木과 짝하고 악惡은 추금秋金과 짝한다는 내용에 의심을 품었던 것이다. 이로부터 얼마 후 갈암 이현일의 『갈암집葛菴集』에서 리경기위지설理經氣緯之說을 검토함으로써 『농암속집』과 총합해서 새로운 「십정경위도」를 창안할 수 있었다.

그해가 바로 1870년 경오세로, 이십사 세 열혈 청년 면우는 「사단십정경위도」를 창안하기 위해 수년의 노력과 수천 번의 구상 끝에 마침 결실을 이루었다고 하였으니 성리학을 향한 위대한 걸음마였다.

이듬해 1871년 신미세, 면우는 「사단십정경위도」를 다음과 같이 병설幷說하였다.

'사람이 태어나서 천지의 기운을 얻는 것을 기라 할 것이고, 천지의 이치를 얻은 것을 성이라 할 것이며, 성과 천지기운의 기를 합친 이름을 심이라 할 것이고, 천지의 이치 성과 천지의 기운 기와 사람의 심성이 일치되어야 함이 '성리'라 하였으니.

그 성리는 바로 인성과 천명을 아우르는 성명**性命**과, 우주의 본체인 리와, 그리고 하늘과 사람과 하나인 천인합일의 명제 아래 아름다운 인격을 갖추기 위함으로 그 인격은 바로 양심이 표출된 겉모습이라 하였다.

양심과 관련해서 면우가 1915년 을묘세, 후학 이옥녀**李玉女**에 답한 답서를 요약하면, 의리의 양심은 다름 아닌 면우의 사상집약이라 할 수 있는 심즉리의 심이었다.

이는 바로 『심경**心經**』에서 일컫는 적자지심**赤子之心**, 즉 낳은 지 얼마 되지 않은 아이의 순수한 마음처럼, 인욕에 잠기지 않는 마음이 곧 의리의 양심으로 이 같은 양심은 심즉리의 심뿐만 아니라 유자의 학문에서 그만큼 중요시되었다.

누언하지만.

중국 북송의 주렴계로부터 이어지는 성리학은 남송의 주자에게 바통이 넘겨져 다시 동방의 주자라 일컫는 퇴계와 한주를 거쳐 면우에게 이르게 되었던 체계화된 관념학으로 쉽게 달려들 수 있는 학문은 아닐 것이다.

하지만 성리학은 전문 학자들의 전유물은 아닐 것으로 망가진 인성을 본래의 품성으로 되돌려 놓는 것이 바로 성리일 것이되, 흔히 하는 말로 '법 없이도 살아가는 삶' 그 자체가 적자지심에 다름 아닐 것이다. 더한층 시야를 넓혀서 말한다면 순결무구했던 그때의 나. 즉 에고ego를 찾아가는 것이야말로 광의의 성리학이 아닐까 생각한다.

그렇다면 우리는 얼마나 나 자신을 다스려 왔는가.

한때 「이유 없는 반항」이란 영화가 방영되었는데, 필자는 주인공 제임스 딘이 도끼로 피아노를 내리찍는 장면이 아직도 뇌리에서 지워지지 않고 있다. 물론 영화의 한 장면에 불과하지만, 칠정의 감정을 논의하는데 시사하는 바가 적지 않다고 여겨져 그 장면을 떠올려 보았음인데, 그때 제임스 딘의 행동은 북받치는 감정을 일순간 분출해야만 직성이 풀리는 '반항아'란 비주얼을 완벽하게 소화했던 것이다.

오늘 우리는 제임스 딘의 행동과도 같은 파괴와 일탈. 그리고 알코올 중독에 따른 극단적인 행동으로 성품을 괴손하는 트라우마를 종종 볼 수 있으니, 이 같은 치료는 첨단 의학과 맞춤식 재활 치료 또한 한 방편은 될 수 있겠으나, 무엇보다 자신의 감정을 자신이 컨트롤해야 한다고 생각되는바. 치유는 바로 선현들이 말씀하신 리의 발현 즉 냉철한 이성으로 긍정적 마인드를 기른다거나 자신에게 최면을 걸어 보는 것도 한 방편은 될 수 있을 것이다.

마치 샐리의 법칙Sally 's law 내지, 줄리의 법칙Jully 's law과도 같은 긍정적 희망을 걸어 보는 최면일 것인데 이는 일종의 셀프컨트롤이라 할 수 있을 것으로 인류의 성인 공자 또한 일반인들처럼 셀프컨트롤이 안 될 때가 있는 듯한데, 공자는 들뜬 감정을 순화하고 사악한 감정을 사전에 차단하기 위해 고운 선율로 부침하는 마음을 추슬렀다고 전해 오고 있다.

게다가 인간의 심성을 연구하는 성리학자들 또한 셀프컨트롤을 주일무적이나, 존양성찰과, 거경궁리로 대체해서 정신적 피폐함을 극복하였다고 하였으니, 우리들 또한 각자에게 맞는 셀프컨트롤로 찌든 정신에 산소 같은 활력을 주입한다면 의리의 양심이 샘솟으리라 사료된다.

격동의 시대 조선 후기는 어떠했을까.
말 그대로 격동이었다.
격정의 충격으로 온몸에 경련을 일으켰고 왁자지껄한 굉음에 하루하루를 얼뜨게 살아야 했고 민족과 민족, 지배자와 피지배자 간에 말다툼은 물론 욕설이 난무했다.
어제의 삿대질이 오늘의 육탄전이 되었고 내일의 민란이 되었으며 엎친 데 덮친 격으로 농민 항쟁과 일제의 무단 침략까지 자행되었으니 조선 후기는 목불인견의 난장판이 따로 없었다.
그러나 어제의 삿대질과 오늘의 육탄전은 화해의 무드로 돌아섰고 한민족의 삿대질과 육탄전은 왜치를 향했으며 왜치를 이 땅에서 몰아내자는 군중은 두 팔을 걷어붙였다.
성에 차지 않은 군중은 손에 거머쥔 쇠스랑과 괭이와 낫으로 일경의 총검과 맞섰고 군중의 함성에 요란스럽게 울어 대는 사이렌 소리와 애써 부는 호루라기 소리마저 사그라졌던 격전의 시기였다. 그런 와중에 참극을 보다 못한 샌님은 불그레한 손으로 붓을 들어 일필휘지로 성토문을 지었고 종교 단체는 구국 집회를 열었으니 미증유의 국난이라 하지 않을 수 없었다.
이 같은 위급존망지추**危急存亡之秋**에 칠정의 감정을 드러내지 않는 것이 오히려 더 아이러니하게 여겨졌음이 바로 조선 후기 정국이었다.

훗날 면우는 파리장서와 관련해서 문하생 김수와 김황을 불러서 다음과 같이 말하였다.

"오늘의 솔선수범이 본분에 벗어난 일이라 할 것이고 화를 무릅쓰고 감행하는 이 또한 유자의 본색이 아니라 할 수 있겠으나……! 오늘 같은 위급존망지추에 어디 절조만 지키겠는가."라는 선문답 같은 스승의 가르침은 생과 사에 초연한 듯했으나 이면엔 암울한 시대에 식자된 자의 고뇌가 묻어 있었다.

고뇌는 바로 지식인의 양심이었다.

양심의 발로에서 거사를 전두 지휘했던 면우는 비운의 시대에 명분 그 하나만을 붙잡고 있는 자체가 비양심적 부유腐儒라 여겼으리.

그래서 명분이란 가이드라인을 훌쩍 넘어 실리에 무게를 실을 수 있었으니 실리는 바로 눈앞에 놓인 암울한 현실을 구현하는 것이었다.

구현은 다름 아니었다.

암울한 현실을 위해 솔선수범하는 행위 자체가 진정한 구도이며 참다운 지식인이라 여겼기 때문에 장서를 작성할 수 있었던 것이다.

돌이켜 보면.

지난 1895년 을미세, 의병장 담와 권세연으로부터 아장으로 불렀으나 불응했던 일과, 의병장 척암 김도화와 의병장 의암 유인석으로부터 의병에 동참하라는 제의에 불응했던 일과, 1906년 병오세, 화서학파 면암 최익현 의병장으로부터 의병에 동참하라는 제의에 또다시 사양했던 지난 일들이 주마등처럼 면우의 뇌리를 스쳐 지나갔으리.

마치 역사의 죄인이라도 된 듯 남모르는 오뇌와 번뇌로 괴로워하였을 것이되, 시절 인연으로 돌리기엔 무언가 찜찜하고, 그렇다고 인식과 시야와 사상의 차이에서 빚어졌음을 이제 와서 고백하는 것 또한 부끄럽기 짝이 없었으리.

면우는 지난 자신의 상처를 직시하고 기다렸다는 듯 마지막 승부수를 프랑스 파리에서 개최하는 강화회의 석상의 제 대위를 향해 붓을 들었으니, 그때 면우의 심정은 아마도 오뇌 섞인 비원이 복합되었으리.

마치 『삼국지연의』의 인물, 오호대장군 황충이 노익장을 자랑하듯 칠십사 세의 노구로 구국의 필봉을 움켜쥔 면우는 다음과 같이 자문했을 것이다.

위난에 분 내어 떨쳐 일어나지 않는 선비는 부유에 지나지 않을 것이며, 극한 분노가 없다면 이 나라 식자라 할 수 없을 것이며, 솔선수범을 보이지 않는 유자는 유림을 이끄는 종장이라 할 수 없다고 말이다.

파리장서운동에서 시현하였듯, 면우는 주체할 수 없는 감성으로 날뛰는 저들 왜치들의 망동을 이성의 눈으로 주시하였을 뿐 왜치들과 뒤엉겨 난투를 벌일 순 없었다.

그렇다고 거친 성정으로 한 방 갈길 수도 없었다.

이른바 영국의 작가 에드워드 불워 리턴이 1839년에 발표한 역사극 「리슐리외 또는 묘략」에서 "The pen is mightier than the sword(펜은 칼보다 강하다)."라고 말했던 것처럼, 면우는 일곱 치 붓으로 적전에 섰고, 공생공영이란 기치 아래 이천육백칠십사 자의 기나긴 사연을 깨알 같은 글씨로 세계열강에 대한의 독립을 청원하였으되.

유림들은 면우의 이 같은 행동을 달가워하지 않았다.

유림들은 '왜양일체倭洋一體'의 기치 아래 왜치는 물론 서양을 오랑캐로 간주하여 다 같은 배척의 대상으로 삼았으니, 저같이 살벌하고도 엄준한 시대적 분위기 속에 이적의 손을 빌려 대한의 독립을 청원한다는 그 자체만으로도 보수 유림으로부터 외면과 질책을 당할 수 있는 문제의 요지가 될 수 있었다.

흔히 말하기를 빼어난 사람은 베이고, 뛰어난 사람은 꺾이고, 두드러진 사람은 정을 맞는다는 항간의 유행어처럼, 면우는 베이고 꺾이고 정을 맞는 것을 두려워하지 않았다. 열강과의 교섭으로 대한의 독립을 확보하려던 항일관은 여일하였으니 면우의 항일관은 무감각한 현실과 급변하는 국제 정세를 총합하려 했고 그 결과에 따른 판단으로 국제법에 준한 인도적인 차원에서 대한의 독립을 보장받고자 하였다.

때마침 노사蘆沙 학문을 계승한 계남溪南 최숙민에게 답한 답서에서 면우의 시국관과 사상의 진로를 어렴풋하게나마 엿볼 수 있었으니, 일렬 종으로 빼곡하게 쓴 답서의 핵심은 다름 아닌 화이관華夷觀이었다.

면우는 자신의 화이 의식을 계남에게 다음과 같이 답하였다.

비록 낯선 서양인이라고는 하나 인륜의 정대함만 있다면 굳이 존화양이의 틀 속에 구속시킬 필요가 없다고 하였던바.

무엇보다 '중화와 오랑캐와 사람과 짐승華·夷·人·獸은 심에서 경계 지어야 할 것이나 부딪쳐 보기도 전에 미리 선부터 그어 놓고 서양이 주범이라는 인식은 재고되어야 한다는 것이었다.

華夷人獸 只在此心界分. -『俛宇集』卷二十「崔元則」

존화양이.
중국을 존중하고 오랑캐를 물리치자는 주의.

화이관.
중국이 세계의 중심이며 주변 국가들은 미개한 오랑캐로 여겨서 낮추어 보는 사상.

계남에게 답한 답신은 바로 기존의 화이관에 새로운 패러다임의 전환이었다.

전환의 모태가 심즉리의 심이었음을 입증하였음은 물론, 새로운 화이관에 힘을 실을 수 있었던 것은 심학의 사유에 따른 이해 또한 적지 않았다.

그러나 화이관에 불을 지피는 계기가 되었던 것은 독서였다.

한때 독서광이란 닉네임이 붙을 정도로 염서에 심취했던 면우는 동양 서적을 비롯한 서양의 정치 제도와 법률 심지어 자연과학에 이르기까지 박람하였으니, 서양서 가운데 특히 독일의 법학자 보룬관매 요하네스 불룬츨리가 공법과 국제법을 논한『공법회통公法會通』을 정치하게 읽었는데, 면우가 입수한『공법회통』은 미국인 정위량丁韙良, Willam A.P. Martin과, 일본인 후쿠다 도쿠조福田德三가 한문으로 완역한 역서였다.

면우는『공법회통』을 완독한 후 느낀 바를 다음과 같이 평하였다.

'이 책은 공법 가에서 가장 자세할 뿐 아니라, 인성은 인의를 근본으로 한다.'라는 말이 담겼다며, 『공법회통』에 후기하여 『공법회통후公法會通後』라 표제했다.

『공법회통』.
여러 나라의 법률 통례를 공법이라고 하고 법률 통례를 조목별로 다루었으므로 회통이라 하였다.

이처럼 존화양이 사상은 고정불변의 맹목적 사대 개념은 아니며 오직 의만 밝히면 될 뿐. 이적 또한 인성을 가졌다면 화이관에 구애됨이 없어야 한다는 것이었으니, 구태의연한 사고방식을 청산하고 세계주의, 즉 글로벌리즘을 표방하였던 면우는 1901년 신축세, 취오聚五 정재성鄭載星에게 답하는 답서에서 『중용장구中庸章句』일부를 적서하면서 다음과 같이 일러 말하였다.
'사람은 사람이 따르는 성품이 있고, 소는 소가 따르는 성품이 있고, 개는 개가 따르는 제각각의 성품을 가지고 있으나 성을 행함에 있어서는 다른바 이는 기질의 차이' 때문이라는 것이다.

취오聚五 정재성(鄭載星, 1863~1941).
거창군居昌郡 가북면加北面 중촌리中村里 다전茶田 출생으로 국채보상운동에 의연금을 모집하여 서울의 의무소義務所로 보내고 국민회國民會와 일본 통감統監에게 서찰을 보내 일제의 강압을 성토하였던 항일운동가이자 유학자이다.

면우는 정취오에게 성의 행위에 따라 기질의 차이가 있다고 하였으니, 기질 또한 실제는 리이며 성 또한 본래는 리라고 하여서 우리 모두가 공유하는 큰 도리. 즉 공공대체公共大體라 하였던 것이다.

그렇다면 기질의 알살과도 같은 리와, 성의 핵과도 같은 리. 즉 공유하는 큰 도리를 서양인에게서는 찾아볼 수 없었던가.

아니면 그들의 영혼에 사상을 끼치는 윤리 덕목이 없었던가, 라며 반문을 던질 수 있을 것이다.

반문에 응수하자면 꼭 그렇지만은 않았다.

중국 청대 무술유신운동을 주도한 담사동譚嗣同, 1865~1898의 저서 『답사동전집』에 의하면, 담사동은 자신의 저서에서 금기의 영역이라 여겼던 서양에 대한 새로운 인식 전환을 위해 몽매한 당국을 향해 다음과 같이 고하였던 사실.

"걸핏하면 서양인의 윤상이 없음을 꾸짖는데 이는 아주 옳지 않다. 윤상이 없는데 어찌 나라를 보지保持할 수 있었겠는가……."

그러함에 서양인들은 최우선적으로 윤상을 강구하였다.

……動輒詆西人無倫常 此大不可 夫無倫常矣 安得有國…… 是以西人最講究倫常……. -『譚嗣同全集』,「論學者不當驕人」

그랬다.

독단과 독선, 게다가 사상적 편견과 오만방자한 태도를 벗어나 주위를 돌아보는 안목을 가졌던 담사동의 고언처럼, 면우는 그리스 아브데라 출신. '인간은 만물의 척도'라 하여 인간 중심을 표명했던 프로타고라스Prtagoras와, 영국 링턴 출신 존 로크John Lock의 『인간오성론』을 통해 인간의 지성을 탐구해 왔다는 것을 일찍부터 간파하였으리.

방증의 일례로 1912년 임자세, 면우는 주문팔현의 사우 홍와弘窩 이두훈李斗勳, 1856~1918의 재종형이자 자신의 후학이기도 한 성와省窩 이인재李寅梓, 1870~1929의 『철학고변哲學攷辨』에 다음과 같이 후기하였다.

"내 들건대 철학이 구주에서 쇠퇴하였으니 야소의 교(기독교)가 불길이 세차게 타듯 대중을 미혹시켰음이 머지않아 이천 년이 될 것이나, 근세에는 '나는 생각한다. 고로 존재한다.'라고 하였던 프랑스 르네 데카르트(笛卞免)의 합리론과, '아는 것이 힘이다.'라고 하였던 영국의 경험주의 철학자 프랜시스 베이컨(倍根能)철학이 인민을 구원하는 이상이 될 것"이라는 풍연한 지견을 털어놓았다.

吾聞之 哲學衰歐洲 而耶蘇之敎 熾然惑衆 且將二千年 近世法有笛卞免 英有倍根能 重理哲學之緖 以振起人民之理想 而耶蘇之勢日減一日……. -『俛宇集』卷百四十二「書李汝材哲學攷辨後」

모르긴 해도 면우의 심즉리 또한 데카르트가, 『제일 철학의 성찰 Meditations』제2부에서 "오직 사유하는 존재 즉 마음 또한 정신, 오성 또한 이성."이라고 일컬었던 그 이성이 바로 심즉리의 리가 아니었을까, 라며 퀘스천 마크를 붙여 봄 직하다.

서양에 대한 심층적 연구를 거쳤던 면우는 기존 화이관에 새로운 사상을 불러일으켰고 그 사유를 자극하였음이 바로 심즉리에 따른 독서였다.

현 시각의 선상에서 면우는 1898년 무술세, 후학 박광원에게 성과 정에 관한 질의에 대한 답서에서 다음과 같이 일러 말하였다.

'세상 정의情意, 즉 마음과 심정 모두는 리로부터 나오고 리는 조작이 없다 하나 세상을 조작하는 그 모든 것은 리에서 나온다.'라고 하면서 리를 텃밭에 콩 모종은 기로 하여서, 콩 모종이란 사물 현상의 원인을 리인 텃밭으로, 원인에 대한 결과로 콩 모종을 기로 한 인과 관계로 설정하였음은 물론, 리를 체體로써 정의情意를 베풀어 시행하는 시施라며 적절한 비유를 들었다.

시는 바로 자연 행위로 자연 행위를 주의 깊게 생각하지 않을뿐더러 조치하지 않는 것이 성이라고 하였으니, 성에서의 느낌이 정情이고 의意가 된다는 것이되, 성과 정은 한주학파에서 핵심 트렌드로 자리 잡은 '성발위정性發爲情'즉 성이 발해서 정의情意가 된다는 이론을 입증 자료로 제시했다.

그런 의미에서 면우는 효孝·경敬·충忠·제悌와 같은 온갖 행위와, 예禮·악樂·형刑·정政 등 온갖 법도와 법률·제도 이 모두가 성이 되는바 성의 시施라 했고, 신기하고 영묘한 리는 천지 만물에 영향을 미치는 힘, 작용의 용用이라 했다.

그러함에 면우는 다 같은 인간의 본성을 지닌 서양을 체體인 리로써 베풀어 시행(施行)해야 함은 물론, 리를 용으로 이해해서 의리의 인성으로 중화와, 오랑캐와, 사람과, 짐승을 구분 짓고자 하였으니, 엄연한 인성을 지닌 서양을 이적으로 보기보다는 다 같은 우주의 성원으로 끌어안아서 세상 모두가 공존공영의 기치 아래 평화롭게 살아가기를 바랐고 그만큼 평화를 갈력하였음에 파리평화회의에 평화를 담은 장서를 작성하게 되었던 것이다.

장서를 작성했다는 그 이유 하나만으로 면우는 1919년 기미세 삼월 십팔일 일제에 의해 피체되었는데, 하루는 일인 법관이 수옥을 순시하며 죄수들에게 종이 한 장을 주면서 수옥 생활 소감을 적어 보도록 하자, 면우는 일제 법관에게 맞받아치듯 직설적 저항의 담론을 벌이기보다는 서정적 언어로 우회적 풍자를 하였음이 그의 연보에 전해 오고 있다.

> 수백 년 힘으로 복종 정벌 번갈아 하고
> 어지러이 빼앗고도 그릇된 줄 모르네.
> 평화 두 글자 하늘에서 온 울림인데
> 괴이하구나! 동쪽 이웃 귀 가리고 훌쩍대기만 하네.
> **力服交征累百朞　紛紛攘奪不知非**
> **平和二字天來響　怪殺東鄰掩耳唏**
> -「俛宇集 年譜」, 卷三-

평화.

마치 노벨평화상을 수상한 미국의 성직자 마틴 루터 킹Martin Luther King, 1929~1968이 비폭력과 인종 간의 공존을 호소하였던 것처럼 면우가 언사한 피스peace의 큰 뜻을 일제 법관이 어찌 알았겠는가마는.

면우가 갈력했던 평화 두 글자는 단순히 하늘에서 들려오는 울림의 에코. 즉 뇌동이나 사운더만은 아니었다.

면우가 들먹였던 하늘은 비손하며 치성을 드렸던 하늘로서 종교 이상의 음즐관陰騭觀이 묻어 있었으니, 하늘의 명령, 천명을 간직하고 있는 무궁한 스페이스인 그 하늘을 외면한 일제의 비인도적 작태를 이제 내려놓아야 한다는 것이 면우가 느낀바 평화였다.

일제 법관에게 시문으로 평화를 호소하였듯 면우는 저들 왜치와 적대적 감정으로 갈등을 겪기보다는 이성의 힘으로 풀어 나가고자 하였으니 그 이성의 힘이 리였다.

리로써 국가와 국가 간에 명분 있는 원칙과 그에 따른 도덕적 신뢰가 구축되어야 한다는 것이었다.

음즐사상陰騭思想.
하늘이 은연중에 사람의 행위를 보고 재앙이나 복을 내리는 사상.

시문에서 영송하였듯.
위국충절에서 기인한 면우의 일관된 시국관은 고종 황제와의 함령전 독대에서도 소신을 유감없이 펼쳤다.

"폐하! 나라의 치청治定은 폐하의 일심 여하에 있사옵니다."

"일심. 그 한마음은 요순의 다스림으로 '인심은 위태롭고 도심은 숨어 있으니, 오직 정밀하게 하고 오직 한결같이 하여 그 중을 잡아야 한다고 하였던' 바로 그 열여섯 글자에 있사오니 이 같은 말은 중용의 도리에 지나지 않는다고 사료되옵나이다."

면우의 진언은 『상서尙書』·「대우모大禹謨」에서 적서한 것으로 성군 중의 성군 요순의 제왕적 통치 리더가 내포되었던바, 특히나 당대처럼 걷잡을 수 없는 욕망의 시대엔 욕망을 버리기보다는 감정과 욕망을 절제하는 과유불급한 중정中正의 삶만이 내 안의 갈등과 외적 갈등을 해소할 수 있다고 확신했음이다.

면우는 고종을 리딩하는 주역으로서 다음과 같이 진언했다.

"폐하! 폐하께서 혹여 중을 잡지 못해 마음의 주인이 될 수 없다면 만민의 주인이 될 수 없사옵고 만민 또한 군주에게 힘을 모아 주기보다는 군주를 등질 수 있사옵니다."

이 같은 진언을 은근슬쩍 흘림으로써 경각심을 불러일으켰으니, 마치 날 선 비수와도 같은 짧은 진언은 꾸밈없이 노골적으로 간하는 당간戇諫이었다.

이러한 소이에 군주께서 도심을 길러서 만민을 껴안아 준다면 군민일치君民一致의 동력으로 어떠한 난관도 헤쳐 나갈 수 있음을 덧붙였으니, 그 도심은 바로 이성적 사유를 근간으로 한 어질고 뛰어난 임금. 성군이 될 것을 바라마지 않았던 선비 된 자의 충언에 다름 아니었다.

보료에 앉아 한참을 침묵하고 있던 고종의 용안엔 화색이 나돌았다.

이따금 마주치는 그들의 두 눈빛은 신뢰의 추파였고 오랜 시간 이어진 연설은 불꽃으로 피어올랐다.

어느새 함령전은 어둠이 짙어졌고 보료에 등을 곧추세운 고종의 눈빛은 아침 이슬을 머금은 듯 함초롬했다.

입가엔 훤한 미소를 지었고 가슴엔 태양을 안은 듯 연방 성글거리며 중얼거렸다.

"그래……! 바로 그거야!"

면우의 함령전 연설은 고종에게 약석이 되었다.

이 땅을 수호하고 종묘사직을 보위하기 위해서는 군민이 결속되어야 함은 물론 만민을 결집하기 위해서는 큰 도리 대경**大經**과 근본인 대법**大法**으로 통치해야 할 것을 거듭 상주하였다.

然治天下之大經大法 惟在於心 －『**俛宇集**』卷首「登對筵說」

이러하듯.

만민이 바라고 꿈꾸던 요·순의 정치를 펼치기 위해서는 수양된 군주의 일심一心 여하에 달렸다는 면우의 진언에 황제는 확신에 찬 듯 목젖은 마치 수은주가 오르락내리락하듯 붉으락푸르락했고, 곤룡포 소매 사이로 삐져나온 두 주먹엔 지렁이 꾸물거리듯 우둘투둘한 힘줄이 일기 시작했으니, 면우가 진언했던 수양된 군주의 일심은 인심보다 도심이었고 감성보다는 이성으로 정사를 펼쳐 주기를 바랐던 것이다.

일생 마음 닦는 공부에 여념이 없었던 면우.

면우는 마치 무애 양주동 박사가 '안광**眼光**이 지배**紙背**를 철**徹**하라'라고 말하였던 것처럼, 한 손엔 『성리서』를, 다른 한 손엔 한주의 저서 『이학종요**理學綜要**』를 들고 번갈아 가며 읽었으니, 이때 두 눈빛은 책장을 뚫을 정도로 아주 사소한 구절까지 디테일하게 접근할 수 있었고 끝없는 사유란 덧칠도 할 수 있었다.

한 걸음 더 나아가 깊고 넓은 이학 세계에 도전할 학문적 용기와 베일에 가려진 심즉리란 두꺼운 꺼풀을 한 꺼풀 두 꺼풀 벗겨 낼 수 있었다.

그렇다면 머리에서 발끝까지 온통 이학으로 물들이고 더하여 불철주야 심즉리에 골몰했던 면우에게 이학의 끝은 어디며. 일생의 학문으로 자처했던 심즉리는 현실과 연계될 수 있는 학문인가……?

단순히 일신을 위한 학문인가……?

구복지계의 도구인가……?

소수의 지적 요구에만 부응하는 학문인가……?

시대의 요청이었던가……, 라는 이모저모는 주변 사람들로 하여금 궁금증을 불러일으켰을 터인데, 숱한 의혹에 대한 해혹은 바로 황제와의 **함령전咸寧殿** 독대에서 부분적이나마 경세의 허허실실을 비롯한 그 모든 것을 총괄 소개할 수 있었다.

그랬으리라.

아마도 당세 사람들은 심학으로 상처받은 마음을 치유하고 싶었을 게다.

게다가 초야에 묻혀 오로지 심학에만 주야골몰하던 면우에게 의아한 눈길을 보내기도 했을 것이며 한편으로 자신의 멘토가 되어 주기를 바랐는지도 모른다.

주지하다시피 구한말은 카오스 즉 혼돈의 시대로 온 인류가 이성을 잃어 가고 온 군중이 격분하기 시작했다.

이어지는 민란과 진화되지 않는 항쟁과 폭력은 끊일 날이 없었으니 파생된 고초와 울체된 분노와 절망만이 가득한 뭉친 가슴을 어떻게 쓸어내렸을까.

치유할 수 있는 유일한 처방은 끓어오르는 감성을 억제하고 냉철한 이성으로 문제점을 파악해야 할 것이되 이 또한 쉬운 일은 아니었을 것이다.

물론 저마다의 치유 방법은 있었겠으나 면우는 정신적 내상을 심즉리의 심에서 찾고자 했다.

심즉리의 심은 자아의 존재를 인식게 하는 리로서, 리는 인간이면 마땅히 갖추어야 할 이성과의 동속으로 쉼 없이 끓어오르는 욕망 즉 감성을 리인 심으로 억제하고 그 부스러기마저 떨어낼 수 있음이 리였다.

면우가 논한 리는 바로 서양 철학에서 선악을 구별하여 바르게 판단하는 능력, 즉 이성의 범주에 근접한 것이라 할 수 있을 것이다.

독일의 철학자 임마누엘 칸트는 다시 이성을 세분하여 선천적 인식 능력 이론 이성과, 선천적 의지 능력 실천 이성을 통틀어 지칭한다고 하였으니, 불학에서 본디 갖추고 있는 법성으로서 절대 변하지 않는 본성 만유의 본성과, 심즉리에서의 본연의 성인 미발의 성 또한 서양 철학 내지, 칸트 철학에서 운위하는 이성과 별반 다를 것이 없다고 해야 함인가.

만불성설은 아닐 것이다.

같은 솥으로 지은 밥을 먹는다는 '동정식同鼎食'에 다름 아닐 것이다.

칸트 철학에서의 이성과 불학의 교리로 설파했던 이성과, 본연의 성이 이발의 감성마저 통섭하는 심즉리의 리 또한 이성이란 카테고리에 귀속되어야 할 것이되.

이성에 비유되는 심즉리의 리는 마치 한 인간이 트라우마를 경험하듯, 내면에 들끓는 격정이 불합리적인 힘으로 폭발하는 이발의 감성을 이성적 의지로 통제하고 해결해야 함이 미발의 성이고 주도적 역할을 해야 함이 심즉리의 리이다.

그 리는 선과 악을 가늠할 뿐 아니라 절제할 수 없는 욕망의 감정,〔칠정七情〕기를 통제하는 것이 심즉리에서의 리의 역할인바, 당연 서양 철학에서의 선악을 변별하는 능력과, 칸트 철학에서의 이론 이성과 실천 이성을 함유했다고 해야 할 것이다.

이렇듯 면우가 생장하고 활동했던 조선 후기 사회는 도덕적 함량 미달로 무규범의 아노미 상태를 방불케 하였으니 당세의 타락상을 절감한 면우는 당대의 절실한 사회 문제를 진단하였으니 진단 결과 감정 조절이 안 되는 상태, 즉 기의 망동으로 기를 통제할 수 없다면 걷잡을 수 없는 혼란이 예상될 것이란 소견을 내렸던 것이다.

진단에 따른 처방으로 본능적 쾌락으로 질주하고 있는 기를 검속하기 위해서는 리로써 치정治定해야 한다는 것이었으니, 리는 기로 말미암아 격해진 감정을 이성으로 되돌려 놓을 뿐 아니라 본성마저 회복할 수 있기 때문일 것이다.

게다가 리는 만물을 생성하는 근원이자 영원불멸의 생성 능력을 가졌음에 영원히 고갈되지 않을뿐더러 도의에 의한 질서를 이루는 근본으로 세상의 시비를 가릴 수 있다는 것을 덧붙였으니.

면우는 당세와 같이 풍기가 문란할수록 공리공담의 이기론보다는 의리가 내재한 리, 즉 심을 발현하여 세상의 공존을 도모하고자 하였던 것이다. 이는 바로 현실이 지향해야 할 이상적 원리가 리이고, 리가 온갖 만물을 주재하므로 리가 바로 서지 못한다면 현실의 어려움을 극복할 수 없다고 여겼다.

첫 도회지인 감악산에 들어갈 무렵 면우는 사마천司馬遷의 『사기史記』를 비롯해서 도연명陶淵明, 사령운謝靈運, 이백李白, 두보杜甫, 한유韓愈, 유종원柳宗元, 소식蘇軾, 황정견黃庭堅 등의 서책에 심혈을 쏟았으나 텅 빈 가슴을 채워 주진 못했다.

겨우내 책과 씨름하던 면우는 이윽고 결심을 하게 되었으니 결심은 바로 감악산 정행이었다.

봄기운이 완연한 감악산 기슭에서 낮에는 주자와 퇴계 글에 의지하고, 으슥한 밤이 찾아오면 막 피어오르는 달빛 받아 일상을 담은 자기 고백적 시를 남기곤 하였으니 이때 창작한 작품이 바로 생강을 읊은 「영강詠薑」이다.

    청신하여 계피보다 더 맵고
    씹으면 부드럽기가 눈과 같아서
    가슴 속에 찬 가래를 뚫어 내니
    정신이 저절로 맑고 밝아지네.
    清新烈愈桂　咬咀軟如雪

豁盡胸中痰　神明自朗徹

-「詠薑」-

늘 그러하듯 아무런 외부의 자극 없는 깊고 깊은 감악산 산중은 호젓하기만 했다.

겨우내 움츠렸던 감악산에 어느덧 봄이 찾아왔는지 양지바른 곳곳에 아지랑이가 뭉게뭉게 올랐고, 아지랑이 사이로 난초처럼 생긴 새앙 한 떨기가 소담스럽게 피어 있는 감악산은 분명 샹그릴라였다.

샹그릴라에 비유되리만큼 아름다운 감악산 주변을 어슬렁거리는 봄 햇살은 감악산을 자무하듯 언 땅 위를 타기 시작했으니, 춘양에 검푸른 녹음과 막 피어나는 꽃봉오리와 뒤엉긴 감악산은 붉으락푸르락 성깔 있는 대자연으로 변환했다.

그토록 호젓하기만 했던 감악산은 춘기가 팽창하였음인지 풀어진 학인의 두 눈에 근력이 조여 왔고 움츠린 사지에 봄기운마저 넣어 주었다.

봄기운을 등지고 쾌쾌하게 거니는 학인의 발길은 이내 양지바른 산발치에 머물렀다. 산발치에서 겨우내 고초를 이겨낸 새앙 한 떨기에 학인은 시선을 떼지 못했으니 비단 난초 같은 새앙의 겉모습에 매혹되었던 것은 아니었다.

면우가 주목한 것은 새앙의 놀라운 생명력이었다.

새앙의 생명력에 착상하여 새앙의 속성과 본질을 파악하고자 하였음이 「영강」 시문이다.

생강과 관련해서 중국 명나라 때 이시진李時珍이 저술한 『본초강목』과, 상해 과학기술출판부에서 간행된 『중약대사전』에 따르면, 새앙 즉 생강은 거담祛痰은 물론 신명神明을 통한다고 기록했다.

공자 또한 『논어』·「향당」편에서 '생강은 신명神明을 열어서 더러움과 사악함을 제거해 준다.'라고 하였으니 면우는 생강의 청신함으로 구규를 관통해서 신명을 열고자 하였다.

구규九竅.

흔히 염殮할 때 시체의 아홉 구멍을 막는다는 구규는 동양 의학에서 사람의 몸에 있는 눈·코·귀 여섯 구멍과 입·항문·요도 세 구멍을 통틀어 가리킨다.

허언은 아니었다.

생강을 통해 신명을 열어 보고자 하였던 면우는 중국 북송 때 철인 주돈이가 태극도설을 지어 도체의 본원을 밝힌 것을 가리켜 '쇄락한 가슴 속'이라 하였듯, 면우는 생강으로 막힌 가슴을 뚫어 버리듯 생강의 강렬한 속성으로 내면의 물욕을 씻어 버리고 한 점 티 없는 말쑥한 마음으로 리를 밝혀 보고자 하였다.

언젠가 필자는 「영강」시와 관련해서 고연희 선생이 연구한 『조선후기 산수기행예술 연구』서를 읽게 되었는데, 그 책 속에는 중국 명대 양신楊愼이 '법심法心'으로 산을 보면 산이 그림같이 보이고 '회심會心'으로 보면 실제 그림 같다고 하여서 회화 예술의 미를 마음의 눈으로 보았을 때 얻어 내는 마음의 상태가 곧 법심이고 회심이라 하였으니, 이는 바로 면우가 심즉리에서 심을 논하면서 심은 사람의 신神에 있다고 말한 것과, 자강시를 봄으로써 오묘한 이치를 깨달을 수 있음을 신명의 공이라 일렀던 것과 다름 아닐 것이다.

子薑詩看朝徹 謂是神明之功. -『俛宇集』卷五十三「別紙」

양신이 강조한 법심과 회심은 면우가 늘 운위했던 일신一身의 주재자인 심과 대등한 의미라 할 수 있을 것이되, 양신이 회화 예술의 미를 심목心目으로 터득하여 법심 회심의 경지에 이를 수 있었듯, 면우는 비록 생강은 복용치는 않더라도 영강 시문만으로도 심목, 즉 마음의 눈으로 관조한다면 정신을 일깨워서 신명을 열 수 있으리라 여겼다.

심을 발현하기 위한 구도의 행보는 치열했다.

일차 도회의 장이였던 감악산 산중에서 면우는 밤하늘에 걸려 있는 달과 봄날 춘강春江을 통해 우주의 유행을 체험하고 이면에 선험적으로 존재하고 있는 리를 찾고자 했다.

> 낭떠러지 바위 갈라져 모래 되고
> 춘강에 뜬 달 깊이 비추네.
> 숨어 사는 곳이 가장 고요해야만
> 철저히 진심을 볼 수 있다네.
>
> **斷崖沙將石 春江入月深**

幽居當最淨　　徹底見眞心

　　－「江村夜坐」－

「강촌야좌」에서 영송하였듯 면우가 찾고자 했던 리는 먼 곳에 있지 않았다.

벼랑에서 굴러 내린 바위였다.

바위가 부서져 모래가 된다는 천리의 묘용을 감악산 산중에서 찰관할 수 있었다.

그렇다면 천리묘용은 어떻게 풀이되어야 함인가.

천리묘용은 사람으로서 마땅히 걸어가야 할 길, 즉 불변의 영원성이 있는 도가 존재의 목적인 형이상학의 세계에서, 현상을 대상으로 하는 형이하학의 세계로 발하고자 하나 발할 수 없는 미발·이발의 상태로. 도가 제자리에 머물고자 하는 속성이 바로 천리묘용이라 할 수 있을 것이되 이는 『시경』·「한록旱麓」에서 구체화될 수 있을 것이다.

　　솔개는 날아 하늘에 이르거늘

　　물고기는 못에서 뛰어 놀도다.

　　鳶飛戾天　　魚躍于淵

「한록」에서 영송하였듯.

전혀 힘을 쓰지 않고도 몸을 솟구쳐 창공을 배회하는 솔개와, 못에서 물고기 떼들이 늠실늠실 춤을 추듯 뛰어노는 일련의 행동은 학습이나 경험에 의해 익혔던 것은 아니었다.

　태어나면서부터 갖추고 있는 능력, 즉 본능에 의한 자연 그대로의 상태로, 솔개는 솔개대로 물고기는 물고기대로 제 직분을 다하는 것이 현묘한 조화이고 천리의 묘용일 것이다.

　면우는「강촌야좌」시문에서 높이 뜬 달과 쉼 없이 흐르는 춘강을 천지만물의 일부이자 자연의 묘용으로 여겼을 뿐 아니라, 강촌의 야경을 미적 기준으로 설정하여 리기론에 끌어들였으니 성리학자의 발상이 아닐 수 없을 것이되.
　리는 만물을 포섭하는 무형의 에너지로, 만물 안에 있는 기는 전자 즉 원자핵의 주위를 도는 소립자로 가정하여 깊게 비추는 달을 본체로 한 리로 보았으며, 춘강은 리가 구체화되는 과정에서 작용하는 자료로서의 기로 보았던 것이다.
　면우가 늘 주장하였듯, 리와 기는 불상리·불상잡의 관계로 떨어질 수도 섞일 수도 없는 불가분의 관계이지만 이때 리와 기는 불상리의 관계로 기는 리의 자료로서 리의 작용에 보조 역할만 할 뿐 구체화될 수는 없는 것이다.
　「강촌야좌」에서 영송했던 것처럼 벼랑에서 굴러 내린 바위가 부서져 모래가 되고 그 모래가 오랜 세월 누적되어 응축되면 바위로 되돌아간다는 대자연의 오묘한 이치를 깨달을 수 있었으니, 면우에게 사색의 힘과 지속적 탐구의 모티브가 되었던 장소가 벽재일우僻在一隅.의 감악산 기슭의 움막이었다.

면우는 움막의 삶을 유거幽居, 즉 세속을 떠나 깊숙하고 고요한 곳에 묻혀서 학문에 매진했던 그때의 삶을 유거라 제명하여 작품을 남겼다.

> 느지막이 감악산에 집을 지으니
> 산도 깊고 사람도 깊네.
> 흰 구름은 천년의 그림자요
> 꽃나무엔 한 봄의 그늘이네.
> 걸상을 쓸어 떨어진 꽃잎 모으고
> 대발에 기대어 스며드는 달빛 맞네.
> 이제부터 묵은 빚이 없으니
> 그윽한 곳에서 진심을 보겠네.
> 晚築紺山屋　山深人亦深
> 白雲千載影　芳樹一春陰
> 掃榻收花落　憑簾耐月侵
> 從今無宿債　幽處見眞心
> -「幽居」-

작품에서 엿볼 수 있듯.

하늘의 특은과 땅의 은택을 다 입은 축복받은 자연. 샹그릴라로 비유되리만큼 아름다운 감악산에서 마치 백학이 더 높은 창공을 배회하기 위해 잠시 비상을 멈추고 둥지를 틀고 앉아 있듯, 면우는 더 높은 성리학 세계를 배회하기 위해 백학처럼 경건한 마음으로 봄을 맞이하고자 하였으나 마음 같지만은 않았다.

늘 그러하듯 칙칙한 구름은 푸른 하늘을 검게 물들였고 사계를 잃은 무성한 녹음마저 팔 폭 병풍처럼 감악산을 에워싼 밀림.

햇살 한 점 비집고 들어올 수 없는 울창한 밀림 속 감악산은 마치 블랙 메이크업을 한 듯한 암흑의 계절이었다.

바로 춘래불사춘**春來不似春**이었다.

봄은 왔지만 봄기운을 느낄 수 없었던 감악산.

별밭만 헤아려야 했던 감악산에 늦게 봄이 찾아왔다.

이곳저곳에선 겨우내 물먹은 철쭉이며 개나리며 산 벚나무엔 꽃망울이 맺혔고 새들은 나뭇가지 위에 옹기종기 앉아 감악산에 찾아든 봄을 찬미라도 하듯 앙칼지게 재잘거렸다. 재잘거림에 산짐승까지 덩달아서 울부짖는 감악산은 심성수양의 장으로 손색이 없었다.

거기다 이따금 팔랑팔랑 날아드는 낙엽 쓸어 모으며 사계의 순환을 살필 수 있었고 여태껏 느껴 보지 못한 감악산의 어두운 정**靜**의 세계에서 대발을 비집고 찾아든 한 줄기 달빛을 통해 양**陽**의 세계가 동**動**의 세계로 변한다는 것을 비로소 자각할 수 있었으니 참신한 착상이었다.

천체가 끊임없이 운행하는 음양동정**陰陽動靜**의 원리와 결부시켜 내면을 달빛인 양을 통해 현시해 보겠다던 면우는 이로부터 십 년 후, 1877년 정축세「이결**理訣**, (리유동정, **理有動靜**)」을 저술하였으니, 「이결」에선 음양동정의 원리를 입론하였을 뿐 아니라, 음양동정과 관련해서 후학 윤진청과 문답한 내용을 『다전경의답문』에서 다음과 같이 기록하고 있다.

'심은 성정性情이 합하여 동정動靜을 꿰뚫는 까닭에 정靜하면서도 능히 동動하는 묘妙가 있고 동하면서도 능히 정하는 묘가 있는 이를 주재라 하였다.'

……而心則合性情而貫動靜故 靜而有能動之妙 動而有能靜之妙 是所謂主宰也……. -『茶田經義答問』卷之, 十七, 「答尹晉淸 弘洛」

『다전경의답문』만이 아니었다.

「이결」에 다음과 같은 말을 남겼다.

'리의 신묘함을 예측할 수 없는 것은 동動함이 있고, 정靜함이 있는 까닭이며, 양陽이 동動함은 동動의 리가 있는 까닭이고, 음陰이 정靜함은 정靜의 리가 있는 까닭이니 리는 동정動靜의 주主가 되고, 기는 동정의 자資가 된다.'라고 하였다.

理之神妙不測者 以其有動而有靜故也 陽之能動 以其有動低理故也 陰之能靜 以其有靜底理故也 理也者 動靜之主也 氣也者 動靜之資也. -『俛宇集』, 卷百二十九, 「理訣 上.(理有動靜)」

『다전경의답문茶田經義答問』.

총 이십이 권의『다전경의답문』은 면우 선생이 평생에 걸쳐 사우 및 문인들과 왕복 서한을 통하여 경서와 제가의 주석에 대요를 강구하고 의문을 변석하였던 것으로 낭헌朗軒 박우희朴雨喜 옹이 편찬했다.

「유거」작품에서 영송하였던 것처럼, 면우는 어두움이 짙게 깔린 감악산을 어두움 속에 자신을 속이지 않는 신독의 공간으로 여겼으니 칠흑 같은 움막에서 자신의 내면을 철저히 밝혀 보고자 했다.

내면을 밝혀 보리라는 면우는 현상계의 대나무, 소나무, 구름 따위를 죄다 끌어와서 물욕으로 가득 찬 인욕을 버리고 뚫린 가슴에 본연의 마음을 채우고자 하였으니, 이때 심정은 마치 양달과 음달이 바뀐다는 환양처럼 응달에 가려워진 오욕칠정을 짜개서 볕받이 양달에 펴놓고 싶은 심정이었으리.

이로부터 이십칠 년 후 1899년 기해세, 면우는 중추원부의장과 법무대신을 역임한 양원陽園 신기선申箕善, 1851~1909이 보낸 서한의 답서에서 자신의 과거 고백 한 줄을 첨가하였으니 사연은 다름 아니었다.

이십 사오 세 무렵 돌연 두려움이 생겼으니 두려움의 대상은 바로 사람의 형상을 하고서 금수가 되어 간다는 것에 자신을 더없이 슬프게 했다는 사연은 짤막했지만 솔직했다.

사연에서 고백하였듯, 사람이 짐승이 되어 간다는 현실의 절망감에 몸부림쳤을 면우.

면우가 막다른 절망에서 도피구를 찾은 곳이 감악산이었다.

더한 도피처로 무인지경의 역동을 자처하였으니, 칠흑같이 어두운 감악산 산중과 위리안치의 배소에 비유될 만치 골 깊은 심산 역동에서 유학의 부활과 유학의 르네상스를 꿈꾸었다.

양원 신기선.

『申箕善 全集』해제에 의하면, 신기선의 아호 양원은 초년 친구이자 조선의 근대화에 채찍을 가했고 개화와 개혁을 재촉했던 풍운아 고균古筠 김옥균金玉均, 1851~1894이 작호作號했다고 한다.

양원은 율곡 이이栗谷 李珥, 1536~1584와 우암 송시열尤庵 宋時烈, 1607~1689의 학통을 계승한 낙론洛論 계열의 주기主氣론자 고산 임헌회鼓山 任憲晦, 1811~1876의 문하생이다. 신기선과 면우와의 인연은 1899년 기해세였다.

그해 양원은 초면부지의 면우에게 한 통의 서한을 보냈으니 서한은 다름 아닌 경국의 대업을 이룩해 주기를 바란다는 간곡한 청이었다.

면우의 박학다재함을 선문들은 양원은 서한을 봉함하기 전, 이미 고종에게 경국지재로 면우를 천거한 상태였으니, 인재 등용에 다급했던 고종은 양원의 천거를 허여하여 면우에게 불차탁용의 은전을 베풀었던 것이다.

아이러니하게도 고산의 문하생이자 양원 자신과 동문수학했던 거유 간재艮齋 전우田愚, 1841~1922를 비롯한 기라성 같은 동문 선후배를 제쳐 놓고 색목과 계열을 달리한 면우를 불세출의 인재라 여겨 천거했다는 사실.

한마디로 난센스라 할 수 있겠으나 그들 간의 은밀한 청탁이 있었던 것은 아니었다. 국가 대업을 이룩할 인재에 갈력했던 주상의 뜻을 받들어 인사를 처리하였을 뿐 사분私分이 개입된 것은 아니었다.

양원 신기선과 동문수학했던 간재 전우.

간재의 성리학 연구 업적은 높이 평가되고 있는 것이 사실이다.

전하는 말에 의하면 간재는 정통 왕권의 계승만이 국권의 회복이라 생각했고 이외 면암 최익현이 의거에 참여하라는 요청에 거절했던 것을 비롯해서, 의병이나 동학이나 서학에도 관심이 없을뿐더러 파리장서운동에도 관심을 보이지 않았다.

게다가 사는 것도 묻지 않고 죽는 것도 묻지 않을 것이며 오직 의만 따르겠다는 간재는 왜치의 세상이 되어 버린 이 땅에 다시 발을 들여놓지 않겠다며 왕등도昰嶝島와, 군산도群山島 구미촌龜尾村 벽항에서 사상의 집약이라 할 수 있는 '성품을 높이고 마음을 높인다는 성존심비性尊心卑'를 일생의 학문으로 삼았다.

더욱이 구미촌에서 계화도繼華島로 옮긴 칠십삼 세 노유 간재는 계화재繼華齋에서 자신의 사상에 마지막 불씨를 지폈던 것이다.

그뿐만이 아니었다. 근왕과 복벽만이 유자의 소임이라 여겼던 도학군자 간재는 오 세 연하의 면우와 일생일대의 학문적 라이벌이자 서로의 학문을 자극했던 러닝메이트로 그들의 불꽃 튀는 논쟁은 백가쟁명을 방불케 했으니.

학문의 러닝메이트자 라이벌인 면우는 1913년 계축세, 연재 송병선과 간재 전우 두 선생을 사사했던 구한말의 학자 홍사철에게 심즉리와 관련한 답서에서 참된 진리를 찾기 위해선 당목이 진리를 흔들어서는 안 된다는 취지에서 일침을 놓기도 하였으나, 일렬 종으로 써 내려가는 답서에서 면우는 평소 간재 옹의 청절을 흠앙해 왔음을 고백함으로써 당목 따위로 잔달게 구는 소인이 아니라는 것을 입증했다.

이는 마치 경기에서 경쟁 관계에 있었더라도 경기가 끝나거나 경기 이외에는 우호 관계를 구축해야 한다는 스포츠맨십과 같은 행동이었으니 이는 바로 진정한 대인군자의 태도였다.

鉤扵黨目 無世仇也無身競也…… 雖然鉤扵艮翁 其欽仰淸節 －『俛宇集』卷百十一「答洪成吉」

당목과 다투지 않을 것이며 당목과 원수가 되지 않겠다는 면우는 홍사철에게 대아를 위해서 욕망과 아집에 사로잡힌 나, 즉 당목이란 소수 이익에 급급해하는 소아적 의식을 버리고 참된 학문을 위해 백가쟁명의 태도로 학문에 임하고자 제의하였으니 이 같은 면우의 발상은 홍사철과 간재의 심금을 충동질하고도 충분했으리.

기실 주자를 신봉하는 각파들은 당목이란 사분도 개입되었으나, 한편 그들 간의 불꽃 튀는 학문적 논쟁은 조선 유학 발전에 거대한 주춧돌 역할이 되었을 뿐 아니라, 조선 유학사에 커다란 금자탑을 쌓을 수 있었다.

게다가 양원 신기선의 공평무사한 중립적 자세는 오늘의 정치인과 조직의 리더들이 벤치마킹해도 좋을 듯하다.

……유학의 부활과 유학적 르네상스를 꿈꾸었던 면우는 유학의 도래를 기약하며 꿈을 향한 전진을 멈추지 않았다.

아래 「운운이수韻運二首」에서 다음과 같이 영송하였다.

뜬구름 실제 형적이 없고
긴 대나무 텅 빈 소리만 나네.

깊숙한 산에 살아도 후회되지 않는 것은

홀로 대자연의 운행을 볼 수 있어서라네.

浮雲無實跡　脩竹有虛韻

不恨山居深　獨觀萬化運

-「韻運二首」, 第 一首-

　뜬구름과 대나무의 빈속처럼 마음속에 하나의 외물도 없이 텅 비우겠다는 면우.

　중국 북송 때, 철인 주돈이의 「애련설愛蓮說」에서 '연꽃은 속이 비었기에 겉이 곧다.'라고 하였듯, 속이 빈 연꽃은 인욕을 모두 소멸시킨 본연의 마음일 것이나, 이는 곧 맑고 영묘한 허령불매虛靈不昧의 상태이다.

　허령虛靈은 마치 사물을 비추기 전의 거울과 같이 아무런 상도 반영되지 않는 텅 빈 상태인데, 면우는 인간의 본모습 또한 허령과 같아서 사물을 응대하면 즉각 지智의 덕德으로 지각知覺할 수 있음이 일심一心의 묘라 하였다.

　지의 덕.

　지는 덕을 자각하고 도를 깨닫는 것을 말함인데, 곧 인식의 한계를 깨달아서 참된 진리인 도학의 세계로 나아가는 첫걸음으로 그 지를 얻기 위해서는 무엇보다 내면을 철저히 닦음으로써 완미한 인격을 갖출 수 있으니, 이는 바로 만물에 내재하는 도가 내면에 있기 때문일 것이다.

지의 덕을 자각하고 참된 진리로 나아가기 위해 면우는 물욕의 찌꺼기를 소청해서 허심虛心의 상태에서 자아를 찾고자 하였으니, 이는 곧 빈 것은 비운 만큼 채울 수 있다는 논리로 하늘에 떠 있는 구름과, 속이 빈 대나무를 통해 물욕을 제거한 본연의 마음, 즉 순수 결백의 이드id 상태에서 대자연의 운행을 관조하면서 내면을 확충하겠다는 것이었다.

이드id.

심리학 용어로 개인의 무의식 속에 선천적으로 가지고 있는 본능적 에너지의 원천을 '이드'라 일컫는다.

이러하듯 오직 도학의 완성이란 일념으로 음암한 동굴에 비유되리만큼 골 깊은 감악산을 택정했던 열혈 청년 면우.

그는 감악산을 아카데미 내지, 장수지소로서 이곳 감악산에서 기필코 거대한 도학의 산성을 쌓으리라는 다짐은 세한삼우의 으뜸으로 여겼던 소나무의 절조와 비견될 수 있을 터인데, 면우는 혹한에 모든 초목이 시들어 떨어져도 오직 송백만이 꿋꿋한 절조를 지킨다고 해서 백이의 완고함으로 비유되던 소나무를 다음과 같이 영송하였다.

......

만년 세월 풍상을 겪은 재질에다.

사계절 비와 이슬을 받은 모습이라네.

매서운 겨울이 아니었다면.

되레 백이를 완고하다 했겠네.

萬歲風霜質　四時雨露顔

武冬無奈是　返謂伯夷頑.

-「詠松」-

영송하였듯.

열혈 청년 면우에게 소나무가 절조로 표상될 수 있었던 것은 엄동 혹한에도 변절되지 않는 타고난 성품에 있었다.

면우는 저 설산 바위틈에 위태로이 붙박여 있는 소나무를 바라보면서 물욕을 제거한 청초한 본심을 찾겠다고 하였으니, 면우가 이토록 찾고자 했던 본심은 훗날 어전에서 통치자의 치국방도를 심학에서 강구했고, 목민에 있어서는 성왕인 요·순의 정치를 현실에 끌어다가 이상 사회를 만드는 것이었다.

이상 사회 건설은 현실이 되었다.

함령전에 입실한 면우를 면대한 고종 황제는 면우에게 다음과 같이 친문했다.

"천하를 다스리는 도는 구경팔조**九經八條**밖에 별반의 도가 없는 것이오……! 다른 좋은 계책이라도 있는지 말해 보시오!"

고종 황제가 하문했던 구경**九經**은 다음과 같이 서술할 수 있을 터이다.

구경은 『예기』『중용』에서 천하를 다스리는 아홉 가지 큰 도로서, 몸을 닦고, 어진 사람을 존경하고, 친척을 친애하고, 대신을 공경하고, 어진 신하를 사랑하고, 백성을 자식처럼 여기고, 백공을 모여들게 하고, 먼 데 사람을 회유하고, 제후를 따르게 하는 아홉 가지를 말함이다.

凡有天下國家有九經 修身也 親親也 敬大臣也 體群臣也 子庶民也 來百工也 柔遠人也 懷諸侯也. -『禮記, 中庸』

게다가 팔조는 여덟 가지 법규 즉 팔조지교八條之敎로서『후한서』「동이전」이현李賢의 주注에서 다음과 같이 기록하고 있다.

살인자는 사형에 처하고, 상해한 자는 그 정도에 맞게 곡물로 변상하게 되고, 투도偸盜한 남녀는 그 집의 노비로 삼되, 속죄하려는 자는 오십만 전을 내놓게 하였다고 한 구경팔조가 만민법적萬民法的 법금이다.

又制八條之敎 李賢注 前書曰 箕子敎以八條者 相殺者以當時償 殺相傷者以穀償 相盜者男沒入爲其家奴 女子爲婢 欲自贖者人五十萬音義曰 八條不具見也. -『後漢書, 東夷傳』

면우는 황제의 하문을 받자와 다음과 같이 상주했다.

"폐하, 신은 사실 정사에 관해서는 전혀 알지 못하옵나이다……!"

"신은 전일에 폐하가 내린 유시를 읽어 보았사온데…… 폐하께서 밤낮으로 훌륭한 정사를 이룩하고자 한 것이 사십 년이 되었건만 나랏일은 날로 잘못되어 간다는 말이 있었사옵니다……!"

"폐하께서 진실로 훌륭한 정사를 이루려는 마음을 품고 있다면 어찌 사십 년 동안 애써 왔는데도 치적에 효험이 없었겠나이까!"

"신이 생각하옵건대 일국의 흥망성쇠는 오직 폐하의 마음 여하에 달려 있다고 생각되옵나이다……!"

고종 황제는 말했다.

"숨김없이 말해 보시오!"

면우는 황제에게 다음과 같은 충언으로 상주했다.

"폐하의 마음이 어짊·의리·예의·지혜·충효·공경과 자애가 공적인 데서 발현된다면 도심일 것이오나, 음식·의복·음악과 여색, 재물과 잇속의 사사로움에서 발현한다면 사심私心이 될 것이옵나이다……!

하여 폐하께서 한 번 생각함이 반드시 인심인지, 도심인지, 사적인지, 공적인지 기미를 살펴서 도심이 공적이라는 것을 안다면 반드시 늘려서 확대 시행해야 할 것이오나, 인심이 사적이라는 것을 안다면 억제해서 없애 버린다면 요순의 정치라 할 수 있을 것이옵나이다……!"

고종 황제는 말했다.

"진실로 그대의 말이 교훈이 되는구려……!"

면우는 황제와의 독대에서 사직을 수호하고 백성을 안녕하게 할 수 있는 치도는 덕으로 다스리는 왕도 정치에 있음을 상기시켰다.

왕도 정치를 펼치기 위해서는 군주 스스로 일심을 닦아서 성인의 도에 나아가야 한다고 하였으니 그 성인의 도는 심오하고 고원한 곳에 있지 않았다. 바로 상하 계층 간의 행위 규범인 상도常道에 있었다.

상도와 관련해서 면우는 자신의 저작, 「이결」에서 다음과 같이 밝혀 말했다.

"천하의 모든 일은 근본을 세우지 않을 수 없다. 이 때문에 성인의 근본을 소중히 여기는 것이다. 임금은 신하의 근본이고, 아버지는 아들의 근본이며, 천지는 만물의 근본이다. 리 또한 천지만물의 근본으로 천하 만사에 리가 없다면 어지러워서 신하는 임금을 시해하고, 자식이 아버지를 시해할 것이니, 소인이 자라나서 혼란스러운 날이 많은 것은 모두 리를 소홀히 여겼기 때문이다."

天下萬事 無本不立 是以聖人必重本 君者臣之本也 父者子之本也 天地者 萬物之本也 而理也者又是天地萬物之本也 天下萬事 無理則紊 臣弑其君 子弑其父 小人長而亂日多 皆由於忽此理故也. －「主理(理訣下)」

성인의 도는 부자, 군신, 장유, 부부, 붕우 간에 있어서 당연히 지켜야 할 도덕적 마음 즉 상도에 있다고 하였으니, 상도는 바로 성인의 도로서 리로 시작되어 리에 끝날 것이거니와, 이 같은 리는 사물을 판단하고 인지하는 능력을 가졌음에 리로서 일심을 기른다면 완전한 인격을 갖출 뿐 아니라 천하의 이치마저 얻을 수 있다 함이 리의 비결, 즉 「이결」에서 말해 주고 있다.

덧붙여 유원중柳遠重에게 일러 말했다.
자식이 효하고 신하가 충성하는 리는 타고난 성품 안에 이미 갖추어져 있기 때문에 당연한 이치이자 골간으로 그 리는 천하의 지극히 바른 도리이며, 사람이 얻고자 하는 마음으로 그 도가 리라 하였으니 그 리는 바로 리에서 시작되어 리로 끝나는 성인의 도였다.

면우가 늘 생각하고 운위했던 리는 이미 선진 시대부터 원리principle, 법칙Rule, 당위Sollen 등으로 개념화되었다.

「이결」에 의하면 기는 생生과 사死가 있지만 조작할 수 없는 무형으로 생과 사가 없이 영원히 존재하는 것이 리라고 했으니.

……氣有形而理無形 有形者有生有死 而無形者無生無死…… 惟其無生死…… 永長存者理也. -『俛宇集』卷百二十九,「理訣 上,(理無生死)」

이학의 마니아 면우는 리를 다음과 같이 열일곱 가지 유형으로 분류하였다.

심리心理, 정리情理, 지리志理, 신리神理, 성리性理, 달도리達道理, 재능리才能理, 명덕리明德理, 주리主理, 명리明理, 순리循理, 리생기理生氣, 리자기理資氣, 리양기理養氣, 리제기理制氣, 리구리理具理, 리묘리理妙理 등 열일곱 가지 리는 혼융관통混融貫通하여 정조精粗가 없고 상하가 없으며 본말이 없지만, 세상에 널리 행해지고 대립되며 아래로부터 위로 도달하는 것은 오직 기氣 하나뿐이라며 일침을 가했다.

두루두루 응용되는 리는 이뿐만이 아니었다.

면우는 리를 정正으로 정도正道·정학正學이라 하였으니 정도와 정학은 사람의 마음을 바르게 하고, 몸을 바르게 하며, 한 가정을 바르게 하고, 만민을 바르게 할 수 있음은 오직 정正이라 하였다.

그런 원유에서 천자로부터 만사 만물에 이르기까지 정을 얻고자 하였으니 그 정은 바른 도리, 즉 정리正理로 환언할 수 있을 것이되, 이 같은 정은 요순으로부터 시작해서 공자와 맹자, 정자와 주자에 이르기까지 면면부절 명맥을 유지해 왔다는 것이다.

상술한 바를 총합해 보면 정이 지속 가능할 수 있었음은 정이 리라는 사실이고, 그 리는 모든 사물에서 마땅히 그렇게 되어야 하고 또 그렇게 되어야 할 도덕적 당위였기 때문에 그러했으리.

그러므로 천하의 리 즉 정을 얻지 못한다면 강상이 끊어짐은 물론 영토마저 적의 수중에 들어갈 것이고 중화가 이적이 되어 인류가 금수로 변할 수 있음을 경고하였으니, 면우는 이제같이 혼란한 날이 많을수록 소학들로부터 통치자에 이르기까지 리로서 백성의 윤리 의식을 강화해야 한다고 하였던 것이다.

이 같은 리를 다스릴 수 있는 요체는 바로 '스스로를 높이고 본성을 올곧게 세워서 나쁜 마음이 스며들지 않도록 반성하는 존양성찰**存養省察**'에 있다는 것을 일러 주었다.

그렇다면 면우의 존양성찰은 구체적으로 어떠했으며 자신만의 노하우가 있었던가.

자신만의 비결이 있다기보다는 오직 마음을 경건히 가지는 지경**持敬** 두 글자에 있었다.

면우는 1911년 신해세, 「양선생언경찰요서**兩先生言敬撮要序**」에서 심법의 요체는 경**敬**이라고 하였으니 면우가 찬술한 서에 의하면, 중화가 중화가 될 수 없음은 주자의 도를 알지 못했기 때문이며, 대동**大東** 즉 우리나라가 우리나라가 되지 못함은 퇴계를 알지 못했기 때문이라는 것이다.

이 때문에 성현의 학문을 배우고자 한다면 단연 주자를 따라야 하고, 주자를 배우고자 한다면 반드시 퇴계를 따라야 한다고 하였으니, 주자와 퇴계 사상의 집약이라 할 수 있는 경은 존양성찰의 벼리로 유자에게 그만큼 중요시되어왔음이다.

면우가 서문에서 언급했던 경은 바로 일신一身을 주재하는 심으로, 심의 바탕은 화火에서 이루어지고, 화는 리의 예禮이며, 경은 예의 덕德이기 때문에 자연 경이 일신을 주재한다는 것이다.

그런 의미에서 면우는 1913년 계축세, 후학 황종현黃鍾顯에게 다음과 같이 밝혀 말했다.

사람이 마땅히 갖추어야 할 네 가지 성품, 즉 인의예지의 사성四性 모두가 심의 덕이고, 수水와 화火는 천지의 공로로 사람에게 있어서 심이 화의 장臟이 되고, 예는 화의 덕이 되므로, 화는 반드시 수와 교제交濟하기 때문에 지智가 수의 덕이 된다는 것이다.

게다가 경이 오행의 화를 묶는 것은 심을 보존하기 위함인데, 화를 묶지 못하면 마치 불길이 흩어져 불이 꺼지듯 심을 보존하지 못하면 망동하기 때문에 경은 사람의 목숨처럼 긴요하다는 것을 후학 황종현에게 답했던 것이다.

모르긴 해도 그 경은 이미 논의되었던 사덕을 오행에, 오상을 오행에 대입해서 예禮의 리는 화의 경기經氣가 즉시 발한다고 하여서 사양辭讓이라 했던 것과, 십정에서 지智는 예의 리로 수극화水克火의 위기緯氣를 타고 발한다고 하여 구懼가 된다, 라고 한 '사단십정경위설'의 외연 확대에 다름 아닐 것이다.

이와 관련해서 췌설한다면.

고대 중국의 의학서로서 동양 의학의 바이블이라 할 수 있는 『황제내경黃帝內經』에서 심장과 신장을 다음과 같이 논하고 있다.

심장은 혈과 신神을 주관하고 오행상 화火로써 칠정인 희喜에 속한다고 하였으며, 신장은 정精과 납기納氣를 주관하는 장臟으로 오행상 수水로써 칠정인 공恐, 즉 두려움에 속한다고 하였다.

이에 현대 의학에선 신장이 키드니kidney, 즉 콩팥으로 표현되고 있으나 동양 의학에선 콩팥은 좌신左腎과 우명문右命門으로 나뉘어 좌신은 수水를 관장하고 명문은 화火를 주관한다고 하였으니, 명문의 화는 소화小火이자 생명의 원천인 원기로 원기인 화가 심장으로 상승해야 하고, 심장의 화가 하강해야 하며, 좌신의 수가 일정량 심장을 관수해야만 번울煩鬱함을 가시게 할 수 있고, 하강하는 심장의 화와 명문의 화 또한 범람하는 좌신의 수를 제어하여야만 두려움, 즉 공恐함을 가시게 할 수 있다는 이 같은 이론이 심신상교心腎相交 내지 수승화강水昇火降 이론이다.

췌언을 늘어놓았듯.

의생들이 인간은 소우주라는 시각에서 인술을 베푼 것처럼, 유자들 또한 천인합일의 우주관에 근거해서 신체관身體觀을 이해한 듯한데, 면우 또한 동양 의학에 조예가 상당했다는 것을 후학 하용제河龍濟, 1854~1919의 답서에서 알 수 있었으니, 면우는 후학 하용제에게 '용천湧泉' 두 혈은 인체의 많은 혈맥이 모이는 곳으로 따뜻한 기운이 한번 투과하면 신장의 수는 상승하고 심장의 화는 하강케 한다고 일러 말하였음이다.

……盖湧泉二穴 爲百脉所會 煖氣一透 能令腎水上升而心火下降……. -『俛

宇集』卷三十九「答河殷巨」

이처럼 후학 하용제에게 신체관을 두고 운위했지만 이 같은 '수승화강' 이론을 일심을 다스리는 수양을 위한 존양의 방편으로 삼은 듯한데, 이는 곧 수의 기운이 화의 기운을 이기면 두려움이 될 것이지만, 화의 기운이 수의 기운을 이기면 예의 리로 사양이 되므로, 화의 경기가 즉시 발하는 예의 리로 두려움을 사전 차단하는 것이 면우만의 존양성찰이었다.

환언하면 바로 일신을 주재하는 리가 곧 심이고 경이며, 그 화의 리가 예이고, 그 경이 예의 리이기 때문에 면우는 일생 '지경' 두 글자로써 자신을 다스려 나갔던 것이다.

경을 장양長養하기 위해 면우는 존양성찰의 공부에 매진하였으니 존양성찰을 통한 내면을 확대해 가는 일련의 과정을 「은사삼수」의 작품에 담았다.

> 문 닫으니 남들 알 수 없거니와
> 띠 처마가 대숲 속에 깊기도 하네.
> 누추한 집에서 곤궁하게 살아가니
> 바야흐로 옛 현인의 마음을 보겠네.
> 閉戶無人識　茅簷竹裡深
> 衡門薖軸地　方見古賢心
> -「隱士」三首-

「은사삼수」 작품은 열렬한 불교 신자로서 시 속에 그림이 들어 있다〔시중유화, 詩中有畵〕는 평가를 받으며, 시불詩佛이라는 칭호를 얻은 자연시인 왕유王維, 701~761의 「죽리관竹里館」 작품을 연상케 함이니.

'홀로 그윽한 대나무 숲에 앉으니 깊은 숲속이라 아는 이도 없는데.'

獨坐幽篁裏 深林人不知.

왕유의 「죽리관」 시문은 세속적 욕망을 떨쳐 버린 은둔 초탈의 정신세계가 짙게 투영된 작품으로 감악산 허리에 좌정한 면우의 움막과 동색의 이미지를 연출한다고는 하나. 누추한 움막이지만 면우에게 더할 나위 없는 트레이닝캠프로 빗장을 닫아걸고 학문에 매진할 수 있었다.

더하여 존양성찰을 통해 허영과, 허욕과, 허명의 찌꺼기와, 일곱 가지 감정마저 죄다 덜어 낼 수 있었으니 도학의 저력을 키우는 데 이 움막만 한 곳이 없었다.

거기다 칠흑 같은 이 움막에서 성현이 추구하는 도가 무엇인가를 이제야 알 수 있었으니 죽리관이 유적하다고 하나 감악산 자락에 자리한 이 움막에 비할 바가 아니었다.

수도처와도 같은 감악산을 뒤로하고 역동으로 옮긴 면우는 어느 겨울밤 퇴계를 생각하며 시 한 수를 남겼다.

> 옛사람의 심법은 옛사람의 책에 있는데
> 공부한 건 많지 않지만 뜻만은 유여하네.
> 책을 덮고 등불 밝혀 문을 열고 있으니
> 흰 구름 다 걷히자 빈집만 덩그러네.

古人心法古人書　做得無多志有餘

　　掩卷掛燈開戶坐　白雲飛盡一堂虛

　　-「冬夜敢用退陶詠懷韻」-

　면우가 역동으로 옮겨 왔을 이 무렵이 바로 1869년 기사세, 봄이었다.

　역동은 감악산보다 삼다三多했다.

　더 아름다웠고, 더 협곡이 심했고, 더 추웠다.

　면우는 이곳 역동을 소재로 한 다수의 작품을 남겼으니 삼다 가운데 더 추웠던 역동의 한겨울을 다음과 같이 영송했다.

　　매서운 강바람에 밝은 달만 둥실 떠 있고

　　역산은 바람과 눈이 잦은 곳이라네.

　　풍설이 아침저녁으로 반복되기만 하니

　　나무들마저 뼛속까지 얼었네.

　　은자는 잠을 이룰 수 없어

　　오싹한 기분으로 문을 열고 보니

　　……

　　寒江有明月　嶧山風雪市

　　風雪朝復昏　林木凍徹髓

　　幽人眠不堪　蒼凉開戶視

　　-「更賦拙篇 拜呈洲上 兼簡啓道 用求迷途之指南 想發一笑」三首-

작품을 통해 알 수 있듯 역동의 겨울 한철을 나기란 결코 쉽지만은 않았다는 것을 면우는 시문으로 이미 고백했다.

더욱이 혹한의 그해 겨울을 실감 나게 묘사했으니 한 수의 시문만으로도 충분히 연상할 수 있을 터인데.

소복하게 쌓인 눈은 나무들마저 동사시킬 정도의 혹한으로 움막은 석빙고를 방불케 했을 터이고, 문지방으로 파고드는 골바람은 뼛속까지 파고들었을 것이며, 가뜩이나 혹한에 잠을 이룰 수 없었던 면우는 머리맡에 너즈러진 책 한 권을 거머쥔 이것이 퇴계의 서권이었으리.

아닌 게 아니라 조선 유학계의 큰 별이자 큰 스승이었던 퇴계를 무척이나 존경했던 면우였음에 사숙인으로서 그동안의 이학적 성과물을 바치고자 했을 것이라 사료되는데 그 시 한 수가 앞의 「동야감용퇴도영회운」 시문이다.

「동야감용퇴도영회운」 시문 결구에서 영송했던, '흰 구름 다 걷히자 빈집만 덩그러네.'라고 하였던 시구는 단순히 서정으로 보기보다는 이치를 품부받은 만물의 모습을 형상화하였으니, 의당 '흰 구름'은 외물인 물욕으로 흰 구름 걷히자 '빈집만 덩그렇네' 라고 하였던 빈집은 존양성찰을 통한 광풍제월과 같은 순수하고 깨끗한 마음일 것으로 순수한 마음은 곧 성으로 대변될 수 있을 것이다.

그 성은 바로 본심이자 하늘로부터 품부받은 성품으로 외부의 동요로부터 흔들리지 않는 미발의 상태를 유지함이 일신의 수양이었다.

일신의 수양은 면우 자신뿐만이 아니었다.

면우는 한주의 심즉리설과 퇴계의 심합리기설을 논의했던 사우. 자익子翼 이정호李正鎬, 1851~1908에게 답서에서 마음밖에 리가 없고, 리밖에 사물은 없으며, 리를 밝히는 공부는 궁리에 있고, 사물의 이치를 깊이 연구하는 궁리의 끝자락은 주경主敬, 즉 경에 있으니 경을 주로 해야 할 것을 거듭 강조하였다.

이렇듯 면우는 감악산과 역동의 대자연에서 참된 나를 찾고자 하였으니, 마치 수행승과도 같은 난행고행으로 성리학계에 일가를 이루었으나, 이곳 산중에서 이불인문의 민족유린과, 삶의 무게에 짓눌려 활화산처럼 저항하는 농민들의 절규와, 마치 뻐꾸기 남의 둥지를 빼앗듯 난입하는 이민족을 봉쇄하자는 의병들의 거친 숨소리마저 시청할 수 있었으니, 목불인견의 당세에 한 지식인으로서 바람 앞에 꺼져가는 등불 즉 풍전등화와도 같은 내나라와 내 동포를 타방의 타인 대하듯 격안관화隔岸爔火할 수만은 없었다.

그래서 온 누리에 희망의 메시지를 끊임없이 날렸으니 그 메시지는 바로 사경을 헤매는 종사와 민족이 갱생할 수 있는 급방으로 일심이 특효라 판단했고, 수양된 일심은 임금과 백성 모두에게 요구되었으며, 그 일심은 당면한 현실이 지향해야 할 이상적 원리이기도 하거니와 심은 만물을 주재하는 리에 있기 때문에 리가 바로 서지 못한다면 현실의 어려움을 극복할 수 없다고 여겼다.

그러한 사유에서 면우가 온 누리에 제안하였음이 바로 심즉리 저변에 흐르는 인류의 공존. 즉 지상 세계의 차별과 대립을 초월한 휴머니즘의 실천만이 인류의 공존이자 대동이라 여겼고, 자신 또한 인류의 휴머니

스트로 길이 남기 위해 심즉리란 실찬 씨알이 되고자 하였다.

인시제의

　인시제의因時制宜는 그때그때 처한 형편에 따라 알맞게 처리한다는 임기응변 내지 수시응변隨時應變과, 『주역』의 수시변역隨時變易과 상통하는 말로서 인시제의 논리는 수축된 성리학적 사유를 이완할 뿐 아니라 글로벌리즘. 즉 세계주의와 접촉할 수 있는 가교 역할은 될 수 있을 터이다.

　일찍이 맹자께서는.

　'약부윤택지 즉재군여자의.'

若夫潤澤之 則在君與子矣. －『孟子』「滕文公章句上」라 하여서 윤택하는 것으로 말하면 군주와 자네에게 달려 있다고 하였으니. 이 같은 맹자의 말에 사서四書에 주석을 달았던 주희는 집주에서 다음과 같이 밝혀 말했다.

　'윤택'은 때에 따라 마땅하게 만들어서 인정人情에 합하고 토속土俗에 마땅하여 선왕의 뜻을 잃지 않게 함을 말한다.

　潤澤 謂因時制宜 使合於人情 宜於土俗 而不失乎先王之意也.

　주희가 언급한 인정은 감정이라기보다는 바로 인간의 보편적인 정, 즉 여러 사람의 정서일 것이고, 토속은 그 지방의 습속일 것이되, 이처럼 고전이라는 골격은 정한하되 정형화된 기존 사고에서 벗어나 유연하게 대처하자는 것이 주희가 주석했던 인시제의였다.

인시제의는 사전적 용어로 시대의 변함에 시세에 맞게 함이라 하였으니, 맹자와 오랜 시차를 두었던 주희였지만 『맹자』를 열독하고 큰 틀 안에서 맹자의 합리적 사고를 이해한 듯한데, 마치 내가 강으로 유입되어서 대하가 되고, 대하가 다시 대해를 이루듯 유학의 바이블이라 할 수 있는 경서 또한 웅덩이에 고인 물이 되어서는 안 되며, 쉼 없이 흐르는 활물처럼 시대의 변천에 따라 현재적 의미로 재해석되어야 한다고 여겼음이 중국 남송의 거유 주희였다.

면우 또한 주희의 의견에 전적으로 동감했을 것이다.

유일무이한 우방 중국이 서양의 무력 앞에 무력하게 굴복하여 수도 북경이 점령당했다는 사실과, 우리 영해에 정체불명의 이상한 배, 이양선의 출현으로 조정을 불안케 했던 일과, 그런 긴장감 속에 날밤을 새워야 했던 이 같은 미증유의 해괴한 일을 겪었어야 했으니 응연히 유학의 외연 확대가 시급히 요구되어야 한다고 여겼으리.

그런 의미에서 서세동점의 상징이라 할 수 있는 이양선을 짚고 넘어가자면 국사편찬위원회 편, 『한국사』에 의하면 이양선은 조선의 목조선과는 비교될 수 없으리만큼 대형 철갑선으로 굼뜨지 않았고 몹시 날렵했으며 범간帆竿은 하늘을 찌를 듯했고 선박엔 신형 함포를 장착했다.

이따금 불빛이 번쩍거릴 정도로 연안을 향해 함포 사격을 가했다는 사실이 『한국사』에서 전하고 있으니, 조선의 목선으론 도저히 저들 이양선과 맞대응할 수 없을뿐더러 강성한 서양과 한바탕 장렬하게 싸워 본다는 것은 만불성설이었다.

화친의 주장을 물리친다는 것은 더더욱 무모한 짓이었다.

면우는 당세의 현실을 「도산추야용진퇴운」 시문에 담았으니 표현 기법은 리얼한 묘사였지만 마치 스릴러 스크린을 보는 듯하다.

……

큰 근본은 이미 땅에 떨어지고

외국의 요사한 것들 번갈아 분란을 일으키고

중화는 적군에게 함락된 지 오래고

육대주엔 오랑캐만 들끓네.

비린내 바람이 검푸른 물결 불어오니

솟구친 물결은 우리나라 잠기게 하네.

마음대로 포효하며 성을 내고

창과 활 들고 다투어 휘두르네.

귀하고 천한 사람 하나같이 뒤섞여

하인과 백정은 팔을 크게 휘두르네.

가난한 선비들 온통 의기를 상실하여

위험한 국면에 움츠러드니

천장만 바라보며 한탄만 하고

문을 나서선 배회하네.

大本旣仆地　外邪紛交干

中華久沉陸　六洲滋蜑蠻

腥飇吹黑浪　潰潏浸東韓

吭敎恣咆哮　戈弧競揮彎

　　貴賤一混淆　廝庖掉臂寬

　　韋布渾喪氣　局縮阺危艱

　　仰屋只噓噫　出門旋盤桓

　　-「陶山秋夜 用進堆韻」-

시문에서 영송하였듯.

　귀하고 천한 사람 뒤엉켜 고성과 심한 욕설을 퍼붓고, 하인과 백정은 팔을 크게 휘두르고, 분노를 삭이지 못한 혹자는 한바탕 드잡이질을 하는가 하면, 혹자의 가격한 주먹다짐에 녹다운된 혹자는 다시 일어나 묻지 마 살인을 자행하려는 듯 병기를 휘두르고, 가난한 선비는 이 같은 현실의 불만에 시달리다 못해 패닉 상태에 놓이게 되었다는 이야기 같은 사실이 조선 후기였으니 당세는 문자 그대로 목불인견의 난장판이 따로 없었다.

　거기다 '중화는 적군에게 함락된 지 오래고 육대주엔 오랑캐만 들끓네.'라고 하였으니, 이른바 서양이 동양을 지배한다는 서세동점의 시기로 이젠 중국 중심주의에서 벗어나 세계사적 전환기에 시계를 확장해서 국제 사회에 편입되어야만 활로를 모색할 수 있었음이 십구 세기 국제 사회의 정황이었다.

　이처럼 면우는 그토록 믿고 의지했던 패권국 중국이 서구 열강의 강편치에 맞고 맥없이 주저앉았다는 사실과, 저들 서양의 기세에 놀라 뒷걸

음치고 있다는 슬픈 현실을 뉴스 레터를 통해 알 수 있었다.

이뿐만이 아니었다.

중국 중심의 동아시아의 질서가 해체되고 국제 사회는 새로운 판도로 재편되어져 막강한 세력, 서구 열강이 판도를 바꾸어 놓았다는 이 같은 사실 또한 선문을 들어 알 수 있었다.

이때 서구 열강은 용이 여의주를 얻고 호랑이가 날개를 얻은 기세였으나, 주자학을 신봉하는 유학자나 조정, 그리고 일부 관료들은 세계에서 가장 강성한 대국이라 생각하는 중국이 이빨 빠진 호랑이 국면으로 접어들자 긴장하지 않을 수 없었음이 당세의 정황이었다.

더 이상 중국만 믿고 수수방관할 수 없었다.

미증유의 난국을 슬기롭게 극복할 수 있는 방안은 화친이었고 주화만이 현재의 어려움을 해결할 수 있다고 여겼음이 면우였다.

면우와의 한목소리는 인류의 아성 맹자였다.

맹자는 제선왕齊宣王에게 외교의 지침을 다음과 같이 제시하였다.

"대국을 가지고 소국을 섬기는 자는 천리를 즐거워하는 자요,

소국을 가지고 대국을 섬기는 자는 천리를 두려워하는 자이다.

천리를 즐거워하는 자는 온 천하를 보전하고 천리를 두려워하는 자가 자기 나라를 보전한다."

以大事小者 樂天者也 以小事大者 畏天者也 樂天者 保天下 畏天者 保其國.
-『孟子』·「梁惠王章句下」

인류의 아성 맹자가 갈파하였던 것처럼 면우는 작은 나라가 큰 나라

사이에서 자기 나라를 보지**保持**하는 것만이 진정한 위민 위국이 되기 때문에 우리 또한 중국이나 일본처럼 보다 유연한 인시제의한 사유로 새로운 패러다임의 전환에 변화의 속도를 내어야만 사천 년의 장구한 대한의 역사를 영속할 수 있다고 여겼다.

확신은 다름 아니었다.

일본과 중국이 국제 사회로 진입했던 것처럼, 우리 대한 또한 아웃사이더, 즉 국제 사회에서 미상의 외톨이가 되어서는 안 될뿐더러 세계 속 대한으로 영존하기 위해서는 그동안의 격리적 쇄국 정책에 따른 외교적 공백 상태를 깨고, 이젠 서구 열강과의 교섭을 통해 참견할 시점이 도래하였다는 것이 면우의 입장이었다.

그러나 이 같은 새로운 시각은 급변하는 국제 사회에 대처하기 위한 인시제의한 논리에서 비롯된 것일 뿐 중화를 버리고 서양에 예속되는 것은 아니었다.

면우는 한때 배외사상을 견지한 국수주의자였음을 1872년 임신세, 후산 허유에게 보내는 서한에서 살필 수 있었다.

면우는 서양에 대한 자신의 입장을 다음과 같이 표명하였다.

'국가에 왜구의 조짐이 있다고 들었으니…….

청나라 사람이 공문을 보내와 우리가 양이와 연합을 한다면 왜노, 일본이 감히 움직이지 못할 것이라고 하였으니…….

이 말은 정말 가소로운 일로 차라리 다시 임진왜란의 독을 입을지라도 어찌 양이와 화친하겠습니까.'

聞國家似有倭釁…… 淸人咨文 勸我以連和洋夷則倭奴自不敢動 此言殊可笑

與其再被龍蛇之毒 豈洋夷之可和耶. －『俛宇集』卷十七,「答許后山」

　답서 속 공문을 보낸 주인공은 다름 아닌 청나라 북양대신 이홍장이었으니 그는 열강들과 화친을 해서 일본과 러시아의 침략을 견제하고자 공문을 작성하였으나 척사 유림들에게 먹혀들지 않았다.

　되레 척사 유생들의 심기를 긁적거렸고 열강들을 저항케 하는 문제의 소지가 되었으니 흥분된 감정이 충동으로 변한 유생들은 척화를 주장하게 되었던 것이다.

　면우 또한 서양인과 왜인들을 이 땅에서 축멸하자는 척사 유림들과 한 축이었음을 아래 시문에서 밝혀 말했다.

　　　어두침침한 바위섬이 동해 가를 막으니
　　　괴이한 화륜선이 뜬금없이 이르렀네.
　　　우연히 사진을 향해 겨우 한 발짝 오르자
　　　산신령 분부에 따라 필부가 꾸짖었네.
　　　沉冥礁嶼捍東濱 異舶無緣抵火輪
　　　偶向沙津纔一陟 山靈分付匹夫嗔
　　　－「戲作東海十六絶」－

　「희작동해십육절」 작품에서 영송하였듯 산신령이 필부에게 아름다운 산하를 지키라며 분부하였다고 하였으나, 작품 속 필부는 바로 면우 자신으로 자신에게 감정 이입을 함으로써 마치 산신령이 이양선을 목격하고서 면우 자신더러 꾸짖으라 한 것처럼 묘사했다.

거기다 면우는 시문에 다음과 같이 부기附記하였다.

'예전에 이양선이 고성의 사진에 이르러선 대뜸 금강산으로 간다고 말하였으나 사람들은 감히 막을 수가 없었는데 이 마을에 풍헌이 있어 눈을 부릅뜨고 꾸짖으니 물러갔다고 일렀다.'

前此洋船抵高城之沙津 云將向金剛 人莫敢遏 有本里風憲者 瞋口目以叱退之云. -「附記」

면우의 부기가 사실이라면 당세로 보아서는 길이 남을 쾌거였다.

서양 오랑캐를 봉쇄하는 거점 해안. 강원도 고성군 토성면 사진마을에 정박한 밀선. 이양선을 와일드한 풍헌 관리가 뛰쳐나와 마치 가격 공세라도 하듯 압도적인 힘으로 우리 영해를 수호했다는 극적 효과를 끌어낸 것처럼, 면우 또한 산신령의 분부를 받자와 고성에 정박한 이양선을 추방하고자 하였음은 다름 아닌.

지난 병인, 신미 연간의 두 차례 서양 사람들이 일으킨 난리, 양요로 인한 심적 상처의 잔상 때문이었다.

허나 미세한 화륜선의 뱃고동에도 민감한 반응을 보였던 면우였으나 서양에 대한 노이로제 증세를 보였다거나 하나의 사상에 한정한 사상의 노예는 아니었다.

가슴엔 변혁이라는 불길이 솟고 있었음을 1905년 을사세, 후학 숙형叔亨 하겸진河謙鎭, 1870~1946의 답서에서 살필 수 있었다.

답서에서 면우는 오늘날 강포한 왜인을 막아내지 못하는 원유, 즉 원인과 까닭을 성리학적 관념의 노예가 되어 버린 이 시대 유학자에게 있다면서 답서에 말문을 뗐음이다.

필설에서 면우는 오늘의 유자들은 아무 소용 없는 헛된 이론, 공리공론만 일삼을 뿐 사회 변혁을 주도한다거나 일류 국가의 기틀을 마련하는 데 등한시했기 때문에 자연 국가의 원기가 저상되고 그 틈을 타서 왜인들이 밀고 들어온 것이라며 하답했다.

世事之滾到今日 不待智者而早已逆料矣 其端則職由於吾輩之專尙虛談 不究實務 元氣虛乏 而外邪乘之耳. -『俛宇集』卷七十四,「答河叔亨」

후학 숙형에게 답했던 필설은 다름 아니었다.

조선 후기 유학의 학풍에 대한 자기반성이라 할 수 있을 것인데, 면우는 추상적인 공리공담의 학문만으론 안으로 나라를 굳건히 닦고 밖으로 외세를 물리친다는 내수외양內修外攘을 실현할 수 없다는 것은 물론이거니와, 그 해결책으로서 상규에 얽매이지 않고 시운에 순응하며 시의적절하게 처리한다는 수우통변隨遇通變, 즉 인시제의가 목전의 현시점에서 그 무엇보다 중요하다는 것을 늘 염두에 두었다.

그러한 연유에서 이 같은 어젠다를 후학 숙형 하겸진에게 다음과 같이 일러 말하였다.

비록 공자와 맹자가 부활한다 해도 현실의 환경에 대해 변통하고 사물에 맞춰 합당한 해결책으로 조처했을 것이라 하였으니.

縱使孔孟作於今時 正須 隨遇通變 因物制宜...『俛宇集』卷七十四「答河叔亨」

자신의 적회를 후학 하겸진에게 답함으로써 아무런 사전 준비 없이 오직 분개한 마음만으로 강성한 왜인들과 맞서는 현실을 와우각상지쟁蝸牛角上之爭의 고사에 빗대었으리라 짐작된다.

와우각상지쟁은 『장자莊子·칙양편則陽篇』에 나오는 고사로 달팽이 뿔 위에서의 싸움이란 뜻이지만 전의되어 아무런 이득도 없는 보잘것없는 행동을 취하려는 어리석은 자들에게 교훈을 주는 말이기도 하다.

이 때문에 면우는 후학들이 도모해야 함은 실무라 여겼다.

실무에 힘쓰기 위해서는 천하의 서적을 구하여서 국제공법·법률·정치·국제외교·물리·군사와 관련한 군사 제도와, 농업·공업·기예류에 이르기까지 재주에 따라서 과목을 개설하여 가르치고 배워서 훗날 스스로 떨쳐 일어나야 한다고 하였으니 비상시국에 임하는 면우의 열린 정신은 인시제의에 바탕한 시대정신이었다.

그런 의미에서 면우는 1903년 계묘세, 경남 합천군 고품에 거주하는 후학 자신子善 문재흠文載欽의 서면 질의에 다음과 같이 답하였다.

심성설心性說은 굳이 학문하는 사람의 급선무가 아니며 오늘 이때 더욱 입을 다물어야 함은 물론이거니와 자신 또한 싫증이 난 지 오래되었다며 후학 문재흠에게 답하였던 것이다.

心性之說 固非學者之急務 今時則尤可以閉口者 鍾之厭倦於此等已久矣. ─ 『俛宇集』卷七十一, 「答文子善」

당대 최고의 성리학자의 고백이 아이러니하게 들릴 수 있겠으나 학문에 환멸과 지루함을 느껴서 그렇게 필설했던 것은 아니었다.

성리학보다는 눈앞의 현실이 더 화급했고 기울어진 국운을 갱생으로 이끌어 갈 수 있는 마지막 보루인 숙형과 자선 후학에게 그리고 자신을 추종하는 모든 후학에게 토붕와해한 대한을 일으켜 세워 주리란 무언의 기약이었으리.

그랬다.

면우가 국보난국**國步難局**의 촉매제가 되었던 의병 운동에 불참했던 이유 또한 인시제의한 논리에서 비롯되었음이니.

명성황후가 시해되던 1895년 을미세, 그해 겨울. 면우가 안동에 운신하고 있을 이때. 촌민 수 백인이 관군과 공방을 벌였던 일이며, 촌민들의 공세에 수세로 밀린 관찰사 김석준**金錫俊**이 줄행랑을 쳤다는 사실과, 관아를 일거에 점령한 촌민들이 환호를 내질렀던 이 같은 일련의 일들을 리얼 타임으로 실문했고 그 광경을 직접 목격하기도 하였다.

관아를 강타한 쾌거로 촌민들은 더한층 용기가 솟구쳐서 나라를 도적한 일제와의 자존심 싸움을 벌이고자 의병장으로 권세연을 추대했고, 권세연은 아장으로 면우를 영입했으나 면우는 경솔하게 행동할 수 없음을 인지하고 사양했으며, 다시 척암 김도화를 영장으로 하는 의병에 참여하라는 요청이 있었지만 불언불면의 사양의 서신을 올렸으니…

이 같은 면우의 행동을 두고 유림 일각에선 나약하고 부유한 선비란 시니컬한 비난을 하였음은 물론, 경북 칠곡 출신의 유림 만송**晩松** 유병헌**劉秉憲**, 1841~1918의 맹비난은 극렬했다.

만송은 서신에는 '슬프다! 존장께선 많은 서책을 굽어 읽었는가. 교묘히 일품의 벼슬을 도적질해서 한 나라에 명성을 떨쳤으나 도리어 나무꾼과 목동이 어버이를 섬기고 연장자를 공경함을 아는 것만도 못하다.'라고 썼다.

噫 座下枉讀五車書 巧竊一品官 馳名一國 而反不如樵牧之豎 猶知事親敬長之道也. -『晚松遺稿』卷二,「郭鍾錫疏抄」

만송과 유림들은 면우의 깊고 높고 넓은 무한량의 큰 뜻을 몰랐던 것이다.

마치 사마천의 『사기』·「진섭세가陳涉世家」에서 농민 출신으로 중국 최초의 농민 반란 지도자 진승陳勝이 '한낱 제비와 참새 주제에 어찌 기러기나 고니의 뜻을 알겠는가燕雀安知鴻鵠之志라며 빈정거린 이 같은 통쾌한 풍자가 면우의 입장을 대변한 것이 아닐까라고 생각해 봄직한데 이처럼 면우의 메인 전략이 인시제의에 있었다는 것을 그들 유림은 헤아리지 못했던 것이다.

이 무렵 면우는 의암 유인석이 영월에 의병을 일으켰다는 소식을 듣고서 영월 의진義陣을 왕관하였는데, 의려는 정말 가관이었다. 정련된 군사 훈련을 받은 의병이라기보다는 오직 일제의 적개심 하나로 손에 농기구와 뾰족한 창 자루를 가지고 모여들었으니 그때의 광경을 박성순 박사의 저서,『朝鮮後期 華西 李恒老의 衛正斥邪思想』에서 리얼하게 전해 주고 있다.

이 연구서에 의하면 이때 유생들은 전투 중에도 의관을 정제하고 읍양서진揖讓序進을 준수하도록 시켰다고 하였으니 이것만으로도 행동적인 전투에서 약점이라 하지 않을 수 없을 것이다.

면우의 증언에 의하면.

1906년 병오세, 의려에는 무뢰한자들이 뒤섞여 민가의 재물을 약탈해서 민가를 피폐하게 만드는가 하면 정도가 넘어 '척왜'라는 기치 아래 민생들로부터 물자 지원과 의병 소집을 강요하기도 했으니, 농사철을 버리고 소집된 농민들은 가족을 부양할 수 없는 지경에 이르게 되자 자연 도적이 되어 서로 공박하는 사태에 이르게 되었다는 이 같은 서글픈 현실……!

마치 월남이 공산화가 될 수밖에 없었던 결정적 요인이 군 내부의 부정부패 때문이었음을 문헌에서 전해 주듯, 의병 운동 과정에서 나타나는 구성상의 성격과 지향하는 목적 사이에 빚어지는 갈등은 민생들의 적극적인 협조를 바랄 수 없었다.

거기다 본업을 버리고 강요에 의해 소집된 농민들에게 열정적인 의병 운동을 기대할 수 없었으니, 비록 의려라고는 하나 이 같은 의려의 군행은 중국 남송의 장수 악비岳飛의 군대에 비해 너무나 대조적이었다.

『송사宋史·악비전岳飛傳』에 의하면, 악비의 군대는 용감하고 군기가 엄하여 얼어 죽어도 남의 집을 헐지 않고 굶어 죽어도 노략질을 하지 않았다고 하였으니, 악비의 군대는 백성을 위험으로부터 보호하고 외국의 침략으로부터 나라를 지키는 국가의 간성으로서 백성들과 국가와의 약속을 엄수하고자 하였던 것이다.

면우는 영월 의진을 참관하고 진단을 내렸으니 진단은 다름 아닌.

오합지졸의 의병으론 오히려 대사를 그르쳐 독립을 지연시킬 수 있다고 판단하였다.

이들 의병 또한 현실적으로 불리한 조건과 더 이상 버틸 명분이 없다는 것을 인식하고 새로운 항일 전선을 구축하게 되었으니 한말 의병 운동의 중심에 섰던 유인석은 물론 지산志山 김복한金福漢, 1860~1924의 경우 의병의 본거지 홍주 의병장으로 활약했던 인물로 면암 최익현이 이끄는 을사의병의 좌절을 통감하고 파리장서에 한국 유림 대표로 면우와 나란히 연서하게 되었다.

이처럼 의암 유인석을 비롯한 의병들의 활동 사항을 『한국인명대사전』에서는 다음과 같이 기록하고 있다.

의암 유인석(毅庵 柳麟錫, 1841~1915).

의암은 한말의 거유 이항로李恒老의 학통을 계승한 유학자이자 의병장으로 1876년 병자수호조약이 체결되었을 이때 문하의 유생들을 이끌고 상소하여 이를 반대했다. 1894년 갑오경장 이후 김홍집의 친일 내각이 조직되자 의병을 일으켜 충주·제천 등지에서 싸워 이겼다. 관군官軍의 감시를 피해 만주 회인현懷仁縣으로 망명했다가 은신 중 고종의 유지諭旨로 한때 귀국해서 1898년 다시 만주로 갔다. 1909년에는 블라디보스토크에서 십삼도 의군 총재로 추대되었다는 것을 전하고 있다.

지산 김복한(志山 金福漢, 1860~?).

지산 김복한은 유학자이자 의사로서 1895년 을미사변으로 명성황후 민씨가 살해되자 벼슬을 버리고 낙향했다. 이해 단발령이 내려지자 이설李偰, 안병찬安炳瓚 등과 의병을 일으켜 싸우다 피체되고 석방되었으며 1905년 을사보호조약이 체결되자 이완용 등 매국 오적을 참수하라고 상소하여 또다시 투옥되었다. 석방되어 1906년 참판 민종식閔宗植과 홍주에서 다시 기의起義하였으나 피체되었고, 다시 석방되어서 1919년 삼월에는 유림 대표로 곽종석 등과 함께 파리강화회의에 독립청원서를 발송했다가 피체되었음을 기록했다.

면암 최익현(勉庵 崔益鉉, 1833~1906).

면암은 학자이자 의병장으로 국내에 대소 사건이 있을 때마다 죽음을 무릅쓰고 상소하여 배일排日과 매국역신賣國逆臣의 토벌을 강력히 주장하여 여러 차례 체포 구금되었다. 1905년 을사보호조약이 체결되자 이듬해 제자 임병찬林秉瓚, 임낙林樂 등 팔십여 명과 함께 전라도 태인에서 의병을 모집, 일본의 배신 십육 조를 따지는 의거소략義擧疏略을 배포한 후 순창에서 약 사백 명의 의병을 이끌고 관군 일본군에 대항하여 싸웠으나 패전 체포되어 쓰시마도에 유배되었다. 유배지에서 지급되는 음식물은 적이 주는 것이라 하여 단식사를 결심했으며, 단식으로 생명이 위험한 지경에 이르자 면암은 유소遺疏를 구술하고, 임병찬에게 초하여 올리게 한 뒤 아사했음을 『한국인명대사전』에서 전하고 있다.

1895년 을미세 영월 의진을 왕관한 면우는 일 년 후 1906년 병오세, 면암 최익현으로부터 의병에 참여해 달라는 요청의 서한을 수발受發하였으니, 회신에서 면우는 이번 면암이 이끄는 거사는 일제가 쳐 놓은 음모술수의 덫으로 마땅히 울분을 삭이며 때를 기다려야 한다고 하였던바.
이는 다름 아니었으니.

저들 일제는 우리 민중의 감정을 격발시켜 국내 치안을 보호한다는 미명 아래 의병 운동을 폭거로 간주하여 신사와 의사를 도륙하기 위한 함정으로 일제에게 구실만 제공한다고 결단했던 것이다.

彼近日之陰施牢籠 假稱保護 或僇辱紳士 或詗捕義徒者 盖將玩弄之激發之 以致我全國之騷然 而欲遂其一擧屠滅之計. -『俛宇集』卷十九,「答崔贊政」

이처럼 면우가 의병에 동참할 수 없었던 것은 자신의 생존을 위해서가 아니라, 의병 운동이 국가의 안위와 민생의 안정을 도모할 수 있는 적절한 대책이 아니라는 것을 면암에게 재차 고백했다.

'다만 오늘 저는 반드시 죽음으로써 정법으로 삼는 것도 아니며 또한 죽지 않음으로써 편리한 계책을 삼는 것도 아니며 또한 역량이 미치지 못하는 것은 아니나 임금에게 화를 재촉하고 민생에게 독을 끼치는 것이니 오직 때와 장소에 따라 의義의 옳고 그름을 따져 보아서 자기의 직분을 잃지 않기를 바랄 뿐입니다.'

但鍾於今日 不以必死爲正法 亦不以不必死爲便計 亦不敢以力量之所不逮者 而促禍於君父 貽毒於生靈 惟隨時隨地 視義之可否 而冀不失夫自己之分而已. -『俛宇集』卷十九,「答 崔贊政 益鉉」

면우는 불참의 답서에서 '군부에 화를 재촉하고 아래로는 민생에 독을 끼치는' 이번 병오세, 거사는 사려 깊은 의병 운동이 아니라고 판단했던 것이다.

아닌 게 아니라 현재 우리의 역량으로 일제와 맞선다는 것은 계란으로 바위를 치는 격이며 사마귀가 수레를 막는 격으로 상대의 세력을 헤아려 보지도 않고 오직 강개한 마음만으로 일제와 대항한다는 것은 실패를 자초하는 일이라 판단했기 때문이다.

今試擧全韓之力而奮搏於半島之賊 其爲卵石螳轍. -『俛宇集』卷十九,「答崔贊政」

당랑거철螳螂拒轍.
사마귀가 수레를 막는다는 뜻으로 자신의 역량을 모르고 무모하게 덤벼듦을 비유적으로 이르는 말인데, 당랑거철은 중국 당나라 유지기劉知幾의 『사통재문史通載文』에 나오는 전고이다.

종으로 기필起筆한 잇단 답서에서 면우는 다음과 같이 필설하였으니. 이는 다름 아닌 위로부터 사직을 위해 죽는다는 결의와 성을 등지고 최후의 결전을 벌이겠다는 절의로서 황제의 명령 아래 전역의 백성이 대의의 바른길에 함께 죽기를 기필期必한다면 나라는 망해도 늠름한 기상만은 오랫동안 말로 전할 수 있을 것이라 필설했지만, 무엇보다 이번 거사는 종묘사직과 백성들의 안위와 관계된 것으로 자제되어야 함은 물론 국가와 백성을 외면한 사생결단의 거사는 정의의 의려가 아니라고 판단했다.

면우는 동년 병신세, 대계 이승희와 함께 거창군 원천리源泉里에 임시 거처를 마련하고 시사를 토론하면서 분에 북받쳐 슬퍼하였음을 그의 연보에서 전하고 있는데 이때 면우는 모르긴 해도 운주유악의 모책을 세웠으리.

운주유악運籌帷幄.

책략을 정함 또는 계획을 세운다는 운주와 제왕의 거처에 반드시 장막을 설치하였음을 일컫는 유악은 『사기史記·고조본기高祖本紀』와, 『한서漢書·고제기高帝紀』에 나오는 전고인데 전의되어 가만히 들어앉아서 계획을 꾸민다는 뜻이다.

이처럼 면우는 원천마을에서 오랜 생각 끝에 전략적 역발상을 하였음이 바로 인시제의한 합종연횡의 외교전술로, 양이洋夷라 경시해 왔던 서구 열강과의 교섭을 통해 가까운 나라 일제를 견제하자는 원교근공의 계책에 부심한 듯했다.

원교근공遠交近攻.

『사기·범저范雎·채택열전蔡擇列傳』에서 나오는 전고로 글자 그대로 멀 원, 사귈 교, 가까울 근, 칠 공, 즉 먼 나라와 친교를 맺고 가까운 나라를 공격한다는 말로서 이는 대인 관계의 처세의 수단을 이르는 말이기도 하지만, 전국 시대 위나라 범저范雎가 채택한 외교 책략이자 진秦나라의 국시로서 천하를 통일하는 데 메인 역할을 하게 되었던 것이다.

합종연횡合從連衡.

합종연횡은 장의張儀가 제창하였던바『사기·맹가전孟軻傳』과, 『한서漢書·유협전游俠傳』에서 나오는 전고로 연횡은 동쪽에 자리 잡고 있는 연燕·조趙·한韓·위魏·제齊·초楚 여섯 나라가 그 서쪽에 있는 진秦나라를 섬겨야 한다는 외교적 방책이지만 전하여 동맹을 뜻하는 말이기도 하다.

　면우는 혼전이 일던 원천마을에서 원근의 선비들과 시국을 담의하였으니, 이들 선비 중에는 기회를 엿보아서 의병을 일으키자는 비분강개한 지절의 선비도 있었으나 면우는 물리적인 힘, 즉 의병의 힘으론 성공할 수 없을뿐더러 초야의 선비가 어떻게 할 수 있는 것이 아니라면서 일축하고선 비상 회의를 파한 지 얼마 지나지 않아서 이월에 강귀상姜龜相·윤주하尹胄夏·이승희李承熙·장완상張完相·이두훈李斗勳 등 사우 오인과 상경하여 서울에 주재하고 있는 러시아·영국·이탈리아·프랑스·미국·독일 등 열강들의 공관에 '표독한 이웃 일제와 역도逆徒들을 추궁해 달라는 포고문. 표린당역지죄剽隣黨逆之罪'를 작성해서 투서했으니.
　이번 투서는 성토문으로 화승총 몇 자루와 농기구 따위론 일제의 정예병과 맞설 수 없다는 판단에 따른 고육지책이었고 급변하는 국제 정세에 발 빠른 대처였으며 시의적절한 인시제의한 방책이었다.
　주지하다시피 일제는 이미 19세기 초에 네덜란드의 학문인 난학蘭學의 수입으로 서양의 과학 기술과 근대적 군사력을 익혔으나 중국이나 우리에겐 아직 접해 보지 못했으니, 우리 또한 저들 일제와 맞서기 위해서는 서양의 선진화된 과학 기술을 수용해서 자강을 도모해야 한다고 여겼음이 면우의 인시제의한 발상이었다.
　발상은 바로 감성보다는 논리적인 사유로서, 감성적 승리보다는 이성에 의한 장기적 승리를 바랐고, 우리의 현 시각에서 세계를 바라보고, 서양 열강의 관점에서 오늘의 우리를 평가하고자 하였음이 통유 면우의 일념이었다.

여태껏 우리는 무엇을 하였던가.

그동안 우리 정부가 강력한 쇄국 정책으로 말미암아 외국과의 정상적인 교류가 없었을 뿐 아니라, 정저지와井底之蛙, 즉 우물 안의 개구리처럼 자국 것만 생각하고 타국 것은 배척하는 국수적 태도와, 낡은 관습을 그대로 지키고 따르자는 수구적 태도와, 심지어 오랜 인습으로 인재 발탁에 걸림돌이 되었던 적서차별을 철폐해야 함이 면우의 입장이었다.

近世氏族之譜 皆沒庶子之稱 風聲所及 孰能遏之耶…… 盖緣國俗之待庶出 甚賤故也 國俗宜可革也…… 何得以世世爲庶而賤待之耶 況朝廷用人 士類取友 又何關於適庶耶 此俗一矯……. －『俛宇集』卷 百十一,「別紙」

면우가 '별지'에 직서하였듯 멍에를 쓰고 평생 온갖 천대와 멸시 속에 살아야만 했던 청전구물의 악습을 타파해야 함은 물론, 이제 그들을 위해 걸림돌을 놓기보다는 다 같은 사회 성원으로 디딤돌이 되어 주어야만이 결민심結民心, 즉 백성들이 결속될 수 있을 거니와, 강포한 이민족을 이 땅에서 몰아낼 수 원천이 될 수 있을 것이란 이 같은 발상 또한 인시제의 한 현실적 변용이라 하지 않을 수 없을 것이다.

거기다 쇄국주의에 따른 국수주의에 함몰되기보다는 청조 강희제가 해금 정책을 해제해서 서양 제국과 무역이 정식으로 인정되어 근세 중서 무역의 기틀이 될 수 있었던 것처럼 우리 또한 영토의 경계를 허물어서 국제 사회로 나아가야 한다는 것이었으니.

그런 의미에서 면우는 교우 윤주하에게 다음과 같이 답하였다.

'하늘이 덮어 주는 바와, 땅이 실어 주는 바와, 해와 달이 비추는 바와, 서리와 이슬이 내리는 바와, 배와 수레가 이르는 바와, 인력이 통하는 바와, 모든 혈기를 가지고 있는 것들이 존경하고 친해하지 않음이 없을 것이되, 이때 성인의 '성교聲敎와 명교名敎의 미침이 구주에 지나지 않고 하늘은 만물을 덮고 땅은 만물은 싣는 사이에 있을 것입니다.'

天地所覆 地之所載 日月所照 霜露所墜 舟車所至 人力所通 凡有血氣者莫不尊親 于斯時也 聖人聲名之被 不過九州 在覆載間. -『俛宇集』卷二十九,「答尹忠汝」

『중용장구』에서 일부 적서하였듯 이 같은 사유의 바탕에서 면우는 교우 윤주하에게 자신의 한 생각을 시문에 담아 다음과 같이 화답했다.

> 세상의 인간들이 같은 하늘을 이고
> 배와 수레가 시시각각 서로 이어지네
> 문궤가 일치될 조짐이 보이니
> 비린내 나는 생각으로 참된 이치 막지 말라.
> 宇內圓顱戴一天 舟車日月竟相連
> 文軌齊同今有兆 莫把腥肚阻眞詮
> -「和尹忠汝見寄五絶」-

'세상의 인간들이 같은 하늘을 이고.'라며 영송하였듯.

면우는 우리가 빗장을 질렀던 바다와 영토의 경계를 허물어서 수레와 배가 자유롭게 드나들어야 한다고 생각했으니, 이 같은 발상은 『중용장구』에서 밝혀 말했던 성교聲敎와 명교名敎를 서방 제국에 뻗치게 하는 것이되, 이 또한 성인을 존경하고 친애하는 일환으로 서방 제국과의 무역을 정식으로 인정하자는 것이었다.

……而舟車所通 皆將尊親乎聖人矣……. -『俛宇集』卷, 二十八, 「答金致受」

충여 윤주하에게 화답한 시문은 칠언절구로 구성되었지만 시문의 함의는 결코 가볍지만은 않을 터. 마치 참선 수행자가 깨달음을 얻기 위해 참구하는 화두처럼 사유의 폭을 넓혀야 할 것이나 면우의 속뜻은 다름 아니었다.

국경수비대가 해체된 탈국경과 오랫동안 봉쇄한 여러 항구를 개항한다면 우리 상인들이 해외 도항을 할 수 있을 거니와 외국 선박 또한 우리 국경을 내항할 것이며, 물자 교류와 정보 지식을 공유함은 물론 이런 기회에 우리의 우수한 문화를 세계에 널리 보급해서 인류 사회에 공헌한다면 이야말로 진정 성인을 존경하고 친애하는 존화尊華의 실체가 된다고 여겼다.

이 같은 사유는 1896년 병신세, 동문 물천勿川 김진호金鎭祜의 답서에서 이미 밝혀 말했던 것이다.

"존화양이의 실체는 의를 밝히는 것보다 더 나은 것이 없습니다.

저들 서양이 진실로 의에 복종한다면 우리에게 물러섬을 보인 것이고, 우리에게 교화되어 따르면 우리를 존경할 것이니 더욱 광명이 유구하지 않겠습니까!

병사를 움직여 흉노를 몰아내고 요새를 막아 서역을 물리치는 것이 과연 오늘 우리나라가 가능하다고 보십니까……!

내수가 이미 완벽하게 이루어졌다면 먼 나라 사람이 기쁜 마음으로 복종할 것이고 무장한 군인도 서로 어울려 춤을 추는 대열에 모일 것이며 선박과 수레가 통하게 될 것이니 모두가 장차 성인을 존경하고 친애할 것입니다. 하여 입을 다물고 절대 구미歐美 등의 글자를 말하지 않는다면 굳이 백이伯夷의 청백함이라 사료되어져 해로울 것은 없겠으나 천하의 세력이 장차 어느 때 평정되겠습니까."

然尊攘之實無過於明義 彼苟服義則乃見攘於我也 從化於我也 我之爲尊 尤豈不光明而悠久乎 動兵車以驅獫狁 閉關塞以拒西域 果今日我國之所不可能否…… 到得內修旣完 遠人悅服 則鉤牙鋸瓜 可囿於率舞之列 而舟車所通 皆將尊親乎聖人矣 閉口噤齒 絶不道歐美等字 固無害爲伯夷之淸 而天下之勢 將何時而可平也. ─『俛宇集』卷二十八,「答金致受」

물천 김진호에게 필설하였듯, 면우는 인류 전체를 아우르는 폭넓은 관념의 선상에서 서양의 선진화된 문화와 과학 기술은 정작 동양보다 우위에 있음을 인정하였으니. 이 같은 한 생각에 후학 하겸진과 문재흠에게 실무 중심의 학문을 늦추어서는 안 된다는 것을 필설하였던 것이다.

그뿐만이 아니었다.

면우는 1906년 병오세, 후학 하성권의 질의에 다음과 같이 답하였다.

'단지 세상엔 성쇠가 있고 때에는 수만 가지 변화가 있으니 오히려 눈앞의 현상에 정통하지 않을 수 없고……. 이미 우리 강상의 종지宗旨가 세워졌다면 오늘 열국列國 사지史誌 및, 정률政律·공법公法·병제兵制·농무農務·공예工藝·기화氣化 등의 책들을 모두 구입해서 읽고 연구하여 훗날 실용의 바탕으로 삼는 것은 해로울 것이 없겠으나, 옛날에 안주하여 한결같이 허황되고 종잡을 수 없는 것에 지루하게 매달려서는 안 된다'라고 하였던 것이다.

特以世有升降 時有萬變 又不可不通之以目前之爻象…… 旣立吾綱常之宗旨矣 則如近日之列國史誌及政律公法兵制農務工藝氣化等書 皆不妨購看而料理之 以資來頭之 實用不宜安常狃故一向支離於玄虛沒把捉去處而已也. -『俛宇集』卷, 九十三「答河聖權」

후학 하성권에게 일러 말하였듯, 면우는 삼강오상의 종지가 세워졌다면 당면한 현실에 정통하지 않으면 안 된다는 일념에서 이미 계남 최숙민과 취오 정재성에게 화이관을 밝혀 말했던 것처럼, 존화양이의 큰 줄기는 기존의 척사론자와 한 축이 되지만 중화의 본질에 있어서는 맹목적 존화에 머물러서는 안 되며, 문화의 우수성과 진리의 근원성에 근거하여 가치를 판단해야 한다는 이 같은 한 생각은 초지일관이었다.

이 때문에 면우는 중화의 문물을 계승한 조선이 세계 유일한 문명 국가로 도약할 수 있다는 여지를 남겼으니 이를 바로 아래 「원고 칠십오수」 시문에서 밝혀 말했다.

    동이가 적다고 말하지 말라
    중국이 훌륭하다 하기도 어렵네
    정일의 법도를 서로 전하고 있으니
    그 때문에 다른 곳으로 가지 않으리
    莫謂東夷少   **猶難中國多**
    相傳精一法   **所以不于他**
    -「原古七十」五首-

면우가 영송했던 '정일精一'의 법도는 바로 성군의 대명사 순舜 임금이 우禹에게 천하를 넘겨주면서 천하를 다스리는 법을 일러 말해 주었음이니 다름 아닌 다음과 같은 열여섯 글자에 있었다.

우여! '인심은 위태롭고 도심은 은미하니 정精하게 하고 한결같이 하여야 그 중도中道를 잡을 것이다. 우여……!
    人心 惟危 道心 惟微 惟精惟一 允執厥中. -『書經』·「虞書·大禹謨」

그랬다.
우리 영토는 비록 중국과 비교될 수 없으나 중국인의 정신, '유정유일'의 전통을 간직하고 있으니, 광활한 땅, 대륙 못지않다는 문화적 자긍

심에서 면우는 고종 황제에게 다음과 같이 차자를 올렸다.

'폐하!

중국이 몰락하여 천하에 가르침이 없다고 하나 우리 대한만은 홀로 일맥一脈을 보존하고 있사오니, 이는 하늘이 장차 우리를 쇠퇴한 운수 중에서도 큰 과일로 삼아서 천하 종교의 주인으로 삼아 주려는 것이 아니겠나이까.'

神州陸沉 天下無敎 而我韓一區 獨保一脈 抑天將以之碩果於剝陽 爲天下宗敎之主耶. －『俛宇集』卷首,「應命進言箚子」

면우가 차자에서 진언했던 것처럼, 중국은 세계 사대 문명의 발상지로 문명의 위력을 과시했을 뿐 아니라 조선의 종주국을 자처했고, 우리 또한 그토록 믿고 의지했던 이제의 중국이 서구 열강에 잠식되어 동아시아 전통 질서를 창출하고 뿌리내리게 했던 유학마저 위태로운 이때, 우리만이 어지러운 세상에 마지막 남은 중화의 전통. 즉 큰 과일〔碩果〕이 되고자 하였던 것이다.

이처럼 면우는 필시 하늘이 우리나라를 천하 종교의 주인으로 삼고자 했을는지 모른다는 긍정적 인식을 하였으니, 모르긴 해도 면우의 자주적 역사관은 민족사상과 외래 사상을 비교 분석하여 우리의 주체성을 확립하고자 했던 단재 신채호, 1880～1936 선생과 기맥이 상통한 듯하다.

아무튼 1903년 계묘세, 구월 팔일의 '응명진언차자'는 현실 인식에서 비롯된 인물 제의에 근거하여 세상에 마지막 남은 '석과**碩果**'가 되리라 하였으니, 이 같은 면우의 풍연한 진언을 환언한다면 존화양이의 실체는 문화의 정도에 따라 언제나 변할 수 있다고 여겼음이 인시제의한 사유였다.

인시제의에 입각해서 면우는 '석과'와도 같이 대한을 지구상에서 유일무이한 유학의 메카로 자리매김하고자 했으니, 인시제의는 면우의 메인 전략이자 통유의 대명사처럼 불리게 되었을 뿐 아니라, 자신 또한 통유라는 아이콘에 걸맞게 후학들에게 늘 유학의 바탕에서 실무 중심의 학문을 연구 활용해야 함을 권장하였는데, 이는 바로 자주적 근대화를 달성하기 위한 인시제의한 논리에 있었다.

인시제의와 관련해서 면우가 이미 기질지학과 심즉리에서 밝혀 말하였듯,

리는 생과 사가 없을뿐더러 억천만겁이 지나도 영원불멸의 도로서 일동**一動**, 일정**一靜**, 일음**一陰**, 일양**一陽**이 끊임없이 순행하듯, 인간 또한 리, 즉 이성을 가졌음에 선하다고 하였으나 그 선을 흐리게 하는 요인이 기라고 하였다.

그러나 기 또한 마치 천체를 자전하듯 리 주위를 운행하기 때문에 머티리얼material, 즉 자료로서 맑고 흐리고 치우치는 본질의 성으로 온전함엔 차이가 있겠으나, 성이 발하여 정이 된다는 한주학파의 핵심 트렌드로 자리 잡은 '성발위정' 이론에 비추어 본다면 기실 서양인과 동양인은 기질의 차이일 뿐, 인간은 누구나 고도의 지능을 가진 이성적 인간으로 본능적 행동을 일삼는 동물과는 차이를 두어야 한다고 여겼음

이 면우였다.

그런 의미에서 면우는 1901년 신축세, 후학 정 취오 재성에게 사람과 동물을 가늠하는 인물성동이人物性同異론에 관한 답서에서 스승 한주가 입론했던 여덟 글자를 적서하면서 다음과 같이 일러 말했다.

'사람과 사물은 성이 있는 것은 같지만 성을 행함은 다르다.'라는 이 여덟 글자는 후학들에게 인물성동이론의 가이드라인을 제시했다며 말문을 뗐음이다.

蔽一言曰先師所謂人與物⋯⋯ 有性則同而爲性則異⋯⋯ 眞可謂八字打開.

그렇다면 한주가 입론했던 성은 같다고 하면서 성을 행함은 다르다는 말은 무슨 뜻인가.

면우는 덧붙여 『맹자』·「고자장구 상」을 적서하면서 소와 개 그리고 소와 사람의 성은 다르다고 하였던 바.

이때 성은 『중용』에서 하늘이 명하신 것을 성이라 하였던 그 성으로 『중용』의 주해에서 성을 리라고 하였던 그 리를 얻음으로써 건순健順·오상의 덕을 삼는 이를 성이라 명시하였으니 한주가 입론하고 면우가 적서했던 성 또한 성이 곧 리라는 공통분모가 있었다.

이른바 『중용』의 주해에서 하늘이 음양·오행으로 만물을 화생함에 기로써 형체를 이루지만 리는 형체에 천성, 즉 천품을 부여한다며 리의 역할을 말했던 것처럼, 취오 정재성에 말하고자 함은 다름 아닌 리의 책무성과 역할로 마치 미동조차 하지 않는 목석에 생명을 새겨 넣는 창조주의 의식의 시혜와도 같은 것이었다.

그러나 사람과 물건에 제각각 의식을 심어 주는 리는 같다고는 하나

성은 다르다고 하였으니, 그 성은 이미 『중용』에서 일러준 하늘이 명하신 성과, 『중용』의 주해에서 리를 얻음으로써 건은 양의 덕이고 순은 음의 덕인 건순과, 인의예지의 오상의 덕을 일컫는 이 같은 성을 행함에서 판가름된다고 하였다.

이 때문에 모든 생명체와 붉거나 검거나 노랗거나 하얗거나 푸른 눈을 가진 괴상한 서양인 또한 제각각의 성이 있으므로, 고괴한 겉모습으로 판단하기보다는 내면의 본질과 그에 따른 덕성 여부로 파악해야 한다 함이 면우의 지론이었다.

면우의 이 같은 사유는 시계와 사상에 큰 변화를 불러일으켰을 터이되, 면우는 척사론보다는 동도서기론東道西器論에 근접했다 할 수 있을 것이다.

동도서기론은 중국의 중체서용中體西用과, 일본의 화혼양재和魂洋才와 동일한 의미로 자국의 전통 내지 유학의 정신을 유지하되 서양의 우수한 과학 기술을 수용하여 부국강병을 꾀하자는 주의였다.

면우 역시 현재 우리의 현실이 저들 일제의 역량에 미치지 못하다는 것을 인정하기 때문에 그러한 한 발상이 바로 열강 제국들과의 이해관계 위에서 일제의 야욕을 억제한 다음 우리의 국력을 신장시킬 수 있는 기회를 확보하자는 인시제의였다.

국제적 시각에서 오는 면우의 현실 인식은 차츰 척사의 논리를 벗어나 새로운 사고로 비춰지기는 했지만, 전적으로 개화만을 주장했다거나 동도서기론자들이 동도의 핵심인 유학을 마냥 고집하면서 서양의 기술 문명을 수용하자는 논리에 있었던 것은 아니었다.

유학을 중심으로 한 현실적 변모에 적극적으로 대처하자는 것이었으니, 이는 바로 서양의 선진 기술〔西器〕을 배우기 위해서는 서학西學을 알아야 한다는 생각으로 열국의 사지史誌 및 철학에 대한 관심을 놓지 않았던 것이다.

서양에 대한 깊은 이해는 동도서기론자들보다 한발 앞선 새로운 안목을 갖게 되었으니, 기존의 동도서기론자들이 소위 동도와 서기를 핵심으로 삼았다면 면우는 동도와 서도西道에 있었고 동도의 변형을 통해 동도의 우위를 확보하는 데 있었다.

於是乃卽其所謂哲學要領·哲學學說等編而攷其得失 辨其同異 以折衷於聖賢之旨 而反之於天理本然之妙 盖欲提喚而引誘之同歸於大正也. －『俛宇集』卷百四十二,「書李汝材哲學攷辨後」

상기上記 '서이여재『철학고변 후』'에서 범박하게 말했지만 일층 분명히 드러내어 보인다면 동도의 변형이란 단순히 유학의 기본 틀을 벗어나는 새로운 이론은 아니었다.

유학의 종지宗旨가 확고히 세워졌다면 서양의 우수한 장점을 취해서 내수외양의 도를 삼자는 인시제의한 논리였을 뿐. 척사의 본질을 바꾼 이론은 아니었다.

이 같은 사유는 심즉리에서 비롯된 것이었다.

즉 본질인 체體와 수단인 용用을 구별하여서 체인 리로서 서양의 방식도 존중하고, 용으로 그들의 우수한 문화를 적극적으로 수용하자는 논리였다.

雖使古聖人生於今時 要當以吾道爲正德之本 而取長於萬國之能. －『俛宇

集』續卷, 二,「答鄭孔厚」

체와 용을 다시 확대한다면 리인 체가 정의를 지향한다면 만국공법에 호소하는 행위는 용의 작용으로 방략이라 할 수 있을 것이다.

萬象森然而體中有用 品節不差而用中有體 理體氣用則理無用而氣無體矣 理不能隨遇發見 而又不能通天下之故 則所貴乎理者甚麽. -『俛宇集』卷百二十九, 「理訣上(理有體用)」

이러한 사유의 틀 속에서 만국공법을 채택하게 되었으니 만국공법은 배외적 제도로서 종래의 중화 중심의 질서 체계가 해체되고 홀로 소중화를 자처한 대한은 민족적 위기를 모면하기 위해서는 만국공법을 수용할 수밖에 없었다.

그뿐만 아니라 만국공법에는 인의를 근본으로 하는 일정한 원칙을 지니고 있다는 것을 면우는 이미 파악했던 것이다.

그래서 만국공법으로 국난극복의 계책을 삼고자 한 면우는 '우리 대한의 독립은 만국의 독립과 같으며 대한의 교섭은 만국의 교섭과 같다.'라고 확언했던 것이다.

則我韓之獨立 猶萬國之獨立也 我韓之交涉 猶萬國之交涉也. -『俛宇集』卷首「辭召命疏」

만국공법에 근거한 외교적 자구책은 을사보호조약이 체결되기 직전인 음력 시월 일일 상소에서도 밝혀 말하였듯, 일제가 동양화국東洋和局에 큰 뜻을 품는 것을 열국 또한 바라지 않기 때문에 독일·미국 공사에게 최근 영국과 프랑스가 태국에게 삼십 년 혹은 오십 년 자주 정치를 허락했던 예를 거론한다면 열국도 받아들일 것이고, 우리 또한 이런 사이에 전심전력을 기울인다면 내수를 통한 자강을 도모할 수 있으리라 판단했던 것이다.

臣竊謂陛下可因德美公使而致意于英法暹羅近例 限三十年或五十年許以自主政治 則彼列國宜相聽順 可以其暇 發憤勵精 內修外應 以圖自強. －『俛宇集』卷首「急進小箚子(乙巳)」

면우는 1904년 「갑진이월소甲辰二月疏」에서 만국공법에 의거하여 자주독립을 보장받고자 다음과 같이 충언의 소를 올렸다.

'저 삼포오루〔미우라 고로〕 무리들은 우리 역신과 한통속이 되어 감히 을미의 변란을 일으켰사오나 광도재판〔히로시마〕에서 정황이 모두 밝혀졌거니와 일본 정부가 왜곡하여 가려 주고 다시 우리의 역신을 음비하여 우리 대한으로 하여금 왕장王章을 펼칠 곳이 없게 만들었사옵고……. 우리나라 전역의 권리를 빼앗아 갔으니 신은 이 모두가 과연 약장에 있는 것인지 공법에 허가된 것인지를 알지 못하겠사옵나이다…….

군사를 거두고 우리의 예속 권리를 완전히 보장한다면…… 기쁨으로 동양화국에 동참할 수 있을 것이옵나이다.

……彼三浦梧樓輩 符同我逆臣 敢逞乙未之變 廣島裁判情形畢露 而日本政府 曲爲周遮 又復容庇我逆臣 使我韓 王章無地可伸…… 占奪我全國權利 臣未知 是果皆約章之所有而公法之所許耶…… 東戢其將士 保完我禮俗權利…… 從事於東洋之和局矣. －『俛宇集』卷首,「甲辰二月疏」

「갑진이월소」또한 밝혀 말했듯, 면우는 제일 차 한일협약조인으로 고문 정치가 시작되었다는 소식을 듣고 소를 올려 국가 대의를 밝혀 줄 것을 촉구하였으니, 무엇보다 일제와의 협상에 앞서 을미년의 원흉인 미우라 고로와 명성황후 시해 고위 협력자 이두황李斗璜과 이범래李範來 역적의 죄상이 광도재판에서 탄로 났지만, 그럼에도 불구하고 일제가 음비만 하고 처벌하지 못한 사실과, 우리의 권리를 빼앗은 일제와의 부당한 조인이 약장과 같은지 공법의 승인을 받았는지 의혹을 감출 수 없다는 것을 매거진언하였다.

그러나 일제가 일변하여 공범자들에게 엄한 책임을 묻는다거나 무력 행사를 중단하고 예부터 전래되어 온 우리의 예법이나 풍속을 향유할 권리를 용인한다면 우리 또한 '사이가 좋은 가까운 이웃'이란 캐치프레이즈, 즉 동양 평화에 동참할 것이나, 만의 하나라도 행하지 못한다면 우리의 권리를 빼앗은 저들의 부당한 처사를 만국공법으로 밝혀야 한다고 하였으니 면우는 만국공법을 세상을 구제할 수 있는 시세의 대법으로 간주하였던 것이다.

於是乎有萬國公法…… 而捄時濟世之大法乎 豈不亦古聖人因宜制法至意乎……. -『俛宇集』卷一百四十一,「書公法會通後」

이렇듯 면우는 만국공법을 통해 일제의 만행을 규탄하고자 하였으니, 이는 기존의 유학자들이 오로지 척사의 이념으로 서양을 경멸하고 그들의 우수한 과학기술마저 외면한 채 현실과 유리된 이기성명의 공리공담으로 일관해 왔던 것에 비한다면, 면우의 인시제의한 현실적 변모는 현실의 높은 난관에 봉착하고 부딪친 결과에 따른 결과물로서 서양의 우수한 문물과 제도를 적극 수용해서 자강을 도모하자는 것에 다름 아닐 것이되, 만국공법을 원용한 면우의 구국 운동이 항일 의병에 비해 시의적절한 조처였는지는 알 수 없지만 이 또한 당면한 현실을 고려한 인시제의한 방략이라 할 수 있을 것이다.

　게다가 유민의 한 사람으로 한 많은 대한의 애달픈 사연 이천육백칠십 넉자를 담았음이 바로 긴 편지, 파리장서였으니 장서에서 '일제가 우리나라를 겸병한 이유와 우리의 억울함을 만국의 제 대위에게 호소하노라.'라는 이 같은 행위는 현실 인식에서 비롯된 인시제의한 논리 위에서 전개된 방략이자 도의 실천이었다.

소명

면우 나이 사십구 세, 그해 1894년 갑오세 양원 신기선의 도천으로 의외의 지존, 황제의 소명이 있었다. 얼마 지나지 않아 십이월에는 조정의 특명으로 조정 명관의 멤버가 되었으며 이듬해 1895년 을미세, 음력 일월에는 비안현감에 제수되었다.

두 차례 제수를 하명하였으나 면우는 사양의 소를 올리고서 동년 을미세, 출사와 은거. 즉 출처진퇴出處進退와 관련해서 교우 윤주하에게 다음과 같이 답하였다.

자신은 출사하기보다는 스스로를 보전하여 지키겠다며 치서했으니 이는 바로 스스로 절조를 지키겠다는 의사에 다름 아니었다.

……鍾故私以爲今之世 上焉者可出而有爲 下焉者可處以自守…… 無是則不得已從下焉者 共其守爾. -『俛宇集』卷, 二十九,「答尹忠汝」

이미 윤주하에게 출처진퇴의 심중소회를 밝혀 말했듯 개결한 인품을 소유한 면우는 거듭되는 소명에 거듭되는 사양의 소를 올렸다.

다급했던 고종 황제는 1899년 기해세, 이월에 나라를 다스릴 만한 재주, 즉 경국지재라 하여서 다섯 필을 한 묶음으로 묶은 비단 넉 단과 교지를 내려 예의로서 소명하였으나, 면우는 성은에 감읍할 따름이라는 사양의 상소를 받들어 올렸을 뿐 자신의 뜻을 굽히지 않았다.

이 같은 사양의 상소는『예기禮記·유행儒行』에 나오는 전고로 면우는 부귀영화에 연연하지 않는 난진이퇴難進易退 즉 나아감에 신중하고 물러남에 과감함을 이르는 선비의 지절이었다.

粗知士君子進退之義. ─『俛宇集』卷首「辭召命疏」

면우의 지절을 꺾을 수 없었던 고종은 촉한의 유비가 한실의 부흥을 위해 천하의 귀재 제갈량을 영입하고자 남양의 융중 초려를 세 번이나 찾아갔던 삼고초려의 고사를 모방해서 면우가 기거하는 거창 다전으로 직접 내려가고자 만반의 준비를 하고 있었으니, 친애의 정에 따른 고종의 파격적인 행동은 조선의 역사 이래 유래가 드물 정도의 급변신이었다.

上意必欲一見先生 將親擧玉趾以倣古三顧草廬之意. ─『俛宇集·行狀』

이 같은 사실을 모를 리 없었던 면우는 거듭되는 황명을 외면하는 것 또한 불공불손의 대죄로서 신하 된 자의 도리가 아니라고 여겼다.

마지못해 면우는 진단과 충방의 고사처럼 산건야복山巾野服에 명아주 지팡이를 짚고서 선두의 반인 문인 곽휘승郭徽承과 장우원張右遠, 사위 노정용盧正容 등에 옹호되어 옥천을 지나 간신히 수원 땅을 밟을 수 있었다.

不得已 則或可依宋代陳种故事 山巾野服. ─『俛宇集 ·年譜』

진단陳摶은 『송사宋史, 四百五十七』와, 송사신편『宋史新編一百五十七』에 의하면, 중국 당 말에 태어나 화산華山에서 도교 수련을 통해 양생술을 익혔는데, 한번 누우면 백여 일 동안 일어나지 않았다고 한다……. 이후 송宋의 태종太宗이 후한 예로써 그를 불렀으나 출사하지 않았다고 전한다.

충방种放은 『송사사백오십칠宋史四百五十七』에 의하면, 중국 송대宋代 낙양인洛陽人으로 어머니를 모시고 종남산終南山에 은거하면서 농사일과 학업을 병행했고, 송宋의 진종眞宗 때 공부시랑工部侍郞에 제수되었으며, 다시 좌사간左司諫에 임명되어 황제의 부름에 임했다가 어머니의 명으로 환산하였다고 한다. 그런 충방이 하루는 새벽에 일어나 도의를 입고 여러 생도들을 모아 놓고 술을 마시며 평생 지은 장소章疏를 모두 불태웠다고 전한다.

면우 일행이 수원을 지나 막 과천으로 들어서려는 순간 문하생 장지연이 관찰사 주석원朱錫冕을 대동하고 황급히 달려왔으니 장지연과 과천에서 만난다는 것은 의외였다.

이때 장지연과 관찰사 주석원은 면우 일행을 위해 특별히 연회를 베풀고자 했으나 면우는 사절하고 북문 밖 과천에서 오찬과 숙박을 하고서 이튿날 천 리 길 남문 밖 도성에 당도할 수 있었다.

그날이 1903년 계묘세, 음력 팔월 이십오일 으스름한 달빛을 우러러볼 수 있는 초저녁이었다.

위암 장지연(韋菴 張志淵, 1864~1921)은 을사조약으로 일제에게 국권이 빼앗기자 "이날에 목을 놓아 통곡하노라是日也放聲大哭."라는 칼럼으로 『황성신문』에 게재한 칼럼니스트다.

도성의 공기는 면우가 살던 거창과는 다르게 조금씩 가을빛을 발했고 불 꺼진 번화가의 밤은 온 도성을 무거운 침묵 속으로 잠겨 들게 했다.

이날 저녁 면우 일행이 임시로 정한 숙소에 승문원부정자·사간원정언·홍문관 부교리를 역임한 양원 신기선1851~1909 대감을 비롯한 판서 이근수李根秀, 참판 이명상李明翔, 승지 박원화朴元和, 승지 박해용朴海容, 승지 정헌시鄭憲時, 승지, 정연갑鄭然甲, 현풍 군수, 홍필주洪弼周 등 경향의 진객들이 내방하였음은 물론, 전하는 말에 의하면 이때 내방객들이 근 일천 명에 이르렀다고 한다.

이들 진객 중 홍필주는 이건하李乾夏, 박기양朴箕陽 등과 함께 신사소청紳士疏廳을 설치하여 상소를 올리고 규탄 선언을 발표하여 일본의 황무지개척권 요구에 반대하는 운동을 전개하기도 했으며, 1906년에는 장지연이 주동한 대한자강회의 평의원이 되어 민족정신을 고취시키고자 하였다.

게다가 1907년 3월에는 오기호吳基鎬, 나철羅喆, 이기李沂 등과 함께 이완용을 비롯한 을사오적을 주살하기로 결의했지만 실패로 돌아갔으니 이에 좌절하지 않고 민족적 위기를 타개하기 위한 애국계몽운동 단체인 대한협회의 발기인으로 참여하기도 했다.

면우가 도성에서 머문 지 사흘 후 이십팔일 이날 황제의 교지가 내렸으니, 다름 아닌 비서랑 허만필許萬弼과 동행하라는 것과 과인 곁에서 친문에 답하라는 하명이었다.

유건 도포로 편전에 입대한 면우는 황송하여서 몸 둘 바를 몰랐지만…….

그러나 그토록 만나고 싶어 했고 동량을 얻기 위해 삼고초려마저 불사하겠다던 고종은 면우를 지척에서 보자 풀렸던 두 눈이 홉뜨고 맥없는 두 주먹엔 힘이 들어갔을 것이되, 그 힘은 바로 경국지재를 얻었다는 뿌듯한 마음에 다름 아니었으리.

면우와의 첫 만남에서 고종은 조용히 하명했다.
"앞으로 가까이 다가오시오……!"
"조금 더 가까이 다가오시오……!"
"귀군의 명성을 익히 들어 왔으니.
짐이 오늘 그대의 풍표를 보니 기쁘기만 하오.
하여 귀군의 그 깊고 그 넓은 무한량의 학식으로 짐을 도와주시오……!"
면우는 상주했다.
"폐하! 신은 본래 산야의 비루한 사람에 지나지 않사옵니다. 학식은 비천해서 남들만 못하고, 재주와 슬기는 조잡해서 만사가 하나같이 능한 것이 없사온데, 어찌 감히 폐하의 총명에 도움이 될 수 있겠나이까!"
"오직 바라옵건대 고향으로 돌아가 논밭 사이에서 대수롭지 않은 명분이나마 편안하게 사는 것이 신에게 다행이라 여기나이다."
고종은 조용히 하답했다.
"귀군이 비록 산림에 살고 있으나 이름은 조정과 민간에 드러났고
학식이 참답다는 것을 짐은 익히 들어 온 바이니

지나치게 겸손히 하지 말고 치평의 계책을 말해 보시오……!"

면우는 상주했다.

"폐하! 헛된 이름이 세상에 알려지게 되었사오니 죄송할 따름이옵니다.

하지만 천하를 다스리는 방도는 이미 폐하의 혜안과 통찰로 환히 꿰뚫었을 것이온데 어찌 비천한 저에게 도움을 기다리나이까."

어느덧 팔월의 강렬한 태양은 어둠에 사그라졌고 암담한 현실에 걸맞게 암담한 어둠 속에서 어둠을 가로지르는 저편의 남폿불에서 발하는 춤사위는 번질거리는 대청을 훑기 시작했다.

대청마루에 머리를 조아리고 있던 면우는 출렁이는 그림자이지만 해주반 앞에 앉은 비서랑 허만필과, 용상에 앉은 고종의 용안을 어렴풋하나마 볼 수 있었으니 용안보다 정적보다 더 무서웠음이 고종의 하문이었다.

하문에 사안을 구주해야 했던 면우는 풍전등화와도 같은 종묘사직과 만민에게 희망을 줄 수 있는 비전을 제시해야 했으니 마침 사 년 전의 교지가 떠올랐다.

1899년 기해세, 이월 이십삼일 자 돈유敦諭는 이러했다.

'국사는 날로 그릇되고 대내적으로 백성은 도탄에 빠지고 대외적으로는 강포한 가까운 이웃이 으르렁거리는 이때. 비상의 재주를 가진 귀군과 함께 이 어려운 난국을 헤쳐 나가고자 하였으나 어이하여 귀군은 과

인의 마음을 이렇게도 몰라준단 말이오. 자나 깨나 영특하고 현명한 이를 갈구한 끝에 학문은 천인을 꿰뚫을 뿐 아니라, 나라를 잘 다스려 백성을 고난에서 건질 경세제민의 계책을 온축한 귀군을 과인의 곁에 두고서 이 난국을 헤쳐 나가고자 하였건만……

허나 귀군이 아니면 누가 기울어져 가는 이 나라를 구제하겠소.'

선비이자 시인으로 경술국치를 당해 순절한 매천 황현黃玹, 1855~1910이 기록한 『매천야록』에 의하면, 고종은 면우를 제갈량처럼 비바람을 부르는 호풍환우함과 귀신을 부리는 방술인이자 이인으로 여겼던 것이다.

八月徵郭鍾錫至京師…… 上素信方術 遂認以異人 秘推以經濟 或疑有秘術…… 問諸葛亮何如人 能呼風喚雨 役使鬼神 信否…… —『黃玹全集』卷三, 「梅泉野錄」

매천의 이 같은 기록은 헛말이 아니었다.

면우는 고종과의 함령전 독대에서 자신은 귀신을 복종케 하고 사람을 놀라게 할 수 있는 그런 신묘하고 기이한 계책이 없다고 진언했을 뿐 아니라.

非有神謀秘策 可以慴鬼而驚人也. —『俛宇集』卷首, 「獨對日記」

「사 사제소」에서 또한 함령전 독대에서처럼 자신은 귀신같이 나타났다가 사라지는 신출귀몰한 기이한 모책이 없다고 진언하였던 것이다.

……而更別無奇謀異策 可以神出而鬼沒.

—『俛宇集』卷首「辭 賜第疏」

그러나 고종은 면우의 진언을 지나친 겸사로 여겼을 뿐 믿으려 하지 않았을 터인데, 이처럼 잔뜩 기대에 부풀었을 고종에게 어떤 카드를 제시해야 할는지 일순의 상념은 면우의 가슴을 옥죄어 왔다.

다음 날 오후.
벅적거려야 할 어궁엔 생각과는 달리 이날은 오가는 궁내부 대신들이며 의정부 대신들이 보이지 않았다.
짐작건대 분명 고종은 둘만의 시간을 갖기 위해 여러 대신과 여러 관원을 뒤로하였을 터이고 시국과 관련한 끝장 토론을 벌이고자 했을 것이란 한 생각이 면우의 뇌리를 스쳐 지나갔다.
이윽고.
함령전에 납시은 고종의 헛기침 소리는 함령전의 정적을 깨뜨리고도 남음이 있었다.
다급했던 고종은 앞뒤를 생각할 나위도 없이 면우에게 친문하였으니.
고종의 친문에 면우는 사안을 구주했으며 비서랑 허만필은 쉴 새 없이 직필하였으니, 이때 공분公憤한 삼 인의 눈빛은 저편의 남폿불보다 더 번득거렸고 고종의 찌붓했던 동공은 어느새 커져만 갔다.
고종은 자상에게 면우에게 친문했다.
"총체적 난국을 맞고 있는 오늘 좋은 묘책이 없겠소!"
"숨김없이 짐에게 말해 보시오."
면우는 준비한 사안을 구주했다.
"폐하! 신묘한 계책이라 할 수 없사오나 무엇보다 시급한 일은 다름

이 아니옵나이다."

"적재적처에 훌륭한 인재를 등용해야 할 것으로 사료되옵나이다."

"폐하께선 도덕 충량한 신하나 훌륭한 계책과 심오한 계책을 가진 신하와 더불어 참신한 정책을 꾀하기보다는 점쟁이나 점성가 심지어 관상가를 곁에 두고 그들과 정사를 펼치려 하시니 과연 이 어려운 난국을 치평할 수 있겠나이까?"

고종은 말했다.

"짐 또한 무익하다는 것을 알지 못했던 것은 아니나 여러 번 환난을 겪다 보니 그만 사술로써 정사를 유지하려 하였으니 이 마음 어찌 의심하고 두려워하지 않았겠소……!"

"마침 귀군이 일침을 놓아 짐을 일깨워 주었으니 말이니 지난 짐이 요행을 바라는 마음을 벗어날 수 없었다는 것을 부인하진 않겠소.

그러하니 귀군께서 짐에게 고언을 서슴지 말고 말해 보시오."

면우는 구주했다.

"폐하, 군주는 하늘을 대신해서 운명을 좌우한다고 들었사옵나이다.

길흉화복 모두는 자기가 만드는 것으로 점을 쳐서 개운을 바라서는 아니 될 것이라 사료되옵나이다. 만약 점을 쳐서 될 일이라면 점이 상서롭지 못하다면 장차 모든 사안을 내버려 둘 것이며 의리상 옳지 못한 일마저 점을 쳐서 길하다면 장차 실행하시겠나이까……!"

잠시 마음을 가라앉힌 면우는 한 옥타브 낮은 구주로 이성적 사리를 따져 보고자 했다.

"폐하, 신불에 기도하는 것은 더욱이 이치에 맞지 않다고 사료되옵나이다."

"제왕의 복은 천지산천 종묘사직의 제사에 있을 뿐이오니 공경과 정성을 다해 제사를 행한다면 끝없는 복록을 누릴 수 있을 것이로되, 어찌 저 요사스럽고 사악한 귀신이 제왕의 복록을 빼앗을 수 있겠나이까!"

면우의 구주는 연이어졌다.

"폐하! 소문에 의하면 폐하께서 부처나 신에게 복을 비는 제단齋壇을 설치한 것과, 신에게 소원을 빌기 위한 원당願堂을 지은 것이 나라 안에 두루 퍼졌다는 것을 들었사온데, 이 또한 형용할 수 없을 정도의 거금을 초래했다고 하였으니 국가 세력과 안위에 도움이 없다면 요행이라 할 수 없을 것이옵나이다."

"실제로 군주가 부처를 심히 힘써 섬김이 양무梁武만 한 이가 없었사온되,

양무는 역신의 핍박으로 마침 대성臺城에서 아사의 참극을 겪었을 뿐 아니오라, 불교를 숭배하고 믿었던 인도 제국마저 근세 영국인에게 도륙이라는 비극적 최후를 맞이함으로써 불력으로 구제할 수 없다는 것을 증명해 보였사오니.

폐하! 이치에 의거해서 마음을 결단하시고 도의에 따라 정사를 베푸신다면 어찌 두려워하고 의심하는 마음이 생기겠나이까."

고종은 말했다.

"귀군의 말은 절절하여 짐의 살갗을 자극하는 것 같소! 하여 짐은 잊지 않겠소!"

재초齋醮.

글자를 풀이하면 재는 재계 재. 즉 제사 같은 것을 지낼 때, 그 전 며칠 동안 심신을 깨끗이 하여 부정한 일을 가까이하지 않는 것을 말함이고, 초는 초례 초로, 도사道士가 재단을 차려 놓고 제사 지내는 일을 말함이니, 재초는 중이나 도사가 제단齋壇을 설치하여 부처나 신에게 복을 비는 일을 일컫는다.

원당願堂.

각 사찰 안의 일실一室로 궁사宮司 또는 민가에 베풀어 왕실의 명복을 빌던 곳인데 궁중의 것을 내원당內願堂이라고 한다.

이미 면우가 고종에게 구주하였듯 군주가 불교에 신심을 기울였던 것은 양무제, 464~549만 한 군주가 없었다.

기실 양무제는 불교를 깊이 신봉하여 사원에 가서 어복을 벗고 법의를 입었을 뿐 아니라 정사를 돌볼 때에도 단육지식斷肉止食하는 계를 지키고 불사佛事를 크게 일으켰다고 한다.

게다가 불심천자로 일컬어져 불심에서 반역죄를 지은 자도 용서하여 주었다고 하였으나 끝내 나라가 어지러워지고 자신 또한 아사했다는 비보를 남기게 되었음이다.

이처럼 면우는 지공무사한 이치로 정사를 펼치기보다는 양무제처럼 광신적 신앙 생활에 함몰되어 종교의 힘으로 정사를 꾸려 나가려는 무지의 작태를 고종에게 기탄없이 구주하였던 것이다.

비단 불교뿐만이 아니었다.

면우가 활동했던 구한말은 종교계의 말기적인 현상으로 인한 폐해가 속출하였으니 기독교와 도참 신앙에 이르기까지 우후죽순처럼 생겨나서 사상의 통합이 어려웠음이 사실이다.

면우는 「비로봉분운득고자」시문을 통해 종교계를 향한 우려의 목소리를 냈다.

……

괴이하구나! 저승사자가 고통스럽게 심문하고
온갖 귀신을 발가벗겨 꺾어서 태운다네.
도량 높은 부처 앞에 무릎 꿇고
붉은 가사 두른 승려 계도를 받드네.
칠보로 장엄하게 꾸민 극락세계
연꽃 가득한 곳에서 다들 시끄럽게 외치네.
신선 받드는 제단 높은 곳에 우뚝 선 장수
머리에는 은 투구이고 허리에는 자루를 달아 놓았네.
학교는 동틀 무렵 예로써 서로 만나고
대부는 기러기 잡고 경대부는 어린 염소 잡네.

……

怪底陰司苦訊罪　裸却百鬼施剉熬

靈山高會佛曲跪　左右紅袈捧戒刀

七寶莊嚴極樂界　蓮花滿地共命嘈

金壇高處峙上將　首戴銀兜腰屬橐

庠宮淸曉禮相見　大夫執雁卿執羔

……

-「毘盧峰分韻得高字」-

「비로봉분운득고자」시문 뿐만 아니라 일찍이 면우는「회」라는 시문에서 다음과 같이 영송하였다.

'삼가 파계승을 배우지 말라 날마다 부질없이 참회문을 독성하네.'

愼勿學破戒僧　逐日謾讀懺過文. -『俛宇集』卷二,「悔」

이처럼 면우는 부처를 모시기보다는 성인의 심법으로 본성을 회복해야 함은 물론 심학으로 인욕을 제거하여 내면을 밝히기를 희망하였던 것이다.

「비로봉분운득고자」의 마지막 시구는『춘추좌씨전春秋左氏傳』·「노정공 팔년魯定公 八年」에 정공定公이 와瓦에서 진군晉軍과 회견할 때 범헌자范獻子는 염소를 가지고 와서 예물로 바치고, 조간자趙簡子와 중항문자中行文子는 모두 기러기를 가지고 와서 예물로 바쳤다는 데서 유래되었다.

고종은 다시 친문했다.

"오늘의 이 어려운 국면을 어떻게 해야 구제할 수 있겠소. 말해 보시오!"

면우는 구주했다.

"정학正學을 숭상해야 함이 숭정학崇正學이며, 민심을 결집해야 함이 결민심結民心이며, 재화를 절약해야 함이 절재용節財用이며, 군제를 바로잡아야 함이 정군제定軍制라 사료되어져 시무사조時務四條 의안을 진사進辭하옵나이다."

"그럼 짐에게 시무사조 안을 매거해 보시오!"

촌각을 다투어야 하는 급박한 상황으로 면우는 지체 없이 구주하였다.

"폐하, 정학을 숭상한다 함은 한 나라가 나아갈 수 있는 급선무라 사료되옵나이다.

정학을 밝히지 않는다면 의리가 어두워서 사람사람이 장차 황제를 보고 길가는 사람으로 여길 것이오니 누구와 더불어 세상을 다스릴 것이며 누구와 더불어 도둑을 칠 것이며 누구와 더불어 원수를 갚을 것이옵나이까."

"자고로 우리 대한은 예의의 나라로 천하에 이름이 드러났사오니 이제부터 풍기를 정립해야 함은 물론, 위로부터 도리로서 일을 헤아리지 않는다면 불문가지 아래는 법을 지키지 않을 것이옵나이다."

"더군다나 탐학하고 포악한 습속은 날로 강성하고 음란한 풍속은 한층 더해지는 이 같은 현실을 두고서 외국인이 엿본다면 과연 우리 대한을 예의의 나라라 말하겠나이까."

"청컨대 폐하, 지금부터 시작하여도 늦지 않았사오니 성인의 도를 익혀서 선왕의 정사를 펼칠 것임을 천명하옵시고, 그동안 묵혀 두었던 경연經筵과 서연書筵을 회복하여서 경사經師, 즉 큰 학자를 초빙해서 사실에 부합되는 도리를 강구하고 그 도리를 몸소 실천하고서 아래 사람을 거느려야 할 것으로 사료되옵나이다."

"방안을 제시한다면 성균관으로부터 향학에 이르기까지 인재를 가르쳐 일깨워 줌이 절실하고도 유익한 일이라 사료되옵나이다."

"그런 궁리 끝에 관리의 임용 또한 옛 선거 제도를 모방해서 현자를 임용한다면 국가의 세력은 날로 태평할 것이옵고, 그 어떤 외방이 능멸하지 못할 것이온데 이는 필연의 이치옵나이다."

"폐하, 의심하지 마오소서!"

고종은 말했다.

"귀군의 논리는 이치에 꼭 맞는 말이오!"

경연經筵.

중국 한당漢唐 이래로 제왕의 학문을 닦기 위하여 학식과 덕망이 높은 신하와 더불어 경서經書와 사서史書 따위의 강론을 듣고 토론하는 자리를 일컫는다.

서연書筵.

임금이나 세자가 경사經史를 강론하던 자리를 일컫는다.

선거選擧.

『문자文子·상의上義』에 의하면 선거는 인재를 선발하여 등용하는 일인데, 이는 수대隋代 이후 선비의 선발을 예부禮部의 주관으로 과거 시험과 학교에서 성적을 통해서 관리의 선발을 이부吏部의 주관으로 전선銓選과 고적考績을 통해서 이루어졌으며 정사正史에는 구당서舊唐書 이래 명사明史에 이르기까지 모두 선거지選擧志가 실려 있다.

"다음을 말해 보시오!"

면우는 폐하의 하문을 받자와 즉시 구주했다.

"폐하, 존화양이는 곧 토벌하고 되갚아 주는 큰 기치라 할 수 있을 것이옵나이다. 일언하면 임금은 임금다워야 하고, 신하는 신하다워야 하고, 아버지는 아버지다워야 하고, 자식은 자식다워야 하고, 지아비는 지아비다워야 하고, 지어미는 지어미다워야 하고, 형은 형다워야 하고, 아우는 아우다워야 함이 중화가 중화가 되는 소이에 대한 결과일 것이오나.

임금이 임금답지 않고, 신하가 신하답지 않고, 아버지가 아버지답지 않고, 자식이 자식답지 않고, 지아비가 지아비답지 않고, 지어미가 지어미답지 않고, 형이 형답지 않고, 아우가 아우답지 않음이 이적이 이적이 되는 소이에 대한 결과일 것이옵나이다."

"그러하오니 임금과 신하, 아버지와 아들, 지아비와 지어머니, 형과 아우 이 모든 도리를 얻지 못한다면 누구를 원수라 할 것이고 누구를 적이라 할 것이며 또한 누구와 토복하는 의로 삼겠나이까."

"하여 폐하께선 이적의 강성함에 부러워한 나머지 우리의 신료와 군의 장수들에게 머리털을 바싹 깎으라는 것과 이적의 복장으로 바꿔 입어라 명하였다고 하였사오니, 이는 폐하께서 아랫사람을 가르치기를 이적의 풍속을 가르쳤사온되, 이적의 풍속에는 군주를 보통 사람같이 여길 뿐 아니오라, 이미 서양의 여러 나라에선 군주와 국민이 공히 주인이 되는 민주가 있다고 들었사오니 바라옵건대, 군주 또한 바뀔 수 있다는 것을 유념하오소서. 이리하여 폐하께서 지금 아랫사람에게 이적의 풍속을 가르치시니 어이 이적의 풍속이 되지 않겠사옵나이까."

고종은 말했다.

"짐 또한 여러 해 전, 역신의 위압에 못 이겨 머리털을 바싹 깎았을 뿐이니 귀군이 이어 말해 보시오!"

"폐하, 폐하께서 위압을 당했을 때 모름지기 만승지존의 권위의 근엄함으로 그들 역신에게 질타함으로써 폐하의 옥체를 보중해서야 하옵나이다."

"일찍이 유학의 아성 맹자께서『맹자·위령공』에서 이르기를 '자기가 하고자 하지 않는 것을 남에게 베풀지 말라 己所不欲 勿施於人.'라고 하였사온데 폐하께선 어이하여 남의 딱한 사정을 헤아리시지 않으려 하옵나이까."

고종은 말했다.

"귀군의 말이 진실로 옳소이다."

"밤이 깊었으니 이만 물러가 쉬도록 하시오."

면우는 고종에게 사견을 상주하였다.

"폐하, 신은 일찍이 과거 시험으로 인해 자주 춘당 경무대 시험장으로 들어갔사온데, 매번 폐하께서 거동할 때 멀리서나 폐하의 용안을 올려다보았사옵나이다.

이 또한 어언 삼십 년이 되었사온데 폐하께서 여러 가지 일을 겪어 오면서 변고도 많았을 것이라 사료되어져 혹여 정신과 기력에 손실이 없었사온지 진실로 한번 올려다보고자 하오나 황공스러워 감히 청할 수 없사옵나이다."

고종은 흔쾌히 허여하며 말했다.

"머리를 들어 자세히 보시오!

머리를 들어 자세히 보시오!

짐 또한 귀군의 안모를 보고자 하오!"

면우는 고종의 용안을 첨망하듯 올려다보고서 다음과 같이 상주하였다.

"신이 우러러보건대 폐하의 옥모는 전에 비해 크게 손상됨이 없사옵니다. 다만 볼과 하악 사이가 약간 요와凹窪한 것과 턱수염 한두 개가 세었을 뿐이옵나이다."

면우는 황제에게 으레 옥체 강건하다고 상주하였으나, 짐작건대 내심에는 사람을 알아보는 지인지감 知人之鑑, 즉 디테일한 관상으로 황제의 용안을 올려다 봄으로써 한 나라의 흥망성쇠를 가늠하고자 했었는지도 모른다.

춘당대시春塘臺試.
『속대전續大典 3, 예전禮典 제과諸科 7』에 의하면 춘당대시는 조선 시대 나라에 경사가 있을 때 임금이 춘당대春塘臺에 친림하여 행하던 문무과文武科의 과거 시험이다.

경무대景武臺.
『조선의 궁술弓術』에 의하면 경무대는 우리나라 대통령의 관저인 청와대青瓦臺의 옛 이름이라 직서하고 있으니, 조선 시대에는 경복궁景福宮의 후원後園으로서 연무장鍊武場이 있었다고 전한다.

면우가 황제와의 독대를 끝마치고 종종걸음으로 나오자 마침 평장문 밖에 이를 수 있었으니 이때 새벽을 알리는 두 번의 닭 울음소리가 들려왔다.

이후 면우는 숭정학崇正學에서 미처 구주하지 못한 사견을 구월 구일 「응 명진언차자應 命進言箚子」에서 다음과 같이 진언하였다.
"폐하, 대저 선왕의 가르침은 강상덕행을 주로 하여 나라를 위하여 일한 공로와 유가의 학설 유술儒術과, 예禮·악樂·사射·어御·서書·수數 육예六藝로 보충하였사오니.
폐하의 세상에 외국과 교섭하여 공리기예의 능함에 광채가 눈부시고 군대의 위세와 국가 세력의 강성함에 두려워하여 마침내 불교나 기독교를 요순·공자보다 더 신성하게 여기시고 저 러시아의 황제 피터peter 대제나 나폴레옹을 중국 상商의 탕왕湯王과 주周의 무왕武王보다 더 용감하게 여기고서 윤상을 뒤로하겠나이까.

마침 사대부는 주자周子와 공자孔子의 글을 읽지 않고 짧은 적삼에 머리를 깎고 공리의 말만 추종하니……. 자연 벌레 짐승의 행동만 배우고 인도人道의 가르침을 버리게 될 터인데, 그럼 어이 임금에게 충성을 다 할 것이며 어이 나라를 사랑할 것이며 어이 윗사람을 친애하고 어른을 섬기겠나이까."

면우는 벌레 짐승의 행동을 배우는 눈앞에 효과적인 이익, 즉 공리功利에 탐닉되어 자칫 걷잡을 수 없는 인도의 방종으로 카오스 상태에 빠져들 것을 우려했던 것이다.

그런 의미에서 면우는 서양의 공리주의에 탐닉되어 인간성이 매몰되기보다는 유학에서 강조하는 도덕성을 강조하는 기반에서 물질적 가치를 종행케 함이 바로 면우가 뜻한바 혁신이었다.

동년 팔월 이십구일.

고종은 면우에게 의정부참찬의 직책을 제수하였으나 등청보다는 겸퇴의 뜻을 지닌 면우였음에 황제에게 소疏를 올려 면직을 청원하였지만 구월 일일 고종은 청원을 윤허하지 않았다.

면우는 다시 소를 올려 면직을 청원하였으나 윤허하지 않았다.

삼일 오후 고종은 군사들에게 무예를 가르치는 일을 맡은 무감武監에게 하명을 전갈하였으니, 다름 아닌 금일 신시 즉 오후 세 시부터 오후 다섯 시까지 면우를 궁내부에 입대케 하라는 고종의 하명을 면우에게 전했다.

입대에 앞서 면우는 사직의 소장疏章을 올려 앞서 청원했던 것을 철회하지 않는다면 입대하지 않겠다는 강건한 입장을 보였음이다.

면우의 청원과 고종의 불허로 분운이 그치지 않은 와중에 고종은 다시 왕실의 의무를 맡아 보던 전의典醫 정태건鄭泰建으로 하여금 면우의 증조부를 비롯해 부군 도암공에 이르기까지 삼대를 추증하는 단자單子를 궁내부에 등재하라는 명령을 내렸고, 정태건이 명을 받들었음을 면우에게 전하였다.

면우는 다시 전의 정태건으로 하여금 감히 황제의 명령을 받들지 못하겠다는 것을 피진하였다.

때가 포시.

오후 세 시 반부터 네 시 반에 이르자 비서랑 조남철趙南轍이 황제께서 비답한 비지批旨를 받자와 허체許遞. 즉 벼슬을 갈아 주도록 하명하였음을 고하였다.

이윽고 오후 다섯 시부터 일곱 시 즉 유각酉刻에 이르자 황제께서 무감으로 하여금 궁내부에 입대하라는 하명이 있었다.

황제의 재촉이 삼 인에 이르자 면우는 부득이 공복을 착용하고 평장문에 이르게 되었다. 이내 대기하고 있던 병사 오육 인의 호위를 받으며 궁내부 본부에 이르게 되었으니 이때 마침 참서參書 이인순李寅淳의 환대를 받았다.

잠시 후 황제로부터 사찬賜饌, 즉 음식을 내리라는 하명이 있었다.

이어 왕명을 전달하는 사알司謁로 하여금 식사를 마친 후 곧 입대하라는 하명이 연이었으니, 식사를 끝낸 면우는 다시 몸을 일으켜 병사들의 호위를 받으며 함령전에 이르게 되었다.

재차 친람하게 된 황제는 함령전 온돌방에 앉아서 면우에게 다음과 같이 친문했다.

"먼 길 오느라 병을 앓지는 않았는지 말해 보시오!"

면우는 상답했다.

"신은 폐하의 은혜와 보살핌을 떠맡았사오니 행여 넘어지지 않을까 하옵나이다."

재차 황제는 하명과 친문을 번갈았음이니.

"이제 귀군을 참찬에 제수하고자 하오!

겸하여 군대를 통솔하고 나라를 다스리는 군국을 맡기고자 하오!

그리 알고 사양을 해서는 아니 되오!

자신의 재능을 감추는 것은 군자가 바라서는 아니 될 것이오!

이 같은 짐의 말에 귀군이 말해 보시오!"

면우는 상답했다.

"폐하, 신은 보잘것없사옵고 이미 폐하께선 혜안과 통찰을 다 갖추었사오니 어찌 외람되이 나라를 다스리는 일에 벼슬을 내리시나이까.

군국의 중대사를 그릇되게 하시려 하옵나이까!"

고종은 다시 친문했다.

"짐은 장차 귀군을 의지할 터이니 힘을 다해 나라를 다스릴 계책을 말해 보시오!"

면우는 폐하의 하문을 받자와 무엇보다 먼저 서둘러야 해야 할 급선무를 구주했다.

"폐하, 금일의 정치적 폐단을 새롭게 바꾸어야 할 것으로 사료되옵나이다.

신이 이미 정학을 숭상해야 함을 아뢰었사오니, 차회가 결민심結民心이라 할 수 있을 것이온데 폐하께선 들었사옵나이까.."

"지금 백성은 학정에 초췌하다 못해 실의에 빠졌사옵나이다."

"청컨대 이제의 어려움은 외환이 아니오라 내환이라 할 것이오며 우리의 백성이 복종하느냐 하지 않느냐의 가부에 달려 있사오니 통촉하옵소서!"

"설사 우리 십삼도 강역이 이미 아라사〔러시아〕와 일제의 뱃속에 들어간들 진실로 우리 이천만 백성의 마음이 폐하에게 뒤엉키고 휘감긴다면 입술로 창자를 터뜨려 구할 수 있을 것이옵고, 이미 적의 수중에 들어간 우리 강역 또한 갈고리로 긁어 당겨 낼 수 있을 것이오나, 만약 민심이 복종하지 않는다면 국가와 단절하고 가족을 이끌고서 아라사와 일제의 겨드랑이 품속에 숨을 것이옵나이다."

"폐하께서도 익히 들었사올 것이오나 오늘 온 나라 백성 모두가 자기 할 바를 찾지 못하고 있사오니 자연 폐하의 어짊에 원망과 한탄만 하올 것이되 어느 겨를에 외환을 근심할 수 있겠사옵니까!"

고종은 친문했다.

"백성이 탐학 상에 그렇게 괴로워하였소! 대답해 보시오!"

면우는 『맹자·공손추장구상』에서, '백성들이 학정에 시달림이 지금보다 더 심한 적이 있지 않았으니 民之憔悴於虐政 未有甚於此時者也…….'라고 적서하여 한 점 과장 없이 구주했다.

"폐하! 폐하께서는 백성의 부모이시오니 어찌 차마 백성과 가까운 관리로 하여금 우리 백성을 탐학게 하옵나이까."

"이뿐 아니오라 신은 몰래 들었사옵나이다."

"폐하께서 내외의 관료를 임용하는 데 그 재주의 마땅함을 묻지 않고 재물의 많고 적음에 있다고 들었사오니 사군자는 이를 부끄러워하여 자중한다지만 범부나 관직이 낮은 이나 거간꾼이나 도살업자와 술을 파는 이들은 달갑게 여기고선 앞다투어 연줄을 타고 출세하려고 하니 어이 성스러운 정사를 펼치겠나이까."

"폐하, 오늘 같은 어려운 시국에 시위소찬에 지나지 않는 그들과 무슨 특단의 계책을 세울 수 있겠나이까."

"더군다나 임용된 이들은 양민들에게 끝없이 재물을 걸태질 한다고 하였사오니. 청컨대 거듭 시찰하여서 범인을 체포하는 하급 무관 관리를 별도로 두어서 끊임없이 서로 감시해야 할 것이라 사료되옵나이다."

"아닌 게 아니오라 이들 탐관은 무고한 양민들의 재물을 탄병하는 것은 물론이거니와 성에 차지 않은 탐관은 값나가는 물건을 싹쓸이 해 가서니 여러 꾸러미를 수레에 실어 갔으니, 모르긴 해도 권문세가나 폐하께서 사사로이 숨기는 곳으로 들어갔을 것이오되, 권문세가나 어궁에서는 자연 악취 나는 동전이 낭자할 것이오나 백성은 도탄에 허덕이고 있사옵니다!"

"하여 하늘 같고 부모 같은 폐하께서 도리로서 백성의 후생을 돌보아야 하거늘. 그들 백성이 고생하여 얻은 재물마저 싹쓸이해 가서 명약관화 바닥이 났을 것이옵고, 성난 백성은 눈을 흘릴 것이온데 어찌 돌려줄 바를 모르시나이까!"

"신은 알지 못하겠사옵니다!"

"폐하께서 백성을 몰아내고 장차 누구와 함께 정사에 힘쓰고 힘쓸는지……!"

구주는 연이어졌다.

"폐하, 지나친 증세에 백성들은 병들어 가고 있사온데 속히 바로잡아 줌이 마땅하다고 사료되옵나이다!"

"이뿐 아니옵나이다."

"폐하에게 바치는 공물과 세금으로 인해 백성은 병들었사옵고 파견된 관원은 이름 모를 잡세를 독촉할 뿐 아니오라 세상에 있을 수 없는 것까지 강요하옵나이다."

"게다가 풍년이 들었사오나 가격은 오르지 않고 곡식은 외항에 들어가고 백성들은 취할 바가 없사온데, 이런 지경에 이르렀는데도 폐하께 충성하고 윗사람을 위해 생명을 내던지겠나이까!"

곡식이 외항에 들어간다는 입도선매立稻先賣.

입도선매는 벼가 자라기도 전에 적당한 값으로 사들인 다음 추수한 뒤에 거두어 가는 방식이다.

황현의 『매천야록』에 의하면 일제는 군량미 비축의 일환으로 호남 곡창 지대의 미곡을 대거 수거했다는 것을 직서하였으니, 명약관화 쌀값은 폭등했을 것이고 영세 농민과 도시 빈민들은 아사 지경에 이르렀을 것인데, 이들은 목숨을 유지하기 위해 도시 노동자로 전락하거나 아니면 유랑의 길로 나설 수밖에 없었음이 당세의 형편이었다.

이처럼 면우가 어전에서. "성난 백성은 눈을 흘릴 것인데 어찌 돌려줄 바를 모르시나이까!"라고 구주하였음은 바로 『주역』단전象傳에서 손損은 아래를 덜어 위에 더한다고 풀이한 그 손괘로 '損. 損下益上' 손괘는 당세의 정사와 비의할 수 있겠으나, '국민의, 국민에 의한, 국민을 위한 정치'를 펼치겠다던 미국의 제십육 대 대통령 에이브러햄 링컨 Abraham-Lincoin의 연설은 『주역』의 익괘益卦에 비의할 수 있을 것이다.

'익益은 위를 덜어 아래에 더해 주니 백성의 기뻐함이 무궁하고 위로부터 아래에 낮추니 그 도가 크게 빛난다.'

象曰 益 損上益下 民說 无疆 自上下下 其道大光.

라고 하였으니. 링컨의 연설은 익괘와 상통한데 당세의 정치상을 『주역』의 손괘에, 링컨의 정치상을 익괘에 의거한 발상의 전환은 견강부회한 무의미한 것은 아닐 것이다.

이렇듯 오랜 세월 권력과 밀착한 위정자들은 사리사욕의 끈을 쉽게 놓지 않았으니 사리사욕으로 인한 부패와 퇴폐, 변패라는 꼬리표가 붙게 되었음이 바로 조선 후기 사회였다.

특히 사회 문제의 절정을 이루었음이 바로 농촌 사회였으니 농촌 사회는 부패와 퇴폐, 변패의 온상이 되었을 뿐 아니라 지배층의 오만함과 탐관들의 끝없는 탐욕의 극성은 농촌 사회를 병들게 했다.

게다가 세제 제도의 모순에 따른 가중한 조세 수취로 농촌 사회는 황폐화했으며, 풍·흉년을 고려하지 않는 권형 없는 분배 조항은 농민들에게 굶주림의 늪에서 헤어날 수 없게 했던 주인이었다.

늘 그러하듯 지주의 소작료 강요에 못 이겨 터무니없는 소작료를 지불해야 했고, 악착같이 착취하는 탐관들의 너절하고 더러운 행위에 남짓한 곡식마저 번번이 수탈된 농민들은 굶주림에 허덕여야 했으니 힘들여 농사를 지어도 주림을 면할 수 없었던 당세가 바로 조선 후기 농촌 사회였다.

이 기막힌 광경에 면우는 동병상련의 시선에서 농민들의 기구한 사연을 「유월십육일시대우六月十六日始大雨」 시문으로 털어놓았으니 작품에서 면우는 굶주림은 인간성마저 파멸에 이르게 한다는 교훈적 메시지를 아울러 전했다.

……

보잘것없는 시골 마을에

먹고 마시는 소리 드문드문 들리네.

마침내 극한 굶주림에 괴로워하고

이유 없이 성난 눈빛으로 흘겨보네.

이웃 간에 마음이 다르고

절친한 사이에 병기를 휘두르네.

저녁이면 피를 빠는 승냥이를 피해야 하고

낮에는 고기를 다투는 알유猰貐가 두렵네.

아우는 형의 팔을 비틀고

형수는 아재비의 국을 가로채니

사람 마음은 이미 다 없어지고

올빼미와 놀만 넘쳐흐르네.

……

瀌落邨野裏　稀聞衆喧嘈

終爲飢火惱　無端怒眼眊

唇齒抱冰炭　膠漆動鋌鍛

夕避吮血犲　晝怕競肉獒

弟向兄臂紾　嫂爲叔羹頣

人衷已掃盡　滔滔鵂與貀

-「六月十六日始大雨」-

　작품을 면밀히 들여다보면 위정자를 향한 유예할 수 없는 급박함을 느낄 수 있었으니 급박함은 바로 농촌 사회를 되살리자는 것이었다.

　이미 면우는 1862년 2월 4일 진주 농민운동의 촉매 역할을 했던 단성농민항쟁을 십칠 세 때 고향인 단성에서 지배층의 학정에 핍박받는 농민들의 항쟁, 농학운동을 리얼하게 목격한 터였다.

1862년 임술세, 그날 농민들이 팔을 걷어붙이고 관원들과 밀고 당기는 공방전과 한쪽에서 두들겨 패는 관원과 두들겨 맞고 관아로 압송되는 농민들과 여전히 펄떡거리는 농민들의 외침을 두 눈으로 보았을 것이고 가슴에 자극되었을 것이며 두 귀로 절규하듯 더 높은 농민들의 함성을 들었음에 다수의 시문으로 위정자를 향해 쓴소리를 할 수 있었고 고종과의 독대에서 숨김없이 농촌의 실정을 속속들이 구주할 수 있었을 것이다.

「유월십육일시대우」 시문에서 영송하였던 것처럼 농촌 사회를 멍들게 했던 주인은 다름 아닌 '알유와 올빼미' 그리고 또 하나의 '놜'이었다.

면우는 작품의 글감에서 '올빼미'와 '놜'을 채택해서 야행성인 올빼미를 승냥이에 놜을 알유에 비유해서 밤낮을 가리지 않는 탐관오리들의 착취는 그칠 줄 모른다는 것을 올빼미와 놜의 생태를 포착해서 명료하게 보여 주고자 하였으니 놜과 알유와도 같은 만연된 탐관오리들의 수탈은 끊이지 않았다.

여전했다.

근절될 기미가 보이지 않았으니 탐관오리의 학정에 시달리는 농민들을 구제하기 위해서는 하루속히 세제를 고쳐서 새로운 정강 아래 안정된 마음으로 생업에 종사할 수 있도록 해야 한다는 것이 면우의 일념이었다.

「유월십육일시대우」 시문은 단성 사월의 들판을 노래했지만, 면우는 사월의 농촌뿐만 아니라 전역의 황폐화된 농촌에 봄이면 삽앙하고 가을이면 추수해서 환금으로 공납하고 남은 쌀은 뒤주에 채우고 그 남은 쌀로 지주에게 소작료를 지불하는 그런 농촌을 희구했던 것이다.

그러나 면우가 1876년 삼십 세 때 창작한 「병자한**丙子旱**」 시문에 의하면 농민들에게 올가미를 씌우는 과중한 세금과 부호들의 몰인정하고 파렴치한 행동에 증오심마저 들었을 듯했다.

　……

밥 짓는 연기 매일 저녁 싸늘하기만 하고

아들딸들은 배고프다 칭얼거리네.

하물며 다시 겨울이 가고 봄이 오면

조세가 제사 곡식에까지 미치네.

작년 가을엔 곡식이 잘 익어

곳간 가득 높이 쌓아 놓았는데도

오히려 양식 떨어져 굶주려

오리마다 하나의 새 무덤이 생겨났네.

하물며 올해는 흉년에 굶주리니

어찌 배를 채울 수 있으랴

부자들은 그득한 곳간을 굳게 닫고서

곤경에 빠진 이를 돌아보지를 않으니

가난한 선비들 죽음으로 달려가니

진시황의 분서갱유 필요치 않네.

농상들은 날로 고달프기가

잔혹한 병사를 만난 것처럼 괴롭네.

……

炊烟日夕冷　兒女啼喤喤
況復冬春後　租稅及粢盛
去歲秋大熟　囷廩多坻京
猶有翳桑困　五里一新塋
矧玆饑並饉　何以塡膨脝
富人堅閉糴　不肯墮邱郕
寒儒競就殯　不待坑焚嬴
農商一以憊　遭罹嗜殺兵

……

-「丙子旱」-

시제에서 이미 말해 주듯 병자년 가뭄은 농민들의 재앙이었다.

양식을 잇기는커녕 해마다 매기는 과중한 조세와 탐관오리들의 과도한 착취와 사리사욕만 채우는 부호들의 파렴치한 행동에 과도한 스트레스만 안겨 주었으니, 울적함이 더한 면우는 「맥숙탄**麥熟嘆**」 작품에서 농촌의 참상을 외면한 위정자들의 방관함에, 탐관오리들의 맹독함에, 부호들의 매정함에, 슬픈 호소로 농민들을 구제하고자 하였으니 이는 바로 애소**哀訴**에 다름 아니었다.

춥고 굶주림에 전염병까지 괴롭히니

백성을 혹독하게 한 것이 이미 십팔 년이라네.

길가에 시체가 나뒹굴어도 수습하지 아니하고

솔개 날아 뇌를 쪼아 먹고 땅강아지 시체 진액 빨아 먹네.

사방 이웃 날마다 울음소리 끊이지 않고

고아 과부 무리 지어 슬퍼하네.

듣건대 남쪽 지방 수백 리에

멀리서 바라보아도 밥 짓는 연기 보이지 않다네.

슬프다! 어린아이들은 하소연할 곳이 없으니

누가 말했던가! 아버지 같은 하늘이 살생을 좋아할 줄을!

飢寒痢疫紛交軋　　毒盡蒼黎已十八

道傍骴骼無人收　　鳶飛啄腦螻吮沫

四隣日日哭聲起　　孤兒寡婦羣摧怛

聞道沿南數百里　　雈葦極目人烟濶

哀哀赤子呼無告　　孰謂爺天忍嗜殺

-「麥熟嘆」-

'누가 말했던가!

아버지 같은 하늘이 살생을 좋아할 줄을……!'

참으로 비애를 자아내는 시구다.

무어라 형용할 수 없는 한탄과 허탈이 뼛속까지 잦아들 만큼 영송했다.

면우는 「응명진언차자」에서 하늘은 백성에 군림하는 군주로서 '국가는 백성에 있어서 하늘이고 백성을 배부르게 먹이는 것도 하늘이며 백성이 진실로 먹지 못하는 것 또한 천명. 즉 하늘의 명령이 끊어졌기 때문'이라고 서슴없이 진언하였으니, 모르긴 해도 이제 같은 농민들의 참상은 온 백성을 향한 군주의 열정이 식은 결과라 진단했으리.

盖國以民爲天 民以食爲天 民苟無食 天命絶矣. －『俛宇集』卷首「應命進言箚子」

잇닿은 「응명진언차자」에서 면우는 다음과 같이 진언하였다.

"신은 듣건대 국가가 있다면 영토가 있어야 하고 영토가 있으면 재원이 있어야 하고 재원이 있다면 쓰임이 있어야 하옵나이다. 재원이 고갈된다면 백성은 병들고 국가는 국가라 할 수 없을 것이옵나이다."

臣聞有國此有土 有土此有財 有財此有用 財源竭則民命瘁 而國不爲國矣. －『俛宇集』卷首「應命進言箚子」

애민을 향한 정당한 진언은 「응명진언차자」뿐만이 아니었다.

「도경청대소」에서 또한 애민을 향한 끈을 놓지 않았으니 면우는 상소에서 '토지·인민·정사.'는 국가를 유지하는 삼보三寶로서 무엇보다 백성들이 건실해야 국가를 유지할 수 있다고 여겼다.

삼보를 갖추기 위해서는 인민 즉 백성의 생업이 안정되어야만 무결점의 삼보를 갖출 수 있다는 것이었다.

이 같은 생각은 인류의 아성 맹자 또한 '세금을 적게 거두면 백성들은 본업에 충실하고 안녕을 기대할 수 있겠으나, 이 같은 정사를 펼칠 수 없다면 칼로 사람을 해치는 것과 다름이 없다.'라고 하였으니.

孟子對曰 薄稅斂…… 殺人以梃與刃 有以異乎 曰無以異也 以刃與政 有以異乎 曰無以異也. -『孟子』·「梁惠王章句上」

이처럼 통치자인 군주께서는 관행처럼 만연된 탐관들의 만행을 척결해야 함은 물론, 풍년과 흉년을 참작한 새로운 조세 제도를 도입한다면 농민들은 생업에 안정을 찾을 것이고 그들 또한 국가를 위해 충성을 다할 것이라 여겼다.

그런 의미에서 면우는 「응명진언차자」에서 다음과 같이 진언하였다.

"권문의 오만방자함과 탐오한 관리들의 가렴주구에 백성들의 불녕不寧이 시작되었고……. 수년 이래 천자에 바치는 공물과 세금은 해마다 증가했으며, 거듭되는 수령의 끝없는 탐욕과 서리書吏와 군교軍校의 악랄한 계책은 날로 심하여 연이어 세금을 마구 징수하는 것이 끝이 없고 거듭되는 극심한 기근에 하소연할 곳 없는 노약자는 넘어지고……."

及夫權門橫肆 貪吏剝割 而民始不寧…… 數年以來 王賦歲加 重以守宰之狼貪 吏校之虺毒 日甚一日 橫徵疊捧 無有紀極…… 荐値大饑 無處告訴 老弱僵仆……. -『俛宇集』卷首,「應命進言箚子」

「응명진언차자」에서 면우는 자신이 목도하고 체험했던 그 모든 사실을 직서하였으니, 차자에 옮길 수 있었던 모티브는 모르긴 해도 사월의 농민들의 삶에 주안을 두었으리라 짐작된다.

짐작건대

천애의 사각이라 할 수 있는 단성면 사월에서 공공연하게 자행되었던 권문세가의 오만방자함과 탐관오리들의 가혹한 가렴주구에 시달려야 했던 사월 농민들의 삶은 하루하루가 고통의 나날이었을 것이다.

지배층의 부당함에 하소연 한번 해 보지 못했음은 물론 하소연할 곳도 없었으리.

그냥 매양 쥐어박히듯 당해야 했고 벙어리 냉가슴 앓듯 함구해야 했으며, 어떤 불평불만과 모욕도 가슴속에 묻어 두어야 했던 삶이 당시 사월 농민의 삶이었을 것이고 전역의 농민들의 삶이었으리.

마치 소크라테스가 악법도 법이라고 말했던 것처럼 사월 농민들은 탐관들의 가렴주구를 의외의 일로 여기지 않았을 것이다.

여태껏 겪어 왔던 일일 것이되, 이 또한 운명이라 여기며 '악법도 법'이라고 하고서 태연자약하게 독배를 들이켜는 철인 소크라테스를 닮아 가고자 했을 것이란 한 생각을 해 봄 직한데.

격안관화隔岸觀火, 즉 강 건너 불구경하듯 지켜볼 수 없었던 면우는 세외世外의 한벽처 사월에서 독버섯처럼 자생되는 이 기막힌 사실을 시문으로 적출해서 구태의연한 정강을 쇄신해 줄 것을 위정자들에게 고언을 서슴지 않았던 것이다.

심지어 여러 차자와 소와 더한 황제와의 독대에서 농촌의 진상을 매거 진언하였으니 면우는 진정 농민들의 대변인 역할을 톡톡히 해냈던 것이다.

게다가 공명의 혜안처럼 시대를 예견했던 면우는 농업은 국가의 중요 생산 수단이자 민족의 자원으로 국가 운영의 비중을 농업에 의존해야 한다는 것을 인지하였음에 농촌을 가난으로부터 굶주림으로부터 병마로부터 구제해 주고 싶었던 것이다.

허나 개혁이 지체된다면 도탄에 빠진 농민들은 국가와 군주를 원망하게 될 것임은 물론, 유랑 걸식하며 사회 흉악범으로 변질되어서 온갖 사회 문제를 초래할 것이란 경고성 진언을「응명진언차자」에서 적시했던 것이다.

丁壯遊離 盜賊攔街而法司不問……. -『俛宇集』卷首「應命進言箚子」

사회 문제에 관해 누구보다 많은 관심을 가졌던 면우는 동학농민운동이 발발하던 1894년 갑오세에「강사회화분운득천자」시문을 창작하였으니, 이 작품은 사회 문제를 다룬 고발성 시문으로 당세의 사회상을 다음과 같이 영송하였다.

　……

지금 호남에 떠도는 소문에

요망한 자의 허리가 흰 칼날에 잘렸다네.

지금부터는 사기**邪氣**가 그치고

온 천하 자욱한 먼지 없으리니

잠시 옥인 따라 술 마시며

한바탕 웃음으로 강년을 즐거워했네.

……

且聞南湖外　妖要血霜鋋

行看邪氣熄　宇內無塵烟

須從玉人酒　一笑娛康年

-「講社會話分韻得泉字」-

앞서 언급하였듯. 위의 시문은 면우가 호남의 갑오농민항쟁을 접하고서 창작한 것이되. 면우는 부담이 무거운 조세수취를 견디지 못한 농민들의 항쟁이 걷잡을 수 없이 격렬했다는 것을 한 시구에 압축하였으니, 바로 '요망한 자의 허리가 흰 칼날에 잘렸다네.'라는 시구는 마치 도륙을 다룬 스릴러 스크린처럼 느껴지도록 묘사했으나 그날의 참상을 붓끝으로 어이 다 그려 낼 수 있었겠는가.

소략하나마 갑오농민항쟁과 관련해서 국사편찬위원회 편, 『한국사(40)』에 의하면 당시 갑오농민항쟁의 원인은 지방관들의 가혹한 착취에 따른 농민들의 궁핍이라 하였으니 모르긴 해도 궁핍에 시달린 빈농들은 한시가 촉박했을 것이다.

더 이상 머리만 맞대고 있을 순 없었다. 온건한 방법으론 문제를 해결할 수 없다고 판단한 빈농들은 급기야 무기를 들고 궐기하게 되었다는 슬픈 현실.

면우는 갑오세, 동족상잔의 비극을 재현하지 않기 위해 진단을 했으니 진단 결과 예전의 갑오농민 사태는 가중한 조세 수취가 원유가 되었으므로 조세를 대폭 낮추어 준다면 자연 사태가 조속히 진화되었을 것이란 한 생각을 「응명진언차자」에 적시하였음이다.

甲午東匪之亂作 倉卒救急 減稅折錢而戈戟寖息 閭里稍晏……. －『俛宇集』卷首「應命進言箚子」

이 같은 면우의 진언은 「갑진이월소甲辰二月疏」로 이어졌으니 「갑진이월소」 또한 세제 개혁에 따른 구체적인 방안을 제시하였다.

거기에는 중국 남송의 주희가 제창한 사창제社倉制를 설치하여 지주와 소작인의 분배 조항을 제도화해서 지주와 소작인과의 비율을 3/10으로 정하되, 풍·흉년을 참작해서 조정되어야 함을 상세하게 진언했던 것이다.

더욱이 탐관오리들의 척결과 절약을 통한 부국강병을 강조하였으니, 면우가 보여 준 우국하는 열정과 애민하는 행동은 격동기 시대에 보여 준 지식인의 올곧은 양심의 소리였고 위정자들을 향한 사회 고발이라 하지 않을 수 없을 것이다.

……고종은 말했다.

"잠시 생각해 볼 터이니 다음을 말해 보시오."

면우는 황제의 하문에 구주했다.

"폐하, 지금 전역 병졸들의 확정된 수효가 채 이만에도 미치지 못하옵고 군율 또한 엄격하지 못하여 교만하고 방자하기 짝이 없사옵나이다."

"게다가 육 원 오 각의 월급으로 조석으로 먹는 것조차 충분치 않사온데 만혹 폐하께서 그들에게 명령을 내린들 위난에 직면하여 목숨을 바치겠사옵나이까.

진실로 어렵사옵나이다."

"하여 신이 어리석게도 생각하였사온데 폐하를 호위하는 시위대와 궁궐수비부대 그리고 친위대 모두에게 더 많은 월급을 급여한다면 부모와 처자식을 부양할 수 있을 것이고 이 같은 감은에 신명身命을 바칠 것이라 사료되옵나이다."

"첨언한다면 중앙 정부 밖의 주군, 즉 지방 군대는 각 군에 나누어 설치하는 하는 것만 못하오니, 군의 크고 작음에 따라서 혹 이백, 일백, 팔십, 오십으로 두어야 할 것으로 사료되옵나이다."

"이뿐만이 아니오라. 중앙으로부터 파송된 기예 정련한 무관을 각 고을에 교관으로 삼아서 기예를 가르치고 감독하면 더한 방책이라 사료되옵나이다."

"게다가 불필요한 군사 예산을 대폭 줄이기 위해서는 지방 장령. 즉 장수들을 면직시키고 그들의 허다한 월급을 군사의 월급으로 돌려야 할 뿐 아니라, 땅을 매입해서 군사들로 하여금 농사를 짓게 함이 옳다고 사료되옵니다.

이는 다름 아닌 역에 딸린 논밭. 역토와 군대들이 머물러 있으면서 농사를 지어 그 수확을 군량에 충당한다고 하는 둔전으로 부족한 군량에 도움이 될 수 있을 것이라 사료되옵나이다."

"그뿐만 아니라 해마다 급료를 기다리지 않더라도 농사를 자작함으로써 자급자족함이 가능하리라 사료되옵나이다."

"폐하!

이처럼 정련된 병졸이 팔도에 두루 퍼졌사오니 온 나라가 군영이라 할 것임은 물론 저 일제가, 종묘사직을 약탈하지 못할 뿐 아니오라 우리 민족을 탄압하지는 못할 것이온데, 설령 외구가 뜻밖에 변을 일으킨다고 하더라도 여러 곳에서 막을 수 있음에 먼 지역에서 지방 군대를 부르는 것과는 서로 비교가 되지 않사옵니다."

"하여 자칫 기회를 잃을 수 있사오니 병졸을 충원하되 지금 문서상에 올린 것보다 세 배로 함이 마땅하다고 사료되옵나이다."

"그뿐만이 아니옵나이다.

가장 뛰어난 군사를 뽑아 순서를 정하여 벼슬을 올리고 그들로 하여금 병사兵事의 뜻을 강구하고 병서와 병법에 숙련된 군사를 장수로 삼는다면 저들 모두가 다투어 권면할 뿐 아니라, 공로를 세우고자 즐거워할 것이오니 폐하! 이는 틀림없사오니 지금 늦추어서는 아니 되옵나이다!"

고종은 말했다.

"마땅히 유념하겠소!"

면우는 황제와의 독대에서 못다 한 정군제와 관련해서 1903년 계묘세, 구월 팔일 자, 「응 명진언차자」에서 매거 진언하였다.

면우는 이전의 제도 즉 재래식 병기를 죄다 없애고 열국의 신기술을 널리 구하여서 고구려가 중국 수나라와 당나라를 물리쳤던 기상으로 무를 길러 자주국방을 이룩해야 한다는 것이 골자였다.

그러나 안일하게 열강만 믿었다간 임진왜란·병자호란이란 양난의 굴욕이 재현될 수 있음을 명시하였을 뿐 아니라, 이번 차자에서는 병사들의 급료와 기강에 관련된 전반적인 문제점과 그에 따른 병력 및 군율에 이르기까지 심도 있게 진언했던 것이다.

면우에 의하면 병력은 국가 운영과 직결된 것으로서 병사를 양성하는 데 지나친 비중을 둔다면 국가 경제에 심각한 타격을 줄 수 있다는 것과, 병력이 많으면 백성이 병들고 적으면 군이 될 수 없으므로 병력의 많고 적음을 적절히 조절하여 병사를 육성해야 한다는 것을 덧붙여 명시했음이다.

거기다 군의 기강에 있어서는 엄숙한 군율과 질서를 으뜸으로 삼았는데, 기강이 느슨하면 통솔하기 어렵고 지나치게 서둔다면 흩어질 수 있으니 군율은 엄격하게 다스리되, 기강은 완급을 고려해서 병사들이 긴장이 풀린다거나 나태하지 않도록 해야 한다는 것이었다.

그러나 군율과 기강이 엄격하게 다스리지 않는다면 병사들이 대오를 이탈하여 위급한 상황을 초래한다고 하였으니, 면우는 당시 농촌 사회의 실정을 고려해서 당의 병농일치의 군사 체제인 부병제를 모방해서 지역을 방위해야 한다는 것을 황제에게 제의하였던 것이다.

부병제.

부병제는 병농일치의 병제로 우리나라에서는 고려 시대에 이 제도가 실시되었음을 『고려사』에서 전하고 있는데 부병제가 가장 충실하게 정비된 것은 중국 당나라 때였다. 정신문화연구원 편, 『한국민족문화대백과사전(10)』에 의하면, 부병은 평상시에는 집에서 농경에 종사하지만 동절冬節의 농한기에는 절충부에서 군사 훈련을 받았다고 한다. 거기다 일 년 내지 일 년 반 사이에 한 번, 혹은 두 번씩 1개월 내지 2개월 동안 교대로 수도 장안長安에 번상番上하여 금군禁軍에 배치되어 복무하였다고 한다.

상술하였던바.
면우는 당의 부병제를 모방해서 윗사람을 친근하게 여기는 마음으로 어른을 섬긴다는 친상사장親上事長의 정신으로 지역을 방위하는 인의仁義의 군대 민병제를 창설할 것을 황제에게 제의하였으니, 이 같은 제의는 입대하기 전 1898년 무술세, 치중致中 하재윤河在允에게 다음과 같이 일러 말했음이다.

　평상시 전지田地에 흩어져 살면서 농사일에 힘쓰고 농한기에는 모여서 사냥과 사열查閱로 무예를 익히고….후세에는 병농兵農 두 가지로 나뉘어졌으니….오직 당의 부병府兵에 이러한 뜻이 있음이니.
　平時散處田野而服農事 農隙則聚閱蒐狩以講武…… 後世兵農判貳…… 惟唐之府兵 有此意耳. －『俛宇集』卷六十一,「答河致中」

그랬다.

면우가 창설하고자 하는 민병제는 백성 열 사람 내지 다섯 사람을 대오로 해서 주로 농한기를 정하여 군사 훈련을 받는 것이었으니. 면우는 「응명진언차자」를 진상하며 다음과 같이 진언하였음이다.

지난 시대엔 백성 열 명 내지 다섯 명을 한 조로 하여서 통솔統率하는 것을 도왔고 농사일 여가엔 훈련도 하고 무예가 숙달하도록 교도도 하고 훈련도 시켰으며 일이 없을 때는 서로 협조하여 방어하고 망을 보고, 환난이 생겼을 땐 서로 구원하고 일이 있을 때는 노역勞役을 감독하고… 온 나라 영토 안 백성 모두가 군軍이라 할 수 있을 것이고… 그 군은 향촌에 근원 하여 연장자에게 익혀서 통솔하기 쉽고 분산되기 어려울 것이오니 절도와 법제法制의 인의仁義의 군이라 말할 수 있을 것이옵나이다. 급히 옛 민병의 군제를 회복하여야 할 것이옵나이다.

古者什伍其民 使相統率 簡束作之隙 敎練其兵技 無事則守望相助 患難相恤 有事則董之以力役… 而率土之民 皆可兵也… 其兵根於鄕里而習於長上 易率而難散 所謂節制仁義之兵是也 急欲復古民兵之制…. −『俛宇集』卷首,「應命進言箚子」

민병제는 오늘의 향토예비군과 스위스의 병역제도와 흡사한데 평상시에는 각자의 직분에서 맡은바 임무에 전념하고, 다만 농한기를 이용하여 소집단위로 소집하여 동원훈련을 받는 것이되 향토예비군처럼 유사시에는 정규군에 편입되기도 하나, 이들 민병은 주로 지역을 방위하는 군제軍制이다.

면우가 주창한 민병제는 농한기에 맞추어서 연장자에게 병기 사용법을 익히고, 윗사람은 '친상사장'의 유교 덕목 아래 아랫사람을 통솔하기 쉽다는 장점과, 향촌을 중심으로 모인 병사로써 응집력이 있다는 것이 특징이라 하였으니 가위 인의의 민병이라 하지 않을 수 없을 것이다.

병사들의 급료에 있어서는 이미 황제와 독대에서 언급되었듯, 군의 대·소에 따라 차등 지급되어야 할 것이지만 급료가 단박하면 국가를 위한 충성을 기대하기 어렵다는 것이었다.

기실 국사편찬위원회 편, 『한국사(38)』에 의하면 당시 군병들의 급료는 일반 토목 공사에서 고용되는 노동자들보다 오히려 낮은 수준이었고 기본적인 생활도 영위하기 어려운 상황이었다.

더구나 부양가족이 있을 경우 군병으로 복무하는 이외의 시간에는 부업을 찾아서 생계 유지를 모색해야 해야 하는 지경에 이르렀다고 하였으니, 이 같은 면우와의 독대와 국방 개혁의 염원을 진술한 면우의 상주문에서 국방 개혁의 중대성을 인식한 황제는 면우에게 국방의 중책을 맡길 정도로 매혹되었던 것이다.

正欲相煩以軍國之寄 何固辭如是. －『俛宇集』卷首,「獨對日記」

고종은 다시 하문했다.

"다음을 말해 보시오!"

면우는 상답했다.

"폐하의 하문을 받자와 신 구주하겠나이다.

오늘 이 현란眩亂의 정국에 정국靖國할 수 있음은 재물을 절약하는 것보다 더한 것이 없사온데 신은 이를 절재용節財用이라 명명하였사옵니다."

"첨언한다면 이러하옵니다. 재물이 없으면 널리 배울 수 없을뿐더러 병사를 기를 수도 없사옵고 자연 백성에게 해를 끼칠 것이옵나이다."

"폐하! 몸소 비단옷으로 백관을 거느리시는 마음은 부유한 나라로서 족하다 할 것이오나.

그러나 광대들이 연희할 수 있도록 무대를 갖추어서 잔치를 베풀어 놓고 즐기는 연회에 소용되는 물자와, 요사한 귀신을 받드는 사당의 기도 비용과, 사찰 창건 비용과, 황제가 휴식하는 이궁離宮과 별관別館의 창설 비용에 거액이란 많은 액수가 투입되었음에도 거액을 염려하지 아니 하시나이까."

"심지어 무당과 판수에게 마구 상을 주는 것은 물론 직무가 중요하지 않은 한직의 관리를 잇달아 자리에 앉히는 이 모두는 나라를 축내는 것이오며 백성에게 위해를 끼치는 것이옵나이다."

"바라옵건대 폐하, 몸소 비단옷을 입은 마음을 미루어 판단하셔서 무릇 거취를 일도양단하듯 머뭇거리지 마시고 당장 결정을 내리옵소서."

"조금도 연연해함에 젖어 들어서는 아니 되올 것이옵나이다."

"사랑하고 아끼는 것을 억제하여서 원대한 계책으로 이끌어 간다면 부강의 업으로 발돋움할 것이오니 기다려도 좋을 듯하옵나이다."

면우는 현실의 어려움을 극복하기 위해서는 국가 재정의 확충에 따른 민생의 안정을 도모하는 것을 최우선 과제로 여겼으니 국가 재정의 확충과 민생의 안정은 무엇보다 절약이라 여겼다.

절약을 통한 부국강병만이 현실의 어려움을 타개할 수 있고 나아가 대한의 독립을 성취할 수 있다고 여겼던 면우는 국가가 일제에 차관한 채무와 빚을 상환하자는 거국적 운동에 참가하게 되었다.

그 해가 1907년 정미세, 면우는 경북 칠곡 용계리에 거주하는 문하생 용건勇健 소용식蘇龍式, 1855~1906에게 다음과 같이 필설하였다.

'국채 보상의 논의는 우연히 상판에서 일어나서 잠깐 사이 온 전역이 호응하였으니 이는 아마 하늘의 뜻일 것입니다.

이는 빚을 깨끗이 청산하지 않는다면 삼천리강토가 다시는 대한의 소유가 아니고 백성이 가진 전답과 가옥 모두는 자기의 소유물이라 말할 수 없을 것입니다.

급박한 상황을 알고서도 머뭇거리고 아까워하여 의연금을 내려 하지 않는 것은 우매함이 심한 것입니다.

바라건대 앞장서서 대중의 마음을 움직이고 한결같은 마음을 일으켜서 더할 수 없는 공을 이루시길 바랍니다.'

近日國債報償之論 偶發於商販 而俄傾之間 八域響合 此殆天意也 盖此債未淸則三千里疆土 更非韓有也 民之有田有屋 皆不可謂自己物也 明知其如此 而逡巡顧惜 不肯出義者 愚昧之甚也 望倡動衆情 發力合誠 以濟莫大之功 如何如何. -『俛宇集』卷九十六,「答蘇勇健」

면우의 하답은 소용건에게 국채보상운동에 적극 나서기를 촉구하는

내용이었으니,

주지하듯 국채보상운동은 1907년 서상돈**徐相敦**, 1850~1913이 구성한 단연회가 중심이 되어 모든 국민이 담배를 끊어서 나랏빚을 갚자는 취지에서 발족되었던바, 이때 국가는 국채를 갚을 적절한 대안을 제시하지 못했다.

그사이 차관한 국채가 일천삼백만 원으로 불어났으니. 위기감을 느낀 면우는 소용건에게 국채를 탕감하지 못하면 나라마저 일제의 손에 넘어갈 수밖에 없다는 긴박한 상황을 일러 말했던 것이다.

이 때문에 면우는 소용건에게 국채보상운동에 온 백성이 동참해서 나랏빚을 청산해야만 국가다운 체모를 갖출 수 있고 온전한 국가가 될 수 있다고 답했던 것이다.

게다가 최근 월남의 패망을 귀감으로 새겨서 나라를 유지하는 계책으로 삼아야 할 것을 덧붙였음이다.

時國家以支費不敷借款之積······ 而國無以爲國　如近日越南之亡可鑑也.
-『俛宇集』卷二「年譜」

그뿐만이 아니었다.

면우는 절약의 일환으로 외래의 수입품을 자제하고 국산품을 애용해서 파탄으로 내몰리는 민족 경제를 살려야 한다고 주장하였으니, 주장의 근거에는 바로 우리나라가 편약한 위치에 처한 지리적 환경으로 대부분의 재화나 자원을 외국으로부터 차관하거나 사들여 올 수밖에 없을뿐더러, 국가를 경영하는 비용 또한 백성들의 인력으로 근근이 유지할 뿐, 다른 작은 기예로서 자급할 수 있는 터전을 마련할 수 없기 때문에 오직 절약과 국산품 애용으로 민족 경제를 살려야 한다는 것이었다.

그런 의미에서 후학 하겸진이 지은 면우 선생의 행장에 의하면, 면우는 평소 의복이며 음식물이며 가재도구며 벼루며 서안 등 모두 박누했을 뿐 아니라, 허름한 겉옷 또한 무명실로 짠 광목과, 발에는 짚신과, 한 손엔 명아주 지팡이를 짚고서 출입하는 스승이 심히 초라했음을 행장에 담았으니, 행장의 일모라 하지만 면우는 청빈한 선비의 행색을 갖추기 위한 눈속임을 했던 것은 아니었다.

분명 근검절약을 몸소 실천한 전형적인 선비였다.

고종은 말했다.

"과인이 깊이 생각하겠소!

묻고자 하건대 귀군의 스승은 성주 이한모라고 들었소만. 그렇소? 말해 보시오!"

면우는 고종의 친문에 상답했다.

"신의 스승은 예전 도사都事 이진상이라 하옵고 별호로 한주라고 하옵나이다."

고종은 다시 친문했다.

"누구의 집안인지 말해 보시오."

면우는 즉시 상답했다.

"예전 판서 정헌공定憲公 신 이원조李源祚의 질자姪子이옵고. 참찬 신 이석문李碩文의 현손이옵나이다."

고종은 다시 친문했다.

"학식이 심오하다고 들었사오나 믿을 만하오!

어디 말해 보시오."

면우는 상답했다.

"어찌 감히 지존 앞에서 명예를 자랑할 것이며

사사로이 감싸서 은혜를 바랐겠나이까."

"다만 신은 어리석게도 그 사람에게 마음과 정성을 다해 기뻐 복종하였고

정성스럽게 믿고 섬겼사옵나이다."

고종은 다시 친문했다.

"동문은 몇인지 말해 보시오!"

면우는 상답했다.

"금일 단지 칠팔 인이 있사오나 다들 늙음에 이르렀사옵나이다."

고종은 다시 친문했다.

"귀군의 문생은 몇 사람이나 되는지 말해 보시오!"

면우는 상답했다.

"폐하, 신의 다스림도 넉넉지 못하온데 어느 겨를에 남을 가르치겠사옵나이까.

신을 따라 평소 종유하는 몇 사람은 있사오나 문생의 이름을 감히 아뢰지 못하겠나이다!"

고종은 재차 친문했다.

"이번에 동행한 자가 몇 사람이오. 말해 보시오!"

면우는 상답했다.

"여서와 질자 그리고 동문과 지구이옵나이다."

고종의 친문은 이어졌다.

"귀군의 생계가 군색하기 이를 데 없었을 터인데 어찌 견디며 지내 왔소!"

면우는 상답했다.

"폐하, 신은 몸소 텃밭에 곡식과 산마를 가꾸면서 겨우 연명은 해 나갈 수 있었사오나 다만 사람의 도리를 다할 수 없음을 걱정했지 재물의 많고 적음에 대해서는 근심할 바가 아니라고 사료되옵나이다."

고종은 다시 친문했다.

"귀군의 자식은 몇이며 나이는 몇 살인지 말해 보시오!"

면우는 상답했다.

"감독할 두 아들이 있사온데 장자는 겨우 일곱 살이옵고.

한 아이는 태어난 지 얼마 되지 않았사옵니다."

고종은 말했다.

"자식이 늦었구려!"

"밤이 깊었으니 물러가 쉬도록 하시오!"

면우는 상주했다.

"신이 청하옵건대 제수를 사양하고 산으로 돌아가고자 하옵나이다."

고종은 탄식하며 말했다.

"이 무슨 말이오!

귀군이 어찌 떠난다고 하오!

그대의 안을 실행도 하지 않았고 불합의하다는 것을 기다렸다 결단해도 물러남이 늦지 않았소!"

면우는 다시 상주했다.

"하지만 폐하께서 어리석은 신을 오래 머물게 한들 다시 폐하의 덕에 보탬이 되지 못할 것이옵나이다."

"오직 빨리 산으로 돌아가서 다른 본분으로 돌아가더라도 성은을 저버리지 않겠다는 생각은 평소부터 품은 뜻으로 변하지 않을 것이온데…….

폐하, 신을 불쌍히 여기시고 윤허를 바라옵나이다."

고종의 역린逆鱗은 커져만 갔고 마지못해 하답했다.

"굳이 사양할 필요까진 없을 터이니 우선 물러가 쉬도록 하시오!"

고종은 즉변에 젊은 환관에게 문을 열고 곽 참찬을 인도하라는 하명이 있었다.

부득이 면우는 몸을 일으키고 나오자 이미 두 번의 닭 소리가 울렸다.

모르긴 해도 황제의 역린은 컸으리라.

1894년 갑오 세, 면우가 이미 사적仕籍에 올랐으나 잇따른 제수에 사양하는「사소명소辭召命疏」를 올리자, 황제는 제갈공명의 삼고초려를 모방해서 천하의 명사 면우를 예방禮訪하기 위해 몸소 거창의 다전 폐옥을 방문하고자 했던 고종의 소탈함.

그런 군상의 연거푸 이어진 우례와 영총에 보은하고자 앞뒤 돌아볼 겨를도 없이 천 리 길을 한달음에 달려갔던 출처대의의 지절을 소유했던 면우와 고종과의 첫 만남은 계묘년 음력 팔월 이십팔일이었으니. 팔월 이십팔일부터 구월 이십삼일간의 짧은 시간이었으나 시간을 잃은 그들의 만남은 역사적 만남이었고 불우한 만남이었다.

소명은 이전과는 달랐다. 1899년 기해세로부터 시작되는 소명은 간촉懇囑과 다름 아니었으니 면우는 이번 계묘세 「사 소명 소」에서 적신이 정권을 장악한 조정에선 결코 벼슬길에 나아갈 수 없다고 하지 않았던가.

且時則賊臣秉國 臣未嘗出仕行公爾. ─『俛宇集』卷首, 「辭召命疏」

그러나 거듭되는 황제의 부르심, 선소宣召에 군주의 어명을 거역하는 것 또한 불공한 태도라 여겼던 면우는 한 번 의義를 펼치고 돌아오겠다는 일념으로 상경했으니.

그런 한 생각에 면우는 1899년 기해세, 「사 소명 소」를 비롯해서 상경 도중 1903년 계묘세, 팔월 십육일 자 「사 소명 소」와, 동년 팔월 이십일 「사 칙임의관 소」와, 동년 팔월 이십육일 「사 칙임비서승 소」와, 유궁幽宮에서 이십오일간 대조待詔하고 있을 당년 팔월 이십구일에 「사 의정부참찬 소」와, 동년 구월 이일 「사 의정부참찬 재소」와 시국 전반을 총괄했던 「응명진언차자」 등 여러 소와 차자를 올림으로써 비록 대좌하며 시국을 담의하지는 않았지만 그들의 생경했던 감정이 필담이나마 초면부지는 면했을 것이고, 오히려 도탑고 신실했을 것이며 황제는 신하를 총애했을 것이고 신하는 애군했을 터이다.

게다가 면우는 황제에게 총애받는 신하, 총신의 자격으로 황제와의 두 차례 독대를 가졌고, 독대에 앞서 면우는 숭정학·결민심·절제용·군정제 등 시무 사조 안을 항목별로 나열하여 시국 전반을 일목요연하게 정리하여 독대에 임했던 그런 국보난국을 타개할 인재가 귀향을 고하였으니 응연 황제의 역린은 컸으리.

그러나 황제의 역린을 잠재울 수 있었음은 환향한 이후 면우의 잇따른 고견의 진언과 충언의 소였다.

1904년 갑진세, 「갑진 이월 소」에서는 독대에서 미처 진언하지 못한 사회 전반에 도사리고 있는 문제점을 매거 진언하였다.

진언에는 낡은 법제를 일소하고 다재다능한 기예로 국가의 원천으로 삼아야 한다는 것과, 군사와 농업인 병농兵農과, 악률樂律과, 역법曆法, 율력律曆과, 외국어와 산학算學, 역산譯算과, 병을 고치는 의사 의무醫巫와, 군사에 관계되는 여러 재주, 무예武藝, 즉 병기兵技를 조작하는 여러 사무는 당대에 급히 소용되는 것으로 힘써야 한다는 것이었다.

게다가 아자兒子가 팔 세가 되면 학사學舍에 들어가야 할 것과, 이외 공인과 대장장이 공야工冶와 상인 상고商賈와, 누에치기와 길쌈을 업으로 삼는 잠직蠶織과, 가축을 기르는 목축牧畜과, 물고기를 포획하는 어채魚採에 종사하는 이들을 법령으로 정하여 기술을 검증해서 자본을 빌려준다거나, 상인들이 시계전을 열 수 있도록 구역을 제공해서 각기 그 업을 정밀히 하게끔 해 주어야 한다는 것이었다.

아울러 사민, 사·농·공·상. 이외의 승녀·무속인·배우·기생·걸인·무직자 등에게 이름을 명부에 기입해서 부역을 받는 대신 내는 세금, 즉 역전役錢을 무겁게 매겨서 그들로 하여금 일반 직종으로 유도한다면 부강한 나라가 될 수 있을 것이란 충언의 진언을 아끼지 않았던 것이다.

이렇듯 고종은 면우를 소울메이트자 사상의 동반자로서 일실한 조선의 체면, 즉 국체를 만회해 줄 대안으로 면우를 꼽았고, 면우의 신출귀몰한 재주로 조선의 비운을 태운으로 돌려놓을 종국의 구세주라 믿어 의심치 않았다.

　고종의 간구와는 달리 면우는 상경하기 전 이미 대의만 밝히고 곧장 환향하겠다는 결심이 섰던바, 옷소매 속에 휴대하고 왔던 권축을 빼 들고 이차 독대에 임하였으니.

　이때 면우는 마치 중병의 환자를 대수술하듯 국정 전반에 도사리고 있는 암적 요소를 끄집어내겠다는 일념으로 권축을 펼쳐서 시국 전반을 허적거리듯, 보고 들은 바의 현실을 어전에서 직언극간**直言極諫**으로 역량의 파란을 구슬렸으니 면우의 시무 사조 안은 고종의 마음을 자극하다 못해 매혹시켰고, 더 이상 대조**待詔**할 명분이 없었던 면우는 황제의 소명에 따른 입궁으로부터 이십오일간의 궁에서의 시간을 끝내고서 환향 길에 올랐다.

십일월의 분노

환향을 한사코 만류하는 고종의 옥음을 끝내 사양하고 환향 길에 오른 면우의 마음은 형용할 수 없을 정도로 무척 무거웠으리.

오던 길을 따라 수원을 거쳐 옥천 땅을 내밟는 면우의 뇌리에는 근 이십오일간의 궁정 생활을 회상했을 터인데 그 많은 회상은 상념이었다.

그 무거운 상념은 구월의 작렬한 태양과 어겹되어 온몸으로 파고들었을 것이고, 사지는 후줄근했을 것이며 허우적거리듯 두 손 두 발을 가까스로 놀려 보지만 뿌옇게 피어오르는 구월의 땅김에 또 한 번 붙들렸을 것이니 더 이상 나아갈 수 없었음은 물론.

활개 치듯 궐연히 진전에 전진의 발걸음을 할 수 없었음은 작렬한 태양도 후덥지근한 땅김도 아니었을 터. 다름 아닌 면우 마음일 것이되, 무거웠던 마음은 바로 미증유의 국난에 황제의 곁에서 더 좋은 계책으로 보필하지 못한 불충이었을 것이고 충성으로 주선하지 못한 자책이었으리.

스스로를 나무라듯 면우는 이렇게 중얼거렸으리.

아~!

그때 황제와의 독대는 여름철 황혼 녘에 시작되었고 그때 황제께서는 두 번의 계명에도 개의치 않으시고 그 많은 질문과, 그 많은 고민과, 그 무거운 직책을 강신**强臣**에게 부여했던 황제.

그 황제께서는 편전에 어두움이 짙도록 국사 이모저모를 친문하시던 그런 폐하. 그런 폐하께서는 연이은 두 번의 독대에서도 강신의 구주를 금과옥조로 여기며 흔희하시던 모습과 신의 시무 안을 시행하겠다며 결의를 보였던 폐하가 아니던가.

더욱이 폐하께서는 폐하의 강신더러 홍문관 경연관 겸 시강원 서연관에 제수했을 뿐 아니라, 동병상련이란 시대상의 반영인지 촉나라 군사 제갈 무후를 현실에 그대로 재현하고자 하였는지 저더러 군국의 총책을 맡기시지 않았음인가……!

이런저런 꼬리에 꼬리를 무는 상념에 환향 길 내내 중얼거렸으리.

그랬으리라.

1899년 기해세로부터 시작되는 소명과 이번 계묘세 입시**入侍** 또한 시절 인연으로 돌리기엔 무언가 찜찜했고, 그렇다고 위급존망지추에 임하는 신하로서 불충의 간언으로 황제의 곁에 빌붙어 일신의 영화를 바랄 수도 없었다.

천재일우와도 같은 만남을 불우한 만남으로 희석하기에도 무언가 찜찜했던 면우는 사위 노정용**盧正容**과, 이성렬**李聖烈**을 특천하였음에 한결 부담을 덜어 놓을 수 있었으나, 병을 아뢰고 수원과 옥천을 거쳐 거창으로 향하는 면우는 온갖 상념에 이끌려 환가하였으니 당시의 심경은 형용할 수 없을 정도로 혼란스러웠을 것이다.

이로부터 이 년 후 1905년 을사세, 면우는 『열국신문』에 대한이 일제에 의해 강압적으로 보호조약이 이루어진다는 비보에 1905년 을사세, 시월 일일 자, 「급진소차자急進小箚子」를 올려 일제의 보호를 굳이 거절하고 국체를 변별하여 밝혀 달라는 '청 뇌거보호명정국체請牢拒保護明正國體' 소를 올렸던 것이다.

연보에는 다음과 같이 기록하고 있다.

'오늘 국론이 자자하고 조정과 민간이 떠들썩한 것을 보면 위망의 조짐이 매우 급박하옵나이다.

굴뚝의 불꽃이 위로 타올라 장차 가옥을 태우고 마침 이마가 문드러지고 머리를 그슬리는 상황에 이르게 되었는데도 어찌 일상적 법식에 스스로 속박되어서 한번 부르짖는 것으로서 폐하의 총명을 진동시킬 생각이 없으시나이까…….

지금에 이르러 다시 상책이 없사옵고 오직 폐하께서 마음을 다해 힘써 결단하는 담력으로 만국을 상대해서 한번 공의를 펼쳐 보이는 것이옵나이다.

만약 할 수 없다면 종사를 위해 죽을 뿐이옵고 신민은 폐하를 위해 죽을 뿐이옵나이다.'

見今國論藉藉 朝野恟恟 危亡之機 不容呼吸 竈突炎上 棟宇將焚 正當爛額焦髮以赴之 又安可以常格自拘 而不思所以一呼號 以動聖聽哉…… 到今更無上策 惟陛下熱心 大膽與萬國一番開布公議 如其不得則爲宗社死而已 臣民則爲陛下死而已. -『俛宇集』卷二,「年譜」

사직과 국체를 보존하기 위해 결사항쟁을 불사하겠다는 면우는 동년 이십팔일 제이 차 한일협상조약〔을사조약〕이 조인되어 외교권이 박탈당하고 일제에 의해 통감정치가 시행된다는 것을 선문 듣고서 상경했던 것이다.

다급했던 면우는 상경 도중 동년 십일월 육일, 「옥천도중소沃川途中疏」를 올렸으니.

내용인즉, 을사오적 박제순·이지용·이근택·이완용·권중현 오 인을 만국공의에 부쳐 공법으로 처단해 줄 것과 자신 또한 사직을 위해 필사必死를 기필하겠다며 기필起筆하였던 것이다.

此而不得則便可如劉諶所謂父子君臣 背城一戰 同死社稷爾.

-『俛宇集』卷首, 「沃川途中疏」

이번 상소만으로 분이 가시지 않았던 면우는 동년 십일월 십오일, 「도경청대 소到京請對疏」에서 다음과 같이 상소하였다.

폐하.

폐하께서 머뭇거리기만 하신다면 '황실의 존엄과 황명은 헛된 구호로써 로마 제국의 교황과 안남安南의 국왕에 지나지 않을 것이옵니다.

締約所謂尊嚴皇室 縱使一成而無變 陛下不過徒擁虛號 如羅馬季世之敎皇 安南近日之國王. -『俛宇集』卷首, 「到京請對疏」

그랬다.

「도경청대 소」에서 면우는 황제께서 무력하고 나약한 모습을 보여서는 안 될 것임을 독려했을 뿐 아니라, 일제와 적신들에 의해 날조된 을사보호조약을 '을사보호협약乙巳保護脅約'이라 불러야 할 것과, 을사보호조약은 부당한 조약으로 마땅히 철회되어야 한다는 입장을 강력히 표명했던 것이다.

이처럼 면우는 대한제국의 외교권이 박탈당하고 통감정치가 발효된 현실에서 자신이 황제에게 진언할 수 있는 메인 플랜은 바로 만국공법을 통한 일제의 만행을 규탄하는 것뿐이었다.

구국의 일념에서 면우는 을사조약이 체결되었다는 비보를 을사세 시월 이십팔일에 듣고서 박규호朴圭浩, 종자從子 윤裔, 문인 강인수姜寅洙, 하봉수河鳳壽, 하경락河經洛, 강필수姜必秀, 이현중李鉉中, 윤홍락尹弘洛 등과 서둘러 집을 나섰으니 동년 십일월 상순이었다.

방동芳洞 노수오盧秀五 집에서 숙박하고 가까스로 십일월 오일에 옥천에 이르게 되었다. 옥천 땅을 간신히 밟을 수 있었던 면우는 가동柯洞 이학연李學然의 집에서 숙박한 후 이튿날 십일월 육일 즉기지에서 상소하였음이 바로「옥천도중소」였으니 상소의 근간적 의미는 매국적신을 참수할 것과 열국공법(만국공법)을 개청할 것을 청하는 '청 참매국적신개청열국공법請斬賣國賊臣開聽列國公法'이었다.

분노를 금할 수 없었던 면우는 전각하듯 만국공법 네 글자를 함축하면서 다음과 같이 기필하였다.

'적신의 목을 베어 거리에 매달아서 매국의 일정한 형법으로 다스리고 열국공관에 성명해서 크게 담판을 열어 천하의 공법으로 결단해야 하옵나이다.

이는 잠시도 늦출 수 없사옵니다.

만약 혹시라도 머뭇거리고 움츠러들어서 잠시라도 소홀히 바란다면 폐하께서 비록 스스로 편안하고 온전한 것을 원할지라도 장차 높은 안남 왕에 지나지 않을 것이옵나이다.'

幷將朴齊純…… 權重顯諸賊之首 懸之藁街 以正賣國之常刑 聲明于列國公館 大開談判 斷之以天下之公法 此爲晷刻之不可緩者 如或浚巡蹙縮 苟冀須臾 則陛下縱欲自全 將高不過爲安南王矣. -『俛宇集』卷首,「沃川途中疏」

「옥천도중 소」에서 운위된 '안남'은 「도경청대 소」에서도 언급되었으니 거듭 적서되는 안남 왕의 안남은 바로 지금의 베트남, 즉 월남으로 당대唐代에 안남 도호부安南都護府를 둔 것에 연유하여 안남이라 명칭 하였던 것이다.

이어지는 「옥천도중 소」에서 면우는 황제께서 단호한 결단이 없다면 황제와 이천만 생령은 종묘와 사직을 위해 죽는 것이 자명한 도리이고, 결코 살아서는 일제의 신복이 되거나 포로는 되지 않을 것이란 강경한 어조로 소를 올렸던 것이다.

竊伏願我 陛下 與我二千萬生靈 爲宗廟社櫻死 爲天經地義生 不爲日本之臣僕俘囚而已.

그뿐만이 아니었다.

「옥천도중 소」에선 노기 띤 언사로 황제에게 통촉하였으니 통촉은 다름 아니었다.

확고한 집행으로 전례에 준하여 적신들을 용서해서는 안 되며 사자후를 토하듯 큰소리로 꾸짖어서 국가 기강을 바로잡아야 한다는 것이었다.

그러나 「옥천도중 소」가 황제에게 전달되었는지…….

아니면 궐 밖에서 맴돌고 있는지…….

황제의 비답이 내리지 않았으니 모르긴 해도 지금 황제께서는 일제의 하수인에 지나지 않을 것이고, 일경들의 삼엄한 경비 아래 외부와의 접촉이 단절되었으리란 짐작에 면우는 오던 길을 향해 다시 옥천 땅을 밟았다.

이날 이십팔일은 무척이나 을씨년스러웠다.

서운함을 지울 수 없었던 면우는 즉기지에서 다음과 같이 기필하였다.

"통감정치 아래 신은 비록 지쳐서 힘은 없으나 결코 폐하의 명령을 받들지 않겠사옵니다."라는 비분강개를 터뜨렸던 것이다.

그랬으리라.

그토록 만나고 싶어 했던 폐하의 마음은 어떠했을까.

병을 치료하고 짐의 곁으로 돌아오라는 폐하의 옥음이 지금도 면우의 귓전에 아련하게 떠올랐고 면우 또한 고언하지 않았음인가.

1905년 을사세, 시월 삼십일 그날.

황제의 부름에 자신 또한 다른 본분으로 돌아가더라도 성은을 저버리지 않겠다는 지존과의 지엄한 약속을…….

그 약속을 지키기 위해 길에서 자빠져도 폐하의 용안을 우러러보고자 했고.

못다 한 충정을 드러내고자 하였음에 발에 못이 박히고 숨을 헐떡거리며 한달음에 대궐 밖에 당도하여 십일월 십오일 입시를 청하였건만 독대가 성사되지 않았다.

이윽고.

십구일 비답이 내려왔음이니 이에 면우는 이십일에 돌아갈 것을 아뢰는 상소와 경연·서연 직을 전삭鐫削해 줄 것을 청하고선 과천을 거쳐 이십일일 수원에 이르자 '신조약. 제이 차 한일협약'즉 을사보호조약이 반포되었음을 들었던 것이다.

게다가 첫 비답으로부터 팔일 후. 이십칠일 옥천에 이르자 비답이 내렸다는 소식을 듣고서 즉기지에서 기필하고서 십이월 삼일, 거창 관저에 도착하게 되었으나, 불행하게도 이날 대계 이승희가 보호협약에 상소한 혐의로 일본 헌병에게 피체되었다는 비보를 듣게 되었음이다.

돌아보면.

면우의 강경한 어조의 상소는 이번 「옥천도중 소」뿐만이 아니었다.

최대 국난에 임하는 면우의 상소는 시종여일하였으니 전년 1904년 「갑진 이월 소」에서 또한 다음과 같이 강개한 충언을 아끼지 않았던 것이다.

'일제에 아첨하며 살기보다는 의를 잡고 죽는 것만 못하고 나라 없이 모호하게 사느니 차라리 명백하게 죽는 것이 쾌활하옵나이다.'

與其媚讐而存 無寧秉義而亡 與其糢糊而生 無寧明白而死之爲安且快乎.
-『俛宇集』卷首「甲辰二月疏」

전년 「갑진 이월 소」에서 밝혀 말하였듯 면우의 앙센 지절은 결코 일제의 주구는 되지 않을 것이고 결코 일제와 적신들에 의해 날조된 을사늑약 즉 을사보호조약을 인정하지 않을 것이며 을사보호조약은 부당한 조약으로 마땅히 철회되어야 한다는 비분의 마음을 억누르지 못했으니 하향하는 면우의 마음은 어떠하였을까.

이번 조약을 막기 위해 면우는 동분서주했다.

부당한 조약을 철회시키기 위해 겹겹의 방호벽을 치듯 그 많은 상소로 자신의 시국관을 펼쳤고 하다못해 조약의 속도만은 떨어뜨려 보고자 했다..

자구책으로 을사보호조약이 체결되기 직전 음력 시월 일일 상소에서 일제가 동양 화국에 큰 뜻을 품은 것을 열국 또한 바라지 않기 때문에 독일·미국 공사에게 최근 영국과 프랑스가 태국에게 삼십 년 혹 오십 년 자주 정치를 허락했던 예를 거론한다면 열국도 받아들일 것이고, 폐하 또한 을사오적들로부터 국권이 탈취당할 뻔했던 수모를 뼈저리게 통감하고서 일제의 어떠한 강압과 협박에도 변절되지 않는 충직한 신하 전 판서 윤용구**尹用求**, 이도재**李道宰**, 전 참판 이남규**李南珪**, 이성열**李聖烈**, 이상설**李相卨** 등을 등용해서 치욕으로 손상된 국체를 회복할 수 있을 것은 물론 이 같은 반전의 시나리오를 꾸밀 수 있으리란 희망을 걸어 보았던 것이었다.

그러나 모두 허사가 되어 버린 하향하는 이십팔일.

이십팔일 자, 「옥천도중 소」에서는 십일월의 분노. 즉 을사보호조약의 앙금이 쉽게 사그라들지 않았으리.

쉽사리 사그라들지 않은 앙금에 면우는 주문팔현인 회당 장석영에게 지난 이십오일간의 궁중에서 있었던 일을 서한으로 소상히 밝혔으니.

답서의 내용은 다름 아니었다.

면우가 입궐할 그 무렵 고종은 일제의 하수인에 지나지 않았던 것이다.

이미 조정의 권력은 왜인과 친일의 주구들이 장악했을 뿐 아니라, 지존의 권력은 관원들의 말에 경청만 할 뿐. 옳고 그릇됨을 따져서 결단한다거나 꾸짖어 물리치는 그러한 권력은 없었다고 하였으니, 면우의 서한에 의하면 이미 조선 오백 년 종묘사직의 종언을 고한 것과 다름 아니었다.

그러나 면우는 혹여라도 천운이 도래하지 않을지……. 혹여 열성조의 혼령이 구제해 주지는 않을지…….

이 같은 한 생각에 일말의 기대를 걸고 문인 회당 장석영에게 답하는 답서에서 춘추 시대 위衛나라의 대부 영무자甯武子와, 춘추 시대 초楚나라인 신포서申包胥와, 공경하고 근신하며 마음과 힘을 다한다는 제갈 무후의 국궁진췌鞠躬盡瘁를 운위하였으니 회당에게 일러 말했던 것은 다름 아닌 염원이었다.

마치 성공成公이 진晉나라의 공격을 받아 나라를 잃고 외국으로 달아났다가 붙잡히자 온갖 노력을 다해 성공을 구해 냈던 영무자처럼, 자신 또한 고종을 구원하고 싶었고…

게다가 친구인 오자서伍子胥가 초楚를 정벌하자 진秦에 가서 칠일 밤낮을 울어 진의 원군을 이끌고 와서 나라를 구한 신포서처럼, 자신 또한 망국을 막기 위해 만국과의 교섭을 보다 강력히 권유하고 싶었다.

그러나 폐하를 설득하는 데 부족함이 있었는지.

폐하께서 공법의 위력을 실감하지 못했기 때문인지.

영무자와 신포서처럼 그런 충성이 없었는지.

아니면 제갈 무후 같은 메인 플랜이 없었는지……!

이런저런 상념을 떨쳐 버릴 수 없었으리.

이렇듯 우물쭈물하는 사이 이런저런 기회마저 놓쳤다는 회한과 비애를 오가던 면우는 마침 나라 잃은 비운의 선비가 되었으니 그런 비운의 선비를 1912년 총독부에서 성균관 강사로 임명했던 것이다. 면우는 다음과 같이 사양의 의사를 밝혀 말하였다.

"선비는 죽을 수는 있으나 굴욕을 당할 수는 없다."라는 앙칼진 태도로 결사코 일제의 주구는 되지 않을 것이며, 너희들과의 투쟁은 이제부터라는 강경한 태도를 보였던 한 많은 나라 한 많은 선비였으니…….

그 투쟁은 비폭력적 길고 긴 투쟁으로 망국의 유민으로 두 귀를 막고 함구로 여일할 것이란 굳센 지조의 투쟁이었다.

더한층 면우는 주거지 거창 다전을 위리안치의 배소로 여기며 나라 잃은 죄인의 삶을 자처하였으니 다름 아닌 두문불출의 삶이었다.

두문불출은 면우에게 도회였다.

도회는 끝날 것만 같지 않은 길고 긴 영원한 도회로 어둠을 돌려 광명을 찾겠다는 의미였으니, 이는 바로 내일의 인재를 길러 반드시 국권을 회복하리라는 노유老儒의 힘겨운 투쟁에 다름 아니었다.

이로부터 사 년 전 대구 옥에서 석방된 대계 이승희는 1908년 무신세, 망명을 결심하게 되었으니 망명지는 중국이었다.

이번 망명은 대계만의 선택은 아니었다.

당세 국권이 박탈당한 유림들에게 치욕을 감당하기란 참담했다.

질식해 버릴 것 같은 이 땅의 고통에서 벗어날 수 있는 유일한 탈출구가 망명과 자결 그리고 자정自靖이었으니 면우 역시 망국이란 미증유의 현실 앞에 망명과 자결로서 치욕을 씻고자 했건만 살아서 민족의 내일을 고민하는 자정이 곧 대의의 실천이라 여겼다.

그래서 육십오 세, 경술국치를 당했던 이듬해 이름을 '도鋾'로 개명하고, 자를 '연길淵吉'로 개자改字하였으니 그 이유를 성권聖權 하경락河經洛에게 다음과 같이 밝혀 말했다.

비분한 나머지 부득이하게 개명 개자했음을 먼저 고하면서 이름 자 '도'는 도잠陶潛(연명淵明·천명泉明·침명沈明·원량元亮·정절선생靖節先生)의 도陶와, 송말원초宋末元初에 염락濂洛의 학문을 익혀 일대 명유名儒로서, 송宋이 망하자 금화산金華山에 은거하여 후학을 가르쳤던 인산仁山 김이상金履祥의 김을 합쳐 도鋾라 작명했다고 하였음이다.

도는 둔鈍'이라는 글자와 같이 노둔함을 뜻한다고 하였으니 개명은 폐하의 신임을 한 몸에 받은 신하 된 자의 자책에 따른 심기일전에서 비롯된 결과로서 자신의 왜소함에 따른 비애를 정절로 치환하려 한 듯 한 되

그래서 1910년 경술세, 김원숙金元淑에게 자신은 인산 선생의 제자 백운白雲 허겸許謙과, 「정기가正氣歌」를 후대에 남겼던 지절의 선비 문천상文天祥과 원元의 유인劉因 정수靜修 등에서 지절을 본받겠다고 고백했을 터이다.

이처럼 인산 김이상이 난계蘭溪에 자정하면서 인재를 양성하였듯, 면우 또한 1911년 신해세, 경남 의령에 거주하는 후학 면오勉五 주시범周時範에게 다음과 같이 말하지 않았던가.

'자신은 망국의 유민으로 이 땅에서 국가와 민족을 위해 영재를 길러서 훗날을 기약하고자 한다.'라고 하였으니 꺾이지 않는 무언의 절의는 일제를 향한 저항이었다.

무언의 절의는 왜검倭劍보다 더 매서웠고, 정적政敵보다 더 표독스러웠으며, 표독은 면우의 극한 분노였으니 이제의 분노는 을사세, 십일월의 분노보다 배가되었으리.

비가

면우를 천인으로 여겼고 면우에게 망명을 권유했던 대계 이승희.

호는 대계**大溪**, 한계**韓溪**. 또는 강재**剛齋**로 통칭되었으니 대계는 영남이 낳은 성리학의 거장 한주 이진상1818~1886의 외동아들이자 면우와 동문수학한 절친한 벗으로 1867년 이십일 세 되던 해 대원군에게 오 개 조의 시국대책문을 지어 올렸다.

게다가 1881년엔 김홍집이 일본에서 가져온 『조선책략』을 비판하는 「청 척양사소**請斥洋邪疏**」를 올렸다.

이로부터 십사 년 후, 1895년 을미세, 음력 팔월 이십일. 양력 시월 육일. 그날은 홰치는 소리가 유난히 잦았다.

먹을 따듯 울부짖는 계명은 피를 토할 듯 변스러웠으니 닥쳐올 불행을 귀띔해 주었는지. 때마침 안개 김 자욱한 새벽에 국모 민씨1851~1895가 경복궁 옥호루 내사에서 삭삭대는 시역의 칼벼락에 참혹하게 살해당했다는 첫새벽의 비보는 대계와 세상 모두에게 미증유의 경악으로 남게 되었다.

실로 경천동지할 일이었다.

국모가 시해당했다는 소문은 파다했고 소문은 금세 장안 너머로 퍼져 나갔다.

군중은 웅성거리기 시작했고 웅성거리는 군중은 저들 일제에게 민족적 모멸을 당했다는 이유 하나만으로 하나둘씩 모여들었다.

국모 살인이라는 극악무도한 저 일제에 항거하자는 거국적 운동으로 확대되었으니 군중의 힘찬 함성은 한결같이 의로써 집결해서 의병으로 궐기하고자 하였다.

의병義兵!

의병은 사전적 의미로 의로운 병사를 가리키는바, 국가의 외침으로 인해 위태로울 때 정부의 명령을 기다리지 않고 스스로 봉기하는 집단이라고 했지만 대계의 생각은 이들 의병과는 판이했다.

대계의 내면에는 임금에 대한 신하 된 자의 도리, 명분이 자리하고 있었으니, 그 명분은 다름 아닌 임금의 직권과 신하 된 자의 본분으로, 신하 된 자가 대의명분 하나만으로 사사로이 병사를 일으켜 임금의 군대, 관군과 맞서 싸운다는 행동은 대역무도한 범법 행위로 여겼음은 물론, 의병은 신하 된 자의 본분을 망각한 일이며 권한 밖이라 치부했던 대계는 면우를 비롯한 여러 동지들과 함께 상경하여 일제의 만행을 성토하는 글을 지어 각국 공관에 포고했던 것이다.

이로부터 십 년 후, 1905년 을사세에는 을사조약을 파기할 것을 청하는 상소문을 승정원에 올렸고 상소했다는 그 이유 하나만으로 대계는 대구 옥에 구금되었으니, 옥에 수감된 대계를 생각하는 면우는 고심참담했고 욱신거리고 쓰린 괴로움으로 불면의 밤을 보냈다는 사실이 「입춘감회立春感懷」시문으로 전시했던 것이다.

면우가 「입춘감회」 시문을 창작하던 1906년 병오세.

입춘은 온 백성이 봄이 시작되는 계절이라 하여 가가호호 대문이나 기둥에 '봄을 맞이하여 길운을 기원한다는 입춘대길立**春大吉**'과, '봄의 따스한 기운이 감도니 경사스러운 일이 많으리라는 건양다경**建陽多慶**'의 입춘첩을 붙였지만 면우의 가슴은 차가웠고 여전히 따스한 기운이 감돌지 못했다.

꼬리를 뒤흔들며 피어오르는 자욱한 슬픔의 향연은 의욕에 헤살을 놓았고, 뭉그러진 가슴은 비극적 감회의 밀도만 더해 갔으니, 마치 그날의 비애와 아픔을 『시경』왕풍**王風**의 서리**黍離**에서 동병상련의 아픔을 희석하고자 하였으리.

저 기장이 고개 숙이고

저 피는 싹이 났네.

갈수록 발걸음은 무거워지고

슬픔은 물결처럼 출렁이네.

이내 마음 아는 자는

나더러 마음에 근심한다고 하거늘.

이내 마음 모르는 자는

나더러 무엇을 구하느냐고 하겠지.

아득하고 아득한 푸른 하늘아

이 어떤 사람이 이렇게 하였는가.

彼黍離離　　彼稷之苗

行邁靡靡　　中心搖搖

知我者　　　謂我心憂

不知我者　　謂我何求

悠悠蒼天　　此何人哉

-『詩經』卷4,「王風 黍離」-

왕풍의 '서리'는 망국탄으로 맥수가와 혼용하는바.

맥수가의 맥수는 보리가 무성하다는 말로 옛 영화를 자랑하던 도읍에 보리가 무성해 있는 것을 보고 고국의 멸망을 탄식한 데서 비롯된 성어이다.

그랬다.

봄은 왔지만 봄 같지 않다는 춘래불사춘春來不似春.

「서리」에서 영송하였듯.

'슬픔은 물결처럼 출렁이고 이내 마음 아는 자는 나더러 마음에 근심한다고 하거늘'이라 했던 이 시구가 바로 면우의 지글지글한 지금의 근심이었다.

그 많은 근심은 갉히고 먹히고 곪아 터져 뿌리까지 송두리째 흔들리는 대한이었다.

휘청거리는 대한에 사생아가 되어 버린 이 나라 백성과 항쇄로 목이

불어 터진 지우를 떠올리면 빠당빠당 가슴이 옥죄어 왔고, 뜨락을 거닐며 국권 회복만을 손꼽아 기다리는 주군을 떠올리면 온몸이 날 선 비늘처럼 전율이 일었다.

전율을 진정시키고 꽉 죄인 가슴을 너운너운하게 할 수 있는 계도는 실권한 군주에겐 복권을, 유민이 되다시피 한 이 나라 백성들에겐 주권을, 벗 대계에겐 목에 씌우진 항쇄를 벗겨 주는 것이었지만, 무엇보다 일국의 군주를 감금시키다 못해 삼천리강토를 강점하고 이천만 백성들을 유린하고 나라를 망조 들게 했던 이유에 켯속을 따져야 했다.

게다가 의리의 합당 여부를 물어서 인방의 행위가 과연 적법 행위인지, 또한 지난 국모 시해는 비적의 성군작당의 소행으로 배후 세력과 추종 세력을 캐물어야 했다.

밝혀진바, 음비의 배후 세력은 불의에 사간하다 배소에 있는 충신은 아니었다.

자결한 참정 민영환閔泳煥 · 원임대신 조병세趙秉世 · 참판 홍만식洪萬植 · 학부주사 이상철李相喆도 아니었다. 해만 바라보고 충성한다는 예스맨 권간이었다.

오호라.

그들 또한 한때 머리엔 사모와 발에는 목화와 가슴엔 학과 호랑이로 자수한 관복을 착복하고 정무에 힘썼던 충량한 조선의 문무백관이 아니었던가.

그런 충량한 신하가 배륜하여 근자엔 털 장식의 정모와 어깨엔 금물로 자수한 견장과 허리춤엔 긴 예도를 찬 삼포오루와 삼삼오오 짝을 지어서 초도순시하는 것을 목격했다는 비보였으니 비보는 면우에게 낯설지는 않았다.

이미 1903년 계묘세, 황제의 부름에 황제와 오랜 시간 시국과 관련한 독대에서 참혹한 상황에 귀 기울였던 바였다.

게다가 입궐 하루 전 해거름 녘에 여숙을 내방한 경향의 저명한 선비들과 관료들의 문안 인사에서 얼핏 들었던 바였다.

연이어 내방한 의외의 진객 참정 신기선申箕善, 판서 이근수李根秀, 참판 이명상李明翔, 승지 정원화鄭元和, 승지 박해용朴海容, 승지 정헌시鄭憲時, 승지 정묵갑鄭默甲, 현풍군수 홍필주洪弼周 등 대신들로 하여금 거푸 들은 바였다.

1903년 그날.

『면우문집』과 연보에 의거해서 다음과 같이 가상해 볼 수 있으리.

이 판서 근수는 면우를 황송해 마지않았음은 물론 면우는 자신을 물끄러미 바라보고 힐끗힐끗 훔쳐보는 대신들과 약례를 갖추어 서로의 근황을 묻고 답했을 것이고 대신들에게 급변하는 국내외 정세를 상문했을 것이다.

헤벌어진 팔 폭 병풍처럼 열좌한 대신들에 둘러싸여 실시간 시뮬레이션 되었을 것이고, 한 대신의 파르르 떨려 오는 대한의 애사에 좌중은 어둠 속에서 난면을 가렸을 것이며, 어둠으로 유약한 자신을 매립하고자 했을 것이다.

더욱이 애루한 여숙엔 정적만 감돌았을 것이고 정적을 횡단하는 쥐소리만 들려왔을 것이되, 일순간 한 대신의 헛기침 소리는 정적에 일침을 놓았을 것이고, 빠사삭거리는 소리는 자글자글한 울대에 사그라졌을 것이다.

뜯고 발라낸 한 대신의 속 깊은 사연은 기구했으리.

박제순朴齊純, 이지용李址鎔, 이근택李根澤, 이완용李完用, 권중현權重顯, 이두황李斗璜, 이범래李範來, 우범선禹範善 등 역당들은 왜치와 이미 동속을 약조한 터로 왼쪽 가슴엔 구릿빛 번쩍이는 훈장을 달고 있었고 훈장으로 전신을 도배하기 위해 열성조를 짓밟았으며 욕망을 더 채우기 위해 왜치에 종묘사직을 헌상했고 그들 왜치와 더 밀착하기 위한 액션으로 국모를 시해하고 태양 같은 주군의 곤룡포를 찢고 익선관을 벗기고 거리로 뛰쳐나와 행인들의 상단을 무 자르듯 싹둑 날려 버렸다는 대신의 핏기 띤 목젖은 시들었으리.

그뿐만이 아니라 핏발 선 두 눈엔 눈물이 그득 고였을 것이고 쉴 새 없이 삼켰던 타액은 치오르는 울화에 산화되었을 것이며 날름대는 혀는 목젖 깊숙이 말려들어 굴릴 수 없을뿐더러 허파 깊숙이 빨아들인 잉걸의 긴 한숨조차 목청을 때리지 못했으리.

사력을 다한 엇박자 소리엔 상투를 한 움큼 움켜잡고 울부짖는 가엾은 백성은 대한의 아들이란 힘들고도 가파른 말끝에 좌중의 가슴은 에이었을 것이고 흐느끼며 방바닥을 치던 좌중들의 손바닥엔 붉은 핏줄이 돋았을 것이며 눈가에 고였던 액체는 희끗희끗 늘어뜨린 붓촉 같은 수염을 번지르르하게 물들였을 것이고 뚝뚝 떨어지는 혈루는 도포를 흥건히 적셨으리.

혈루를 훑어 내리는 소맷자락은 경미하게 떨렸을 것이고 방문을 밀치고 나가는 대신들의 입은 비죽거렸을 것이며 푹 눌러쓴 관은 치솟은 머리칼에 젖혔을 것이고 어깨에서 등판으로 흐르는 미묘한 긴장감은 설핏 증오와 적개심마저 느끼게 했으리.

이처럼 가상해 보았으니.

불뚝 심지 하나만으로 더뎅이 진 옥전의 이끼를 한 꺼풀 두 꺼풀 뜯어낼 순 없었다.

삐거덕거리는 궁문을 걸어 잠그고 옥궐의 뜨락에 시들진 무궁화에 이식도 관수도 할 수 없을뿐더러 배 속 깊이 삼킨 왜치의 미끼를 파사의 칼로 발라낼 수도 없었다.

꼬리를 퍼덕거리는 역당들에겐 이끼로 더뎅이 진 궁궐보다 도쿄 왕궁이 그리웠을 것이고, 시들어진 무궁화보다 벚꽃이 아름다웠을 것이며 미래가 없는 너절한 충신보다 장밋빛 미래를 꿈꾸는 황국신민이 되기를 바랐을 것이다.

그들은 충신과 종묘사직과 백성을 경멸하는 이적 행위를 더한 명성, 더한 영화, 더없는 권력을 지속하기 위한 시의한 행위라 그럴듯하게 포장했을 것이다.

그러나 역사는 기회주의 역당을 비망해서 비망록을 남겼고, 사가**史家**는 덧붙여 말했으며 덧붙인 정사는 활자화되어 인명 사전에 등재되었음이니.

등재된 기록에서 피로 물들이고 피로 잠재웠던 조일선명朝日鮮明 즉 아침 해가 선명하다는 조선을 찾아서 인물을 색인했고 조선의 인물을 해후했으며 거기엔 주군을 짓밟고 발신한 기회주의 신숙주와 정인지 그리고 민비 시해를 방조했던 반신 우범선마저 조우할 수 있었다.

오호라!

당시 세종과 문종은 젊고 유능한 집현전 학사 신숙주와 정인지를 특별히 총애해서 소울메이트로 여겼고, 그들 또한 영총에 보은하는 충성팬으로 신명을 바쳐 두 왕을 보필했을 것이다.

충성을 확인했던 두 왕은 어린 단종을 보위하고 왕실의 법통을 수호해 줄 것을 고명하였으나 고명대신은 사흔伺釁 변심하여 역명뿐 아니라 단종을 폐위시키고 노산군으로 강등시켰고, 심지어 배소에서 사약까지 내린 패륜의 수양대군의 무리에 서서 계유정란 일등 공신에 녹권되었고 약진하는 정승에 올랐음이니.

끝없는 더한 권력이란 욕망의 덫에 걸려 단종과의 사제 동행의 행보를 달리한 스승 정인지.

그는 자신의 욕망을 보다 더 채우기 위해 반정에 도박을 했고 승승장구하며 태정의 반열에 올랐으며 의정부의 최고 벼슬 영의정에 책배되었고 한때 단종의 스승으로 어린 단종에게 제왕지학帝王之學을 가르쳤으며, 제왕의 학으로 유학을 텍스트로 삼아서 충년의 군주에게 군사부일체君師父一體란 무엇이고, 임금은 백성에 무엇이며, 백성에 대한 임금의 역할은 무엇이고, 스승은 백성에 무엇이며, 임금에 대한 스승은 무엇인가라는 어렵고도 따분한 학문을 가르쳤으리.

의젓하고 당당한 단종은 군주의 역할을 충실히 수행하기 위해 편전에 어둠이 짙게 물들도록 부단히 물었을 것이고, 스승은 높고 깊은 내용을 세 가지로 요약해서 어린 주군이 완전히 흡입할 수 있게끔 간략하게 답했으리.

임금은 갓난아이와 같은 백성에게 식복의 은전을 베풀어 주니 만민의 아버지라 할 것이고, 스승은 몽매한 백성들에게 학문으로 어리석음을 깨우쳐 주니 이학유우**以學愈愚**의 아버지라 할 것이며, 임금과 스승은 나를 낳아 길러 주신 아버지와 하나의 같은 몸이라 하여 일체라 할 것이고, 몽매함을 일깨워 주신 스승의 상엔 비록 거상은 입지 않으나 슬퍼하고 그리워하는 정은 부모의 상, 당상과 마찬가지로 심상 삼 년을 조례해야만 사람 된 자의 도리라 했으리.

그 도리는 인의예지신의 사람이 지켜야 할 다섯 가지 오상**五常**에서 비롯되고, 오상을 밝게 드러내기 위해서는 예를 닦아 본심을 잃지 않는 이례존심**以禮存心**의 인격을 함양해서 완전한 인격을 갖추어야 함은 물론, 사람이 지켜야 할 도리와 강상을 알아야만 충효를 찬미하는 참된 인간이라는 것을 어린 주군에게 훈도하였을 것이다.

더하여 본능적 감성에 치우친 몽매한 인간을 이성적 인간으로 인도함이 스승 된 자의 도리라 역설했으리.

거기다 어린 군주를 마주 보며 아주 아늑하고 인자하게 다음과 같이 진언했을 것이다.

영명하신 군주이시여!

일찍이 맹자께서 갈파하시길,

"유대인 위능격군심지비惟大人 爲能格君心之非, 『孟子·離婁·上』……."라 하여 일국의 제왕을 보필하는 대신의 직책은 군주의 사악한 마음을 바로잡는 데 있다고 하였사오니.

이 경구를 마음에 새겨서 충량한 신하를 곁에 두고 정사를 돌보아야 할 것이며, 신 또한 선왕의 고명을 받들어 충성으로 보필하겠다고 맹서하였을 터인데, 만약 이 가상의 시나리오를 액면 그대로 받아들인다면 스승 정인지는 어린 단종에게 헛소리를 지껄였음이고, 가짜가 진짜를 어지럽게 한다는 이위난진以僞亂眞의 추언醜言으로 추언芻言의 스승으로 남았을 것이며, 비열한 권력이 빚어낸 권력의 시녀 폐신嬖臣에 지나지 않았을 것이다.

그러나 역사는 성급하게 결정을 내리기보다는 급반전한 상황을 더 지켜보자는 입장이었으니 불절여루不絶如縷한 파란의 역사는 남실남실 떠내려가는 파랑의 은빛 권발로 오백 년 종묘사직을 핥기 시작했고, 열두 폭 치마 휘감듯 세차게 소용돌이치는 여울목이 바로 조선 후기의 정국이었다.

난국의 간성이고 중전 민비의 신임을 한 몸에 받은 훈련대 2대대 대장 우범선 역시 돌연 사흘 변심하여 민비 시해를 방조한 역당으로 왜치의 음비 아래 도일 의탁하게 되지만, 아들 우장춘 박사는 선친의 과오에 대한 이공보과以功補過한 속죄로 환귀고국해서 육종 학자로서 세계에 대한의 긍지를 드높여 한민의 가슴에 충역을 갈라놓았음이다.

조선의 역사가 말해 주듯 권간權奸과 역당의 출현은 대체로 무능한 리

더, 병든 역사에서 자생하는 산물로써 '입은 꿀같이 달콤하나 배 속에는 달콤한 칼이 도사리고 있다는 구밀복검口蜜腹劍'의 간신배는 국운이 기울면 옛 주군을 헌신짝 버리듯 폐주시키고 등극한 신군에 환승하며, 불사이군의 충신은 일곱 치 붓대로 시역의 칼에 맞서 주군을 옹호하고 신군은 충신을 역당으로 척출하고 폐출된 충신은 정몽주의 일편단심을 통절하게 읊조리듯, 권간은 물론 비선실세들 또한 권력에 빌붙어 눈도장을 찍고 나라님은 간신과 비선실세들에게 통업의 중책을 맡겼으며 대세에 편승한 주전 멤버들은 남녀 혼성 보컬 그룹으로 만승지존을 등에 업고 권력독점과 국정을 농단하는 눈부신 활약을 하였으나 백성들은 불안했고 비이성적 작태에 심기가 뒤틀렸으며 마침 타오르는 촛불 정국이 되었으니 그해가 2016년 병신丙申세였다.

불의 기운이 극성한 병丙의 해였던 만큼 천간天干 병의 역사를 거슬러 올라가면 1636년 청나라 말발굽에 종묘사직이 짓밟히고 조선 제십육 대 왕, 인조와 소현세자가 삼전도에서 청나라 황제 홍타이지에게 삼궤구고두례三跪九叩頭禮를 올림으로써 미증유의 치욕스러운 삼전도 굴욕이란 멍에를 써야 했던 병자丙子세 병자호란을 겪었던 해이기도 하다.

이로부터 이백사십 년 후 1876년 2월 27일 병자丙子세엔 강화도조약으로 일본과 불평등 조약이 체결되었던 해였고, 이십 년 후 1896년 병신丙申세엔 단발령과 국모 시해란 명분에서 촉발된 병신 의병과, 십 년 후 1906년 병오丙午세에는 을사보호조약이 무효임을 천명하는 병오 의병 등 순환되는 병의 역사는 음양오행상 거센 불꽃으로 국정의 난맥이었고 상박하는 부싯돌이었으며 역동하는 민중의 몸부림이었다.

슬프게도 다시금 일백십 년 전 병신 의병의 분위기로 회귀하였으니 리-턴하는 2016년 그해 병신은 국정 농단이란 헌정 사상 초유의 깊은 상흔을 남겼으니 괴악망측한 농단의 시원은 『맹자』·「장손추장구하」에서 다음과 같이 밝혀 말하였다.

계손씨가

"이상하다, 자숙의는 자기가 정치를 하다가 쓰이지 않았으면 그만두어야 할 터인데, 다시 자제들에게 경 노릇을 시켰으니 남들인들 누가 부귀를 원하지 않겠는가마는 그런데 홀로 부귀 안에서 우뚝하게 높은 지점을 자기 것으로 차지하는 이가 있었으니……. 옛날의 시장이란 자기가 가진 것을 가지고 자기한테 없는 것과 바꾸는 것이었고 시장을 맡은 관리는 세금을 거두지 않고 분쟁을 다스릴 뿐이었다.

그런데 한 미천한 사나이가 있어 반드시 우뚝한 높은 지점〔농단龍斷〕을 찾아 올라가서 좌우로 바라보면서 시장의 이익을 싹 거두어 버리자 사람들 모두 천하게 여겼다.

그러므로 그런 행위에 따라서 세금을 징수하게 된 것이니 상인에게 세를 징수하게 된 것은 이 미천한 사나이로부터 시작된 것이다."

季孫氏曰 異哉 子叔疑 使己爲政 不用則亦已矣 又使其子弟爲卿 人亦孰不欲富貴 而獨於富貴之中 有私龍斷焉 古之爲市者 以其所有 易其所無者 有司者治之耳 有賤丈夫焉 必求龍斷而登之 以左右望而罔市利 人皆以爲賤 故 從而征之 征商 自此賤丈夫始矣. -『孟子·公孫丑章句下』

맹자께서 계손씨의 말을 인용하며 농단의 시원을 말하였으니, 농롱聾은

농龒과 동의어로 무덤, 높은 언덕, 밭의 경계, 밭이랑, 토지의 면적 단위 등 여러 의미를 내포하고 있으나, 농단은 높은 언덕의 농壟과 끊어질 단斷으로 홀로 높은 지점을 찾아 올라가서 시장의 이익을 싹쓸이해 가는 시장 독점 행위로 이익이나 권리, 관직과 권력을 교묘한 수단으로 독점하는 비선실세를 일컫게 되었던 것이다.

예나 지금이나 비선실세는 권력을 유혹하고 농단은 권력에 기생하며 권력은 비선실세를 양산하고 비선실세는 권력을 타고 권력은 비선실세를 음비하는 물과 물고기의 관계로, 마치 다람쥐 쳇바퀴 돌듯 권력과 농단이란 상생의 시너지 효과는 선정善政보다 난정亂政이, 공익보다 사리사욕이, 열정보다는 탐욕이, 실속보다 허세가 백성보다 그들 비선실세들에겐 고득점 할 수 있었겠으나.

중국의 남송사대가 양만리(楊萬里, 1127~1206)는 자신의 시문「송차공자지관안인감세送次公子之官安仁監稅」를 통해 핍박받는 백성들의 대변자로서 비선실세들의 농단 소행에 다음과 같이 소리쳤다.

'세금을 거두는 관문을 어찌해야 그치게 할 수 있겠는가! 농단은 무엇 때문에 하려 하는가?'

關征豈得已 壟斷欲何爲.

이 같은 양만리의 고함은 중국 송나라 백성들이 죽음보다 농단을 더 두려워하였음에 징세 농단의 적폐를 바로잡고자 비가悲歌, 즉 엘레지를 지어 백성들의 고통을 호소하였으니, 하물며 일국의 탁월한 나라님이 되기 위해서는 비선실세 즉 정상배와 모리배를 근절하는 것은 물론 다시는 착근할 수 없도록 발본해야 할 것이다.

국정 농단과 관련해서는 농단의 주모자와 관련자는 켯속을 따져서 일벌백계로 다스려야 할 것이거니와, 참다운 위국위민爲國爲民의 인물을 등용해서 군민君民이 더불어 즐거워하는 여민동락與民同樂의 세상을 만들어 가야 할 것이되, 그 여민동락의 첩경은 바로 나라님이 그토록 열망하던 새로운 트렌드 국민과의 진실된 소통이었으나 소통이 불통이 되었으니 이 또한 병신년 화기의 망동으로 돌려야 함인가.

근자의 난국은 그렇다 하더라도 숨을 거둘 정도로 중병을 앓고 있는 조선의 조정은 어떠하였는가.

임금이 치욕을 당하면 신하는 죽음을 각오해야 한다는 군욕신사君辱臣死의 신하들은 국면의 책임을 통감하기보다는 충역을 오고 가는 저마다의 이끗만 생각하고 고성만 내질렀으니, 내란의 급류를 회류시키지 못한 종묘사직은 불협화음의 이중주에 급기야 오백 년 방둑이 터져 버렸으니 오늘날 인사가 만사라는 말이 절실하게 와닿음이다.

1906년 입춘 오늘.

삼 년 전 그때 그 대신들의 생생한 증언을 상고한다면 면우의 가슴은 시렸고 시리다 못해 아렸으리.

그 슬픔과 그 한을 함께 나눌 수 있었다면 행인을 붙잡고 울체된 설움을 터뜨려 보고 하늘을 우러러 하소연이라도 하고, 구릉에 올라 선영에 고유제라도 올리고, 박수에게 무꾸리라도 하고, 열강 오대양에 코리아의 두레박을 던져서 세계 속에 대한으로 길이 남고자 하였을 것이란 후회와 아쉬움, 비애와 갈등 그리고 긍정과 부정을 오고 가는 정체성의 혼란은 자조 섞인 독백으로 이어졌으리.

더욱이 판소리에서 추임새를 넣듯 단전의 붉은 기운을 모아 발끈 비애를 토해 내기도 했을 것이며 아니리를 하듯 그때를 상기하며 다시 이렇게 중얼거렸으리.

오호라……!

저~어 노상의 가엾은 우리 백성. 유체를 지키지 못한 죄인이 되어 한 손으론 헝클어진 머리를 쓰다듬고 한 손으론 땅을 치며, '신체발부수지부모 불감훼상身體髮膚受之父母 不敢毁傷'이라 목 놓아 울부짖는 대한의 아들!

그 아들은 너희처럼 모질고 영악스럽고 약삭빠르지 못해 일찍이 너희 역당들을 늘 상전이라 불렀고 너희들의 수족이 되어서 너희들의 절제 없는 욕망을 채워주고 배불리 먹이기까지 했을 뿐 아니라, 지금 너희들이 기름진 배를 두드리고 번질거리는 옷을 입을 수 있었음은 선정에 대한 보은은 아니며 애민에 대한 사례도 아니며 상전이란 직함 때문이었으니, 그 직함을 하사했던 분은 왜치와 야합해서 연금시킨 너희들의 황제이고 황제는 더 넓은 농장과 더 높은 은전을 너희들에게 베풀었으며, 너희 역당들은 약속이나 한 듯 주군을 보위해서 백성의 안녕을 도모하겠노라며 함령전咸寧殿 대청마루가 꺼질 정도로 이마를 조아렸고, 성은이 하해와 같다는 구호는 식상할 정도로 들먹거렸으며 더욱이 심장을 잘라 내보이겠다는 그 충절은 하루아침에 변절되고 이젠 인면수심의 본능적 발작으로 왜치와 합당해서 종묘사직과 이천만 대한의 백성을 죄다 버렸으니…….

아~아!

그때의 장송곡은 이젠 진혼곡으로 바뀌었으니, 이 땅의 이천만 백성들의 곡성은 백겁이 지나도 멈추지 않을 것이며 영령은 위령할 수 있다지만 고동치는 생령들의 가슴은 어이 위로할 것인가……!

이젠 주위 사람의 질시가 온 백성의 원성으로 확산되어 글줄이나 읽었다는 나를 섞은 선비라 할 것이고, 특단의 방책을 진언하지 못한 황제는 나를 무능하다고 할 것이며, 황제의 실망은 이젠 절망으로 변화였을 것이란 참담한 심정에서 자조 띤 하소연과 후회를 해 보았지만 언제나 중얼대며 살 수는 없었다.

더 이상 역사의 방관자로 남을 수 없었던 면우는 긴 잠에서 깨어나듯 마음을 추슬러서 오늘 입춘 날. 입춘첩을 대신해서 열성조의 혼령을 위로하고 연금당한 주군의 복벽을 기원하며, 수옥에서 신음하고 있을 대계에 대한 우애의 정으로 오언 율시의「입춘 감회」시문을 짓게 되었던 것이다.

「입춘 감회」시는 면우의 시 세계와는 다르게 새로운 버전으로 나아갔음이니.

마치 "나라는 망해도 강산은 그대로인데"라며 망국을 슬퍼했던 중국 당나라 시대 이백과 더불어 중국 최고의 시인 두보의「춘망**春亡**」처럼, 침울함에 무거움이 덧칠된 양상으로 변주되었다.

나라는 망해도 아직 나는 있고

봄이 돌아와도 병은 수그러들지 않네.

외로운 충성 제왕이 고립되고

동지 옥에 갇혔네.

……

하늘의 마음 내 묻고자 하노니

긴 밤 어찌 길고 길기만 한가!

國破身猶在 春回病未寬

孤忠懸北極 同志滯南冠

……

天心吾欲問　長夜奈漫漫

─「年譜(立春感懷)」─

꽁꽁 언 땅도 사그라지게 한다는 입춘 한나절에 면우는 시문에서 응체된 속마음을 터뜨렸다.

설분신원할 수 없었던 자신은 결코 일신만 가꾸는 독선기선의 은군자는 되지 않을 것이며, 간신배처럼 질편한 교언의 입담은 없지만, 정正과 사邪를 분별하는 두 눈과, 정과 사를 듣는 두 귀와, 악을 징벌하고 선을 부르짖는 입과, 온몸으로 느끼는 가슴으로 암울한 세상과 부딪치겠다는 각오였으니, 벼랑 끝에 선 이 땅의 마지막 선비의 지절. 액티브한 네오 콘푸치우스neo-confucius, 즉 행동하는 성리학자로서 나라의 근심이 나의 근심이고, 백성의 고뇌가 나의 고뇌이며, 지우의 신음이 나의 고통이라 여겼던 지성인의 아름다움을 발산코자 하였던 것이다.

이처럼 대계를 생각하는 면우는 불면의 밤을 지새워야 했다.

불면의 책임을 누구에게 물어야 함인가!

온몸은 후줄근하게 베인 솜처럼 묵직했고 조효면 어김없이 절규하는 계명들과, 언짢다는 듯 맞받아 쿵쿵거리는 삽살개들의 울부짖는 소리는 이른 새벽을 산산이 부숴 버렸고 어둠을 갉아먹는 까물까물한 촛불은 촛농만 빚어냈고……

광명을 잃은 정신은 뇌쇄가 되었고 식어 버린 심지를 바라보는 면우의 눈에는 대계와 명덕심체明德心體를 논했던 일과, 선산 채미정이며 성주 선석사를 탐방했던 일과, 한주 선생 문집 간행과 『사례집요四禮輯要』를 교감했던 일과, 거창 갈계리 갈천서당에서 향음주례를 거행하고 수승대를 노닐며 회포를 나누었던 일과, 대역무도한 왜치의 만행을 성토하고자 열국공관에 포고했던 일과, 국가의 부름을 받고 출사하는 자신에게 환송의 메시지, 전별시를 건네주던 다정다감한 대계의 환영이 어른거렸다.

돌아보건대.

그때 대계는 고종 황제의 특명을 받고 입궐하는 자신과의 전별을 나누기 위해 한달음에 달려왔고, 잇따른 벗들의 내방과 주문팔현의 중앙수비수격인 물천勿川 김진호(金鎭祜, 1845~1908) 역시 염려와 기쁨이 교차되는 탁언의 메시지를 소지해 왔다.

"……행장을 준비하여 상경하신다고 하니 장차 여러 날 대군자께서 의리를 헤아리시니 참으로 많은 사람들에게 받는 신망이 바로 이와 같습니다…….

그러나 지금의 시국으로 보건대 공의 이번 행차는 고인들이 살아서 갔다가 죽어서 돌아온다는 계책이라 할 수 있습니다…….

평생토록 의리로써 온축한 바를 반드시 금일에 크게 떨쳐 천운을 되돌리고 종사를 보전하면 천하 후세에 말이 있을 것입니다……. 이때 모든 시책은 흉적들이 주관하고 집행하는 명령을 받아야 하니 모욕을 받지 않도록 방어하는 계책은 안으로 신속한 황제의 정사를 결재하는 권력과 밖으로 유연하게 재량하여 결정하지 않으면 세심하고 간절하게 보좌하더라도 흉악한 기세를 제압하기 어려울 것입니다."

……行李登道 將有日大君子 斟酌義理 甚得輿望正如是也 …… 然以時局觀之令公 此行可謂古人 生行死歸之計…… 平生義理所蘊抱 必將大伸於今日斡轉天運 而保安宗社 有辭於天下後世矣…… 私念此際 凡百施爲受制於凶賊之掌握 禦侮之策 非內懷揮霍之乾斷 外施優柔之予奪則 難乎贊密機而制凶鋒矣…… 金鎭祜. -『勿川先生文集』卷五「與郭鳴遠」

탁언의 메시지를 소지해 왔던 물천 김진호.

그는 위망의 시대 눈 속의 매화 설중매처럼 용기와 고결함을 머금었다기보다는 은미의 복욱한 난처럼 유학의 청초함을 흠뻑 흘렸고 흠뻑 적셨던 경상남도 단성현 법물리의 거유였다.

일찍이 17세 때 경남 함안 출신으로 정재定齋 유치명柳致明의 제자이며, 성재性齋 허전許傳을 통해 기호남인계의 성리설을 받아들였던 만성晩醒 박치복(朴致馥, 1824~1894) 거유에게 배움을 물었고, 34세 되던 1878년 가을에 면우와 사촌沙村 박규호朴圭浩의 권유로 한주 이진상과의 만남이 이루어졌으며 집지執贄한 날로부터 주문팔현의 멤버가 되었던 물천.

주문팔현의 멤버였던 물천은 메시지에서 벗 면우에게 비환의 힘찬 붓놀림으로 그동안 쌓았던 학문으로 사경을 헤매는 이 나라를 위해 적의한 진단과 처방으로 경국의 대업, 공렬을 세우고 개선해 줄 것을 약속했던 것이다.

대개의 전별시 또한 화포에서 내쏘는 탄알 같은 필봉으로 종사를 보호하고 국풍을 바로 세우고 만민을 보호해 주기를 바라는 비장한 각오가 서렸다.

오랑캐의 풍우가 육대주 하늘 가득 들리니
위태로운 우리나라 화염 속에 구할 수 있으랴!
벗의 손안에 용천검 있으니
도도한 세리의 근원 끊을 수 있겠지.

夷禽風雨六洲天 一髮鯤山救火然

故人手裏龍泉劍 能斷滔滔一利源

−「郭鳴遠以秘丞蒙 敦諭馳錢于茶田臨行口呼呈」二首−

그랬으리라.

대계와 물천은 이번 면우의 상경은 제갈공명의 출사표라 여겼으니, 제갈량이 주군 유비에게 융중 대책을 일러 줌으로써 강성한 조조 대군을 적벽에서 호풍환우의 초인적 계책으로 크게 무찌르듯, 벗의 손에 움켜쥔 용천검으로 국모를 시해하고 국풍을 어지럽게 한 저 왜치와 역당과의 최후의 결전을 벌여서 토붕와해된 국권과 만민의 굴욕과 열성조의 치욕을 씻어 주기를 바랐던 것이다.

면우 또한 벗들의 후의와 한결같은 대망의 화답으로 나라와 백성 그리고 벗을 저버리는 간명범의 한 역당은 되지 않을 것이란 충의지심을 황제와의 시국 독대와, 시국과 관련한 여러 시문 및 서한으로 발현했던 것이다.

그러나 형제자매가 죽은 슬픔, 즉 할반지통에 비견될 수 있는 대계의 투옥으로 인해 의식의 전환점을 맞게 된 면우는 그동안 치밀어 오른 감정을 억누르고 살아왔으나 더 이상 침묵으로 일관할 순 없었다.

그런 의미에서 일찍이 공자는 의義에 대해 다음과 같이 밝혀 말하였다.

'의를 보고 행하지 않는 것은 용맹이 없는 것이라 하였으니.'

見義不爲 無勇也. -『論語』「爲政」

알면서 행하지 않는 것은 비겁한 침묵이라 간주하였던 면우는 울분의 한을 붓끝으로 전시하였음이 「입춘 감회」 시문이었다.

시문에서 고백하였듯, 면우는 인간의 힘으로는 어쩔 수 없는 극한 상황에서 초월적 주재자로서의 인격신인 하늘에 묻고자 했고 그 하늘에 매달리고자 했으며, 이 높고 넓은 하늘은 마치 마귀를 비추는 조마경처럼 온 세상 구석구석을 조감해서 공정한 판결을 내려 줄 뿐 아니라 한 민의 의무이자 당위라는 기각 결정을 내려 줄 것이라 의심치 않았다.

그러나 하늘을 외면한 저 일제의 방자한 처사는 어떠하였음인가……!

위급존망지추에 처하여 내 나라와 내 군주와 내 백성을 지켜 주려 함은 지식인의 도리이자 당위며 당위에서 성토하였을 뿐인데, 그 이유 하나만으로 멍에를 씌우는 저 일제의 방약무인한 처사는 도무지 이해할 수 없을뿐더러, 영문도 모르는 채 밤새 뒤척거리며 잠 못 이룰 대계를 생각하면 더디고 더딘 긴긴밤이 면우에겐 무섭기만 했고 무서우리만큼 긴긴밤은 일제에 의한 극한 정신적 수난에 다름 아니었다.

대계가 구금되는 그해가 1905년 을사세, 십이월 이십구일 매서운 겨울이었고, 석방되던 해가 1908년 무신세, 무더운 여름이었다. 역사편찬 위원회 편『심산유고 心山遺稿』와 여러 문헌에 의하면, 석방된 대계는 잃어버린 조국을 재건하겠다는 결의 하나만으로 무작정 부산항에서 블라디보스토크행에 몸을 실었으나 정보 불찰로 인한 굶주림과 살을 에는 추위 그 모든 고통을 감수해야 했지만 모진 고난 속에서도 매일 새벽이면 어김없이 일어나 북극을 향해 절을 올리며 '우리 백성 살리고, 우리 교(儒敎) 높게 하고, 우리나라 크게 해 달라'는 세 가지 큰 소원을 사뢰었던 만민의 애국지사이자 유학의 부흥에 타울거렸던 동양 삼국의 마지막 클래시시즘의 포의지사였다.

오직 나라와 백성과 유학밖에 몰랐던 절대주의자 대계는 망국의 포한과 유학의 부활을 꿈꾸며 이역만리 망명지 블라디보스토크에서 보재 이상설과 의암 유인석을 만나 새로운 독립 기지를 모색하게 되었으니, 그곳은 다름 아닌 중국 길림성 봉밀산이었다.

봉밀산에서 봉천으로 이주한 대계는 덕흥보에서 원야를 개척해서 한인촌을 조성하는 한편 철 지난 유학에 꽃을 피우기 위해 공자교 설립을 추진하게 되었으니, 공자교에 관한 제 문제를 강유위와 서신으로 서로의 의견을 교환했을 뿐 아니라, 강유위가 망명 생활에서 저술하였던 『대동大同』서에는 유자들이 제시한 일종의 이상 사회로 인종·종교·국가·계급·성별 등이 철폐된 평등한 공동체 사회를 열망하였음을 파악할 수 있었던 대계는, 유럽의 르네상스처럼 유교 문화를 전 세계에 선양해서 전 세계를 통일 국가로 만들고 요순의 선양禪讓을 본받아야 한다는 대동 정치를 펼쳐 나가고자 했다.

한층 결의가 솟구쳤던 대계는 '대동'의 내용을 담고 있는 『예운집주』와 공자의 전기를 고증한 『공자세기』를 비롯해서 「동삼성한인공교회취지서」와, 공교회 교과 등 여러 책을 저술해서 공자의 사상을 고취시키고자 했던 것이다.

게다가 중화민국 초대 대총통을 지냈던 원세개에게 서신으로 유교 진흥을 피력했을 뿐 아니라, 서양의 과학 기술과 물질 문명에 관심을 보였던 강유위의 제자 양계초와 신해혁명을 통해 공화정을 세운 손문을 비판하면서 유학의 종교화를 이룩하고자 하였다.

양계초(梁啓超, 1873~1929).
청나라 말기 중화민국 초기, 격동의 시기에 중국의 전통과 우수한 서양 문명을 주체적으로 수용하려 했던 양계초.

양계초 그를 프랑스 혁명의 사상의 지주가 되었던 『사회계약론』의 저자, 장 자크 루소를 닮았다고 해서 그를 동양의 루소라 일컬어 왔음인데, 인터넷 백과사전 나무위키에 의하면 양계초는 강유위의 제자로 이십오 세의 나이에 변법자강운동을 주도하였을 뿐 아니라, 정치가로서 파리강화회의에 중국 대표단의 고문으로 참석하는 기회를 가지기도 했다.

게다가 사상가로서 본래 인간과 사회가 경쟁을 통해 진화하고 문명과 문명이 교류와 충돌을 통해 낙관적으로 발전한다는 사회진화론을 주창하기도 했다.

한편 양계초는 일차 세계대전 직후 파괴된 유럽 국가들의 모습을 보게 되면서 일변 불교의 자비, 유교의 균무빈**均無貧** 화무과**和無寡**, 즉 '고르면 가난함이 없고, 화하면 적음이 없고, 편안하면 기울어짐이 없다(**蓋均無貧 和 無寡 安 無傾**. - 『**論語**』「**季氏**」).'라고 했던 공자의 논설과, 도교의 자족**自足** 같은 동양 사상만이 인류를 구원할 것이라 역설하기도 했다.

더불어 '책임을 자각하는 것이 인간의 시작이요, 책임을 다하는 것이 인간의 끝이다'라는 명언을 남기기도 했으며, 사론과 곁들여서 우리에게 낯선 『음빙실문집』및 조선이 처한 현실을 적시한 『조선망국사략』과, 월남의 장래에 대하여 반패주(**潘佩珠**, Phan Boi Chau, 1867~1940)와 대화한 내용을 기록한 『월남망국사』 등을 남겼다.

이처럼 양계초의 『음빙실문집』과, 손문의 삼민주의는 사회 과학 분야에서 각광을 받아 왔던 보서**寶書**이자 혁신의 슬로건으로, 특히 의사 출신이었던 손문은 민족의 자주독립을 획득하는 민족과, 모든 국민의 인권과, 자유를 누리는 민권과, 국민들에게 후생을 강조했던 민생이란 '삼민주의'를 슬로건으로 내세우면서 중국 혁명의 주역으로 청조를 타파하고 신해혁명을 성공적으로 이끈 중화민국의 국부였다는 명백한 사실은 주지하는 바이지만, 양계초의 『음빙실문집』은 일반 독서인들에게 애독되지 못한 듯했다.

인문사회학 분야의 저명한 학자 안병욱 교수의 말에 의하면, 『음빙실문집』은 한때 우리나라 개화기의 지식층이나 많은 인사들에게 영향을 끼친 유명한 도서로 도산 안창호가 애독하였을 뿐 아니라, 개화파 인사들은 『음빙실문집』의 파급 효과로 국권 회복을 목적으로 한 신민회를 발족시키는 계기를 마련할 수 있었다고 하였으니, 이들 신민회의 목표는 군주제를 폐지하고 공화제를 수립하려는 정치 운동으로, 군주제 즉 왕정을 폐하고 국민의 권리를 갖자는 공화정을 대계는 비판했던 것이다.

더욱이 구물로 치부해 왔던 왕정복고를 위해 중국 혁명당을 향해 거침없이 쓴소리를 하였으니 대계의 쓴소리는 다름 아니었다.

1912년 당시 중국 혁명당은 청조를 괴멸하고 원세개를 대총통으로 세워서 국호를 중화민국으로 한 공화정을 제정하였음에 발분하였으니 대계가 중국 혁명당에게 발분 제의하였음은 윤리 의식의 부재로 사람과 사람 사이에 지켜야 할 윤강倫綱과 강기綱紀를 밝혀야 한다는 것을 주창하였던 것이다.

한편 대계는 총통 원세개 앞으로 면우와 회당 장석영(1851~1929)과 더불어 연명투서를 꾀하고자 면우에게 저간의 사정을 소상히 밝혔으니 면우는 수신에 즈음하여 다음과 같이 답신하였다.

혁당주의는 치발과 좌임左袵으로 열강에 빌붙어 아첨만 일삼을 뿐. 태반이 기독교 교도들이 펼쳤다고 야유했을 뿐 아니라, 망국의 일개 선비의 연명투서를 원세개가 일람이나 할지 의문스럽기도 하거니와, 혹여 투서를 개봉한다고 하더라도 불언불어 소각될 것이란 씁쓸한 감정을 덧붙여 전했다.

발분의 연명투서 계획은 면우의 불참으로 유회되었지만 대계의 연명투서 발상은 마음속 모국과 다름없는 중국 정부에 대한 참된 마음으로, 공자께서 말씀하신 충신이 임금에게 간하는 다섯 가지 방법 오의五義에 있었다.

오의 중 첫 번째는 완곡한 말로 간하는 휼간, 두 번째는 꾸밈없이 노골적으로 간하는 당간, 세 번째는 안색을 부드럽게 하는 강간, 네 번째는 임금이나 윗사람에게 곧은 말로 간하는 직간, 마지막으로 넌지시 간하는 풍간을 『공자가어』에서 전하고 있다.

君子曰 忠臣之諫君 有五義焉 一曰 譎諫 二曰 戇諫 三曰 降諫 四曰 直諫 五曰 諷諫. －『孔子家語』卷第三,「辯政第十四」

『공자가어』에서 거론하였던 것처럼, 총통 원세개에게 유교 국가의 명맥을 유지하려고 했던 대계의 투서 발상은 투혼의 직간과 비견될 수 있을 터인데, 직간은 총통 원세개와 한 테이블에서 프리 토킹에 응대할 정도로 다급하였음에 대계는 공화정을 수립하고자 혁명을 시도하는 양계초와 손문의 정치 노선에 찬동할 수 없을뿐더러, 한국 역사상 최초로 왕을 폐위하자는 혁명적 이념 서클 신민회 또한 이해할 수 없었다.

이처럼 대계의 관념은 무너진 왕조가 다시 일어나고, 물러난 임금이 다시 왕위에 오르는 복벽復辟과 임금과 왕실을 위해 충성을 다하는 근왕勤王에 있었으니, 근왕은 유자들에게 있어 다른 무엇보다 최고의 가치라 여겨 왔음에 저들이 주장하는 공화정을 더더욱 용납할 수 없었다.

조선 왕조를 공화정에 강탈당할 수 없다는 복벽주의자 대계 이승희.
성리학의 거장 이진상의 외아들로 태어나 유학의 가정에서 유학밖에 몰랐던 그는 유학만이 진리라고 믿었던 골수 이념적 확신자로 유교에 대한 정열 하나만으로 이역만리 망명지 중국에서 공자교 운동을 전개했으며, 망명지에서 대한의 완전한 자주독립을 위해 고군분투했으나 끝내 독립의 그 날을 보지 못하고 1916년 봉천奉天 소북관小北關에서 향년 칠십 세를 일기로 생을 마감했다.

그러나 한 많은 삶을 마감하였으나 대계는 자신의 학설과 삶의 이정표라 할 수 있는 유고遺稿와 이상 사회를 건설하겠다는 열망이 여러 질帙의 도서로 전하고 있다.

정신적 자산으로『한계유고』와,『내측장구』와,『일측명』과,『가범』과,『공교교과론』과,『공교진행론』과,『공자세기』등을 세상에 남겼을 뿐 아니라, 무엇보다 나라를 사랑하고 백성을 가엾이 여기는 마음 애국애정愛國哀情의 투철한 국가관은 천추에 길이 남을 것이다.

거룩한 본능

1919년 기미세. 일흔넷 노유가 바라보는 산천은 예전의 삼월 같지만은 않았으니 푸른 하늘은 시퍼렇게 멍이 들었고 봄이면 지저귀는 종달새는 침묵에 들어갔는지 아무런 말이 없었다. 게다가 사계를 쉼 없이 콸콸 흐르는 내 또한 수기를 잃었는지 더 이상 요란스럽지 않았다.

분명 대자연이 함구한 괴이한 변고였다.

마치 중국 당나라 때의 시성詩聖 두보杜甫712~770가 '나라는 망했어도 산하는 그대로인데 성안은 봄이 되어 초목이 무성하네. 시절을 슬퍼해서 꽃도 눈물을 흘리고, 한 맺힌 이별에 새도 마음을 놀라게 하네.'라고 영송했던 「춘망春望」처럼 을씨년스러운 분위기였으니 노유 또한 모를 리 없었다.

공감했다.

산천도 울고 이 땅도 울고 말 못 하는 종달새도 울고 이 나라 백성도 울고 망국의 죄인 자신도 곡하는 사실을.

그러함에 이 회한과 이 슬픔을 억누를 수 없어 망국의 죄인이 되기를 자처했고 죄인 된 자신의 유상을 남기기 싫어했을 뿐 아니라 지난 자신의 흔적을 절멸하고 싶었다.

다름 아닌 그 유상은 한갓 기氣로…….

기에 지나지 않은 죽음의 잔물보다는 영원불멸의 생성 능력을 지녔고 영원히 고갈되지 않는 리理를 남기고자 하였으니, 그 리는 바로 멘탈 즉 정신으로 정신세계만은 영멸하지 않을 것이란 생각에 면우는 1917년 정사 세 성지聖之 권종원權鍾遠에게 마치 계로가 공자에게 죽음을 묻듯 권 성지에게 다음과 같이 답하였다.

'사람이 태어나면 반드시 죽음이 있고 죽음은 정명을 얻는 것이 귀함이니 어찌 반드시 배부르고 따뜻한 죽음을 정명이라 할 것이며 춥고 굶주린 죽음을 정명이라 하지 않겠는가.'

人生必有死 死貴得正 豈必以飽煖死爲正 而寒餓死爲不正哉. -『俛宇集』卷百三,「答權聖之」

노유 면우는 권 성지에게 죽음에 관해 담론함으로써 춥고 굶주린 죽음 또한 정명이라 하였으니 이는 곧 대계를 염두에 두고 한 필설이었으리.

기실 이역만리 봉천에서 싸늘한 죽음으로 운구되어온 벗 대계의 영구 앞에 노우老友 면우는 더한 슬픔에 대계의 죽음을 망국이 빚어낸 한 지사의 죽음이라 곡해도 했으리.

그러나 대계의 죽음 또한 망국의 유민으로 유자로서 대한의 독립을 위해 지절을 불태웠던 마지막 선비이자 퇴색된 유학의 부흥을 위해 타울거렸던 클래시시즘으로 응연 국가와 유림을 위해 도리를 다했으니 정명이라 여겼으리.

바로 맹자께서 '명이 아님이 없으나 그 정명을 순히 받아야 한다고 하였고…… 그 도를 다하고 죽는 자는 정명'이라 하였으니 대계의 죽음은 정명正命, 즉 천도天道에 순응하여 천수를 다했던 것이다.

孟子曰 莫非命也 順受其正······ 盡其道而死者 正命也. -『孟子』「盡心章句上」

면우는 대계의 죽음 앞에 맹자의 '정명'에 다소 위안을 얻을 수 있었을 터인데, 그러나 잇댄 맹자의 설파에는 '정명을 아는 자는 위험한 담장 아래 서지 않는다.'라고 하였으니.

是故 知命者 不立乎巖墻之下. -『上揭書』

그렇다면 노부 난 그동안 지존을 속이고 만민을 속이는 위선의 충으로 부유에 지나지 않았고 일신만 사리는 적신에 비견될 수 있었던가.

그뿐만 아니라 주문팔현의 동학 자동 이정모와, 후산 허유와, 물천 김진호와, 대계 이승희와, 홍와 이두훈과 교우 윤주하의 각위에 실컷 곡해야 했던 그날의 참상에 무어라 말했으며, 1918년 무오세 음력 십이월 이십오일 소울메이트에 비견될 수 있는 태상왕 고종의 승하에 무어라 자백했는가.

이런저런 회환과 자책은 살아남은 자의 슬픔이었으니.

(슬픔을 승화시킬 수 있었음은 바로 한漢의 유향劉向이 편집하고, 고유高誘가 주注를 붙였던『전국책戰國策』에 나오는 동문오東門吳였음이니 동문오는 가까운 사람의 죽음에도 슬픔을 내색 하지 않고 잘 대처하는 것을 이르는 말인데 중국 춘추시대 양梁나라의 동문오가 아들이 죽어도 슬퍼하지 아니하므로 그 이유를 묻자 아들이 없었을 때도 슬퍼하지 않았으니 지금 다시 아들이 없어졌다고 슬퍼할 수 없다고 대답한 말에서 유래 되었던 것이다.

이러하듯 동문오의 일언처럼 면우는 동문생. 주문육인이 유명을 달리 했다고 해서 마냥 슬퍼해서는 아니 될 것이란 이 같은 한 생각에) 남은 유일한 동문 회당 장석영과 함께 망우들이 못다 이룬 유학의 부흥과, 태상왕이 그토록 바라던 독립을 저버리지 않아야 했으니 일흔넷 노유 면우에게 힘겨운 숙제였다.

그러나 그들과의 약속을 쉽게 포기할 수는 없었던 면우는 비록 육신은 고달팠으나 정신만은 불잉걸처럼 붉게 달아올랐다.

자신 또한 거룩한 본능의 천명을 따르겠다는 의미에서 권 성지에게 운위할 수 있었던 것이었다,

……吾當聽命於天仁義忠信　吾之固有也　　以外至而喪固有　天下之至愚者也……. -『俛宇集』卷百三,「答權聖之」

오호라.

주군 없는 망국에 더 이상 상소가 필요 없었으니 이젠 구국의 대열에서 중국 촉나라 오호대장 황충이 전장에서 노익장을 과시하듯 면우 또한 구국을 위해 운명을 감수하고자 하였으니, 결심이 섰던 그날이 마침 약소국가를 해방시키기 위한 모임, 강화회의가 프랑스 파리에서 개최된다는 것을 얼핏 들었던 면우는 수많은 상념이 뇌리를 엄습했으리.

선문을 들은 그날 인류의 지성 공자가 설파했던 '종심소욕 불유구從心所欲 不踰矩' 즉 공자는 일흔에 마음에 하고자 하는 바를 좇아도 법도에 넘지 않았던 그 구절이 떠올랐을 터

그렇다면 공자에 빗댄 고백에서 죽음보다 더 가혹했던 맥수지탄의 현

장에서 과연 난 무엇을 했고, 애국애정의 투철한 국가관을 지녔던 대계의 서늘한 영위에 무어라 곡했으며, 인산因山일에 망곡례를 올림으로써 무어라 다짐하였는가.

또한 지성 공자는 말하지 않았던가.

쉰이 되니 천명을 알 수 있었고 예순이 되니 귀로 들으면 그대로 이해되었다고 하였으니, 난 칠십 평생『논어』를 읽고 후학들을 가르치며 후학들에게 공자와 같은 성인이 될 것을 주문하였으나, 정작 나의 학문이 구이지학에 머물렀다는 것을 이제야 해오解悟할 수 있었고, 더하여『논어』·「자장子張」에서 자장子張이 말하지 않았음인가. '선비가 위태로움을 보면 목숨을 바쳐야 함을(子張曰 士見危致命)' 피력하였건만 난 나약한 부유에 지나지 않았고 현학衒學에 지나지 않았다는 자괴감에 따른 후회와 반성. 그리고 원망과 죄책이 뒤섞인 상념이 꼬리에 꼬리를 물었으리.

더욱이 1906년 병오 의병에 참가하라는 면암의 제의에 쌀쌀맞은 어투로 다음과 같이 말하지 않았던가.

'다만 오늘 저는 반드시 죽음으로써 정법으로 삼는 것도 아니며, 또한 죽지 않음으로써 편리한 계책을 삼는 것도 아니다.'라고 한 애매모호한 태도는 분명 비겁한 발상에 더 한 번의 자괴감과 죄책감을 느껴야 했으니 그날 그 많은 상념은 자신에 대한 반성에 다름 아니었으리.

때마침 지난 죄책감을 만회할 절호의 기회가 찾아왔으니 다름 아닌 심산 김창숙이 프랑스 파리에 강화회의에 참석한다는 것을 조카 윤과 김황으로부터 1919년 2월 19일에 직접 듣게 되었던 것이다.

이 무렵 김법린金法麟 저,『한용운전집』「삼일운동과 만해(抄)」에 의하면, 만해는 거족적 민족 운동을 강행코자 유림의 종장 면우를 만나러 거창으로 내려갔고, 만해는 면우에게 자초지종을 설명했으며, 면우는 만해의 밀담을 충분히 납득하고 흔쾌히 허여하였으나 이미 인쇄가 된 후였다.

사교四敎 중 유교계가 안타깝게도 불참하게 되었으니 불참을 만회하기 위해 심산은 더한층 독립을 강하게 호소하였던 것이다.

이는 바로 최장의 거리에서 속전속결의 쿡을 날리기 위해 열국 제 대위와 담판을 벌이려 했으니, 지절의 심산 김창숙이 누구인가. 대계 이승희의 문하생이자 면우의 문하생이 아니던가.

심산은 해사海史 김정호(金丁鎬, 1882~1919)와, 소소거사笑笑居士 손병희(孫秉熙, 1861~1922)와 함께 그토록 대망했던 대한의 독립을 그리며 열국의 제 대위 앞으로 대한의 한 많은 사연을 고하고자 하였으니, 서신이 필요했던 삼 인은 한참을 망설이다가 만구일담으로 노유 면우를 채택하게 되었던 것이다.

이처럼 열국의 제 대위는 면우 선생의 글을 읽다 보면 분명 가슴이 뭉클해질 것이라 의심치 않았던 이들은 거창 면우의 향제를 방문하게 되었다.

김창숙의 저, 『국역 심산유고』에서는 다음과 같이 전하고 있다.

이때 면우는 운신하기엔 불편한 듯하였으나 면우 옹은 이들 삼 인을 보자 자리에서 일어나 심산의 손을 잡고 다음과 같이 일러 말했다.

"군이 어찌 이제야 오는가.

지난번 윤과 황이 서울서 내려와 그간의 사정을 사뢸 새 거사의 전말을 들을 수 있었네."

심산은 옷깃을 여미고서 아뢰었다.

"소생 또한 독립의 당위성을 열국의 제 대위에게 알리고자 여러 날을 고심하여 사옵나이다.

여러 동지들과 고심 끝에 만구일담으로 고명하신 선생님이 유림 대표로 채택되었사오니 선생님의 조언을 듣고자와 한달음에 달려왔사옵니다."

면우는 제군들을 바라보며 다음과 같은 가슴 벅찬 말을 남겼다.

"당연히 잃어버린 나라를 되찾아야지……!

노부는 망국의 대부로서 늘 죽을 자리를 얻지 못한 것을 한스럽게 여겨 왔네.

이제 전국 유림을 이끌고 천하만국에 대의로써 소리치게 되었으니.

나도 이젠 죽을 자리를 얻게 되었으니 말일세……!"

흐뭇해하시던 선생님의 모습을 훔쳐볼 수 있었던 심산은 다시 사뢰었다.

"소생, 선생님께 파리에 보낼 문자를 청하고자 하옵니다."

면우는 말했다.

"아무렴……!"

"그럴 테지……!"

"허나 병으로 생각이 흐릿해서 붓을 들지 못해 장 회당에게 지어 보내도록 부탁했으니 회당에게 가서 받으면 될 것이네."

심산은 면우의 말을 받자와 성주 암포로 가서 회당선생을 배알했다.

『국역 심산유고』에 의하면 이날 회당은 잔뜩 화가 나 있었다.

회당은 일갈로 심산에게 물어 말하였다.

"그대가 지난날 경성에서 내려올 때 내 집을 지나가면서 들어오지 않음은 무엇 때문인가!

게다가 그대가 천하 일을 도모하면서 노부에게 알리지 않음은 필시 노부와는 일을 함께할 수 없다는 것이 아닌가……!"

심산은 자신의 잘못을 사과하고선 다음과 같이 회당에게 사뢰었다.

"면우 선생의 하명을 받자와 달려왔사온데 소생 면목이 없사오나 청컨대 파리에 가져갈 청원서 초고를 일람하고자 하옵니다."

이윽고 회당은 허여했다.

"그리하세."

심산은 초고를 받들어 두어 번 읽고 옷깃을 여민 다음 회당에게 사뢰었다.

"외국을 상대해서 교섭하는 문자는 영·불 등 각국 말로 번역해야 하오니 반드시 사실을 해명하게 함이 주가 되어옵니다."

"엇된 행동인지 모르겠으나 지금 이 큰 글을 보니 문장은 극히 좋으나 사실은 소략한 곳이 많으니 다시 더 수정함이 어떻겠사옵니까."

회당은 다시 발끈했다.

"자네는 이 글이 쓰임에 맞지 않는다고 하는 것인가!"

심산은 물음에 상답했다.

"감히 쓰임에 맞지 않는다는 것이 아니옵고 수정하면 더욱 좋을 듯합니다."

노기가 수그러들었던 회당은 다음과 같이 말했다.

"이미 한 벌을 면우에게 보냈으니 보면 될 터이나

내 뜻에는 실상 수정할 만한 곳이 없으니

자네 스스로 판단함이 옳을 듯하네."

심산이 다시 다전을 찾아가니 면우는 웃으면서 다음과 같이 말하였다.

"지난날 그대가 출발한 후에 회당 글을 보고서 그대가 반드시 다시 올 줄을 알았네." "회당이 지은 글을 보니 문장은 극히 좋으나 사실이 자세하지 않았던 까닭에 부득이 한 벌을 고쳐 놓고 기다리던 참이었네."

"읽어 보게나."

심산은 면우의 글을 서너 차례 읽고서 아뢰었다.

"사실을 기록한 것이 너무 해명하옵니다만.

문장에 있어 췌언이 있는 듯한데 다시 더 산정함이 어떠하신지요."

면우는 말했다.

"자네 말이 맞은 듯하네."

즉석에서 면우는 붓을 가지고 수십 줄을 뭉개면서 다시 심산에게 물어 말하였다.

"이와 같이 하면 거의 큰 잘못은 없겠지!"라고 하시며 질자 윤을 불러 정본을 쓴 다음 정본을 해체시켜 미투리로 만들었으니 이는 일제의 감시를 피하기 위한 계책이었다.

심산의 기억은 이뿐만이 아니었다.

그날 선생의 마음 씀이 주밀하였음을 자신의 저서 『심산유고』에 남길 수 있었으니.

선생은 장서를 마무리하고서 소생에게 다음과 같이 말하였다.

"파리에 갈 대표는 그대 아니면 적당한 사람을 구하기가 실상 어려웠네."

"거기다 사세부득 강요함에 어려움이 많았네,

비록 그대가 행동하기를 결단했더라도 첫길에 구애됨이 또한 많을 듯하여 이미 경남 마진 마을에 거주하는 이현덕李鉉德에게 부탁하여 자네를 도와주라고 하였네."

"그는 일찍이 중국에 왕래한 적이 있기 때문일세."

"여비에 관해서는 유림 전체가 책임짐이 당연하니 그대는 염려하지 않음이 괜찮을 듯하네."

"이번 걸음은 반드시 북경과 상해 등 지방을 경유해서 파리에 가야 할 터인데, 자네는 해외 사정에 서툴 것으로 외국에 있는 이승만李承晩과 이상룡李相龍, 그리고 안창호安昌浩와 같은 여러 사람과 더불어 일에 따라 서로 의논함이 옳을 듯하네."

"혹여 자네가 파리에서 돌아오는 길에 중국에 머물러서 독립 활동을 하고자 한다면 반드시 중국 혁명당 요인과 더불어 서로 제휴해야만 그들의 성원을 얻게 될 것이니, 나와 예전에 서로 알고 있던 운남雲南인 이문치李文治를 만나게. 이분은 중국 국민당 안에서도 문학으로 중망衆望이 있는 자이네."

"하여 자네는 기필코 이 사람과 서로 제휴하여 그의 성원을 구함이 옳을 듯하네."

심산은 면우에게 큰절을 올리고 이튿날 새벽에 출발하였으니. 이때 선생께서 지팡이를 짚고 동구에 나와서 전송하였다는 이 같은 기록이 『국역 심산유고』에서 전하고 있다.

면우는 장서 맨 끝에 비애스러운 긴 여운을 남겼으니 다름 아닌 다음 구절이다.

'해륙의 길이 멀고 관문의 검열이 엄중해서 발을 싸매고도 갈 수 없어 부르짖어도 듣지 못할까 두려우며 조석의 운명이 중도에서 쓰러져 구제할 수 없다면 이 세상 이 회포를 영원히 자폭하여도 소망이 없으리란' 일흔넷 노유의 비애는 심산을 흥분케 했으리.

심산 또한 어깨에 둘러멘 괴나리봇짐에 매단 한 켤레 미투리에 대한의 운명을 떠안았으니 불혹의 장년 심산의 발걸음은 자작거리기보다는 동동거렸으리.

이번 파리 청원 계획은 비단 영남 유림만은 아니었다.

선생의 연보와 『국역 심산유고』에 의하면, 심산이 출발하기 전 기호 유림의 영수 지산 김복한金福漢 선생 이하 십칠 인이 연명하여 파리에 보내는 편지를 호서湖西인 경호敬鎬 임석후林錫厚가 가지고 왔음이니. 이들 유림들은 면우 본과 지산 본을 가져다가 정밀한 검토를 한 다음 공정한 논의에 따라 그중 하나를 채택하고자 하였던 것이다.

두 글을 비교해 보니 동지들 모두가 면우 선생의 글이 극히 해명하다고 하여 면우 본을 파리에 보내기로 만구일담으로 결정함과 동시에 명단은 합쳐서 하나로 하되, 면우를 첫째로 하고 지산을 다음으로 하여 총 백

삼십칠 인이 연서하였음을 『국역 심산유고』에서 전하고 있다.

그랬다.

일백삼십칠 인의 연서는 조선 오백 년의 당쟁이란 잔영을 말끔히 씻어 버린 동서남북의 화합으로 독립운동사에 길이 빛날 일이었다.

이윽고.

박돈서朴敦緖와 함께 심산은 1919년 3월 20일 즈음에 월경하여 중국 봉천에 도착할 수 있었다.

곧이어 심산 일행은 3월 27일 성재省齋 이시영李始榮, 단재丹齋 신채호申采浩, 우천藕泉 조완구趙琬九, 예관睨觀 신규식申奎植 등을 만나 파리에 갈 뜻을 비쳤으나, 이미 임시 기관에서 우사尤史 김규식金奎植을 칠팔 일 전에 급거 특파했다는 것이었다.

이에 석오石吾 이동녕李東寧은 심산에게 가지고 온 장서를 서양 말로 번역하여 파리에 보내는 것이 옳을 듯하다 하여, 심산은 서양 글로 번역하여 상해 우정국을 경유해서 파리평화회의장에 전송했고, 또한 각국 대사 공사 영사관 및 중국의 각 정계 요인에게 전송하였음은 물론 해외 각 항구 각 시 동포가 있는 곳에 산포하였음을 『국역 심산유고』에 전하고 있다.

거기다 『양산인물·양산문화』에 의하면 순한문 파리장서를 영문으로 옮긴 이는 아마도 경남 양산 출신으로 고향 양산에서 만세시위에 적극 가담했던 이십칠 세 청년 윤현진이 아니었을까 필자는 생각해 봄 직하다.

 이처럼 일제가 대한을 겸병한 이유와 대한의 자주독립을 공인할 것을 청원한 이천육백칠십사 자의 순한문으로 쓰인 장서는 다음과 같이 기술하고 있다.

 '한국 유림 대표 곽종석 등은 삼가 파리평화회의에 참여하신 여러 각하들에게 글을 받들어 올리노라.

 하늘과 땅 사이에서 만물이 어울러 양육되나니 태양이 비치고 큰 교화가 행함에 그 도를 알 수 있노라.

 무릇 쟁탈의 틈이 생기고부터 강약의 세력이 나누어졌고 겸병의 권리가 사용되었으며 대소의 형편이 현격하였기에 인명을 헤쳐 그 위세를 부렸고 남의 나라를 훔쳐서 사사로이 소유하였으니. 아하! 천하에 어찌 이런 일이 있으리오.

 이에 하늘이 오늘 어진 군사를 내리니 천지의 마음을 받드는 듯 태양이 비쳐서 큰 교화를 행하는 듯 천하가 통일되어 대동大同으로 돌아가고 만물로 하여금 각각 그 본성을 이루게 하였도다.

 이에 만국이 남을 차별 없이 인애仁愛의 마음으로 대하고 천하가 지향하는 바가 같노라. 그러나 소문을 듣고도 실질적인 은덕을 획득하지 못하고 원한을 품고서 여러 사람의 의견을 공평하게 받아들이는 데 철저하지 못한 사람이 있도다.

 어찌 제 대위의 마음 씀이 이들과 유독 다름이 있겠는가! 오히려 별도의 방법이 있으니 피를 뿌리고 울분에 북받쳐 머리를 쳐들고 울부짖는 것은 비통하고 박절하여 어떻게 할 수 없는 자기 의지에서 나온 것이니 오직 제 대위께서 시찰하시라.

오호라! 우리 한국은 진실로 천하 만방의 하나라 삼천리 영토 이천만 인민이 사천 년을 유지 보전하여 반도 문명 구역을 잃지 않았고 또한 만방이 폐기할 수 없는 것이로다.

불행히도 근년 이래 강한 인접국이 밖에서 압박하여 맹약을 강제로 성립시켰으며 뒤따라 국토를 빼앗고 제위帝位를 파기하여 우리 한국을 세계에서 없애 버렸도다.

일본의 소행을 대체로 열거해 보리라.

병자년에 우리나라 대신과 강화에서 조약을 맺고, 을미년에 청국 대신과 마관馬關에서 조약을 맺을 때 모두 우리 한국의 자주독립을 영원히 준수한다는 안건이었노라, 또한 계묘세1903에 러시아에게 선전포고할 때 열국에 통첩하여 단연코 우리 한국의 독립을 공고히 하겠다고 성명을 했음은 만국이 모두 알고 있는 바이로다. 얼마 지나지 않아 교활함이 계속 쏟아져 나오고 안에서 협박하고 밖에서 기만하여 독립은 보호로 변하였고 보호는 합병으로 변화였도다.

저들은 이것을 한민韓民의 진정한 소원이란 핑계를 삼아 만국의 공의公議를 벗어나려고 하였으니 이런 소행이 바로 저들의 수분手分에는 한국이 없었을 뿐 아니라 실로 저들의 속셈에 만국까지도 없었던 것이라. 만국 여러 공께서는 진정 일본이 한국에서 저지른 소행이 공의에 상傷한다는 것을 모르는가. 만국에 신의를 상실하지 않았다고 보는가?

우리나라 신민은 적수공권으로 스스로 분발해도 될 수 없다는 것을 매우 잘 알고 그리하여 우리 군주 우리나라를 이른 아침부터 저녁까지 읊조리며 탄식했노라. 그러나 하늘이 우리를 보살펴서 대운이 좋게 돌아올 것이라 말했던 우리 한민은 부끄러움을 참고 견디면서 힘든 어려움에 엎어진 지 이에 십 년이 되었도다.

제 대위께서 평화회의를 개최한다는 소식을 듣고부터 우리나라 인민은 모두 기뻐하며 격동되었도다. 진실로 만국을 위한 평화이며 우리 한국 또한 만국의 하나일진대 응당 공평하지 아니하고 화합하지 못하게 하겠는가?

폴란드 등 여러 나라가 모두 독립한다는 선문을 들었으니 평화의 논의는 이미 결정되었도다. 그들은 어떤 나라며 우리는 어떤 나라인가? 인仁을 한결같이 바라보는 것 또한 이와 같은 것이로다.

하늘의 때가 있어 좋은 운이 돌아왔다고 말하면서 또다시 군중이 만세 소리를 불렀도다. 제 대위께서 이로부터 능히 감당할 수 있는 일을 다 하면 우리들은 이로부터 우리 국가를 소유하게 되노라. 우리가 곧 죽어 구렁에 뒹굴어도 백골은 썩지 않으리라. 그러나 눈을 부릅뜬 채 좋은 소식을 기다렸으나 늦어지고 늦어지다가 하늘 또한 돕지 않았는지 하룻밤에 갑자기 우리 임금 승하하자 온 나라 인심이 흉흉해져 슬픔이 천지에 가득하였으나 억울함을 호소할 곳이 없었도다. 이에 국장國葬하던 날 각 종교와 각 사회, 개인 남녀가 독립의 소리를 외치면서 우리 임금님의 영혼을 위로하였도다. 비록 포박과 채찍질과 살육殺戮이 앞에서 뒤섞여 가해졌으나 맨손으로 앞을 다투면서 후회함이 없이 죽음으로 나아갔으니 이는 오랫동안 쌓여 왔던 억울하고 우울했던 속마음을 털어

놓은 것이로다. 이 또한 제 대위께서 그 기회를 열어 주고 용기를 고취시켜 준 것이로다.

그러나 질질 끈 날이 오래되었으나 뚜렷한 구분과 처리를 보지 못했으니 의심하고 놀라면서 우리나라 스스로 의사를 표현할 방법이 없다는 것에 탄식하며 중간의 사무 인이 거짓을 반복하여 제 대위의 시청視聽을 현혹시킨 것이 아닌가 하여 청컨대 다시 이를 변명하려 하노라. 하늘이 만물을 생할 때 반드시 그 만물에 능력을 주었나니 작은 어류魚類와 패류貝類, 곤충에 이르기까지 자유 활동이 있으며, 사람이 스스로 사람 되며 나라가 스스로 나라가 됨은 진실로 사람마다 나라마다 다스리는 능력을 가지고 있도다.

우리 한국이 비록 작지만 삼천 리에 둘려 있는 이천만 인이 사천여 년을 지내 왔음에 우리 한국의 일을 담당할 사람 없지 않거늘. 애초에 어찌 이웃 나라의 대리 정치를 바라리오. 천 리의 풍속이 다르고 백 리의 풍속이 다르거늘 저들은 우리 한국이 독립할 수 없다 하여 저들 나라는 우리 한국의 여러 풍속에 다스림을 덧붙이려 하고 있도다.

풍속은 갑자기 변할 수 없고 이른바 다스린다는 것은 단지 혼란만 일으키는 단계일 뿐 이것을 시행할 수 없음은 명백한 일이라. 그러나 공회公會에서 말하기를 한국인이 일본에 부속되기를 바란 지 오래되었다고 말하니.

대저 한민韓民이 절로 한민이 되었음은 그 영토와 풍토가 이미 정해졌을 뿐 아니라 또한 천성으로부터 얻은 것 또한 이미 정해진 것이로다.

그러므로 차라리 한때의 굴욕을 받고 위협의 권력을 받을지언정 그 마음은 진실로 장차 천만 년이 지나더라도 한국의 백성임을 상실하지 않으리라.

본심이 존재하는데 어찌 속일 수 있으리오? 마음을 끝내 속일 수 없거늘 만국이 함께 폐한 위세와 권력을 이용하여 수많은 사람이 말하는 공의를 한마디라도 누르고자 하고 있으니 이는 일본에 대해서 정당한 계책이 되지 못하니라.

종석 등은 산야에 섞인 몸으로 미처 외부의 사정을 상세히 듣지 못했도다.

오직 구국의 신자로 선군의 유풍에 의지하여 유교의 문에 종사하고 있었던바, 지금 세계 유신의 날 나라의 존재 유무는 이 한 번의 거사에 있으니. 나라 없이 살기보다는 차라리 나라 있어 구석진 곳에서 스스로 말라 죽는 것만 못하니 공정하고 공평한 곳에서 헌신하는 것이 낫도다. 한결같이 억울함을 한 번 자폭自暴함으로써 진퇴를 기다려 볼 뿐이노라.

돌이켜 보건대 해륙의 길이 멀고 관문의 검열이 엄중하므로 발을 싸매고도 갈 수 없으며 부르짖어도 듣지 못할까 두려우며 조석朝夕의 운명이 중도에서 쓰러져 구제할 수 없다면, 이 세상 이 회포를 영원히 자폭하여도 소망이 없으리라. 비록 성스러운 총명을 구비한 제 대위라도 보고 듣지 못한 우리 한국의 억울함에 대하여 어찌 헤아려 주기를 바라리오!

이에 감히 척지尺紙의 글로 일부 동정의 말과 십 년동안 고통받은 사실을 모아 천애天涯의 만 리 밖 제 대위께 순풍에 띄워 보내지만 진실로 비통하고 절박한 심정이라 어떻게 말해야 좋을 바를 모르겠노라.

오직 제 대위께서는 가련하게 여겨 이를 살펴 주시고, 공정한 판단 의론을 넓히시어 태양이 두루 비치도록 하고 큰 교화가 순조로이 행해지도록 한다면, 종석 등은 없어졌던 나라가 있게 될 뿐 아니라, 또한 도덕이 다행히도 일세에 풍미해질 터이니 제 대위께서 할 수 있는 일은 진실로 끝나게 되도다.

만약 그렇게 되지 않는다면 종석 등은 차라리 머리를 나란히 하여 죽음에로 나아갈지언정 맹세코 일본의 노예는 되지 않으리. 이천만 생명만이 천지의 양육에 관계치 않는다면 창달된 화기和氣에 섭섭함이 있을 것이니 오직 제 대위는 도모하시라.

韓國儒林代表 郭鍾錫等 謹奉書于巴里平和會 諸大位閣下 天覆地載 萬物 並育於其間 大明之照 大化之行 其道可知已 自夫爭奪之釁 起而强弱之勢分 兼幷之權用而大小之形懸 以至毒人命而恣其威 竊人國而私其有 嗚呼 天下一何多也 此天之降大仁武於今日 奉若天地之心 照大明而行大化 一天下而歸之大同 俾萬物 各遂其性者也 於是 萬國同視 四海一轍 而如或有 聞風而不獲實德 紆寃而不徹公聽者 豈諸大位之用心 獨於此爾殊哉 抑別有以也 則其所以瀝血陳腔 仰首鳴號者 亦出於至痛迫切 不能自己之意 惟諸大位 試察之 嗚呼 我韓 固天下萬邦之一也 域三千里 人二千萬 維持存保 四千有餘年 不失爲半島文明之區 亦萬邦之所不能廢也 不幸爾來 强隣外制 勒成盟約 從而攘國土 廢天位 而無吾韓於世界矣 日本之所爲 槩可擧矣 丙子之與鄙邦大臣 盟于江華也 乙未之與淸國大臣 約于馬關也 皆以我韓之自主獨立 爲永遵之案 曁癸卯之宣戰露

國也 通牒于列國 斷斷以鞏固我韓之獨立 爲聲明 此萬國之所共悉也 曾未幾何 機詐百出 內脅外欺 獨立變而爲保護 保護變而爲合併 諉之以韓民之情願 圖免萬國之公議 是不惟無韓於其手分 實亦無萬國於其心計也 未知萬國羣公 其眞以日本所爲於我韓者 爲無傷於公義耶 爲不失信於萬國耶 鄙邦臣民 極知赤手空拳 不能自奮以有爲 然 謳唫咏嘆 猶蚤夜於吾君吾國曰 尙上天之監我 大運之好還 包羞忍恥 囏辛顚倒 于茲十年所矣 自聞諸大位之設平和會 寡邦人民咸踴躍憤激 以爲苟萬國而平和也 吾韓 亦萬國之一也 豈應使之不平不和乎 旣復聞波蘭諸國 皆能獨立 則又復羣聚呼 萬歲曰 平和之議 已定 彼何國也 我何國也 一視之仁 亦若是已矣 天其有時而好還矣 諸大位 其從此 畢其能事矣 吾儕 其從此 有吾國矣 吾其卽死而轉乎溝壑 白骨且不朽矣 莫不睢睢盱盱 以似好音 而遷延之頃 天又不弔 一夜倉卒 寡君卽世 擧國洶洶 痛徹穹壤 無地顧冤 洒於國葬之日 各敎各社 個人男女 猶唱獨立之聲 奉慰吾君之靈 雖捕縛鞭戮 交加于前 徒手爭先 就死而不悔 此可見窒鬱之衷 積久必洩 而抑亦諸大位之啓其機而鼓其勇也 然而因循日久 尙未見劃然之區處 則又且疑且駭 嘆寡邦之無由以自達 而中間用事者之反覆機詐 有以惑諸大位之視聽也 請更有以辨明之 天之生萬物也 必有是物之能力 小而鱗介昆蟲皆有以自由活動 人之自爲人 國之自爲國 固亦有自人自國之治理能力 吾韓雖小 環三千里 數二千萬 歷四千年來 其能足當吾韓事者 自不乏絶 初何待隣國之代治哉 千里不同風 百里不同俗 彼謂吾韓之不能獨立 而欲以彼國之治理 加諸吾韓之風俗 則風俗之卒不可變 而所謂治理者 適足爲成亂之階 此其不可行明矣 然此說於公會 則曰韓民之願附於日本久矣 夫韓民

之自爲韓民 不惟其疆域風土之已定 抑亦所得於天性者然也 是以 寧屈 於一時 面受威脅之權 而其心則固將歷千萬年 而不失爲韓國之民也 本 心之存 焉可誣也 心之卒不可誣 而欲用萬國所共廢之威權 以壓萬口一 辭之公議 此於日本 亦未爲得計也 鍾錫等 山野廢朽 不及詳聞于外方事 實 而猶自以舊國臣子 依先君之遺風 從事於儒教之門 今當大界維新之 日 國之有無 在此一擧 與其無國而生 不若有國而死與其自枯於偏陬 孰 若獻身於公聽竝觀之地 一以自暴其鬱悒而俟其進退之也 顧以海陸迢絶 關禁嚴急 恐裏足未達而疾呼不聞 朝夕之命 無捄於道塗之仆 則此世此 懷 永無望於自暴矣 雖以諸大位之神聖聰明 亦安望其必箕 及於不見不 聞幽眇抑鬱之我韓情事哉 玆敢修咫尺之書 合一部同情之辭 具十年生受 之實 奉便風於天涯萬里之外 誠 悲劇迫切 不知所云 惟諸大位 憐而察之 益恢公判之議 使大明之照 無不徧 而大化之行 無不順 則不惟鍾錫等之 無國而有國 抑亦道德之幸甚於一世 而諸大位之能事 眞可畢矣 如猶未 也 鍾錫等 寧騈首就死 而誓不爲日本之僕隷 二千萬生命 獨不關於天地 之所育 而憾條暢之和氣乎 惟諸大位圖之. - 『俛宇集』卷之三, 「年譜」

  이번 면우가 붓을 든 파리장서는 1918년 11월 무오세, 만주 노령을 중심으로 저명인사 삼십구 명이 한국 독립을 청원한 선언서 대한독립선언서와, 1919년 2월 8일 동경 유학생들이 주축이 된 2·8 독립선언서와, 1919년 기미세, 삼일독립선언서와 더불어 미국 윌슨 대통령의 민족자결주의를 반포하자 민족 지도자들이 저마다의 방식으로 한국의 독립을 청원하였으니,

조소앙이 작성한 대한독립선언서와, 2·8 독립선언서가 투쟁을 통한 독립 의지를 관철시키고자 했다면, 기미 삼일독립선언서는 일제의 도의적 책임을 물었다고 해야 할 것이나, 면우가 작성한 파리장서는 종전 선언서처럼 독립이라는 의의는 같지만 접근 패턴이 상이했던 것이다.

마치 1776년 7월 토머스 제퍼슨이 작성한 미국독립선언서에서 천부인권 사상, 즉 모든 사람은 태어나면서부터 남에게 침해를 받지 않을 기본적 권리가 있다고 하였듯, 면우는 장서에서 다음과 같이 필설하였다.

'작은 어류와 패류 곤충에 이르기까지 자유 활동이 있으며, 사람이 스스로 사람 되며 나라가 스스로 나라가 됨은 진실로 사람마다 나라마다 다스리는 능력을 가지고 있다.'라는 것이다.

게다가 '천 리의 풍속이 다르고 백 리의 풍속이 다르거늘'이라고 일렀으니, 저들 일제가 우리 대한을 종내 식민화할 수 없음은 의식과 문화의 차이 때문만 아니라 태생이 다른 민족을 이식시킬 수 없는 것은 이치라는 것이다.

이 같은 발상은 망국 유종儒宗의 성리학적 사유였으니 이러한 일관된 사유는 이미 등대 연설에서 황제에게 다음과 같이 진언하였음이다.

'개와 말 사슴은 각기 본성이 있으니, 사슴을 몰아 밭을 갈게 하거나 개와 말을 풀어놓아 산에 있게 한다면 모든 본성을 잃으니, 천지에 만물을 낳아 기르는 어진 뜻에 해로움이 있을 것으로 성인의 덕은 한 가지 사물이라도 타고난 명대로 살게 해야 한다.'라는 이 같은 진언은 천부설에 입각한 논리였다.

犬馬麋鹿 各有其性 驅麋鹿而耕田 放犬馬而在山 則皆失其本性 而有害於天

地生物之仁矣 聖人之德 無一物不得其所 惟陛下省察焉. -『俛宇集』卷首「登對筵說」

　바로 사람과 짐승은 자신만의 고유한 본성이 있으니 사슴을 몰아 밭을 갈 수 없고 개와 말을 산에 풀어놓을지라도 결국 그들의 근원지로 돌아올 수밖에 없다는 논설은 생태적 회귀이자 자연의 순리와 다름 아닐 것인데, 그런 생명을 타고난 일물一物에 이르기까지 명대로 살게 해야 함이 성인의 덕이라 하였으니, 이는 바로 토머스 제퍼슨이 강조했던 천부인권 사상과 동격으로 취급하더라도 견강부회는 아닐 것이다.

　이번 장서는 열사도, 지사도, 피 끓는 청년의 절규 어린 독립선언서도 아닌 심즉리 저변에 흐르는 공존공영의 평화를 부르짖은 유학자의 메시지였다.

　이즈음 해외에 거주하는 동포들의 제보가 있었던 바.

　다름 아닌 음력 정월 초. 일제는 한국 유림 대표 곽종석의 직함을 도용해서 파리에 독립불원청원서를 제출했다는 제보가 있었으니 제보자의 정보는 미가신한 것은 아니었다.

　면우는 이 같은 사실을 까마득히 몰랐을 뿐 아니라 십 년의 대망 한국 독립을 청원하고자 거룩한 본능에서 분출된 장서를 병든 몸으로 초본을 교정했고, 후학 심산은 스승의 뜻을 받들어 정본을 들고 1919년 3월 20일 사선을 넘어 중국에 당도할 수 있었다.

　누언하였던 것처럼.

목적지 상해 임정 청사에 이른 심산은 미투리를 해체해서 마치 모자이크 처리하듯 짜 맞추어 영문으로 옮겨 파리 제 대위 앞으로 익스프레스 메일로 띄웠으니, 스승은 멋진 다큐멘터리를 제작했고, 제자는 파리 장서의 주역으로 발탁되어 열연을 펼쳤으니 스승과 제자는 역사와 민족을 위해 열국의 제 대위가 모이는 그라운드에서 마음껏 투혼을 펼쳐 보였고 면우는 죽을 곳을 찾았으며, 심산은 현지에서 독립 운동을 펼침으로써 제이 차 유림단 사건으로 이행할 수 있었으니 거룩한 본능의 분출이 아니라면 어찌 감행할 수 있었겠는가.

심산은 훗날 면우 곽 선생 신도비 명에서 다음과 같이 찬술하지 않았던가.

아! 당초 하느님이 선생을 낳으신 것은 무슨 뜻이며 끝끝내 선생을 궁하게 하신 것은 또 무슨 뜻이었던가. 우리 도의 운명일까. 하느님께 물어볼 수 있겠는가……. 창숙도 선생의 문하에서 자라났건만 자질이 우둔하여 배워서도 능하지 못한 것으로 해서 부끄러움이 많았다.

창숙이 선생의 명령을 받들어 유림장서를 가지고 해외에 갈 적에 선생께서는

"이 일은 우리 도를 천하의 모임에 크게 선포하는 것이다. 네가 이미 천하의 일을 맡았으니 힘쓸지어다." 라고 하셨으니 지금도 선생의 그 말씀이 귀에 들리는 듯하다…….

파리에 보낸 장서 한 통 백주에 우레가 울 듯하여 만국이 한꺼번에 놀라게 되었도다. 온 나라 사람들이 함께 부르짖기를,

"우리 유림의 태두이고 우리 민족의 부모이시라. 왜놈에게서 벗어난 것이 그 누구의 힘일까. 만세의 공적이로세."라고 하였다.

심산사상연구회 편, 『김창숙문존』에 수록된 국역 곽 선생 신도비 명을 그대로 옮겨 보았음인데 면우는 역사와 후세에 지대한 공적을 끼쳤던 것이었다.

이처럼 면우는 진인사대천명, 즉 자신의 역량은 다 펼쳤으니 하늘의 뜻만 기다리겠다고 하였으나 대한의 운조가 다하였는지……!

하늘이 자신의 대망을 외면하였음이니……!

심산이 떠나기 얼마 되지 않아 거사가 탄로되었다.

연서인 장석영張錫英과 송준필宋浚弼, 그리고 성대식成大湜 세 선생은 이미 일경들에 피체되어 대구 옥에 구금되었고, 연이어 삼월 십삼일 일본 헌병이 면우를 찾아와 위엄이 있는 기세로 조사에 들어갔다.

일본 헌병은 면우를 몰아세우듯 물어 말하였다.

"선생은 이번 사건과 관계가 있는가?"

면우는 안색에 변함이 없이 묻는 말에 즉답했다.

"그렇다."

십팔일 이날 일본헌병대는 면우를 구인해 갔으니, 참혹한 광경을 목격했던 가인과 자제들이 뒤따라가면서 슬피 울자 면우는 손을 내저어 저지하면서 문인들에게 일러 말했다.

"살아서 나갔으니 죽어서 돌아오겠다!"

"그러나 나에게도 성산이 있으니 제군들은 본업을 떨어뜨려서 안 될 것이다!"라며 당당히 걸어가는 노유는 헌청憲廳에 체류된 지 이틀 만에 이십일일 대구 경찰서로 이송되었다.

이날 일인 검사의 심문을 끝낸 면우는 죄수가 되었고, 다시 이십이일 병감病監으로 이감되었다.

이때 일제의 포학함이 날로 극심했다는 사실을 연보에서 직서하였음이니.

면우의 건강은 악화일로였다.

보다 못한 자제들은 감관監官에게 사식을 청하였으나 불허했고, 면우 또한 감식監食을 물리치자 감관이 부득이 사식을 허용했다는 일모를 연보에서 전하고 있다.

이윽고.

공판일이 다가왔음이니.

첫 공판이 열리던 사월 십육일.

면우는 일인 검사에 인도되어 지방 법원에서 첫 공판에 나아갔다.

법관이 면우에게 사유를 자세히 캐묻자, 면우는 법관이 묻는 말에 답하였을 뿐 이런저런 이유를 들어 해명하지 않았다.

게다가 공의한 사람을 증명한답시고 끌어들이지도 않았다.

일인 검사는 심문하기 시작했다.

"선생은 조선이 이 같은 일로 반드시 독립이 될 것이라 보는가!"

면우는 답했다.

"내 아는 바 아니다!"

검사는 다시 심문했다.

"그렇다면 나라를 건지는 일이라는 걸 알지도 못하면서 거사를 했단 말인가?

이 어찌 늙은이의 망동된 짓이 아닌가!"

면우는 일인 검사에게 제대로 받아쳤다.

"나는 국민으로 국민의 의무를 다한 것일 뿐.

도리어 나를 망동되었다고 하는가?"

더 심문할 이유가 없었던 일인 검사는 이 년 구형을 내렸다.

면우는 조소하는 투로 검사에게 다시 항변했다.

"어찌 종신형을 구형하지 않고 이 년 형을 구형하는가!"

"내 이곳에 올 때 이미 살아서 돌아가지 않겠다는 것을 기약했던 바이다!"

이십일일 일인 판사의 언도 또한 처음 감관과 같았다.

일인 판사는 면우에게 물어 말하였다.

"공판에 불복한다면 복심법원에 공소할 수 있다!"

면우는 답했다.

"내 공소할 곳이 없다!

내 나라를 위하는 일이라 시작했으나

마침 나라를 흥복하는 데 도움이 되지 못하였으니

한갓 구차하게 일신一身 때문에 원수에게 동정을 바라겠는가!

오직 호소할 곳은 하늘이다!"

이어 감관이 면우에게 물어 말했다.

"만약 공소하지 않는다면 강제로 법을 시행한다면 어떡하겠나?"

면우는 말했다.

"내 이곳에 온 것이 이미 강제인데 다시 무슨 강제가 두렵겠는가!

비록 강제로 할 수 있는 것은 내 몸일 뿐. 내 마음은 끝내 강제로 할 수 없을 것이다!"

이 같은 면우의 답변에 감관의 안색이 변했다는 것을 연보에서 전하고 있다.

이날 이십이일 면우의 공판에 입장한 방청자가 일백여 인에 이르렀음을 연보에서 아울러 기록하고 있으니 이때 면우의 행동거지는 온화하고 침착했으며 응대하는 데 어긋남이 없었다.

재판 광경을 보고 있던 방청자들 서로가 곽 선생은 진실로 유림의 대표됨을 저버리지 않았다는 말이 나왔고, 사우들 또한 재판에 선 선생의 변론하는 모습이 마치 여재如齋에서 문인들과 서로 담론하듯 편안하게 느껴졌다고 하였으니 가위 면우는 대범한 유림의 종장이었다.

게다가 면우는 두 아들에게 다음과 같이 근엄하게 일러 말했다.

"근면과 검소함으로 가정을 다스려야 할 것은 물론이거니와 조상을 받드는 것과, 어머니를 봉양하는 것 또한 어겨서는 아니 될 것"이라며 어린 두 아들에게 주문하였다.

그뿐만이 아니었다.

자식 같은 문생들에게 다음과 같이 일러 말했다.

"노부의 생사를 걱정해서 잦은 내방을 하기보다는 돌아가서 밭을 갈거나 굳건히 앉아서 독서를 해야 할 것은 물론 여재를 적막하게 해서는 아니 된다."라고 훈계하면서 내방한 문생들에게 『주역』한 부를 넣어 줄 것을 부탁하였다.

『주역』을 건네받은 면우는 근 석 달을 침잠했다는 이 같은 사실을 연보에서 전하고 있으니 면우의 학구열은 식을 줄 몰랐다.

그랬으리라.

일찍이 독서광이란 닉네임이 붙을 정도였으니 독서광이었던 면우는 정희찬鄭義贊에게 답하는 답서에서 다음과 같이 필설하지 않았음인가.

'사람이 세상에 태어나서 하루라도 책을 가까이하지 않을 수 없다.'

人生不可一日不親書冊.『俛宇集』卷百十八. -「答鄭義贊」

정희찬에 일러 말하였듯 면우는 옥중 생활에서 부단한 독서로 정신적 리듬을 깨기 싫었던 것이었다.

면우는 옥중에서 『주역』뿐만 아니라 시문 또한 남겼으니 아래 시문은 고도의 절제와 강건함이 배어 있는 작품이다.

호경鎬京 감옥에 기자를 오랑캐로 만들 수 없고
연옥燕獄엔 송나라의 상서로움을 간직했네.
옛과 지금 길이 같지 않은데
어떻게 백성들에게 의로움 세워 줄 것인가.

鎬圄無夷箕　燕樓有宋瑞

古今不同塗　何以立民義

-「獄中端陽有感」第一首-

시문에서 말해 주듯.

나라는 일제에 의해 유린되었으나 면우의 독립의지만은 꺾을 수 없었다.

비록 강압에 못 이겨 피체되었으나 정신만은 꺾을 수 없다는 노유의 강직한 기개와 절조는 생사가 넘나드는 옥중의 혹독한 고문에도 환절하지 않았으니, 이는 바로 일제를 향한 무언의 투쟁이었고 망국의 선비 된 자의 자존심이자 인간이 마땅히 지켜야 할 도리라 여겼던 것이다.

면우는 이미 1911년 신해세 면오 주시범에게 '국가는 망해도 도는 망할 수 없다.'라고 하였던 그 도에 다름 아니었으니, 더한 격분된 마음에서 면우는 원나라 군사에 포로가 되어 삼 년 이 개월간 옥중에서 두 눈이 실명되고도 지조만은 굽히지 않았던 문천상(文天祥, 1236~1282)과 견주고자 했음을 후학 김황의 저서『중재선생문집·부록』에서 기록하고 있듯, 면우의 개결한 선비의 기개는「옥중단양유감이수」의 시문으로 이어졌다.

> 초나라 풍속의 단양절에
> 각서로서 넋을 위로하네.
> 찌는 콩은 눈앞이 시려 오고
> 물밑의 굴원이 부끄럽네.
> **楚俗端陽節　角黍慰貞魂**
> **蒸豆眼前冷　多慚水底原**
> −「獄中端陽有感」二首−

면우가 시문의 시구로 채택된 각서는 멱라수에 빠져 죽은 굴원의 시체를 물고기들이 뜯어 먹지 말라며 민중들이 던지던 떡으로, 세속의 더러움을 뒤집어쓰느니 차라리 죽음을 선택한 굴원의 죽음은 의로운 죽음을 선택하겠다는 면우의 용기 있는 행동과 일맥상통하다.

굴원이 '비록 몸이 부서지더라도 변하지 않고''비록 아홉 번 죽더라도 오히려 후회하지 않겠다.'

雖體解吾猶未變兮 雖九死其猶未悔. -『楚辭』「離騷」

라고 하는 심리적 정감은 죽음에 대한 비애만은 아니었다.

죽음의 면전에서도 완강한 집착과 양보하지 않으려는 삶의 태도로 자신의 신념을 굳게 지키려는 정감이었으니.

면우 또한 이 같은 죽음의 문제가 구체적으로 떠오른 장소가 바로 달폐達狴, 즉 매질하는 감옥 대구 감옥이었다.

달폐에서 고결한 순절을 자처했다면 망국의 유민으로서 유자로서 국가와 민족을 위해 대의를 위해 목숨을 바칠 장소를 '만국공의'에서 찾았고 혹여 독립을 쟁취하지 못한다면 차라리 왜경의 손에 죽기를 기필했다.

그러나 굴원 같은 지절만으로 모든 것이 해결될 수 없다는 것을 앞서 「옥중단양유감이수」 전구에서 영송하였듯 오늘의 현실은 오직 지절 하나만으로 성사될 수 없다는 것이다.

바로 공맹孔孟 유학을 위주로 한 실무 중심의 학습만이 민족 갱생의 도를 실현할 수 있다는 것을 자각했으니 이는 곧 심즉리를 바탕으로 한 '인시제의'의 운용이었다.

거기다.

불면의 옥중에서 지난 일을 상고하였을 터인데…….

누구보다 자신을 총애했던 고종 황제가 떠오르지 않을 수 없었으리.

생각사록.

기미 세, 정월 십육일 태황제 인산 날. 여재를 나와 망곡례로써 충성을 못다 한 혈루와 식음을 전폐함으로써 사죄를 대신했던 일과, 편전에서 초야의 선비를 애타게 기다리시던 초초한 군주가 눈에 아른거렸을 것이고 희색만면하시던 군주가 오버랩되었을 것이다.

> 꿈에 신능 길 오르니
> 봄풀은 사람 창자 가르네.
> 깨어 보니 옥중은 깜깜하고
> 처마엔 밤새 빗소리 요란하네.
> **夢上新陵道　春草斷人腸**
> **覺來南冠暗　簷雨夜淋浪**
> —「獄中端陽有感四首」—

시문으로 영송하였듯.

인산이 행해지던 그날 참례하지 못한 면우는 꿈속에서나마 군주를 만나고 싶었다.

꿈에도 그리던 황제를 뵙고 한바탕 곡성을 내기 위해 잠을 자야 했다.

잠을 자야 꿈을 꿀 수 있고 몽중상봉을 할 수 있을 터인데 잠이 오지 않았다.

불면의 밤을 지새워야 했음은 다름 아닌 지난날에 미흡했던 충심과 마지막 가시는 길을 지켜 주지 못한 죄책감이었으리.

비록 고종 황제의 운구가 홍능洪陵으로 옮겨지던 그날 끝없는 행렬에 끼이지는 못했으나, 군주를 향한 영절되지 않는 일편단심을 시문으로 고백했고, 군주를 잃은 슬픔의 예로 참최를 착복하고서 뜰에 나와 망곡례를 올림으로써 애도를 대신하였으니.

洪陵緬樹 蚤朝俛翁起 盥櫛駿網宕巾布笠布衣帶出如齋廳事 北望哭 四拜 設席 不設位 梡與齋及諸生 皆從之……. -『重齋先生文集』附錄「己未日記」

이 같은 행위만으로도 죄책감이란 심적 부담감을 대폭 덜어 낼 수 있었음은 물론, 정치현鄭致賢에게 답하는 답서에서 고종 황제의 복제를 거론하면서 다음과 같이 필설하였으니 면우는 진정한 충신 그 이상의 소울메이트였다.

'우리 태상왕께서 한나라의 신민 위에 임하신 지 거의 사십여 년이 되었고, 그런 태상왕으로부터 곡식을 심을 수 있는 토지와 의복 등 부양을 입지 않음이 없었으니. 흠절이라면 국운이 순조롭지 못했던 것과, 도와서 바로잡아 주는 이 없었음으로 인해 내수외양 즉 안을 닦고 밖으로 물리치는 실체를 다하지 못해 마침 국가가 남김없이 사라지게 되었으나, 이를 두고 망국의 군주 넉 자로 단정 지어 결정을 내리는 것은 옳지 않다는 것이다.

이 때문에 진실로 매국노나 은덕을 배반한 자가 아니라면 군복君服,

즉 참최斬衰 삼 년을 입어야 한다는 것이었다.'

……竊惟我大行皇帝君臨民庶四十餘年 凡食土衣毛者 莫不被其覆育 雖運値屯蹇 輔相無人 不能盡內修外攘之實…… 而畢竟家國之化爲烏有者…… 不可以亡國之君四字斷作定案…… 非賣國背德者 寧不以君服服之乎 旣服矣則爲君斬三年 聖人定制也. - 『俛宇集』百十七「答鄭致賢」

참최.

『주례周禮·춘관春官 사복司服』편에 의하면 참최는 상복 중에서 가장 무거운 상복으로 거친 삼베로 짓되 아랫단을 꿰매지 않는다고 한다. 복제服制는 삼 년으로 아들과 시집가지 않는 딸이 부모상에 입는다고 하였으며 선진先秦 시대에는 제후가 천자를 신하가 임금을 위해 입기도 하였다고 한다.

이처럼 고종 황제의 유약하고 무능함에 일부 유림들로부터 비소 또한 적지 않았으나 면우는 이제 선황이 되어 버린 태상왕을 온몸으로 에스코트했고, 비방과 막말에 보이콧을 아끼지 않았던 충정의 신하로 부모와도 같은 태상왕의 국상에 참최 삼 년을 착복해야 한다고 하였으니, 황제를 향한 일편단심은 헛되지 않았다. 더한 죄책감에 시달릴 필요가 없었을 터인데.

허나 죄책감을 지울 수 없었는지 「옥중단양유감사수」 시문에서 영송하였던 것처럼, 오매불망 그리던 임과 몽중상봉이라도 하고픈 노유 면우는 실제로 존재하지 않는 환상의 꿈속에서 허상의 황제를 뵈었음인지 자신의 무능함에 스스로의 탄식을 금하지 못했다.

탄식을 달랠 수 없었던 면우는 파리장서에서 '하룻밤 별안간 우리 군주 죽으니 온 나라 인심이 흉흉해져 슬픔이 천지에 가득하고 우리 군주 우리나라를 이른 아침부터 저녁까지 읊조리며 탄식하였다.'라고 하였으니 비명에 횡사당한 고종 황제의 비보에 면우는 경악했고 호소할 곳 없는 참상을 마치 어둠 속을 횡단하는 한 줄기 빛 같은 만국공법에 의지하여 이 어두운 현실에서 빚어지는 온갖 슬픔을 정의의 군사와도 같은 만국의 제 대위에게 호소하였던 것이다.

그러나 좀처럼 휘어들지 않는 울분에 잠을 이룰 수 없었던 노유는 황제의 용안이 어른거렸고 자신의 현재 심정을 미농지 위에 그리며 지난날 황제의 끝없는 총애와 충성으로 보은하지 못한 고회에, 환상이며 허상일지라도 몽중상봉을 해서 못다 한 국사를 개진하고 싶었고, 자신의 의견을 적극적으로 개진한다면 칠흑 같은 어두운 현실에서도 여명이 찾아올 것이라 확신했다.

그러나 믿음은 꿈에서 깨어나듯 돌이킬 수 없는 현실로 돌아왔으니 암울한 현실의 장에서 흐느끼는 조국 산하가 떠올랐다.

'봄풀은 사람 창자 자르네.'라고 하였듯 조국 산하의 들녘에는 풀들만이 망국의 서러움을 잃은 채 변함없이 자라고 있다며 슬픈 현실을 영송하였으니 이처럼 꿈에서 막 깨어난 세상에서 또 다른 현실 세계를 경험하지 않을 수 없었다.

몇백 년 동안 내려오던 종묘사직이 일제에 의해 파괴되는 암흑 같은 현실을 생각하면 처마에 떨어지는 빗소리도 요란스럽게 들린다고 하였으니, 끝날 것만 같지 않은 일제와의 저항은 거룩한 본능에서 분출된 극한 슬픔으로, 망국에 분을 내지 않는 선비는 부유라 여겼고, 위급존망지추에 헛된 성명이기를 담론하는 유자는 역사와 민족의 방관자로 여겼던 면우였음에 옥중에서의 시문 또한 성발위정 즉 본성에서 발현된 감정으로 그 감정은 대한의 백성으로서 대한의 선비로서 온몸에서 솟구치는 거룩한 본능이었다.

석대산으로 돌아간 철인

일찍이 중국 당대의 문학가 왕발(王勃, 647~674)이 「등왕각서滕王閣序」에서 인걸은 지령이라 찬술하였듯, 풍광명미한 사월의 대자연에서 어린 신령스러운 기운과 석대산에 엉긴 정기는 면우란 경국지재의 인물을 빚어냈다.

불세출의 인걸은 고종 황제와의 소울메이트로 비운否運의 시대를 화평한 시대로 환국게 하고자 동분서주했고, 풍전등화의 위기를 모면하고자 오랑캐라 경시해 왔던 서양과의 교섭을 황제에게 권유하기도 했다.

게다가 나라를 좀먹는 을사오적을 효수할 것을 강력하게 상주하였을 뿐 아니라 외양보다 내수에 치중해서 부국강병을 도모할 것을 호소하였으나 시운을 얻지 못한 대한제국은 우왕좌왕 시간만 지체하였음에 비운悲運의 종극을 맞았다.

슬픔을 이길 수 없었던 면우가 나라를 되찾을 수 있는 마지막 히든카드를 꺼내 들었음이 바로 만국공의에 호소하는 파리장서였다.

장서 작성자로 1919년 삼월 십팔일 일제에 피체되었고 동년 유월 이십일 병보석으로 출옥하고선 문인 최해윤崔海潤과 함께 산으로 들어갔음을 연보에서 전하고 있으나 산명山名은 기록하지 않았다.

피폐할 대로 피폐한 노유 면우는 지난 상념을 잠재우고자 산으로 들어갔을 것이라 짐작되는데 산은 면우에게 일생의 정신적 동반자였다.

학문적 기로에서 올랐던 입석산을 기점으로 학문의 뜻을 세우고자 우거했던 감악산과, 학문적 입지를 다지기 위해 찾아든 골 깊은 외딴 역동과, 도학의 완성을 위해 찾아든 전대미문의 원시림. 성산의 자연들과의 담소는 수많은 상념을 지울 수 있었다.

　거기다 안동 춘향의 금대봉 아래서 야인을 자처하며 그곳 주민들과 애환을 함께 나누며 애써 수확한 곡식으로 빈민 구제 활동을 벌이기도 하였으니, 돌아보면 면우는 일생 산과 떼려야 뗄 수 없는 운명이자 그만큼 산은 면우에게 어머니의 품속 같은 정신적 의지처에 다름 아니었다.

　그러나.

　옥고를 치른 병든 몸으로 노유가 입산한 이유는 알 수 없으나 짐작건대 마음의 평온을 찾기 위해서는 아니었을 것이다. 그렇다고 도회의 장소를 물색하기 위해서도 아니었으리.

　모르긴 해도 종명을 예견하고서 자신을 정리하고 싶었기 때문이 아니었을까, 라는 한 생각을 모을 수 있었으니 아닌 게 아니라 입산 일로부터 이틀 후 면우는 환가하였고, 산을 내려온 지 불과 일주일 남짓한 사이에 문인들과 한주 선생이 창설한 심의설深衣說을 교정하였으니 면우는 자신의 운명을 예감하였음에 스승의 학설을 다급히 손질했으리.

　이 무렵 노유의 병환은 침중했다.

　팔월에 이르러서는 중환을 앓아 요병할 거처를 여재로 정하였다.

　여재는 바로 노유가 거처하는 행랑이었다.

　행랑엔 선조의 신주가 모셔졌고 한편엔 서적이 쌓여 있는 한적한 방이었다.

거처를 옮긴 노유는 다음과 같은 말을 남겼다.

"긴 밤 날이 새지 않으니 내 눈을 감을 수 있겠는가?"

이처럼 노유는 선가의 화두 같은 말을 남겼음을 연보에서 전하고 있으니 여재로 거처를 옮긴 후 면우의 병세는 몰라보게 바뀌어서 정신은 명료했다.

문생들의 질의에 어긋남이 없이 답했고 접빈 접대에 있어서도 평소와 다른 점이 없었다는 것을 연보에서 전해 주고 있다.

게다가 사물의 이름과 이치를 논하는 명리와 문자 등에 있어서도 마땅함과 마땅하지 않음을 분석 증명했다.

혹여 문생이 이해를 못 한다면 되풀이하여 가르치는 데 게을리하지 않았으니, 생의 마지막 순간까지 강학의 끈을 놓지 않았던 스승 면우를 훗날 후학 심산 김창숙은 면우 선생 신도비 명에 다음과 같이 특필하였다.

선생은 만고의 사표로 송나라가 망하자 금화산에 숨어 살면서 인재를 양성했던 인산 김이상에 견줄 만하다는 것을 심산은 서슴없이 말했던 것이다.

……隱於講學似金華. ─『俛宇先生行狀』「神道碑銘」

팔월 십육일에 이르자 면우의 병세는 더욱 위중했다.

이날 문인과 지구들이 연이어 문병을 왔으며 문인과 지구들은 면우에게 검진을 받아 보도록 청하였으나 운명을 예감했던 면우는 한번 밖을 보고서 다음과 같이 말하였다.

"내 비록 감히 옛 현인은 자처할 수 없다 하나

그전 퇴계가 임종에 임하여 오 일 이전부터는 문하의 제자 또한 안부를 물을 수가 없었다고 하였으니, 내 또한 편안하고 고요하게 죽음을 기다리려고 한다." 라며 문병객들에게 일러 말했으나 문인들의 문병은 연이어졌다.

십팔일 하경락河經絡과 정덕영鄭德永이 와서 시현侍見했고, 이십일일은 문인 하겸진河謙鎭과 조현규趙顯珪가 와서 시현했으며, 이십이일은 문인 윤창수尹昌洙가 문병차 신주합독神主合櫝과 각독各櫝의 법제를 물었고 면우는 물음에 답하였다.

이틀 후 이십사일 아침.

면우는 문인들의 부축을 받으며 자리에 앉고선 문인들의 질의에 일일이 변석을 하였으니, 이날 아침결의 문인들의 질의와 노사의 답변은 이승에서의 마지막 문답이었고 완필이었다.

악착같이 진리를 얻고자 한 문생들과, 실오라기 같은 생명이나마 마지막 한순간까지 몸을 흩트리기 싫었던 노유는 비록 육신은 병들어 자리 보전하고 있었으나 병석에 누운 채 문생들의 질의에 답변하지 않았다.

거기다 어눌한 발음이나 죽음의 순간까지 문생들의 질의에 매거 논변하였으니 노유는 스승으로서의 직분을 다했고, 망국을 위해 열국의 제대위에게 호소함으로써 신하 된 자의 직분도 망각하지 않았다.

이젠 이승의 모든 상념을 내려놓아도 좋으련만 노유는 그렇지 않았다.

이승을 마무리할 그때.

노유는 문생들을 물리치고서는 다음과 같은 사자후를 토했음이니.

"군자는 마땅히 만세를 도모해야 할 것이요, 한때를 위한 계책으로 삼아서는 아니 될 것이니 접때 내가 한 이 말을 그대들은 살펴 기억하라."

君子當爲萬世謀不可爲一時計 曩余此言君輩其省記否. -『俛宇集』卷三, 「年譜」

영멸하지 않을 듯한 그리움과, 뜨거운 마음속에서 살아 펄떡이는 노사의 일언은 영원한 채찍과 만세에 이르도록 절멸하지 않을 울림이 될 수 있을 터……!!

이 같은 청천벽력과도 같은 일언은 마치 중국 당나라 방거사가 활연대오함에 내갈긴 오도송과 흡사한 분위기였다.

오도송엔 다음과 같이 말하지 않았던가.

'그대에게 권하노니 사자후를 토하라 들판에 뭇 짐승 소리를 배우지 말고 그 사자후로 코끼리를 일으킬 수 있다면 봉황의 도를 느끼리라.'

勸君獅子吼吐 莫學野干鳴 能香象起 感得鳳凰之道.

비록 의미는 다를지나 경책警策 같은 노유의 일성은 방거사의 오도송처럼 두꺼웠고 무거웠다.

묵직하게 내뱉은 노유의 일성은 마치 방거사가 사자후를 토하듯 후학들이 한때의 뭇 짐승 소리를 배우기보다는 봉황의 도를 느끼어 깨달을 수 있는 웅대한 학문으로 나아가길 바랐던 것이다.

이처럼 문생들에게 일성함으로써 한 많은 세상. 일흔넷 해의 그 무거운 짐을 내려놓을 수 있었으니 죽음에 임하는 노유는 태연자약했다.

이날 이십사일 임인壬寅 사시巳時 즈음.

노유는 등을 벽에 기대고 비스듬히 기대어 앉은 채 가까이 다가오는 부인에게 멀찌감치 떨어지라는 손짓을 하고선 두 눈을 감으시니, 안경 렌즈 같은 반짝이는 빛이 벽 위를 향해 비추었고, 그 빛은 섬광閃光처럼 꺼졌다 꺼졌다 를 반복하다 불현듯 눈을 뜨자 눈에 머금은 빛이 이불에 발하였으니 눈을 뜬 노유의 풍채는 움직이는 사람과 같았다는 것을 연보에서 전해 주고 있듯 이 같은 사실은 전기적 요소가 가미되었던 것은 아니었다.

임종을 지켜보던 문인들의 그때 그 증언을 연보에 직서하였던 것이다.

스승의 죽음을 애도하는 문인 하겸진河謙鎭과 정재성鄭載星 등은 『사례집요四禮輯要』를 참고하여 상을 치렀고 염에는 유복을 썼으며, 명정엔 징사徵士라 썼으니 이는 평소 선생의 뜻이었다.

연보에 의하면 이때 하늘 또한 슬퍼하였는지 천지에 스파크가 일어나듯 하늘을 찢어 놓을 듯, 땅을 갈라놓을 듯, 맹렬한 우뢰는 삼 일간 이어졌다고 하였으니 기이한 일이었다.

기이한 일은 이뿐만이 아니었다.

연보에서는 덧붙였으니, 소렴이 끝난 대렴 날 번개를 동반한 비가 폭주하더니 거짓말같이 장사 때 그쳤다고 하였으니 분명 범인의 죽음은 아니었다.

모르긴 해도 무언의 하늘 또한 굉음과 폭주로 철인의 슬픔을 대신하였으리라 여겨지는 바, 이때 참례객 또한 상서로운 징조라 여겼고 선생에게 가르침을 입은 문생들은 애도의 헌작과 구슬픈 축문의 구송으로 스승과의 영결종천을 고하였음이다.

늘 스승 면우는 말하지 않았던가.

육신인 기는 사멸할 수 있다지만 리는 영멸할 수 없다고 하였듯 선사의 그때 그 말을 영원한 진리라 여기며 문생들은 통탄의 곡성은 내지 않았다.

다만 읍으로 학은에 대신하였으니 이날 복을 입은 문인과 문생 천여 명의 부축을 받으며 태생지 초포의 어느 언덕에 안치되었으니 면우는 몹시 편안했으리.

그렇게 산을 좋아해서 일생 산에 의지했고 심지어 석대산이 점지했다고 하여서 돌-뫼라 불리었던 면우.

그 석대산의 정기는 칠십사 년의 성상을 면우의 뇌리며 온몸을 떠나지 않았고 그 정기는 임종의 강렬한 불빛으로 현시하였으니 분명 석대산의 정기가 아니었으면 어찌 생이지지한 비범한 재주를 지녔겠는가.

이처럼 육신은 선조로부터 물려받았지만 정신적 모태는 석대산이었으니 석대산의 신령스러운 기운을 입은 면우는 총명을 한껏 자랑했고, 총명을 욕심냈던 고종은 경국지재로 면우를 영입했으며, 기량을 소진할 정도로 대업을 위해 고심했던 면우 또한 대하의 대들보가 내려앉듯 소리 없이 주저앉았으니 면우는 신인도 아니었고 천인도 아니었다.

우리와 같은 인간이었으나 죽음에 임하는 자세는 달랐다.

인간이라면 사랑하는 사람과의 생결에 가슴 아파했을 것이고 다시 해후할 수 없는 죽음 앞에 당당할 수 없음이 가슴 지닌 인간의 본모습일 것이나, 면우는 이성과 저성을 오가는 데드라인에서 두려워하지 않았다 태연자약했다.

상고하면.

친일 유자처럼 일제에 동조했다면 일신의 영화는 물론 황국신민으로 더한 작록을 받을 수 있을 것이고, 세 치 혀를 적당히 놀리며 현학衒學으로 살아갈 수 있을 터인데, 면우는 이러한 발상 자체를 끔찍하게 여겼음은 두말할 나위도 없거니와 무엇보다 친일 유자들과 함께 살아간다는 것이 고역이라 여겼을 것이다.

불의와 타협을 할 수 없었던 지절의 선비 면우는 두문불출로 벙어리 구 년 귀머거리 구 년을 살아야 했으니 산다는 것이 죽도록 괴로웠고, 죽고자 해도 죽음마저 자신의 임의대로 할 수 없었음이 다름 아닌 부모께서 남겨 놓은 몸, 유체를 온전히 보전해야 했으니 함부로 혹사할 수 없었고 폭사할 수도 없었다.

더러 망국에 자결하는 충신도 있었고 아사로 장렬한 순절을 선택한 유사도 있었으나 면우는 이들처럼 대담하지 못했다.

심지어 머리는 벨 수 있어도 상투는 자를 수 없다는 소중한 두발을 일제에 의해 강제로 삭발을 당했으나, 즉석에서 목숨을 끊을 수 없었음은 부모로부터 물려받은 몸을 함부로 훼상하지 못한다는 거룩한 유가의 가르침을 소중히 여겼기 때문이었으니 실상 목숨 자체를 두려워했던 것은 아니었다.

죽을 때를 기다렸고 더 의로운 죽음으로 나아갈 것을 자청하였으니 바로 영재를 길러 대한의 독립을 이루고 난 후 천명을 받겠다는 것이었다.

모르긴 해도 일제의 수모에 절명하지 못한 면우에게 유림들의 지탄도 없지 않았겠으나, 무엇보다 망국의 유민으로 살아가는 삶 그 자체가 면우에게 괴로웠고 괴로움은 죽음보다 더 가혹했다.

지난 병오세에 면암 최익현에게 다음과 같이 말하지 않았던가.

'죽음으로써 정법을 삼는 것도 아니며 죽지 않음으로써 편리한 계책을 삼는 것도 아니다.'라고 하였으니 면우는 폼에 살고 폼에 죽을 수 없었다.

치발의 수모보다 현재가 더 참혹했고 죽음보다 현재의 삶이 더 괴로웠으니 질식할 듯한 암흑과도 같은 현실에서 망명도 자결도 할 수 없는 이같은 면우의 심정을 누가 알았겠는가……!

면암에게 일러 말했듯 구차하게 산다거나 비분에 못 이겨 망명한다거나 자결을 택하기보다는 일인들의 세상이 되어 버린 망국에서 그들 일제의 만행을 목도하면서 국가를 재건할 인재를 길러야만 훗날을 기약할 수 있다는 이 같은 생각을 누가 알았겠는가……!

면우는 이 같은 자신의 한 생각이 곧 대의의 실체라 여겼고 대의의 실체를 위해 죽음의 문턱에서도 전수**傳授**의 끈을 놓지 않았을 뿐 아니라 전수의 장에서 이성의 삶을 완필하고자 했던 면우는 전수의 장, 여재에서 하늘이 정해진 운명을 초연한 자세로 받아들였으니, 가위 주리**主理**

두 글자에 일생을 신봉한 성리학자의 죽음이라 할 것이며, 죽는 그 날까지 자기의 직분을 마무리하였으니 천직에 따른 천명의 수를 다한 정명이었다.

게다가.

스승 한주의 심즉리를 이 세상에 뿌리내렸으니 자신의 일은 거의 종료한 듯하나, 그토록 그리던 독립의 그 날을 보지 못하였음이 이승에서의 마지막 한이었을 것인데 면우는 믿었을 것이다.

한갓 일제의 만행은 망동하는 일시의 氣로 머지않아 독립의 그 날이 올 것이라는 것을…….

기는 리에 구유되기 때문…….

-끝-

후기

선생의 구묘丘墓는 두 달 후 거창군 가조면 광성리廣星里 문재산文載山으로 이장했으니, 이로부터 오 년 후 1924년 갑자세, 십일월 십이일 가조 서쪽 율리栗里 모덕산慕德山에 안치되었다.

장삿날은 추색 완연한 십일월이었다.

저자 또한 이날로부터 구십칠 년 후 이천십육년 봄 선생이 안치된 모덕산을 배묘하였으니 봉분은 눈부시게 화려하지 않았다. 둘레 석 틈새로 끈기 잃은 누런 흙이 비집고 나왔고 저편엔 세월의 흔적을 말해 주듯 풍우를 맞은 빗돌은 빛을 잃었으니 창연하지 않을 수 없었다.

돌이켜 보면 현재의 이 광경이 그때 선생의 진모를 대변할 수 있을 것이란 한 생각에 접때 선생께서 지존의 하문에 당당하게 상답했던 그 말이 상기되었다.

사람의 도리를 걱정했지 재물의 많고 적음에 대해서는 근심할 바가 아니라고 했던 그 한마디가 이제의 모습이었으니 진유는 죽어서도 자신의 기품을 꺾지 않았음이다.

겉치레에 미혹된 나 자신의 불찰이라 여기고선 다시 분영을 바라보며 지난 선생을 상고하니 슬픔보다는 선생의 유혼에서 희열을 느낄 수 있었다.

앞이 탁 트인 명당에서 어슴푸레 피어오르는 땅김에서 선생의 환영을 느낄 수 있었으니 이때의 설레는 마음을 놓아 버릴 수 없었던 저자는 선생과의 수년간의 만남에서 느끼고 가슴에 각인되었던 전모를 내 나름대로 생각할 수 있었다.

선생은 온몸으로 살았고 온몸으로 학구열을 불태웠으며 온몸으로 나라에 헌신했고 온몸으로 인재를 길렀으며 온몸으로 스승 한주를 옹호했고 조선 오백 년 유학사를 온몸으로 총합했다.

게다가 온몸으로 일제에 저항했고 구차한 죽음보다는 정의롭게 죽음을 맞이하였으니 마치『벽암록』에서 '살 때는 온몸으로 살고 죽을 때는 온몸으로 죽어라(**生也全機現 死也全機現**).'라고 했던 선가에서 내려오는 공안과도 같은 일생이었음을 세상의 독자들에게 고백함으로써 후기에 갈음하고자 한다.

추록

아아!

선생의 불꽃 같은 삶을 기리는 백 주년이 음력으로 오는 팔월 이십사일, 양력으로 구월 이십삼일이다.

올해는 경술국치 후 잃어버린 나라를 되찾자는 삼일절과 임시정부를 상해 마당 동으로 옮겨야 했던 창연한 백 주년이기도 하지만 무엇보다 올해 기해년은 선생이 대한의 독립을 쟁취하고자 이천육백칠십사 자의 밀서를 작성한 해이며, 심산 김창숙이 스승의 거룩한 뜻을 받들어 파리의 열국 제 대위에게 한민의 억울한 사연을 송치한 거룩한 날이기도 하다. 물론 이 일로 옥고를 치렀던 해이기도 하며 대한의 완전한 독립을 보지 못하고 구원에 명목한 날이기도 하다.

이참에 생각해 볼 수 있음은 다름 아닌 우리의 역사로. 그동안 우리는 역사를 배웠고 가르치면서 나라 사랑만 강조했고 나라 사랑이란 무엇인가의 정의만 내렸지 리얼한 가르침과 살갗을 자극하는 애국을 체험하지 못한 게 사실이다.

저자 또한 고백한다면 나라란 무엇이고 모국이란 무엇이며 민족이란 무엇인가를 묻는다면 물음에 걸맞은 답변을 할 수 없을 터인데, 이유를 든다면 다만 교과서 중심의 열사와 지사 그리고 의사만 구분하고 외웠지 왜 지사라 부르고 왜 열사라 부르고 왜 의사라 부르게 된 이유를 몰랐다는 나름대로의 변명을 늘어놓을 수 있겠으나 이와 같은 무지를 차츰 깰 수 있었음은 면우와의 만남이었다.

면우를 통해 드러나지 않았으나 드러내고도 남을 수많은 열사와 지사 그리고 의사가 있다는 것을 알았으니 앞으로 우리의 역사 인식과 그에 따른 과제는 백 주년이란 한 번의 이벤트에 끝날 것은 아니라고 생각한다.

혹여 일회성 이벤트에 그친다면 마치 프랑스인의 정신적 자산으로 자부하는 센강에 지어진 에펠탑을 허무는 것과 다를 바 없을 것인데, 프랑스인이 에펠탑을 바라보면서 프랑스 혁명을 회고하듯 더 많은 애국지사와 의사와 열사를 발굴해서 한 많은 이들의 혼령을 위령함으로써 준비된 이백 주년, 삼백 주년을 맞을 수 있을 것이라 생각된다.

마지막으로 고백하건대 난 아직도 면우를 알지 못하지만 이 책을 엮는 동안 늘 저자의 뇌리를 떠나지 않았음이 바로 영국의 작가 에드워드 불워 리턴이 1839년에 발표한 역사극「리슐리외 또는 모략」에서 "The pen is mightier than the sword(펜은 칼보다 강하다)."라고 했던 그 말이 곧 면우의 파리장서의 힘을 대변한 것이 아닐까, 라는 한 생각의 중심에서 벗어날 수 없었다.